KB268149

행·동·심·리·상·담·지·침·서

# 힐링푸드아트

| 이광재 · 조임숙 공저 |

해피&북스

오늘날 경제발전으로 인해 삶은 더욱더 풍요로워지고, 생활수준도 점점 높아지고 있습니다. 그렇지만 이와 반대로 사람들의 정서적인 면은 상대적 비교로 더욱 이기적이며 불안감이 높아지고 있습니다. 그래서 화를 참지 못해 많은 사회문제를 야기시키고 있는 것이 현실입니다. 그 예로 묻지마 살인, 보복 운전으로 인한 교통사고, 가정·학교 폭력, 자살 등을 볼 수 있습니다.

그로 인해 21세기 이후에 대두되고 있는 분야가 심리상담입니다. 심리상담은 다양한 매체를 활용하여 사람들의 정서적 안정을 주어 자신의 감정 조절능력을 향상시켜주고 있습니다. 종이와 연필을 이용한 미술치유, 춤을 이용한 댄스 테라피, 식물을 이용한 원예치유, 웃음을 이용한 웃음치유, 모래를 이용한 모래놀이치유, 독서프로그램을 이용한 독서치유, 역할극을 이용한 드라마치유 등의 다양한 심리상담이 있습니다.

그 중에서 생활에서 가장 접하기 쉬운 식재료를 이용하여 정서적 안정과 긍정적인 마인드를 갖을 수 있게 하는 푸드아트심리상담은 심리상담분야의 새로운 패러다임을 가져왔습니다. 먹을 수 있는 다양한 식재료를 가지고 자신이 생각하는 것을 쉽게 표현하면서 느껴지는 유희와 편안함, 그리고 긍정의 힘은 상담이라는 무거운 편견을 버리고 상담을 접하는 이들에게 거부감 없이 받아들여지게 되었습니다. 또한, 유아부터 노인에 이르기까지 남녀노소의 구분없이 식재료를 이용하여 쉽게 마음의 문을 열어 자신을 표현할 수 있는 장점을 가지고 있습니다. 저자는 이 푸드아트심리상담으로 어떻게 하면 보다 쉽게 대상에게 다가갈 수 있을지를 연구하게 되었습니다.

푸드아트심리상담은 푸드아트테라피에서 출발하였습니다. 푸드아트테라피에서 보다 더 심리적인 부분에 초점을 맞추어서 개발되어졌고, 또한 학위논문으로도 처음으로 인정을 받았기 때문에 이 책을 읽는 독자들은 이 책을 신뢰할 수 있고 쉽고 편안하게 소개할 수 있습니다. 심리상담을 위한 목적도 있겠지만, 심리적 안정을 위한 예방차원과 마음의 긍정적인 여유를 가지고, 미래에 대한 희망의 메시지를 담고 있어서 효과가 클 것이라고 기대합니다.

　이 책은 총 4부로 이루어져 있는데, 제1부, 2부에서는 기존의 심리학 이론의 기초와 푸드아트심리상담을 접목시켜 각 '심리학을 관점으로 본 푸드아트심리상담 이론' 들을 소개하였고, 3부에서는 실제로 임상사례를 바탕으로 한 '임상중심의 푸드아트심리상담 사례 프로그램'을 수록하였습니다. 여기에서는 과거, 현재, 미래로 세분화하여 질문기법과 상담포인트를 제시하였습니다.  또한 각 활동 마다 내용에 맞는 좋은 명언이나 글귀를 첨부하여 활동을 마무리하면서 마음의 잔잔한 감동의 여운과 긍정적 효과를 남겼습니다.  또한 제 4부에서는 여러 가지 상담에 필요한 양식들과 신뢰도와 타당도를 바탕으로 측정도구를 소개하여 활용도를 높였습니다.

　더 많은 임상작품을 수록하지 못한 아쉬움과 함께 푸드아트심리상담에 관하여 지금도 학문적으로 연구하고 있으며, 앞으로도 더 많은 연구를 할 것을 약속드리면서 이 책을 마무리를 합니다.

2015

**지 은 이**

푸드아트심리상담은 다양한 상황에서 다양한 목적들을 위해 푸드아트놀이와 심리상담으로 활용하는 것을 말합니다. 이는 유아에서 아동, 청소년, 성인 모두를 대상으로 하여 건강한 심리발달, 생활적응, 심리상담, 정신건강뿐만 아니라 행동치료와 같은 특정 목적을 위해서도 활용되고 있기도 합니다. 또한 장애아동의 교육과 치료에도 활용되며, 노인들을 대상으로 한 재활치료에도 푸드아트심리상담 프로그램이 도입되고 있습니다.

이 책을 쓰면서 우리 사회 구석구석 상담학을 통해 우리 마음의 내면세계를 깊이 이해하고, 새롭게 나 자신을 탐색하고 발견하며, 개인과 집단과 사회가 회복되고, 치유되고, 성장하는 경험을 가질 수 있도록, 또한 푸드아트심리상담의 대중적인 실천과 적용을 위해서, 학문성, 전문성을 포기하지 않는 한도 내에서 재미있고 이해하기 쉽도록 쓰고자 노력했습니다. 푸드아트심리상담을 가르치거나 배우거나, 또는 상담자의 입장이든 내담자의 입장이든지 상담과 관련되어 있는 모든 분들뿐만 아니라, 자신의 마음과 영혼의 내면세계에 관심을 가진 분들은 누구나 쉽게 공감할 수 있게끔 썼습니다.

또한 학문적이고 이론적인 내용뿐 아니라 실제적인 사례중심으로 상담현장에서 적용이 가능하도록 실제적인 내용을 수록함으로써 이론과 실제 그 양면성을 함께 지닐 수 있도록 했습니다.

지금 우리의 사회는 정신건강과 행복한 삶의 추구에 대한 사회적 요구와 맞물려 푸드아트심리상담은 더욱 확장되고 있으며 많은 푸드아트심리상담사를 요구하고 있습니다. 앞으로 이 책이 푸드아트심리상담을 연구하는 대학생, 대학원생, 일선에서 푸드아트심리상담을 실시하고 있는 푸드아트심리상담사를 위한 교재뿐만 아니라 심리상담사, 교사, 사회복지사, 임상심리상담사 그리고 인간의 정신건강이나 상담에 관심을 가지고 있는 일반인에게도 도움이 되기를 바랍니다.

끝으로 이 책이 세상에 빛을 발하기까지 일선 교육현장에서 강의를 하시며 끊임없는 연구와 임상을 통해 최고의 교육프로그램을 만들어 내신 조임숙 교수님, 편집에 함께 하신 김현옥 선생님, 국제유니버시티평생교육원 김진희 원장님, 차은선 주임님에게 깊은 감사의 마음을 전합니다.

아무쪼록 이 책을 통하여서 이 세상이 더욱 행복하고 밝아졌으면 하는 마음입니다.

**이광재 드림**

“먹는 거 갖구 장난해?”

제가 임상을 하면서 이 말을 제일 많이 들었습니다. 그런데 한 번 두 번 상담을 해 나가면서 이 말이 “먹는 거로도 마음이 편안해지네. 재미두 있구, 이거 괜찮네!!!” 하면서 웃는 얼굴을 보입니다.

3살부터 90세가 넘으신 어르신들까지 또 다양한 기관에서 푸드아트심리상담으로, 때로는 푸드아트놀이로서 활동을 하다 보니 하나하나 임상이 쌓여져 이렇게 책까지 발간하게 되었습니다.

엄마 뒤에 꼭 붙어서 떨어지지 않으려고 하는 분리 불안을 겪는 아이가 이 활동을 접하면서 엄마와 떨어져도 이제 유치원 생활을 잘 할 수 있다는 어머니의 고마움, 학교에서 적응하기 힘든 초등생ㆍ청소년들이 활동을 하고 난 후 “선생님, 이거 또 언제해요? 제 친구가 하고 싶다는데 같이 와도 돼요?”라고 빨리 하고 싶다고 기다리는 학생들... 우울증으로 삶의 의욕이 없는 주부가 10회기를 마칠 때는 옷 색깔도 달라지고 얼굴에 웃음이 조금씩 살아나고... 이혼의 위기에 처한 부부와 가족들에게도 서로의 소중함을 알게 해 주어서 감사하다는 손 편지... 이제, 남은 건 죽음밖에 없다고 생각하시는 어르신들에게는 그래도 삶의 가치가 있다는 것, 그동안 잘 살아 왔다는 보람을 느끼게 해 주었다고 하면서 주름지고 거친 손으로 내 손을 잡아주시던 어르신... 몇 년 동안 임상을 하면서 다른 사람들에게 많은 희망을 준 것에 대하여 뿌듯함을 느낍니다.

주위에서 쉽게 접할 수 있는 다양한 식재료를 가지고 심리상담을 하는 장점을 최대한 살려서 많은 프로그램과 접목할 수 있기 때문에, 함께 나누고자 이 책을 발간합니다.

책을 편집함에 있어서 함께 해 주신 이광재 박사님과 김현옥 선생님, 많은 조언을 해 주신 국제평생교육개발원의 김진희 원장님, 차은선 주임님 그리고 푸드아트심리상담으로 처음 학위 논문을 지도해주신 여러 교수님들, 지금도 열심히 푸드아트심리상담으로 연구의 장을 펼칠 수 있게 힘써 주시는 교수님들께도 감사의 말씀을 전합니다.

누구보다 늦게 귀가하는 저를 기다려주며 뒷바라지 해 주는 든든한 사랑하는 남편과 딸 예린이에게도 너무나 고맙고 감사합니다.

"책 언제 나오나요?" 라고 기다려주신 많은 선생님들과 임상에 참여 해 주신 선생님들께도 감사의 마음을 전하고, 책에 임상이 실리지는 않았지만, 함께 해 주신 여러 선생님들께도 고마운 마음을 전합니다.

이 책을 통하여 많은 분들이 삶에 대한 희망을 찾고, 살아볼 만한 가치가 있다는 것을 느꼈으면 하는 바램과 함께 즐겁고 행복한 삶을 유지할 수 있기를 간절히 바랍니다.

마지막으로 앞으로 푸드아트심리상담을 통하여 많은 일들을 이루게 하실 하나님께 감사를 드립니다.

조 임 숙 드림

# CONTENTS

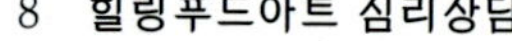

## 제4부 : 상담 플러스 (양식 및 측정도구)





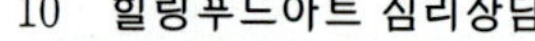

# 제1부

# 푸드아트심리상담 이론

## 1. 상담이란?

상담이란 상담사가 도움을 필요로 하는 내담자에게 전문적 지식과 기능을 가지고 문제를 합리적이고 현실적으로 파악하여 효율적인 행동방식을 향상시키는 것이다. 또한 문제 해결을 위한 결정을 할 때 적절한 판단을 할 수 있도록 도와주는 활동으로 정의할 수 있다.

즉, 도움을 필요로 하는 내담자가 전문적 훈련을 받은 상담자와의 상호작용 관계에서, 가지고 있는 문제의 해결과 사고·행동 및 감정 측면의 인간적 성장을 위해 노력하는 학습과정이다(이장호, 2014).

다시 정리하면, 상담의 의미는 학자에 따라 견해의 차이가 있으나, 다음과 같이 정리할 수 있다.

① 상담은 개인 대 개인의 관계(형성)이다.
② 상담은 언어적 수단(대화)에 의한 상호작용이다.
③ 전문적인 도움을 주는 관계이다.
④ 상담은 학습의 과정이다.
⑤ 상담은 사적인 관계이다.

따라서 상담이란 전문적인 지식과 훈련을 갖춘 상담자와 도움을 필요로 하는 내담자 간의 수용적이고 구조화된 관계 형성 속에서 내담자가 가지고 있는 문제나 욕구를 서로 공유하고, 전문가적인 방향성을 제시해 주어 내담자 스스로 해결해 나갈 수 있도록 도와주는 조력의 과정이다. 또한 내담자의 바람직한 사고와 건강한 성장 발달을 심리적으로 지원해 주는 계획적이고 전문적인 활동으로 정의할 수 있다.

## 2. 상담의 목표

상담의 목표는 내담자가 현재 지닌 문제를 제거 · 감소하거나 예방 · 치유하며 바람직하고 긍정적이며 적극적인 방향으로 변화를 도와주는 것이다. 그러므로 상담은 교육적, 발달적, 진단적, 예방적, 교정적, 처방적인 기능을 갖고 있으며, 인간의 삶과 뗄 수 없는 관계를 지닌다.

상담의 목표를 구체적으로 살펴보면 다음과 같다.

① 인간의 행동에 있어서 변화를 촉진(향상)시킨다.

대부분의 상담이론을 보면 내담자로 하여금 좀 더 생산적이고 만족스러운 삶을 살 수 있도록 내담자의 행동변화를 가져 오는 것을 상담의 목표로 하고 있다. 즉 생각, 감정 그리고 행동의 변화를 가져오는 것이 상담의 목표이다.

② 사회적 · 개인적인 관계들을 개선시킨다.

상담은 내담자로 하여금 대인관계를 원활하게 할 수 있도록 하는 것이다. 즉 가정, 학교, 직장, 지역사회 등 여러 유형의 대인관계가 발달을 향상할 수 있는 방향으로 변화되도록 돕는 것을 가리킨다. 상담의 최종결과로 내담자는 상담자와 원만한 대인관계를 맺고 바람직한 방향으로 변화를 이루게 될 뿐만 아니라 내담자 자신이 다른 사람과 원만한 대인관계를 형성하고 발달시킬 수 있는 능력을 기르게 된다.

③ 사회적 효율성과 대처하는 능력을 향상시킨다.

상담은 내담자로 하여금 문제 해결 능력과 적응기술을 향상시킨다. 문제해결을 상담의 목표로 할 경우 삶 그 자체가 문제의 연속이기 때문에 상담 또한 계속적으로 필요로 한 것이 된다. 그렇기 때문에 상담의 목표는 직접적인 문제 해결보다 내담자 스스로 문제를 해결할 수 있도록 돕는 것이 되어야 한다.

④ 의사결정 과정들을 배운다.

상담은 내담자로 하여금 의사결정 기술을 향상하는 것이다. 우리의 삶은 선택과 결정의 연속이고 합리적인 의사결정을 필요로 한다. 상담은 내담자로 하여금 자신이 선택할 수 있는 범위에서 가장 합리적인 의사결정을 내릴 수 있게 하는 것이다.

⑤ 인간의 잠재력을 향상시키고 자아발달을 풍부하게 한다.

상담은 내담자의 타고난 잠재능력을 개발하여 저마다 자아를 실현하는 사람이 되도록 돕는 것이다. 인간은 무한한 잠재력이 있지만 극히 일부만 활용하고 있다. 상담은 내담자로 하여금 자기탐색의 기회를 거쳐서 자신의 능력과 특성을 발견할 수 있는 것이다 (정효정 외, 2010).

# 3. 상담자의 윤리

이러한 변화를 목적으로 하는 상담에서는 무엇보다도 상담자의 역할이 중요하다. 그러기 위해서는 상담자의 윤리가 필요하며, 그 윤리에 대하여 살펴보면 다음과 같다.

① 비밀보장이다.

상담자는 내담자의 동의 없이는 내담자에 관한 어떤 정보도, 심지어 상담을 받았다는 사실조차도 제3자(타인)에게 공개해서는 안 된다. 다만 내담자가 자신 또는 사람의 생명을 위협할 가능성이 있다고 판단되거나 어떤 형태로든 학대를 받고 있다는 사실이 보고되는 경우는 예외가 될 수 있다.

② 전문성이다.

내담자가 상담자를 찾을 때는 상담자가 자신의 어려움을 해결하는 데 어떤 식으로든 도움을 줄 수 있을 것이라는 기대를 한다. 이러한 내담자에게 상담자가 도움을 줄 수 있기 위해서는 기본적으로 전문성이 있어야 한다. 전문성에는 다양한 자격증뿐만 아니라 상담과정에서의 실천에 통찰력, 기획성, 행정가의 능력까지 포함한다.

③ 인간의 권리와 존엄성에 대한 존중이다.

상담자는 내담자를 한 인간으로서 권리를 보장하고 존엄성을 존중할 수 있어야 한다. 이것을 보장하기 위해서는 내담자의 나이와 성별, 종교, 장애, 지위, 명예, 문화적 배경 등으로부터 부당한 대우나 차별하지 않으며 이들의 다양성을 존중하는 태도를 가져야 한다(강문희 외, 2008).

④ 보호와 경고의 의무이다.

비밀 보장의 원칙이 있지만, 생명 · 학대와 관련된 사항에서는 예외를 두고 있다. 내담자의 보호와 상담자로서 신고의 의무를 우선적으로 행해야 한다. 그러기 위해 상담자는 반드시 내담자와의 상호작용의 내용을 기록할 필요가 있다. 기록은 상담자를 법적인 책임으로부터 보호할 수 있고, 경고의 의무나 보호의 의무와 관련된 그 상황을 증명하는 자료로 중요하게 사용될 수 있기 때문에(김춘경, 2006) 반드시 주의 깊게 기록해야 한다.

## 4. 상담의 원칙

상담자가 지켜야 할 몇 가지의 원칙은 다음과 같다.

① 자신의 상태를 자각해야 한다.
자신이 가지고 있는 인식, 편견, 감정, 가치관 등을 파악하고 이것이 내담자에게 어떠한 영향을 미칠 것인지 분명히 인지하고 있어야 한다.
② 상담자는 자신이 소속한 기관의 윤리적 원칙에 대해 알고 있어야 하며 그 기준에 맞춰서 상담과 서비스를 해 주어야 한다.
만약 기관에서 해결하지 못하는 문제는 타 기관과 연계하여 의뢰할 수 있다.
③ 내담자를 자신의 욕구를 충족시키기 위해 이용해서는 안 된다.
④ 상담자는 치유적 관계 외에 사적인 관계로 내담자를 만나서는 안 된다.
⑤ 상담자는 내담자의 비밀에 대한 보장과 상담관계에 바람직하지 못한 영향을 줄 수 있는 다른 문제들에 대해서도 내담자에게 알려줄 의무가 있다.
⑥ 상담자는 상담의 목표, 기법 및 절차를 통한 상담을 결정하기 전에 고려해야 할 사항들에 대하여 미리 내담자에게 알려 주어 상담의 책임성을 갖게 해 주어야 한다.
⑦ 상담자는 자신이 제공할 수 있는 전문적인 도움의 한계를 알고, 내담자에게 적절한 도움을 주지 못하고 있다는 판단이 내려질 때에는 전문가나 슈퍼바이저의 도움을 받거나 내담자가 다른 상담자에게 상담 받을 수 있도록 의뢰할 수 있어야 한다.
⑧ 상담자는 상담과정에서 자신이 내담자에게 모델이 될 수도 있다는 것을 알고, 상담자 자신의 생활에서 내담자에게 영향을 미칠 수 있는 행동에 대해 분별력을 가지고 있어야 한다(이장호, 2014).

# 5. 상담자의 기본 태도

상담자의 기본태도는 여러 가지가 있지만, 그 중에서 몇 가지만 간추려 보고자 한다. 그것은 존중, 경청, 친밀감, 공감이다.

### ① 존중(尊重, unconditional regard)

상대방이 어떤 문제를 가지고 있든지, 혹은 어떤 잘못을 저질렀는지 상관없이 무조건적으로 그를 귀한·소중한 존재로 여기는 것을 뜻한다.

### ② 경청(傾聽, listening courteously)

경청이란 상담자가 내담자의 말(언어적)·행동(비언어적)을 주목하는 것을 뜻한다. 내담자의 말과 행동에 대한 경청은 상담을 효과적으로 나타내는데 주요 요인이 된다.

### ③ 친밀감(親密感, sense of closeness, intimacy)

친밀감이란 지내는 사이가 매우 친하고 가까운 느낌이라는 뜻이다. 친밀감을 가지려면 첫째, 서로 통하는 느낌(connect)이며, 둘째, 서로 호감을 갖고 살피고 도와주며(care), 셋째, 나눌 수 있는 의미(share)에서 서로 주고 받아야 한다(이무석, 2007).

### ④ 공감(共感, sympathy)

상담자가 내담자의 입장에서 내담자의 감정과 행동, 경험 등에 대해 깊게 이해하는 심리적 반응을 말한다.

## 제2장  푸드아트심리상담이란?

## 1. 푸드아트심리상담이란?

푸드아트심리상담(Food Art Psychological Counseling)이란, 심리적 · 사회적 · 정서적 어려움을 겪는 사람들을 대상으로 푸드(음식 재료)로 자신의 마음을 구성하고, 표현함으로써 심리를 진단하고, 치유하고, 자아를 회복하고 자아성장을 돕는 행동심리상담의 한 분야이다(조임숙, 2013). 즉, 이를 쉽게 설명하면, 다음의 네 글자로 요약해서 설명할 수 있다.

〈 표-1 〉 푸드아트심리상담의 정의

| 심 (대상) | 심리적 어려움을 겪는 사람들을 **대상**으로 |
|---|---|
| 푸 (어떻게) | 푸드로 **구성**하고, **표현**하면서 |
| 심 (방법) | 심리를 **진단**하고, **치유**하고 |
| 자 (목적) | 자아를 **회복**하고, 자아**성장**을 돕는 것 |

* 출처 : 조임숙(2013), 푸드아트심리상담프로그램이 학교적응과 자아존중감 · 스트레스에 미치는 효과

## 2. 푸드아트심리상담의 역사

푸드아트심리상담(Food Art Psychological Counseling)은 푸드아트테라피(Food Art Therapy)에서 출발하였다. 푸드아트테라피(Food Art Therapy)는 이정연(2006)이 개발한 프로그램으로, Therapy에 Food Art를 접목시켜 심리치료를 하는 통합적 예술치료이며, 식품을 도구로 하여 자신의 내면세계를 감성적으로 표현하는 종합예술 장르라고 하였다. 즉, 푸드아트테라피는 심리치료와 재활치료를 목표로 하는 예술치료에 속하며 식품 재료와 접촉하고 작품을 제작하는 과정에서 작품에 대한 의미부여와 재구성, 그리고 해체 등이 진행되고, 궁극적으로 긍정적인 인식의 확장을 통한 자기치유를 돕는다(이정연, 2006).

테라피(therapy)라는 뜻을 사전에 찾아보면 '치료, 요법' 혹은 '물리요법이나 심리요법'이란 뜻이다. 다시 말하면 어떤 질병, 장애 또는 문제를 치료, 치유, 완화하기 위해 계

획된 체계적 과정과 활동을 의미한다. 그러나 푸드아트테라피의 배경에서 출발한 푸드아트심리상담은 신체적, 심리적인 회복을 강조한 푸드아트테라피보다는 심리적인 회복에 좀 더 비중을 두고 심리상담을 한다는 의미에서 푸드아트심리상담이라는 용어를 사용하였다.

## 3. 푸드아트심리상담과 비슷한 여러 가지 용어의 정의

푸드아트심리상담과 비슷한 여러 가지 용어가 있다. 이를 구체적으로 간단하게 설명하면 다음과 같다.

〈 표-2 〉 푸드아트심리상담과 비슷한 여러가지 용어

| | |
|---|---|
| **푸드아트**<br>(Food Art) | 여러 가지 음식을 재료로 **창의적으로 꾸미는** 예술 활동 |
| **푸드테라피**<br>(Food Therapy) | 푸드(Food)와 테라피(Therapy)의 합성어로 음식을 통해 **증상을 예방하고 완화**하는데에 도움을 주는 것 |
| **푸드아트테라피**<br>(Food Art Therapy) | 음식 재료로 간단하게 작품을 만듦으로써 **신체적인 회복(정상화)**과 **심리적인 회복**을 할 수 있는 종합예술 활동 |
| **푸드아트심리상담**<br>(Food Art Psychological Counseling) | 음식 재료로 간단하게 작품을 만듦으로써 **심리적인 회복**을 할 수 있는 종합예술 활동 |

이처럼 푸드아트심리상담과 비슷한 여러 가지 용어 중 '푸드아트심리상담'은 신체적인 회복에도 많은 도움을 주지만, 심리적인 회복에 초점을 맞추어 진행된다는 점에서 그 차이가 있다.

# 4. 푸드아트심리상담의 장점

푸드아트심리상담은 다음과 같은 장점이 있다.


① 손쉽게 구할 수 있다.

일상에서 음식 재료를 손쉽게 구할 수 있기 때문에 접근하기에 매우 쉽다.


② 친밀감 형성에 좋다.

음식은 사람과 사람 사이를 친해지게 한다.  대화할 때 음식이 있으면 말하는 것도 더 자연스러워지고, 그 사람과 더 가까워 질 수 있다.  즉 심리적 거리감을 좁힐 수 있기 때문에 훨씬 내담자와 친해질 수 있다.  이것은 곧, 쉽게 내담자의 마음을 읽을 수 있다는 것을 뜻한다.


③ 쉽게 만들 수 있다.

음식재료를 매개체로 하기 때문에 자신의 기분에 따라 음식 재료를 가져다가 색지 위에 원하는 대로, 마음 가는 대로 구성할 수 있어서 누구나 쉽게 마음을 표현할 수 있다.


④ 먹으면서 할 수 있다.

음식재료를 매개체로 사용하기 때문에 작품을 구성하면서 동시에 먹는 즐거움을 느낄 수 있다. 즉, 최대한 편안한 마음으로 심리상담을 할 수 있기 때문에 먹으면서 할 수 있다는 게 큰 장점이다.


⑤ 변형이 자유롭다.

푸드아트심리상담 프로그램은 어떠한 주제 하에 작품을 표현한 후, 상담자와 피드백을 하면서 작품 활동 후 마음에 들지 않으면, 내담자가 원하는 대로 바로 그 자리에서 음식재료로 다시 재구성 할 수 있는 장점이 있다.  그렇기 때문에 이러한 상담과정에서 내담자 본인도 모르게 힐링을 느낄 수 있다는 큰 장점을 갖고 있다(예를 들어, '어항가족화'에서 내담자 본인은 작은 멸치로 표현하고, 다른 가족 구성은 큰 멸치로 표현했을 때, 상담자와 피드백 후에 본인을 뜻하는 작은 멸치를 큰 멸치로 다시 재구성하게 되면, 자신도 모르게 자존감이 높아질 수 있다).

⑥ 남녀노소 모두 활동 가능하다.

음식을 싫어하는 사람은 거의 없기 때문에, 남녀노소 누구나 활동 가능하다. 3살 된 아이부터 90세가 넘는 노인에 이르기까지, 유아, 초등, 중등, 고등, 대학생, 성인, 일반 주부, 전문가, 어르신, 장애인, 치매노인 등 그 대상이 모두 가능하다는 장점이 있다.

⑦ 방어가 감소된다.

내담자가 활동에 따라 생각해서 꾸미기도 하지만, 생각하기 전에 마음에 끌리는 대로 음식재료를 선택해서 꾸밀 수 있다. 내담자는 자신을 포장하지 않고, 있는 그대로를 보일 수 있어서 방어가 감소되어 상담할 수 있는 장점을 가지고 있다.

⑧ 자아존중감을 길러준다.

내담자 스스로가 꾸미고 싶은 것을 마음대로 꾸미고, 작품을 완성하는 데에 있어서 뿌듯함과 동시에 마음의 편한함과 긍정적 효과를 가져다 주면서 내담자의 자아존중감이 향상된다.

⑨ 스트레스 해소에 뛰어나다.

먹는 음식재료를 가지고 본인이 표현하고 싶은 것을, 자연스럽게 작품을 만들면서 정신을 집중할 수 있고, 스트레스를 풀 수 있다는 데에 큰 장점이 있다.

⑩ 즐거움을 줄 수 있다.

음식이 가져다주는 즐거움도 동시에 즐길 수 있다. 그리고 다 완성된 후 자신이 만든 음식을 먹을 수 있어서 또 다른 즐거움을 줄 수 있다.

⑪ 생각하는 힘을 길러 준다.

주워진 활동을 어떻게 표현할 수 있을까? 하는 생각을 하게 됨에 따라서, 또는 자신이 만든 작품의 소감문을 직접 씀으로써 생각하는 힘도 길러줄뿐더러, 다른 사람의 생각도 같이 공유할 수 있는 장점이 있다.

⑫ 창의력 향상에 뛰어나다.

세상에 하나뿐인 나만의 작품을 만들 수 있다. 또한 똑같은 재료를 가지고 활동을 여러 사람들이 하는데, 모두 다른 작품이 나온다. 이는 푸드아트심리상담의 또 다른 장점이라 할 수 있다.

### ⑬ 오감을 모두 사용한다.

푸드아트심리상담은 다른 많은 행동치유에 관한 프로그램에 비해 오감(시각, 후각, 미각, 청각, 촉각)을 모두 사용한다.

**〈 표-3 〉 오감의 효과**

| 오 감 | 효 과 |
|---|---|
| 시 각 (눈) | 음식재료를 눈으로 봄으로써 다양한 색감과 모양, 크기 등을 경험할 수 있다. 이는 시각적인 치유를 느낄 수 있다. |
| 후 각 (코) | 음식 자체의 고유한 냄새를 경험함으로써, 냄새가 주는 심리적  안정감을 느낄 수 있다. |
| 미 각 (입) | 음식마다 다양한 맛을 가지고 있어서, 그것을 먹으면서 미각을 자극하여 심리적, 신체적 포만감과 안정을 가져다 준다. |
| 청 각 (귀) | 여러 가지 음식재료를 손으로 만지면서 때로는 과자를 가루로 만들거나, 채소를 다듬을 때 청각적인 효과도 더불어 감각적인 치유를 경험할 수 있다. |
| 촉 각 (피부) | 음식재료 마다의 고유한 거칠기, 부드러움, 매끈함 등  다양한 촉각을 느낄 수 있다. |

## 5. 푸드아트심리상담의 효과

푸드아트심리상담은 또한 다음과 같은 효과를 가져다 준다.

### ① 자발성

참여하는 사람들이 적극적이고, 스스로 자발적으로 참여하게 된다. 즉, 다른 사람이 아닌, 내가 주체가 되어서 활동하게 된다.

② 유희성

작품을 만들면서 긴장했던 심리적 상태가 이완될 수 있도록 여러 가지 놀이로서의 경험도 하게 된다.


③ 창의성

자유롭게 상상활동을 통해 작품을 구성하고 해체하고, 다시 재구성함으로써 창의력이 발달한다.


④ 안정성

자유롭게 자신이 표현하고 싶은 대로 표현함으로써 심리적 긴장감에서 벗어나 심리적 안정감을 얻을 수 있다.


⑤ 협동성

같은 주제 하에 모든 참여자가 하나가 되어 하나의 작품을 만듦으로써 소속감과 함께 타인에 대한 배려심과 협동심을 기를 수 있는 효과가 있다.


⑥ 미래지향적 마인드

미래에 대한 활동을 함으로써, 자신의 미래를 설계해 보고, 구체적으로 계획해 봄으로써, 매순간 미래를 향해 실천할 수 있는 마인드를 가지게 되는 효과를 가져 온다.

# 6. 푸드아트심리상담의 전망

푸드아트심리상담은 유아, 어린이, 청소년, 교사, 상담사, 노인에 이르기까지 누구나 쉽게 할 수 있는 프로그램으로서 먹는 음식 재료를 매개체로 하기 때문에 친근감을 갖고 아주 쉽게 접근할 수 있다. 또한 표현하기가 쉽고 작품을 구성하기가 쉬워서 예술적 만족감과 마음의 즐거움과 치유를 가져다주며. 건강한 관계성 회복과 자발적인 창조활동을 통하여 보다 긍정적인 자아를 형성할 수 있다.

이러한 푸드아트심리상담만의 장점과 효과를 바탕으로 푸드아트심리상담사로서의 전문가로서의 활동영역은 다음과 같다.

① 각종 시설의 푸드아트심리상담사로 활동할 수 있다(병원, 학교, wee 센터, 상담전문센터, 방과후 지도사 등).

② 푸드아트심리상담사를 배출하는 강사로 활동할 수 있다(교육청, 상담전문센터, 교육관련단체, 지자체 문화센터, 각종 종교기관, 지역아동센터, 교정기관, 장애인 특수학교, 병원, 요양원, 장애인복지관, 학교폭력상담 등).

③ 대학, 평생교육시설 전문 강좌를 개설하여 지도자로 활동이 가능하다(각 대학교, 평생교육원, 평생교육시설, 사회교육기관, 백화점 문화센터, 여성전문인력개발센터, 사회복지관 등).

# 7. 푸드아트심리상담 활동 시 필요한 준비물

① 음식 준비물 : 모든 음식물은 유통기간을 반드시 확인하여야 한다.

<표-4> 음식 준비물

| 준비물 | 주 의 사 항 |
|---|---|
| 과 자 | 모양과 색깔, 크기를 고려해야 하고 활동에 따라 다양하게 준비 |
| 채 소 | 굵기, 길이, 색깔을 고려하고, 상황에 따라 씻거나, 씻지 않고 준비<br>(물기가 있으면 색지와 다른 푸드 재료가 젖을 수 있기 때문에, 상황에 따라서 씻지 않고 그냥 준비해도 무관함) |
| 냉동식품 | 미리 해동하여 준비 (예 : 만두피) |
| 냉장식품 | 다양한 가루 (예 : 카레, 짜장, 커피, 밀가루 등)<br>다양한 조미료 (예 : 소금, 설탕, 후추 등)<br>다양한 색깔 음료 (예 : 포도주스, 오렌지주스, 석류주스, 알로에주스 등)<br>기타 모든 냉장보관 식재료 |
| 곡 류 | 모든 곡류 (예 : 쌀, 콩, 조, 잡곡 등) |
| 건 어 물 | 크기와 색깔, 용도에 맞게 준비<br>* 재료에 따라 냉장보관 할 것 (멸치, 오징어 채, 새우, 쥐포 등) |
| 과 일 | 활동에 따라 미리 씻어서 준비하거나, 씻지 않고 준비해도 무관<br>(예 : 씨가 있는 것, 씨가 없는 것 등) |

<표-5〉그 외 준비물

| 준비물 | 주 의 사 항 |
|---|---|
| 쟁 반 | 단색(화려하지 않는 것) : 쟁반이 화려하면 재료의 색깔이 묻힐 수 있다.<br>손잡이에 구멍이 없는 것 : 쟁반 위의 음식 재료들이 구멍으로 쏟아질 수 있다.<br>가벼운 것 : 이동시 무겁지 않은 것을 사용 |
| 과 도 | 안전사고에 유의<br> : 음식 재료를 잘라서 사용할 경우, 반드시 상담자가 잘라주어야 한다 (본인이<br>   절대 자르지 않도록 한다)<br>* 부득이 자를 경우 플라스틱 빵 칼을 준비 |
| 스 푼 | 용도에 맞는 티스푼 또는 플라스틱 스푼 준비<br>티스푼 : 귀한 사람 대접하기 활동에서 오이 잔을 만들 때<br>       → 플라스틱 티스푼은 부러질 수 있다.<br>플라스틱 스푼 : 나만의 케이크 만들기 활동에서 생크림으로 장식할 때 |
| 문 구 류 | 다양한 크기와 질감과 색깔의 색지, 네임펜, 싸인펜, 전지, 필기도구 등 |
| 기타 준비물 | 일회용 비닐 팩, 지퍼 팩, 일회용 비닐 장갑, 얇은 도마, 물티슈, 휴지 등 |

# 제2부

# 심리학이론 기초

# 제1장 정신분석상담의 관점으로 본 푸드아트심리상담

푸드아트심리상담은 다양한 심리학 이론을 바탕으로 진행되는 프로그램이다. 그 중 대표적인 이론을 정리해 보고자 한다. 그러나 프로그램 진행시 심리학 이론들 중 한 가지 이론만으로 상담을 하는 것이 아니고 다양한 이론의 관점에서 통합적으로 접근해 나아가기 때문에 각 이론들이 기본적으로 바탕이 된다.

## Ⅰ. 정신분석상담

### 1. 이론적 정의

정신분석(psychoanalysis)은 지그문드 프로이드(Sigmund Freud)에 의하여 정립되어진 심리학의 기초라고 볼 수 있다. 정신분석은 또한 인간의 내적 갈등에 중점을 두고 있다. 인간의 정신은 외부로 에너지를 방출시키면서 긴장을 감소시키려고 하지만, 타인과 속해 있는 사회에서 그 모든 것을 허용하는 것이 아니기 때문에 개인과 사회는 계속적으로 갈등을 겪는다. 또한, 인간의 심리적 문제는 내부에 존재한다는 정신결정론을 주장했다. 현재에 일어나는 일은 과거와 반드시 연관이 되어 있고, 과거는 현재와 미래의 일을 결정한다고 하였다. 특히, 출생부터 5세 이전까지의 경험이 무의식 속에 잠재되어 있다가 현재의 심리적 문제를 결정한다. 그래서 현재의 상황을 바꾸기 위해서는 반드시 아동기의 경험을 재구성하는 것이 필수적이다. 그리고 인간의 행동은 무의식적인 성적·공격적 본능에 의해 결정되고, 따라서 무의식의 결정에 따라 지배되고, 행동하기 때문에 수동적인 존재이다.

### 2. 주요개념

#### (1) 지각수준 (지형학적 모형)

마음·정신에 대한 프로이드의 개념은 지각수준에 따라 의식, 전의식, 무의식으로 나뉘고, 성격구조는 원초아, 자아, 초자아의 영역으로 나뉜다. 의식 수준은 크게 의식, 전의식, 무의식으로 나눈다.

① 의식 (conscious)

현재 느끼는 모든 경험과 감각을 말한다. 깨어 있을 때 작용하는 영역으로 보고, 만지고, 냄새 맡고, 듣는 등의 감각과 슬픔, 기쁨 등의 감정을 뜻한다. 의식은 새로운 생각을 접하게 되면 내용이 계속적으로 변한다.

② 전의식 (preconsious)

의식과 무의식의 중간영역에서 다리 역할을 하며, 바로(즉시) 떠오를 수는 없지만, 조금만 생각하면 저장된 기억이나 지각 등 의식으로 가져올 수 있다. 전의식을 흔히 '이용가능한 기억이다' 라고 말한다.

③ 무의식 (unconscious)

무의식은 정신의 가장 깊은 곳에 존재하며, 지각하지 못한다.  하지만 인간의 행동을 결정하는 원인이며 정신분석의 중심초점이 된다.  무의식은 사고와 행동을 완전히 통제하는 힘을 가지고 있어 행동의 동기가 된다.  또한 긴장상태를 벗어나고자 하는 방어기제로 무의식에 속한다.

## (2) 성격구조 (구조적 모형)

### ① 원초아 (id)

무의식 안에 존재하며 즉각적이고 인간이 생존하는데 필요한 본능(식욕, 성욕, 배설욕)으로 쾌락의 원리(pleasure principle)[1]를 추구한다. 이는 긴장을 완화시켜 주는 이미지를 떠올림으로써 긴장을 해소하는데, 이러한 작용을 일차적 과정(primary process)이라고 부른다.

### ② 자아 (ego)

자아는 현실의 원리에 따르는 감정이며, 마음의 이성적인 요소로서 경험을 통해 발달된다. 자아는 개인이 객관적인 현실과 원초아로부터 상호작용을 하고자 할 때는 조직적이고, 구체적인 정신구조를 가지고 있으며, 현실세계의 특징을 선택하고, 이성적으로 행동을 평가하고, 과정을 결정하는 역할을 한다. 자아는 현실 원리 (reality principle)에 따라 본능적 욕

---

1) 쾌락원리(pleasure principle) : 유기체의 긴장 수준이 올라가면 원초아는 긴장을 즉각 발산하여 유기체를 편하고 안정된 낮은 에너지 수준으로 돌아가도록 작용한다.

구를 현실에 맞추어 조정하고 통하는 이차적 과정(secondary process)의 사고를 한다. 또한 자아는 생후 4개월 이후부터 발달한다.


### ③ 초자아 (super ego)

초자아는 3~5세 사이에 발달하며 사회적으로 습득해 온 사회적 가치, 전통적 관습 등을 말한다. 양심에 해당되는 것으로 도덕적 기준에 따라 옳고 그른 것이 무엇인지, 어떤 행동을 해야 하는지, 말아야 하는지를 판단한다. 흔히 양심이라고 표현한다. 성격의 도덕적 측면을 강조하여 현실보다는 이상을 나타내며, 쾌락보다는 안정을 추구하기 위해 노력하는 부분이다. 자아로부터 발달하며, 자아와 함께 스스로 자신의 행동을 조절해 줄 수 있게 해 준다.


## (3) 방어기제 (defense mechanism)

인간의 기본적인 성격심리는 평화를 유지하며, 안전하기를 바란다. 그러나 스트레스 상황에서는 이러한 기본적 욕구가 파괴되고, 혼란을 겪게 된다. 그러므로 이러한 스트레스상황에서 벗어나기 위하여 자신을 보호하려는 반응이 무의식 속에서 표출되어 안정 상태로 돌아가고자 노력한다. 이것을 방어기제라고 하는데, 이 이론은 안나 프로이드에 의해 정립되었다. 여러 가지 방어기제의 종류는 다음과 같다.


### ① 억압 (repression)

가장 보편적인 방어기제로서, 너무나 고통스럽고 충격적인 사건이나 현상에 대하여 느끼는 감정이나 충동, 사고, 욕망, 기억 등이 의식세계로 표출되지 못하도록 무의식 세계로 밀어 넣는 것이다. 죄책감이나 수치심 또는 자존심을 상하게 하는 경험일수록 억압되기 쉽다. 예를 들면, 고통스러운 일을 잊어버리는 기억상실이나 하기 싫고 귀찮은 과제나 약속을 '깜박 잊었다'는 경우가 해당된다.


### ② 투사 (projection)

자신으로 인해 생긴 스트레스나 불안 등의 원인에 대한 책임을 타인에게 전가함으로써 죄의식이나 불안에서 벗어나 자신을 방어하는 방법이다. 예를 들어, 차가 막히는 것은 내가 아닌 다른 사람들이 차를 가지고 왔기 때문에 막히는 것이라고 다른 사람의 탓으로 넘기는 것이 좋은 예이다. 또한 어떤 사람이 자기를 미워하기 때문에 자신도 그 사람을 미워한다고 말하는 것이다.

### ③ 승화 (sublimation)

사회적으로 인정될 수 없는 본능적 충동이 사회적으로 바람직한 일로 대체되는 경우를 말한다. 이것은 방어기제 중에서 가장 건전하고 바람직한 기제다. 예를 들어, 사춘기 남학생들이 자기 자신의 지나친 에너지를 폭력으로 풀지 않고 운동을 하는 것이 승화의 예라고 볼 수 있다.

### ④ 억제 (repression)

고통스럽고 용납될 수 없는 생각이나 충동을 의식적으로 잊으려고 노력하는 방어기제이다. 예를 들어, 실연당한 사람이 그 추억을 잊어버리려고 하는 것이나 내일도 시간이 많으니까 그것을 내일 생각한다면서 미루는 것도 억제이다.

### ⑤ 반동형성 (reaction formation)

스스로 용납할 수 없는 생각, 욕구들을 정반대의 생각으로 표현하는 것인데 이러한 경우 원래의 감정들은 의식하지 못한다. 즉, 겉의 표현이 마음의 욕구와 정반대로 나타나는 방어기제이다. 예를 들어, "미운 놈에게 떡 하나 더 준다."는 속담처럼 미워하거나 증오하는 대상에게 오히려 예의 바르게 행동하고 충성스럽게 대하는 태도를 예로 들 수 있다. 실제로 자신을 학대하는 사람인데도 그 사람을 좋아하는 것처럼 보이는 행동이 그 예이다(장선철, 2003; 오창순 외, 2010).

### ⑥ 합리화 (rationalization)

받아들이기 힘든 행동을 그럴 듯하게 수용될 수 있도록 합리적 또는 윤리적, 논리적으로 부합되도록 하는 것이 합리화이다. 즉, 현실에 더 이상 실망을 느끼지 않으려고 그럴 듯한 구실을 붙이는 것을 말한다. 자신의 실패를 정당화함으로써 자기만족을 얻으려는 방법이다. 예를 들어, 이솝우화에서 〈여우와 신포도〉라는 것이 합리화의 대표적인 예인데, 먹고는 싶은데 능력이 되지 않아 먹을 수 없는 포도를 보고 "저 포도는 신 포도라서 안 되겠다"라고 말하는 여우의 심리가 바로 합리화이며(정선철 외, 2003), 잘 생긴 사람과 사귀고 싶은 사람이 "잘 생긴 사람은 성격이 좋지 않다"라고 정당화하는 것도 한 예이다.

⑦ 동일시 (identification)

자기보다 더 나은 사람의 행동을 모방하는 것이다. 유아기의 아이들이 부모의 행동을 그대로 따라하는 것이 이에 속한다. 기본적으로 열등하다고 느끼는 사람들은 자신이 가치로운 사람으로 여기기 위해서 성공한 사람들과 동일시하려고 한다(정선철 외, 2003). 예를 들어 존경하는 스승의 사상이나 행동을 무의식적으로 모방하는 것이나, 반대로 아버지를 싫어하고 무서워하는 아들이 그 아버지를 닮아 가는 것도 동일시의 예이다(오창순 외, 2010).

⑧ 퇴행 (regression)

퇴행은 비교적 단순한 초기의 발달 단계로 자신의 발달단계보다 그 전의 발달단계로 되돌아가는 것이다. 또한 좌절을 심하게 당하거나 위협적인 현실에 직면하게 될 경우 불안을 느끼는데, 그 불안에서 벗어나기 위해 과거에 편안했던 수준으로 후퇴하는 현상을 말한다. 부모의 애정을 독차지하던 유아가 동생이 태어나면 아기처럼 젖병을 물거나 오줌을 싸는 행위를 보이는데, 이런 행동은 부모의 관심을 받고자 하는 무의식에서 표출되는 행동이다(오창순 외, 2010).

⑨ 전치 (displacement)

기본적인 성적·공격적 욕구를 직접적으로 충족시킬 수 없을 때 현실적으로 용납될 수 있는 대상이나 방법으로 바꾸어 그 욕구를 충족시킴으로써 불안을 회피하는 기제이다. 즉, 본능적 충동이 자신보다 약한 대상에게 향하게 하는 것이다. 예를 들어, 급한 상황에서 오히려 농담을 하면서 그 상황을 벗어나려고 하는 기제이다.

⑩ 보상 (compensation)

자신의 부족한 면이나 약점, 제한점을 감추기 위해 어떤 특정한 것에 몰두하여 다른 긍정적 특성으로 발전시키는 것이다. 예를 들어 못 생긴 사람이 신체적인 면이 아닌 다른 면에서 인정을 받고자 하는 노력하는 것, 지적으로 열등한 사람이 신체를 강화하는 경우가 보상의 예이다(장선철 외, 2003).

## 3. 심리성적 발달단계

프로이드에 의하면 인간의 성격은 출생부터 5세 이전에 결정된다고 했다. 각 시기 마다 성적 에너지가 어디에 있느냐에 따라 5단계로 나뉘어져서 발달하는데 구강기, 항문기, 남근기, 잠복기, 성기기의 순서이다.


### ① 구강기 (oral stage)

약 출생 후 1세 정도의 시기로, 성적 리비도가 입에 집중되어 빠는 행동으로 쾌감을 느끼는 시기이다. 초기에는 충분한 빨기를 통하여 만족감을 얻고, 후기에는 깨무는 것으로 쾌감을 느낀다. 보통 어머니의 젖이 일차적 매개체가 된다. 8개월 이후 이가 나는 시기가 되면 자신에게 느껴지는 좌절감에 대해 깨물고 싶은 충동의 공격성이 발달하여 후반기로 갈수록 욕구불만에 대한 최초의 양가감정을 경험하게 된다. 이러한 욕구를 충족하지 못하면 구강기의 고착으로 성인이 된 후 흡연이나 과식 등 입과 관련된 문제행동이 나타나기도 한다(장선철 외, 2003).


### ② 항문기 (anal stage)

항문기는 약 2세~3세경에 해당되며 리비도가 항문으로 옮겨가면서 배변을 통한 항문의 자극에 쾌감을 느끼는 시기이다. 대변의 배출과 보유의 활동에 즐거움을 느끼지만, 공격의 무기로도 사용한다. 이는 배변훈련을 겪으면서 부모(주 양육자)와 갈등상황이 생기면 반항적으로 더 지저분하게 하면서 공격성을 나타낸다, 또 하나의 저항은 변을 보유하며 부모를 기다리게 하는 것이다. 또한 이 시기는 배변훈련이 시작되는 시기로 대소변 훈련을 시킬 때 부모가 보이는 감정이나 태도·반응은 유아의 성격형성에 큰 영향을 미친다. 거칠거나 강압적인 방법으로 하면 성인이 된 후 불결, 난톡, 고집, 무질서, 무책임 등의 행동으로 표출되기도 한다.


### ③ 남근기 (phallic stage)

3세~6세에 해당되는 시기로 리비도가 생식기에 집중되어 있는 시기이다. 아동은 실제 자신의 성기를 만지면서 성적 쾌감을 느끼게 된다. 이 시기에 나타나는 특징적인 것은 남아가 경험하는 오이디푸스 콤플렉스(Oedipus complex)[2] 와 여아가 겪게 되는 엘렉트라 콤플렉스(Electra complex)이다. 이 동일시 과정을 통해 부모의 규범과 그가 속한 사회의 규범을 내

---

2) 오이디푸스 콤플렉스 (Electra complex) : 사랑의 첫 대상인 엄마를 언제나 아빠에게 빼앗긴다고 생각하여 아빠를 경쟁자로 여김. 하지만 아빠는 힘이 세기에 자신의 성기를 자를지도 모른다는 거세불안을 느끼며, 자신도 그 불안을 극복하기 위해 반동형성으로 아빠를 동일시 하고자 함 (반대의 경우는 엘렉트라 콤플렉스)

재화하게 되고 점차 자아와 초자아가 발달한다. 그러나 아버지와 동일시하면서 이러한 오이디푸스 콤플렉스를 원만하게 해결하지 못하면 퇴행적인 행동이 나타나고 여아처럼 행동하는 등 청소년기 성 정체감 확립에 큰 혼란을 겪을 가능성이 높다.

남아의 거세불안과 상반되는 여아는 남근선망을 갖는다. 여아는 남아에게 있는 남근이 자신에게는 없다는 것을 발견하고 자신의 성기를 잃어버렸다고 믿으며 남근을 부러워하게 되는 것이다.

④ 잠복기 (latency stage)

6세~12세에 해당되며, 이 시기의 성적 리비도는 휴식기를 맞는다. 자신의 성적인 부분과 공격적 성향이 잠시 휴식기를 맞아 잠복해 있는 시기이다. 이 시기는 자신의 신체보다 동성의 또래와의 활동에 더욱더 집중하게 된다. 아동의 관심은 외부 세상과 인간관계로 옮겨 간다. 본능적 욕구가 잠재화되므로 이성에 대해 관심은 감소하고 오히려 동성의 친구들과 어울리게 되는 사회화가 이루어진다. 또한 아동의 관심의 범위도 확대되어 친구, 교사, 지역사회 내 타인들에게 관심을 갖게 된다.

⑤ 성기기 (genital stage)

사춘기에서 성인기 이전의 시기로 리비도가 잠복해 있다가 다시 성적 충동과 공격적 충동이 강해지는 시기이다. 그러나 관심의 대상은 동성에서 이성으로 옮겨간다. 이 시기의 발달적 특징은 급격한 신체적 성장으로 2차 성징이 나타나는 시기이다. 따라서 이전 단계에 잠재되어 있던 리비도가 다시 활성화되어 성적 욕구가 강해진다.

## 4. 상담방법

① 자유연상법

이 기법은 정신분석에서 가장 기본적이며 핵심되는 기법이다. 내담자가 가장 편안한 자세에서 떠오르는 생각들을(사소한 것, 힘들어 하는 것, 즐거워하는 것, 아무 의미 없다고 느끼는 것 등)모두 말하고, 그것을 상담자가 그대로 들어주는 기법이다. 내담자가 두서없이 이야기를 하더라도 모든 이야기는 서로 역동적으로 어느 정도 관련성이 있어서 내담자를 파악할 수 있다는 생각을 전제로 한다(장선철 외, 2003).

② 꿈의 해석

내담자의 무의식적 자료는 자유연상 외에 꿈을 통해서도 얻을 수 있다. 프로이드는 꿈이 자신의 무의식을 드러내는 하나의 매개체가 된다고 말한다. 꿈을 꿀 때, 내담자는 자신의 방어기제가 가장 약하게 반응하기 때문에 억압된 욕구와 본능적 충동들이 보다 쉽게 떠오를 수 있다(장선철 외, 2003). 꿈은 무의식의 욕구를 찾아내고, 문제를 파악할 수 있는 정보를 얻을 수 있도록 해 준다 .

③ 전이 (transference)

전이(transference)란, 과거의 어떤 중요한 대상에 대하여 가졌던 사랑이나 증오의 감정, 즉 무의식에 억압되었던 감정들을 자신도 모르게 상대방에서 표출되는 것을 뜻한다. 치료과정에서는 내담자가 상담자에게 보이는 반응이다. 이러한 전이를 분석하여 내담자의 갈등을 파악하고, 문제 해결을 도울 수 있다. 이 과정에서 상담자는 내담자의 태도나 행동의 전이를 반영하는지 아닌지를 잘 판단해서 분석해야 한다. 그리고 그것이 지니는 의미를 내담자가 이해할 수 있도록 해석해 주어야 한다(장선철 외, 2003).

④ 저항 (resistance)

저항(resistance)이란, 내담자가 상담할 때, 진행을 방해하거나, 협조하지 않는 모든 행위를 말한다. 자신의 억압된 충동이나 감정들을 알게 또는 느끼게 되면 불안을 견디기 힘들기 때문에 그 불안으로부터 자아를 방어하려고 하는 경향이 있다. 그래서 내담자는 상담을 할 때, 저항을 하게 된다. 이러한 저항의 행동을 살피어 무엇을 숨기려고 하는지, 어떤 욕구 때문에 그런 행동을 하는지, 어떤 고통이 있는지에 욕구를 파악하는 것이 무엇보다 저항분석에서는 중요하다고 볼 수 있다.

⑤ 훈습 (working through)

내담자의 욕구를 파악하고, 내담자를 이해하여 상담을 통한 여러 가지 방법들은 실제 실천에 옮겨야지만 그 효과를 발휘하게 되는데, 이러한 것은 훈습(working through)의 과정을 통해 익숙해질 때까지 계속해서 훈련되어진다.

# Ⅱ. 정신분석상담의 관점으로 본 푸드아트심리상담

정신분석상담의 관점에서의 푸드아트심리상담은 자신의 무의식 속의 여러 가지 욕구를 푸드(food)를 통하여 표현한다고 볼 수 있다. 즉, 자신이 만들고 싶은 것들을 제시되는 주제나 제시되지 않는 주제(자유화)에 맞추어 마음가는 대로 자유롭게 작품으로 표현한다. 이러한 작품 속에 드러난 이야기를 들으면서 내담자의 감정들을 읽을 수 있고, 억압된 욕구 즉, 작품을 통하여 어떠한 것이 표출되었는지를 알아볼 수 있으며, 더 나아가 앞으로 어떠한 방향으로 상담이 이루어지는지를 알아차림으로써 내담자를 도울 수 있게 된다.

① 상담자는 내담자로 하여금 만들고 싶은 것을 자유롭게 만들 수 있도록 돕는다.

내담자가 그냥 하고 싶은 대로, 무엇을 만드는지, 왜 만들었는지, 어떻게 만들었는지에 대하여 물어보지 않고, 자유롭게 내담자가 꾸미고 싶은 대로 두는 것이 내담자를 돕는 것이다. 내담자가 구성하는데 있어서 최소한의 언어를 사용하여 내담자를 도우며, 활동이 끝난 뒤에 개방적 질문들을 통하여 내담자의 욕구를 파악한다.

② 상담자는 내담자를 잘 경청한다.

정신분석학적 상담은 말 한 마디, 행동 하나 하나가 중요한 단서가 된다. 그러므로 내담자가 어떤 말을 하든지, 어떤 행동을 하든지 잘 메모하면서 내담자의 감정이나 욕구를 잘 파악해 둔다.

③ 내담자의 반복되는 방어기제를 파악한다.

내담자가 구성한 활동들의 공통된 방어기제가 있는지 살펴보고, 그것을 가지고 생활에서 어떠한 방법으로 표출되는지에 대하여 면밀히 알아보아야 한다. 그래서 그러한 상황에서 어떻게 도울지를 생각해야 한다.

즉, 정신분석학적 푸드아트심리상담은 내담자의 가장 기본적인 욕구를 자유연상, 꿈의 해석, 전이해석, 훈습을 통하여 내담자의 욕구를 파악하여 그것을 바람직한 방법으로 통찰해 가도록 돕는 것이다.

(정신분석상담의 관점으로 본 푸드아트심리상담 활동의 예 : 난화(상호) 이야기하기, 밤(어둠) 이야기, 지금 내 마음 표현하기, 자유화 등)

# 제2장　행동주의상담의 관점으로 본 푸드아트심리상담

## Ⅰ. 행동주의상담

### 1. 이론적 정의

행동주의 상담(behavior counseling)의 대표학자는 벌허스 프레데릭 스키너(Burrhus Frederick Skinner, 1904~1990)이다. 행동주의 이론은 내적인 욕구에 초점을 두는 것이 아니라 구체적으로 관찰할 수 있는 행동에 중점을 둔다. 따라서 모든 행동은 학습에 의해 수정될 수 있다고 보기 때문에 강화, 벌, 소거를 통해 내담자의 바람직한 행동은 계속 유지시킬 수 있도록 하고, 그렇지 못한 행동은 감소시키거나 완전히 사라지게 한다. 행동주의 이론가들은 개인의 삶에서 얻게 되는 경험이 인간성격발달의 근원이라고 믿는다. 따라서 환경을 재구성하여 새로운 학습을 통해 경험하게 되면 행동에 변화를 가져올 수 있다고 주장한다.

행동주의 이론의 중심내용을 정리해 보면 첫째, 대부분의 인간의 행동은 살아오면서 학습된 것이므로 학습을 통해 수정이 가능하다. 둘째, 환경의 변화는 개인의 행동을 적절하게 변화시키는데 도움이 된다. 셋째, 강화와 사회모방, 모델링 등과 같은 사회학습을 통해 긍정적인 행동을 학습할 수 있다(반두라). 넷째, 관찰내용은 어떤 사건에 대해 내담자가 취하는 구체적인 행동이고, 상담자가 그것을 평가하게 된다. 다섯째, 각 사람에 따라 자라 온 환경, 학습된 행동 특성 유형이 서로 다르기 때문에 같은 현상에 따라 취하게 되는 행동이 각기 다르다. 그래서 상담 시 각 개인마다 다르게 접근해야 한다(개별성). 여섯째, 다른 이론들과 달리 단계를 설정하지 않았다. 기본원리가 자극에 대한 반응을 연구하는 것이기에 각자의 고유 특성에 따라 다르게 나타나므로, 공통적으로 똑같이 적용하기 힘들다.

### 2. 주요개념

#### (1) 고전적 조건형성

파블로프의 고전적 조건형성의 이론은 개 실험으로 잘 알려져 있다. 배고픈 개에게 '고기'는 아무런 조건 없이 침을 흘리게 하는 무조건 자극이다. 그리고 개에게 고기를 주면서 '종소리'라는 중립자극을 주면, 개는 이후에 종소리만 들려도 침을 흘리는 무조건 반응을 보이게 된다는 것이다. 개에게 침을 분비하게 하는 것과는 전혀 관련이 없는 중립 자극을 침의 분비를 유발하는 자극과 지속적으로 함께 제시하게 되면, 그것이 훈련이 되어 그 후에는 중립자극에 대해서도 침을 흘리게 되는 반응이 일어난다는 사실을 증명하였다. 그것이 훈련되어 그 후에는 이처럼 그 자체만으로는 무조건적 반응을 보일 수 없었던 매개체를, 무조건반응을 보이는 매개체와 함께 제시하여 학습하게 하여, 무조건 반응을 일으키게 하는 것이 조건반응이며 이 과정을 고전적 조건형성이라고 한다.

이 실험의 결과를 중심으로 조건 자극을 조작함으로써 바람직하지 않는 조건반응(행동)을 제거할 수 있음을 발견했다. 예를 들어 특정한 향기에 사랑하는 사람과의 추억을 가지고 있으면 그 향기를 맡게 될 때면 사랑하는 사람과의 추억을 떠올리게 되는 것이다. 여기에는 무조건자극(unconditioned stimulus)[3]과 조건자극(conditioned stimulus)[4]이 있다.

## (2) 조작적 조건형성

인간의 행동은 자극에 따라 반응을 하는 수동적인 형태가 아니라 자신이 한 행동 이후에 나타나는 자극에 따라 결정되기 때문에, 원하는 결과를 얻기 위해 선택적으로 환경에 적용하고, 능동적으로 대응한다. 이를 조작적 조건형성이라고 한다. 스키너는 쥐 실험을 통해 조작적 조건화를 설명하였다. 쥐가 지렛대를 누르는 행동을 했을 때 먹이라는 자극이 주어지면 지렛대를 누르는 행동을 계속하게 되지만, 지렛대를 누를 때마다 전기 충격이라는 자극이 주어지면 그 쥐는 더 이상 지렛대를 누르는 반응을 하지 않게 된다는 것이다. 만약 반응 이후에 제시되는 자극이 긍정적인 것이라면 이후의 반응은 증가할 것이고, 반대로 혐오감을 주는 것이라면 이후의 반응은 감소하게 된다는 것이다. 사람도 행동에 대한 보상을 받으면 그 행동은 반복될 가능성이 높지만 벌을 받으면 그 행동이 반복될 가능성은 줄어든다(리사 J.코헨 지음, 이아린 옮김, 2012).

## (3) 행동조성 (shaping)

기대되는 행동이나 바람직한 행동에 가까워질 때까지 강화하여 점진적으로 이루고자 행동을 형성해 가는 과정이다. 즉, 이것은 유기체 내에 잠재되어 행동을 만들어 가는 과정이다.

---

3) 무조건자극(unconditioned Stimulus) : 학습되지 않은 무조건적으로 자연스러운 반응을 이끌어 내는 자극을 말한다. 예를 들어 레몬을 생각하면 입 안에 침이 분비되는 것.

4) 조건자극(conditioned stimulus) : 본래 의미 없는 자극과 조건자극이 짝지어져 특정한 반응을 일으키는 것을 말한다. 예를 들어 아이는 병원을 떠올리면 주사 때문에 병원을 무서운 곳으로 인식하는 것.

즉, 잠재되어 있는 행동이나 학습할 가능성이 있는 행동을 강화라는 보상을 통해 시간을 단
축하고 빨리 학습하도록 하는 접근방법이다. 행동조성은 원하는 행동에 접근할 때마다 강화
가 주어지기 때문에 행동에 대한 점진적 접근이라고도 하며, 복잡한 행동이나 기술을 학습
시키는데 매우 유용한 방법이다(이근홍, 2012).

## (4) 강화 (reinforcement)

강화(reinforcement)란, 바람직한 행동이 계속적으로 반복될 수 있도록 제공해주는 자극을 말한
다. 강화에는 긍정적인 결과를 통해 행동의 빈도를 증가시키는 정적 강화와 혐오자극을 제거함으
로써 행동의 빈도를 증가하는 부적강화로 구분할 수 있다(리사 J.코헨 지음, 이아린 옮김, 2012).

### ① 강화물

강화물이란 바람직한 행동을 증가시키기 위해 주어지는 행위나 물질로써, 그 행동이 계속
적으로 지속할 수 있도록 가능성을 높이는 역할을 한다. 예를 들어 엄마를 도와 청소를 한 아
이에게 엄마가 "고맙다. 네가 도와줘서 엄마가 큰 힘이 되었어"라는 칭찬과 함께 사탕을 주
면 아이는 행동을 다음에 또 할 가능성이 높다. 1차적 강화물에는 보상 그 자체를 의미하는
음식, 사탕, 아이스크림, 성적 접촉 등이 속하며 2차적 강화물에는 돈과 같은 가치를 내포한다.

### ② 정적강화

바람직한 행동을 한 후에 보상으로 강화를 제공하여 바람직한 행동을 유지시키거나 지속
가능성을 높이는 기법이다. 예를 들어, 유치원에서 선생님과의 약속을 지킨 아이에게 사탕
을 준다면 아이는 사탕을 먹기 위해 약속을 더 잘 지키려고 할 것이다.

### ③ 부적강화

바람직한 행동을 한 후에, 즉 싫어하는 처벌이나 불쾌한 자극을 제거함으로써 바람직한 행
동을 유지시키거나 지속 가능성을 높이는 기법이다(정효정 외, 2010). 예를 들어 내일 학교
에 지각을 하지 않으면 화장실 청소에서 제외시켜 준다고 할 때이다. 또한 1980년대에 색소
폰과 새끼 고양이를 어깨에 얹은 남자가 뉴욕 시 지하철역에 자주 나타난 적이 있었다. 그는
아주 큰 소리로 귀에 거슬리는 색소폰 연주를 했는데, 지나가는 승객들이 돈을 줘야 연주를
멈췄다. 그가 이용한 것 또한 부적강화이다(리사 J.코헨 지음, 이아린 옮김, 2012).

<h2 align="center">〈 표-6 〉 강화계획</h2>

| 강화의 종류 | 의 미 | 예 |
|---|---|---|
| 고정간격 강화계획 | 특정한 시간 간격을 정해 놓고 강화 | 10분마다 또는 20분마다 |
| 가변간격 강화계획 | 평균적인 시간이 지난 뒤에 강화 | 1시간에 안에 아무 때나 |
| 고정비율 강화계획 | 특정한 행동이 일정 수만큼 일어났을 때 강화 | 폐지를 1kg 가져오면 500원 지급 |
| 가변비율 강화계획 | 평균 몇 번 반응이 일어난 후 강화.<br>언제 일어날지 예측 불가능 | 도박장의 게임기 |

## (5) 체계적 둔감법

체계적 둔감법은 볼페가 제시한 기법으로 불안을 일으키는 최하위 자극부터 시작하여 점차 높은 서열의 자극을 제시하여 불안이 발생하지 않도록 하는 것이다. 예를 들어 놀이기구를 무서워 타지 못하는 경우 놀이기구를 가장 무섭지 않은 것부터 타서 점차적으로 강도를 높이는 것이다.

## (6) 토큰경제

토큰경제는 아이론이 제시한 기법으로 다양한 특권으로 교환할 수 있는 토큰을 활용하여 개인의 행동을 수정하는 공동체 활동이다. 즉, 이것은 개인이 적절한 행동을 할 때 상징적 강화인자로서 토큰을 주고, 토큰이 일정하게 모였을 때 개인이 원하는 것과 교환하는 방법으로 행동을 수정하는 기법이다(이근홍, 2012).

## (7) 소거 (extinction)

조건형성이 한 번 이루어졌다고 해서 조건자극이 계속해서 영원히 작용하는 것은 아니다. 예를 들면, 종소리를 타액분비를 위한 조건자극으로 만들 수는 있으나, 만약 음식 없이 종소리만 몇 번 제시하면 종소리는 그 효과를 잃게 되는데, 이것이 소거이다(리사 J.코헨 지음, 이아린 옮김, 2012).

## Ⅱ. 행동주의상담의 관점으로 본 푸드아트심리상담

행동주의상담의 관점에서의 푸드아트심리상담은 푸드아트심리상담의 장점 중 하나인 '변형이 자유롭다' 라는 것을 가지고 설명할 수 있다. 어떠한 활동을 자유롭게 하고 난 후, 상담으로 이어지면서 다시 수정하고 싶은 부분이나, 추가하고 싶은 것, 빼고 싶은 것을 내담자가 자유롭게 변형함으로써 그 행동이 수정된 것처럼 여겨지게 된다. 직접 내가 해 보지 않아도, 수정하는 것만으로도 그것을 예측하고, 해 본 것과 같은 효과를 얻을 수 있게 마련이다.

(행동주의상담의 관점으로 본 푸드아트심리상담 활동의 예 : 갇힌 자의 슬픔, 아름다운 도전, 귀한 사람 대접하기, 의사와 환자 등).

## Ⅰ. 인본주의상담

### 1. 이론적 정의

인본주의심리학(person-centered counseling)이 창시된 1950년대는 정신분석과 행동주의이론의 양대 학파가 심리학 분야를 주도했다. 인본주의 심리학은 이 두 이론을 비판하면서 등장하며 심리학 분야의 새로운 혁명을 일으켰다.

인본주의 심리학에서는 인간은 본질적으로 본성이 선하여, 인간이 약해지는 것은 그를 변화시킨 나쁜 환경에서 비롯된 것이라고 주장하였다. 또한 인간은 창의성을 가지며, 능동적이고, 잠재적이며, 미래지향적이고, 자아실현을 이루고자 노력하는 존재로 인식한다. 그래서 능력을 계속적으로 개발하려고 한다. 직접적인 지시가 없어도 스스로 자신의 문제를 인식하고 해결할 수 있으며, 자신의 길을 발견하고 성장해 나갈 수 있는 충분한 존재이다. 자신의 행동에 대해 책임을 지고, 자발적이며, 합리적이고 건설적인 방향으로 나아가는 존재이다. 즉 인간이 다양한 주관적인 경험을 하면서 자기 자신을 형성해 가는 것으로 본다. 하지만 소수의 사람만이 최고의 욕구인 자아실현을 이룰 수 있다. 따라서 대부분의 사람들은 욕구를 충족하고자 하는 간절함만을 가지고 있다.

따라서 인본주의 심리학에서의 상담자의 역할은 내담자 스스로가 자신의 문제에 대한 해결 능력을 찾고 인간적 성숙을 할 수 있도록 도와주는 역할을 하는 것이 매우 중요하다고 본다. 또한 환경조건이 적절하면 자신의 잠재능력을 발휘할 수 있는 창조성을 가지고 있는 존재라고 보기 때문에 상담자의 중요한 역할 중의 하나는 내담자에게 맞는 적절한 환경을 조성해 주는 것이다.

인본주의심리학 이론을 대표하는 두 학자는 로저스의 현상학이론과 매슬로우의 욕구이론이다.

## 2. 칼 로저스의 현상학이론

### (1) 인간중심상담

로저스의 이론은 실존적 관점에서 가치를 공유하고 인본주의 심리학에 뿌리를 두고 있다. 인간은 본질적으로 신뢰할 수 있고, 자신을 이해하고 자신의 문제를 해결할 수 있는 충분한 능력을 가지고 있다고 믿었다. 즉, 전문가와의 상담 관계를 통해 자기 스스로 성장을 할 수 있다는 것이다. 인간은 본래 성격의 특성을 가지고 태어나는 것이 아니다. 다양한 경험들을 통해 성격이 형성된다고 보았다. 따라서 각자의 삶의 경험에 따라 개인의 성격은 서로 달라질 수 있다는 것이다. 그러므로 각각 개인의 성격의 독특성을 강조하였다. 그래서 개인은 자기만의 방식으로 경험을 독특하게 구성하는 틀을 갖게 되는 것이다.

인본주의상담은 지시적 접근이나 정신분석적 접근에 대한 반발로 '비지시적상담' 이라는 용어를 제시했다. 비지시적 상담이란 상담자와 내담자와의 관계가 감정이 자유롭게 표현될 수 있는 허용성과 어떠한 강압이나 압박도 받지 않는 분위기에서 상담하는 것을 중시한다. 그러나 곧 '비지시적 상담' 이란 명칭이 가진 부정적이고 소극적인 특성보다 긍정적인 것으로 강조점을 부각시킨 '내담자 중심 상담' 으로 이름을 바꾸었고, 후에 다시 '인간 중심' 으로 변경하였다. 인간중심상담이론에서는 내담자의 현상학적 세계에 초점을 두었다. 여기에 '현상학적 장' 이라는 개념이 등장하는데, 이것은 주관적인 경험, 즉 특정한 어떠한 순간에 개인이 지각하고 경험하는 모든 것을 뜻한다. 곧 지금 현재이다. 과거 경험에 대해 현재 어떻게 해석하느냐에 따라 행동이 결정된다. 그래서 개인을 이해하기 위해서는 현실을 어떻게 경험하고 있는지 알아야 하는 것이다.

### (2) 실제적 자아(real self)와 이상적 자아(ideal self)

로저스는 인간은 자기이해에 대한 놀라울 정도의 잠재력을 가지고 있다고 믿는다. 이 잠재력은 일상생활에서는 잘 드러나지 않지만, 적절한 심리적 환경이 조성되면 나타난다고 하였다. 이 이론에서 자아는 매우 중요한 개념인데, 하나는 실제로 있는 그대로의 자아인 실제적 자아(real self)와 자신이 무엇인가가 되었으면 하고 바라는 자아를 가리키는 이상적 자아(ideal self)로 구분된다. 실제적 자아와 이상적 자아 간에 상이가 크면 클수록 적응에 문제가 있는 경우가 많다. 개인은 적응을 잘 하지 못하게 되고 심지어는 신경증으로 발전하여 실제적 자아와 이상적 자아가 일치하지 않으면 위협적인 상황에 처하게 된다. 위협적인 상황에서 우리는 불안감을 느끼게 되는데, 불안감은 우리는 방어기제를 사용함으로써 위협적인 상황에서 벗어나고자 한다.

## (3) 주요개념

### ① 진실성 (realness, congruence, genuineness)

인본주의 상담에서 가장 중요한 것의 하나가 진실성이다. 자신의 모습에서 다양한 감정이나 말, 욕구 등을 솔직하게 있는 모습 그대로 보이는 것이다. 내담자는 자신의 감정을 솔직히 표현하여야 하며, 상담자는 때로 내담자가 부정적인 감정을 표현하더라도 있는 그대로 수용함으로써 대화를 촉진시키고, 신뢰를 구축해야 하는 것이다. 이는 상담자의 태도에 있어서 가장 중요한 덕목이라고 하겠다. 즉, 인간중심상담은 상담자와 내담자와의 관계에 있어서 서로 진실될 때 상담이 진행이 될 수 있으며, 바람직한 방향으로 상담이 이루어질 수 있게 된다.

신뢰가 구축되면 내담자는 상담자와 모든 것을 공감하고자 한다. 여기서 주의해야 할 것은 자기개방의 적절 정도이다. 과거의 경험이나 현재의 감정을 제시할 때는 반드시 자신만의 기준이 있어야 하고, 모든 것을 개방하지 않도록 조심하며 언제나 자신의 감정을 탐색해 보아야 한다.

### ② 무조건적 긍정적 존중 (unconditional positive regard)

환경적인 조건을 보는 것이 아니라 인간으로 대면하는 것이다. 하나의 인격체로 인식하고, 무조건적으로 따뜻하고 긍정적으로 존중해야 한다. '나는 당신을 있는 그대로 받아들이겠습니다' 라고 하는 것과 같다. 긍정적인 수용은 내담자의 권리를 인정한다는 것이다. 상담자는 내담자를 있는 모습 그대로 존중한다는 마음이 전달이 될 때, 내담자는 상담자에게 마음을 열 수 있게 된다. 그로 인해 내담자는 자신이 인간적으로 존중받고 있다는 느낌을 가지게 되며, 상담에 적극적으로 참여하게 되는 것이다.

### ③ 공감적 이해 (empathic understanding)

공감적 이해는 인간중심 상담에서 가장 중요한 요소이다. 상담기간 중에 상호작용을 통해 나타나는 내담자의 경험과 감정을 민감하고 정확하게 이해하는 것이다. 상담자는 내담자의 주관적인 경험 특히 지금 － 여기의 경험을 이해하도록 노력한다. 공감적 이해의 목적은 내담자가 자신에게 더욱 밀접하게 다가가게 하고 더욱 깊고 강한 감정을 경험하게 하여 내담자 내부에 존재하는 불일치성을 인식하여 해결하도록 격려하는 데 있다.

공감적 이해는 상담자가 본인의 느낌들을 잃지 않으면서 마치 자신이 내담자인 것처럼 내담자의 감정을 느끼는 것을 의미한다. 정확한 공감적 이해의 단계에서는 명백한 감정의 인식을 넘어서 내담자가 경험 속에서 미처 느끼지 못했던 감정까지도 상담자가 인지할 수 있다. 상담자는 내담자가 부분적으로 인식했던 감정의 자각을 확산시킬 수 있도록 돕는다.

### ④ 충분히 기능하는 사람

로저스가 생각하는 이상적인 인간상은 자아실현을 이룬 사람이라고 할 수 있다. 이때 자아실현이라는 것은 어떠한 상태가 아닌 과정이다. 이 과정은 때로는 어렵고 고통스러우며, 그 과정에는 인간의 능력에 대한 끊임없는 시련과 긴장이 수반된다. 그러나 로저스는 인간은 아무리 어려운 시련이라도 쓰러지지 않고 다시 도전하는 의지를 가지고 있다고 믿는다. 이러한 자아실현의 경향성은 로저스가 캘리포니아 주의 북부 해안에서 관찰한 야자수를 인간과 비교한 데서 잘 나타나 있다.

로저스는 성난 파도가 울퉁불퉁한 바위를 거세게 몰아치고 있는 것을 바라보고 있었는데, 이때 부서지는 파도 속의 작은 바위 위에서 1m가 채 안 되는 아주 자그마한 야자수를 발견하였다. 야자수는 너무나 연약하고 불안정해 보였기 때문에 금방이라도 파도에 휩쓸려 갈 듯이 보였다. 파도가 한 차례 야자수를 후려칠 때면 가냘픈 줄기는 납작하게 휘어지고, 잎새는 폭포수 같은 물보라에 태질을 당하곤 했다. 그러나 파도가 지나가고 나면 야자수는 불굴의 의지로 강인하게 다시 일어섰다. 이 가냘픈 야자수가 수 시간, 수 주간, 어쩌면 수 년간을 끊임없이 시련을 당하면서도 꿋꿋하게 성장하는 모습을 보이는 것은 기적과도 같은 일이었다. 이 작은 야자수에서 로저스는 강인한 생명력, 성장에 대한 집념, 열악한 환경에 대한 적응력을 보았다. 로저스의 견해로는 우리 인간도 이와 마찬가지인 것이다(로저스, 1963).

* 출처:정옥분 (2004). 발달심리학. 학지사. p84

자아실현을 이룬 사람들은 진정한 자기 자신이 되며 자신의 경험에 대해 개방적이고, 서로 신뢰하며, 실존적인 삶을 살고자 한다. 또한 창조적이고, 자기가 선택한 삶을 자유롭게 살아가고자 하는 특징을 가지고 있다. 이와 같은 사람들을 로저스는 '충분히 기능하는 사람(the fully functioning person)' 이라고 불렀다.

## 3. 매슬로우의 욕구이론

매슬로우는 연령의 단계로 발달을 접근하지 않았다. 왜냐하면 자기실현에 대한 욕구 충족은 모든 연령대에서 일어나는 보편적인 과정이라고 보았기 때문이다. 단, 연령별로 조금씩 특정 욕구가 더 강조되는 것이 있다는 관점을 갖고 있다. 또한 인간의 심리적인 욕구가 다차원적이어서 인간의 모든 행동을 설명할 수 있는 한 가지 행동력은 없다고 믿었다. 가장 기본적인 생존에 대한 욕구를 시작으로 욕구들이 계층적으로 구분될 수 있다고 믿었다. 목마름, 배고픔, 따뜻함과 같은 기본적인 생리적 욕구가 강렬해져서 이 욕구가 충족되면 그 다음으로 안전에 대한 욕구가 강해지고, 다음에는 다른 사람들과의 감정적 교감에 대한 소속과 사랑의 욕구가 중요해지는 특징을 갖고 있다. 그러므로 인간이 자신의 잠재력을 최대한 발휘하여 성격의 성숙을 포함한 자신의 성장과 발전을 기여하며, 자기가 원하는 사람이 되도록 하는 것, 자아실현과 관련된 욕구이론이다.

이 욕구이론은 인간행동을 일으키는 데 직접적으로 영향을 미치는 다섯 가지 욕구의 위계체계를 제안했다. 생리적 욕구, 안전의 욕구, 애정과 소속의 욕구, 자아존중감의 욕구, 자아실현의 욕구의 순서로 나타난다. 일반적으로 위계서열이 낮은 욕구일수록 더욱 강해지며 단계별로 상위의 욕구가 차례로 나타나는 경향이 있지만, 자아실현의 욕구는 성장욕구이고 나머지는 기본욕구로 볼 수 있다. 인간행동은 개인의 삶을 가치 있게 만드는 개인적인 목표를 추구하려고 하며, 이러한 목표는 욕구의 위계체계 속에서 상위욕구를 추구하려는 경향으로 나타난다. 자아실현은 타고난 욕구라고 보지만 어린 시절의 경험이 중요한 영향을 준다. 즉, 만 2세 아동에게 사랑과 안전을 주지 않으면 자아실현에의 성장이 어려울 것이기에 출생 이후 2년 동안의 시기를 강조했다.

### (1) 매슬로우의 욕구체계

가장 기본적인 욕구를 충족하면 인간은 계속적으로 다음 단계의 욕구를 충족하려고 하며 마지막 단계의 욕구에 도달하려고 한다.

① 생리적 욕구 (physiological needs)

생리적 욕구는 가장 기본적인 욕구로서 배고픔, 목마름, 성, 휴식, 음식, 물, 공기, 수면, 추위나 더위로부터의 보호, 감각적인 자극에 대한 욕구로서, 이들 욕구의 충족은 우리의 생존을 위해서 필요불가결한 것이다. 생리적 욕구는 모든 욕구 중에서 가장 강렬하며, 이 욕구가 충족되지 않으면 더 높은 단계의 욕구를 만족하려는 시도를 할 수 없다.

생리적 욕구는 인간행동을 이해하는데 매우 중요하다. 이것은 인간의 욕망을 지배하고 있으며, 만일 이것이 제대로 충족되지 못하면 사회나 가치, 도덕이 지켜지기 어려울 수 있다. 생리적 욕구는 기본적인 생존에 어려움이 있는 사람들에게는 가장 중요한 삶의 동기가 되지만, 대부분의 사람들의 생활에서는 최소한의 역할을 수행하고 있다.

### ② 안전의 욕구 (safety needs)

생리적 욕구가 해결되고 나면 안전의 욕구에 의해 동기가 유발된다. 안전의 욕구에는 안전, 안정, 보호, 질서 및 불안과 공포, 협박, 혼란, 근심, 걱정 등의 괴롭힘에서 자신을 보호하려는 욕구, 즉 신체적 안전과 심리적 안정이 포함된다. 매슬로우는 부모 간의 갈등, 별거, 이혼, 죽음 등은 가정환경을 불안정하게 만들기 때문에 아동의 심리적 안정감에 해가 된다고 주장한다. 가정환경 내에서 불안, 걱정, 불신 등을 느끼게 되면 이런 상황은 아동의 환경을 불안정하게 하고, 불완전하게 만들기 때문에 그들의 안정감을 해치게 된다. 그래서 안정성을 제공할 수 있는 생활의 다른 영역을 찾게 된다. 안전의 욕구는 성인이 되어서까지도 커다란 영향력을 갖게 되는데 보험가입, 철학, 종교 등과 관련되어 있다.

### ③ 애정과 소속의 욕구 (love and belongingness needs)

애정과 소속의 욕구는 특정한 사람들과 친밀한 관계를 맺고, 어떤 집단에 소속되고자 하는 욕망으로 표현된다. 동반자와 가족에 대한 욕구가 생겨난다. 가족, 친구, 사람과 사람간의 우정과 같은 특정한 사람과 친밀한 관계를 가짐으로써 애정의 욕구를 만족시키려고 한다. 이러한 관계에서는 사랑을 받는 것도 중요하지만 사랑을 주는 것 역시 중요하다. 여기에서 사랑이란 타인에 대한 깊은 이해와 수용을 바탕으로 상호간의 건전한 신뢰관계와 존중을 포함하는 개념이다. 사랑의 욕구가 충족이 되면 다른 사람과 원만한 관계를 갖게 되는 것이다. 그러나 현대 사회의 특징(도시화, 관료주의, 공동체 상실, 가족유형의 변화 등)으로 인해 이 욕구가 충족되지 못하고 있는 경우가 많다. 인간은 사랑을 받고 수용되는 것을 통하여 자신이 가치가 있다는 느낌을 갖게 되는데, 사랑을 받지 못하게 되면 고독감, 외로움, 공허감, 무가치감, 적대감 등을 갖게 되며 부적응, 신경증, 정신병 등의 원인이 되기도 한다.

자아존중감의 욕구는 기술을 습득하고, 맡은 일을 훌륭하게 해내고, 작은 성취나 칭찬 및 성공을 통해서, 자기 자신과 다른 사람들로부터 긍정적인 평가를 받음으로써 충족된다. 자아존중감에는 다른 사람이 자기를 존중해 주기 때문에 갖게 되는 자아존중감과 스스로 자기를 존중하는 자아존중감이 있다. 자아존중감은 명성, 존중, 지위, 평판, 위신, 충성, 사회적인 성공에 기초를 둔다. 하지만 이것은 쉽게 사라질 수도 있다. 반면, 내적으로 얻은 자아존중감을 지닌 사람은 자신에 대해 안정감과 자신감을 갖게 된다. 자아존중감의 욕구를 충족시키지 못하게 되면 열등감, 좌절감, 무력감, 자기비하 등의 부정적인 면이 나타나고, 욕구가 만족되면 자신감, 자기존중, 힘, 능력, 적절성, 세상에서 유용하고 필요하다는 느낌 등을 가져온다. 가장 건전한 자존심은 명성, 지위, 재산, 아첨 등과 같은 외부 요소에 의존해서 얻어내는 것이 아니라, 개인의 능력과 끊임없는 노력을 통하여 다른 사람으로부터 인정을 받는 것이라고 할 수 있다.



자아실현의 욕구는 인간욕구의 단계 중에서 가장 높은 수준의 것이다. 앞에서 언급한 모든 욕구를 충족시킨 사람들이 이 범주에 속하는데, 그들은 자신의 능력과 재능을 최대한 발휘하는 성숙하고 건강한 사람들이다. 하지만 과거의 습관을 유지하려는 속성과 계속적으로 투쟁하여 새로운 경험을 받아들여야 한다. 매슬로우에 의하면 인간은 누구나 다 자아실현의 욕구를 갖고 있지만, 대부분의 사람들은 이 욕구를 실현시키지 못한다고 한다.

자아실현은 다양한 형태로 나타날 수 있다. 이것은 누구든지 직업이나 관심 분야와는 관계없이 자신이 잠재력을 충분히 발휘하며 성격발달의 정점에 도달할 수 있는 가능성이 있기 때문이다. 즉, 맡은 바 최선을 다함으로써 추구할 수 있다. 자신의 분야에서 물론, 책임감과 두려움이 따르기도 하지만, 자아실현은 개인이 자기가 도달할 수 있는 바에 목표를 두고 열심을 가지고 살기 때문에 우리들에게 삶의 목표와 방향성을 제공한다.

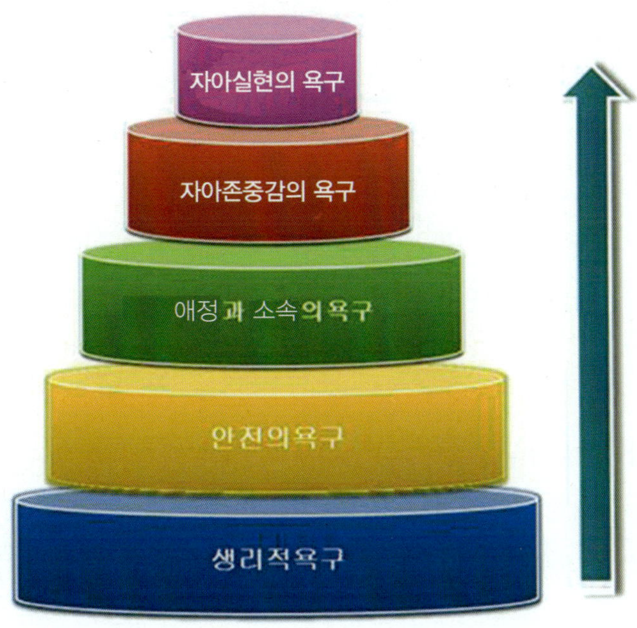


## 4. 인간중심 상담의 상담기법

### ① 적극적 경청 (active listening)

적극적 경청은 상담자가 내담자의 언어적인 표현과 비언어적인 표현을 모두 이해하려고 노력하는 것이다. 특히 비언어적인 표현에 있어서 적극적으로 경청하여 내담자의 표현의 뜻을 이해해야 한다.

### ② 수용 (acceptance)

상담자가 내담자의 어떠한 행동이나 감정·욕구를 그대로 받아들이는 것이 수용이다. 내담자는 자신의 긍정적인 것이든, 부정적인 것이든 표현하는 대로 상담자가 자신을 받아들임을 알게 된다면, 신뢰하게 되어 적극적으로 자신을 표현하게 된다. 그러므로 상담자는 자신의 편견과 기준대로 내담자를 평가하지 않고, 그 모습 그대로를 봐주어야 한다.

### ③ 반영 (reflecion)

반영이란 내담자가 표현한 것을 상담자가 그대로 다시 표현해 주는 것을 말한다. 이는, 상담자가 내담자가 표현하는 것을 잘 이해하고 있음을 되돌려주는 것이다. 반영을 통하여 내담자는 자신의 편에 서서 자신을 이해해 주는 상담자에게 더욱더 많은 것들을 표현해 줄 수 있다.

#### ④ 관심 (attention)

상담자는 내담자에게 온 마음을 다해서 자신에 대하여 관심을 가지고 있음을 내담자가 느끼게 해야 할 것이다. 그렇게 하여 내담자는 자신이 관심을 받고 있다라는 것을 느끼게 되며, 인정받고 있다는 생각으로 자존감이 높아지게 되면서 보다 긍정적으로 상담에 임하게 된다.

#### ⑤ 침묵 (silence)

내담자는 종종 상담을 하다가 침묵할 수 있다. 이럴 때 상담자는 내담자를 다그치지 말고 기다려줘야 한다. 침묵도 하나의 비언어적 표현이다. 상담자는 침묵마저 존중해 주어야 하며, 경청해 주어야 한다. 그리고 나서 충분한 시간이 흐른 뒤 천천히 진행해 나가야 한다.

#### ⑥ 명료화 (clarification)

상담자는 내담자가 혼란스럽게 하는 말의 내용을 간단, 명료하게 정리해 주어야 하며, 내담자에게 이해시킴으로써, 상담의 중심내용을 요약 · 정리해 주어야 한다.

#### ⑦ 직면 (confrontation)

직면은 내담자가 자신이 말한 것과 반대되는 행동을 하거나, 모순되게 말할 때, 내담자의 상황을 정확하게 말해주어 자신의 문제에 직면하게 해야 한다. 직면의 방법으로 하기 전에 상담자와 내담자와 충분한 신뢰를 바탕으로 해야만 한다.

## Ⅱ. 인본주의상담의 관점으로 본 푸드아트심리상담

인본주의상담의 관점에서의 푸드아트심리상담은 내담자의 있는 모습 그대로를 수용하며, 내담자를 아무 조건 없이 존중해주고, 긍정적인 마인드를 갖게 해 준다. 때로는 무엇인가 작품을 만들지 않고 음식재료를 먹기만 하거나, 자신의 활동지 앞에 음식재료를 모두 가져다 놓기도 한다. 그러나 이때 "왜, 만들지 않고 먹기만 하나요?", "왜, 활동하지 않고 앞에 모아만 두지요?"라는 말을 하지 않는다. 잠시 그대로 하는 행동을 유심히 관찰하고,

조심스럽게 접근해 간다. 그러므로 내담자에게 편안함 가운데, 그런 모습마저 존중받고 있음을 간접적으로 내담자가 알 수 있게 한다.

때로는 자신이 만든 작품에 대하여 부셔버린다던가, 던진다던가 할 때에도 일단은 그냥 주의 깊게 바라보아야 한다. 그 행동을 저지하거나, 중단하게 하는 것이 아니라, 그 자체를 가지고도 비언어적으로 표출될 수 있음을 존중해 준다. 마음대로 하는 행동에 대하며 그 자체를 그대로 인정해 줄 때, 내담자는 자신의 욕구를 드러낼 수 있다. 그러므로 어떠한 행동을 하던지, 내담자의 있는 모습 그대로, 하고 싶은 행동을 할 수 있도록, 인격적으로 옆에서 많이 지지해 주어야 한다. 그리고 모든 해결책에는 스스로 해결할 수 있다는 인본주의 정신이 깃들어 있다.

(인본주의상담의 관점으로 본 푸드아트심리상담 활동 예 : 가장 기억에 남는 사람, 나의 소중한 네 가지, 나만의 케이크 만들기, 내게 가장 귀한 사람 대접하기 등)

# Ⅰ. 합리 · 정서 · 행동주의상담

### 1. 이론적 정의

합리 · 정서 · 행동주의상담(Rational Emotive Behavioral Therapy : REBT)은 다양한 내담자들의 복잡한 문제들을 정신분석모델로는 해결할 수 없다는 비판과 함께 모두 적용 가능한 통합이론이 필요하다는 인식하에 1960년대 중반부터 태동하여 1970년대에 들어 활발히 적용되기 시작하였다. 인간은 수동적인 존재가 아니며, 인간의 행동은 개인과 환경 간의 상호작용의 결과라는 인간관을 가지고 있다. 인간의 문제 행동은 어떠한 상황에서 스스로가 가지고 있는 비합리적인 신념과 왜곡된 사고로 인해 발생한다고 주장하였다. 그래서 이 비합리적 신념과 왜곡된 사고를 파악하여 수정할 수 있도록 하는 것이 개인의 목표가 된다. 그래서 가장 먼저 자신의 신념체계를 바꾸어서 이를 통해 정서와 행동까지 바꾸려는 것이 궁극적인 목적이기도 하다. 어떻게 사고하는지에 따라서 그 행동이 바른 행동으로 표출되기도 하고, 그렇지 않게 되기도 한다는 것이다.

REBT이론이 강조하는 특징을 살펴보면, 첫째, 주어진 환경에 개인이 생각하고 있는 인지에 따라 행동과 정서에 많은 영향을 미치기 때문에 먼저 잘못된 신념을 바꿔 정서와 행동을 자연스럽게 변화시키고자 한다. 둘째, 내담자가 환경이 제공해 주는 정보에 어떠한 신념(belief)을 가지고 있는지에 중점을 두기 때문에, 상담자는 내담자의 자기 파괴적, 비합리적 신념에 대해 파악해 주고, 스스로 논박할 수 있게 하여, 제거하거나 합리적인 신념으로 바꾸게 하는 것이 중요하다. 그래서 현실적이고 융통성 있는 인생관을 갖도록 함을 강조한다. 셋째, 이 접근에서는 신념의 변화, 인지적 재구조화, 재교육 과정을 통해 변화를 이끌어 낸다. 따라서 상담자는 구조화되고 직접적이며 교육적 접근을 취하여, 시간 제한적인 개입을 하게된다. 그래서 교사로서의 역할을 수행한다. 대표학자로는 엘리스(Albert Ellis)의 합리적 정서치료(RET), 몰츠비(Maxie Maultsby)의 합리적 행동치료(RBT), 벡(Aron Beck)의 인지치료 등이 있다. 넷째, 인간의 비합리적인 신념과 왜곡된 사고는 양육방식이나 자라온 환경, 부모의 가치관으로 인해 습득되기도 한다. 하지만 인간은 이런 신념과 사고를 바꿀 수 있는 힘을 가지고 있다.

# 2. 주요개념

## 1) 비합리적 신념

인간의 정서와 사고는 서로 연관되어 있어 비합리적 신념에 의해 정서와 행동에 변화를 준다.  비합리적 신념에는 '반드시', '~해야 한다' 등의 생각이 깔려 있다.  따라서 이 신념들에 대해 반박하여 수정한다.

**〈 표-7 〉 엘리스의 비합리적 신념의 내용과 반박**

| 비합리적<br>신 념 | 내 용 | 반 박 |
|---|---|---|
| 인정의<br>욕 구 | 모든 사람으로부터 사랑과 인정을 받아야만 한다는 믿음 | 모든 사람으로부터 사랑과 인정을 받는 것은 바람직한 일이지만 필수적으로 이루어지는 것은 아니기 때문에 비합리적이다.  이것만을 위해 노력한다면 더 불안하고 자기 패배감에 빠지게 된다. |
| 과도한<br>자기 기대감 | 자신이 가치 있다고 생각하기 위해서는 모든 영역에서 완벽하게 유능하여 반드시 성공을 거두어야 한다는 믿음 | 인간은 불완전한 존재이기 때문에 모든 영역에서 성공하는 것은 불가능하다.  강박적으로 이것만을 추구한다면 오히려 열등감, 삶에 대한 무력감, 실패에 대한 두려움만 생기게 된다. |
| 비난성향 | 자신에게 해를 끼치거나 악행을 저지르는 사람은 나쁘고 야비한데 이들은 반드시 비난과 처벌을 받아야 한다는 믿음 | 선과 악에 대한 절대적 기준이 없다는 판단이 오히려 인간의 비합리적 편견일 수 있으므로 그것은 비합리적 생각이다. |
| 좌절적인<br>반 응 | 일이 뜻대로 되지 않을 때 인생이 아무런 가치가 없으며 끔찍하다는 믿음 | 현실은 우리가 원하는 대로 이루어지는 것만은 아니다.  가끔 욕구가 좌절되는 것은 정상적이므로 받아들일 수 있어야 한다. |
| 정서적<br>무책임 | 인간의 불행은 외부 환경에서 비롯되므로 그것을 통제할 수는 없다는 믿음 | 외부 환경에서 기인하기도 하지만 일반적으로 부정적인 감정은 자기의 내부에서부터 생기는 것이다. |

| 비합리적<br>신 념 | 내 용 | 반 박 |
| --- | --- | --- |
| 과도한<br>불 안 | 위험하고 두려운 일에 대해서는 항상 신경을 써야 하고, 발생 가능성을 염두에 두고 있어야 한다는 믿음 | 발생 가능성을 지속적·반복적으로 생각할 경우 실제보다 더 위험하고 과장하는 경향이 있으며 이것은 오히려 개인을 더 불안하게 만들고 위험에 대한 객관적인 평가를 방해한다. |
| 문제회피 | 어려움이나 책임은 직면하는 것보다 회피하는 것이 더 쉽다는 믿음 | 회피는 순간적인 위안은 되지만 자신감을 상실하게 하고 다른 문제들을 발생시키므로 비합리적이다. 합리적인 사람은 불필요한 고통의 일은 의지적으로 피하지만, 자기가 해야 할 일은 불평 없이 한다. |
| 의존성 | 사람은 타인에게 의존(의지)해야 하며, 자신이 의존할 수 있는 강한 누군가가 필요하다는 믿음 | 타인에게 어느 정도는 의존하고 있으나 의지하면 할수록 독립성, 개체성, 자아 등의 상실을 가져오게 된다. |
| 무력감 | 사람의 현재 행동은 과거에 의해서 결정되며 과거의 영향에서 벗어날 수 없다는 믿음 | 과거의 영향을 전혀 무시할 수는 없지만 과거에는 필요했던 행동이 현재에는 필요하지 않을 수도 있고 과거의 문제 해결책이 현재에는 적절하지 않을 수도 있다. 과거의 중요성을 인정하면서 현재가 미래에 영향을 미칠 수 있다는 것이 합리적인 인간이다. |
| 지나치게<br>다른 사람을<br>염려 하기 | 다른 사람의 문제나 어려움에 대해서도 매우 신경을 써야 한다는 믿음 | 다른 사람의 문제가 자신과 아무런 관계가 없을 때가 많으므로 타인의 문제에 대해 지나치게 걱정한다는 것은 비합리적이다. |
| 완 전<br>무결주의<br>(=원칙주의) | 모든 문제에는 안전한 해결책이 있으며, 그 해결책을 찾지 못하면 파멸이라는 믿음 | 문제를 완전하게 해결해 주는 방책은 없기 때문에 이것은 비합리적인 생각이다. 완전한 해결책을 찾는 일은 오히려 끊임없는 고민과 불안을 낳을 뿐이다. 주어진 상황에서 가장 적절한 최선책을 찾는 것이 합리적이다. |

* 출처 : 사회복지기본서 실천기술론, 2014, 나남, p114

## (2) 자동적 사고

어떤 상황이 일어났을 때 즉각적으로 평가하는 생각을 말한다. 자동적 사고는 스스로 가지고 있는 믿음에 사회적 규칙, 가정양육이 영향을 미쳐 나타난다.

## (3) 인지적 오류

① 임의적 추론 – 확실하고 충분한 정보가 없음에도 결론을 짓는 것이다.

② 과잉 일반화 – 서로 연관되어지지 않은 사건에 대해 범위를 넓혀, 같은 결론을 내리는 것이다.

③ 선택적 요약 : 상황을 전체적으로 보면서 판단하지 않고, 한 가지 측면 만을 보고 결론을 내리는 것이다.

④ 극대화, 극소화(과장과 축소) : 사건의 의미를 그대로 받아들이지 않고 과장하거나 축소하는 것이다.

⑤ 개인화 : 연관성이 없는 부정적 사건에 자신을 연결시키는 것이다.

⑥ 이분법적 사고 : 실패 혹은 성공처럼 양극 중 하나로 평가하는 것이다.

# Ⅱ. 합리 · 정서 · 행동주의상담의 관점으로 본 푸드아트심리상담

합리 · 정서 · 행동주의상담의 관점으로 본 푸드아트심리상담은 전체적인 활동에서 찾아볼 수 있다. 내담자가 표현한 것을 보면, 어떠한 사고를 가지고 정서적인 측면을 강조행동으로 하였는지가 드러난다. 이때 긍정적이고 바람직한 방법이 아닌 내용일 경우에는 긍정적인, 바른 사고의 전환에 대하여 깊은 상담을 하고, 좀 더 바람직한 방법으로 생활할 수 있도록 도와주는 역할을 해 준다. 물론 가장 중요한 것은 사고의 전환이기 때문에 생활에서의 바람직한 역할에 대한 안내를 충분히 해 주어야 한다.

(합리 · 정서 · 행동주의상담의 관점으로 본 푸드아트심리상담 활동의 예 : 대부분의 전체적인 활동)

## Ⅰ. 긍정심리학

### 1. 이론적 정의

모든 인간들은 같은 현상을 보면서도 서로 다른 생각을 하는 경우가 많다. 흔한 예로 컵에 반쯤 담겨져 있는 현상을 보며 생각하는 관점이다. 누군가는 "이제 반밖에 없네" 라고 하는 반면에 어떤 이는 "아직 반이나 남았네" 라고 생각하는 사람도 있다. 이 말은 동일한 대상이나 현상에 대해 사람들에 따라 완전히 다른 시각을 가진다는 것을 알 수 있다. 이러한 관점의 차이는 인간 각자가 가지고 있는 성질, 성격, 그리고 자라온 환경, 주변의 사람들과의 관계를 맺으며 갖는 생활양식에 따라 다르게 나타난다고 할 수 있다.

이렇듯 인간은 다양한 성질과 성격을 가진 존재다. 또한 부정적인 측면과 긍정적인 측면을 동시에 지니고 있다.  같은 환경의 삶 속에서 무기력하고 비참한 모습으로 삶을 무의미하게 살아가는 사람도 있는 반면에 힘듦과 어려움을 이겨내 성취와 성숙을 이룬 사람도 있다.

위에서 말했듯이 인간은 긍정적·부정적인 양면성을 지닌 존재다. 1990년대까지 이루어진 심리학 연구는 대부분 인간의 긍정적인 측면보다 부정적 측면 즉, 문제행동과 정신장애를 이해하고 치료하려는 이론과 방법에 집중하여 상담이 이루어졌고, 수를 헤아 릴 수 없을 만큼 다양하게 개발·발전되어 왔다.  인간의 긍정적 측면은 심리학자의 연구관심사에서 자연스럽게 소외되어 온 것이 사실이다.  과거의 심리학이 인간의 부정적인 측면에 관심을 기울여 왔다는 비판이 일어나면서 10년 전부터 긍정적인 측면을 연구하는 심리학의 분야가 새롭게 등장하게 되었다.  그러한 분야가 바로 긍정심리학(positive psychology)이다.

따라서 긍정심리학은 인간의 모든 생에서 일어나는 사건과 경험에 있어서 – 좋은 경험이든, 나쁜 경험이든 – 관심을 가지고 그것을 통해 인생에서의 만족하는 삶이 무엇인지 연구하는 학문이라고 할 수 있다.  삶을 최고로 가치 있게 만드는 것들을 연구문제로 제시하는 학문이라고 하겠다. 다시 말해 인간의 긍정적인 심리적 측면을 과학적으로 연구하고 인간의 행복과 성장을 지원하는 학문이다.

'긍정심리학' 을 처음 언급한 심리학자는 마틴 셀리그만(Martin Seligman)이다. 그는 "심리학은 인간의 약점과 장애에 대한 학문만이 아니라 인간의 강점과 덕성에 대한 학문이기도 해야 한다. 진정한 치료는 손상된 것을 고치는 것이 아니라 우리 안에 있는 최선의 가능성을 이끌어내는 것이어야 한다"고 했다(권석만, 2014). 즉, 인간의 부정적인 측면보다 긍정적인 측면을 보는, 관점의 변화로 인간 행동의 긍정적인 면을 향상시키는 방향으로 심리학의 관심이 전환되어야 한다고 주장하였다. 또한 왜 심리학이 '기쁨이나 용기'와 같은 것들을 연구하면 안 되는지 질문을 던졌다. 긍정심리학에 대한 욕구는 심리학에서의 관점의 불균형에서 비롯되는 것임을 지적하였다(Steve R. Baumgardner, Marie K. Crothers, 안신호 외 역, 2013).

셀리그만은 진정한 행복(authentic happiness)이란 사람마다 가지고 있는 자신의 긍정적 성격을 발견 · 계발하여 자신의 삶의 방향을 이끌어가므로 만족감과 행복감을 경험하는 것이라고 했다. 긍정적 성격을 활용하면 더욱더 발전하게 되어 긍정적인 성격이 자신의 강점으로 나타나 삶의 분야에서 뛰어난 재능이 될 수도 있다. 그러면서 자존감이 높아지고, 성취감, 만족감의 정서적 반응을 경험하게 된다. 그러므로 만족한 삶을 이루게 되는 것이다.

또한 긍정적 성격을 계발하고 발휘하는 것은 개인적인 측면뿐만아니라 사회적인 측면에서도 중요하다. 가족, 학교, 직장, 지역사회를 비롯한 모든 사회적 조직은 구성원의 긍정적 성품과 역량을 통해 발전해 나간다. 그러므로 사회적 발전을 위해서는 구성원으로 하여금 긍정적 성품과 역량을 계발하고 발휘하도록 촉진하는 것이 필수적이다(권석만, 2011). 즉,개인, 집단, 그리고 사회가 성장하고 번창하도록 만드는 요인들을 발견하고 촉진하는 것을 목표로 한다(권석만, 2014).

결론적으로 긍정심리학은 인생을 허무하게 보내지 않기 위해서 우리가 무엇을 해야 하는지 연구하는 학문이다라고 할 수 있다.(크리스토퍼 피터슨 지음, 문용린 김인자, 백수현 옮김, 2010).

## 2. 주요 개념

긍정심리학에서는 삶의 '행복', '만족'은 굉장히 중요한 개념이다. 하지만 '행복', '만족'이라는 단어를 과학적으로 증명하거나 서술하기에는 개인마다 생각하는 정도의 차이도 크고, 막연한 의미이다. 그래서 셀리그만은 주요 핵심 단어로 긍정적인 감정(즐거운 생활), 참여(참여하는 생활), 의미(의미 있는 생활)로 나누어 정의하였다.

① 긍정적인 감정 (즐거운 생활)

긍정적인 감정은 바람직하다라고 느끼는 삶에서 긍정적인 감정(즐거움)을 느끼게 하는 요인이 무엇인지 밝히는 것이다. 즉, 삶의 어떠한 조건과 개인의 어떠한 자질이 개인을 행복하게 하고, 만족을 느끼게 하며, 충만감을 느낄 수 있게 하는가를 아는 것이다. 과거에 대한 긍정적인 감정으로는 만족, 성취, 평온, 자긍심이 있고, 미래에 관한 긍정적인 감정에는 자신감, 낙관주의, 희망, 믿음, 신뢰가 포함된다. 현재에 대한 긍정적인 감정으로는 지금 하고 있는 경험에서 즐거움을 느끼는 능력이라고 할 수 있다. 이것은 미래나 과거에 대한 생각으로 현재의 경험에 방해받지 않고 집중하는 것을 뜻한다.

② 참여(참여하는 생활)

참여하는 생활은 삶에 목적을 세우고, 그 목표를 이루기 위해 필요한 활동에 자신의 재능과 강점을 발휘하여 적극적으로 참여하고, 타인과의 관계에 대해서도 활발하게 활동하는 것을 뜻한다. 즉 일, 인간관계, 취미 활동에 관여하는 능력을 뜻한다. 이러한 참여하는 생활을 통해서 자신이 속해 있는 사회에 적극적으로 소통하게 된다. 참여하는 생활을 늘리기 위해서는 자신의 강점과 관심 분야가 무엇인지 파악하고 활용해야 할 것이다(리사 J.코헨 지음, 이아린 옮김 (2012).

③ 의미(의미 있는 생활)

의미 있는 생활은 자신의 강점을 활용해 사회에 헌신하고 기여한다는 의미한다. 우리 자신의 관심과 열정을 뛰어넘어 얻어지는 행복의 또 다른 측면을 말한다. 정치, 종교, 지역 사회 봉사, 가족과 같은 특정한 조직보다는 보다 큰 집단, 조직, 기관 – 세계 전체 –에 소속감을 느끼고 자부심과 삶의 목표를 향상시켜 나간다. 그래서 자신이 중심이 되는 좋은 생활의 만족도보다 거시적인 세계에 초점을 맞추고 삶의 만족도의 범위를 넓혀 나가는 것이다(리사 J.코헨 지음, 이아린 옮김, 2012).

# Ⅱ. 긍정심리학의 관점으로 본 푸드아트심리상담

긍정심리학의 관점으로 본 푸드아트심리상담은 푸드아트심리상담의 대부분의 활동 내용이 긍정심리학을 내포하고 있다고 볼 수 있다. 과거의 경험으로 인한 부정적 측면에서 보다 미래지향적인 활동들이 주를 이룬다. 그래서 긍정적 마인드로 자신의 미래를 설계하고, 현실에 대하여 긍정의 시각으로 볼 수 있도록 안내를 해 주는 것이 바로 푸드아트심리상담의 목적과도 같다고 볼 수 있다.

### ① 상담자는 내담자로 하여금 긍정적 마인드를 심어준다.

상담자는 내담자가 만들고 싶은 것을 기본적으로 긍정적인 호응해 준다. 예를 들어, '내가 살고 싶은 집'을 만들 경우, "이런 집이 어떻게 있을 수 있는지, 무엇으로 지을 것인지, 얼마나 돈이 들어가는지…"에 대한 언급이 아닌, 내담자가 만들고 싶은, 살고 싶은 집이라는 것을 긍정적으로 받아들인다. "이런 집에 살면 어떠할 것 같아요?, 누구와 함께 살고 싶나요?"라고 긍정적인 반응과 함께 희망의 메시지를 담아 준다.

### ② 상담자는 내담자의 목표에 대하여 '할 수 있다' 라는 자신감을 심어준다.

소극적인 자세에서 보다 적극적인 자세로 내담자에게 자신감을 불러 일으켜 준다. 능력과, 환경이 뒷받침되지 않아서 그냥 생각만 하고, 감정만 가지고 있는 것이 아니라, '할 수 있다' 라는 적극적인 마음과 이루고자 하는 것을 성취할 수 있다는 자신감을 주어야 한다. 그러나 너무나 목표를 높게 갖지는 말아야 한다. 작은 것부터 소소하게 성취감을 갖게 하여, 자존감을 높이고, 성취감을 통하여 만족감을 느껴 보게 하여 더 나아가 큰 목표도 이룰 수 있도록 계속적인 지지와 후원을 아끼지 말아야 한다.

### ③ 상담자는 내담자의 자존감 향상에 초점을 둔다.

자존감이란, 로젠버그(Rosenberg)는 자신을 유용하고 중요하며 가치로운 한 인간으로 믿는 자기 자신에 대한 평가 또는 판단으로 개인의 사회적 행동과 역할을 결정하는 변화 가능한 중심 특성이라고 정의를 내렸다. 또한 자존감은 자신에 관한 부정적 혹은 긍정적 평가와 관련된 것으로서 자아존경의 정도와 자신을 가치 있는 사람으로 생각하는 정도를 의미한다. 따라서 한 개인이 스스로를 어떻게 생각하느냐의 문제이며 그 개인이 자신에 대하여 갖는 판단력으로 정의하였으며, 개인이 자신에 관한 모든 것은 가치로운 것, 현존하는 것은 존경 받을 수 있다는 것을 의미하며 자기 자신에 대해서 긍정성을 느끼는 정도를 나타낸다고 보았다. 즉, 스스로 가치 있다고 생각하고 존중해주는 자신의 대한 태도로서, 자신이 성취와 타인에 의한 대우 및 자신의 신체적 특성과 같은 모든 종류의 영향력에 의해서 형성되는 개인적인 가치관이라고 볼 수 있다(이준영, 2012). 결론적으로 자아존중감이란 자신의 가치에 대해 스스로 내리는 자기 평가이며, 또한 개인이 자신에 대한 선호성과 가치 부여의 여부라고 할 수 있다. 더 나아가 자신을 아끼고, 있는 그대로의 자신의 모습을 소중히 여길 줄 아는 마음가짐이라고도 할 수 있다(김주연, 2011).

　이렇듯, 푸드아트심리상담을 통해 자존감 향상으로 보다 내담자가 긍정적인 생활 패턴을 가질 수 있도록 도와준다.

(긍정심리학의 관점으로 본 푸드아트심리상담 활동의 예 : 내가 살고 싶은 집, 내가 입고 싶은 옷, 문이 열리면, 소망나무 등)

# 제3부

# 임상중심의 푸드아트심리상담 사례 프로그램

## 1. 두드림

### 1) 애칭 만들기

#### ① 애칭 만들기 – 활동 개요

| 목　적 | 평소 불리고 싶은 애칭을 만들고, 그 애칭을 서로 나눔으로써 친밀감을 형성한다. |
| --- | --- |
| 준비물 |  |
| | 원두커피가루, 작은 그릇, 일회용 숟가락, 색지, 신문지 |
| 진행순서 | 어릴 때 불러주었던 별명이 있는 사람도 있다. 그 별명이 맘에 드는 사람도 있지만, 그렇지 않은 사람들도 있다. 아니면 다른 사람들이 이렇게 불러 주었으면 하는 애칭도 있을 것이다. 나 자신에 대한 애칭을 만들어 보고, 애칭이 없으면 자신의 이름을 되새겨 보면서 더 나아가 자신의 삶도 다시금 생각해 본다.<br><br>① 책상 위에 신문지를 크게 편다.<br>② 신문지 위에 색지를 한 장 편다.<br>③ 색지 위에 원두커피가루를 적당량 붓는다.<br>　(바닥에 가루가 떨어지지 않도록 조심한다)<br>④ 오감을 사용하여 원두커피가루를 느껴본다.<br>⑤ 그 위에 나만의 애칭을 표현해 본다.<br>　(애칭이 생각나지 않을 때는 이름을 써도 된다)<br>⑥ 그 애칭을 어떻게 사용하게 되었는지 서로 나눈다. |

| ☞ 잠깐!!! | ① 원두커피가루를 사용하여 오감을 충분히 느끼도록 한다.<br>② 젖은 원두커피가루는 햇볕에 미리 말려둔다.<br>③ 원두커피가루 대신에 여러 가지 가루(밀가루, 쌀가루, 콩가루, 설탕, 모래 등)를 이용하거나, 곡식(쌀, 콩, 커피 콩)을 이용해도 된다.<br>④ ③를 이용할 때는 반드시 재료와 바탕의 색지는 서로 반대되는 색을 이용해야 눈에 잘 띈다.<br>⑤ 조심성을 요하는 대상자에게는 신문지를 깔지 않고 진행할 수도 있다.<br>(바닥에 흘리지 않기 위해 더 조심하게 될 수도 있기 때문이다.) |
|---|---|
| **질문방법** | ① 이 애칭이 다른 사람이 나에게 부르는 애칭인가요?<br>아니면 이렇게 불러 줬으면 해서 지은 건가요?<br>② 이 애칭이 마음에 드나요?<br>③ 어떤 의미(뜻)에서 이 애칭을 정하셨나요?<br>④ 혹시 다르게 불러 주었으면 하는 애칭이 있나요?<br>⑤ 그럼 이제부터 다른 사람들이 애칭으로 불러도 될까요?<br>⑥ 이 애칭에 애정을 담고 불러 주겠습니다. |
| **상 담<br>Point** | ① 애칭이 없을 경우에는 애칭을 만들도록 강요하지 않는다.<br>② 이름을 썼을 경우, 이름에 대하여 누가 지어주었는지, 어떤 뜻인지, 이름에 대한 느낌을 이야기 해 본다.<br>③ 감사의 마음으로 애칭과 이름에 대하여 느끼도록 한다. |

| 나 이 | 40대 초반 | 성 별 | 여 |
|---|---|---|---|
| 설 명<br>및<br>소 감 | 원두커피가루를 만져보니, 느낌이 너무 좋았다.  커피향도… 지긋이 눈을 감고 오감으로 느껴보니까 새삼 원두커피가루가 이렇게 오감을 자극하는구나 느끼게 되었다. 나의 애칭은 '보배' 보배처럼 살고 싶어서 내가 한 번 지어 보았다.  정말 보배처럼 살아야겠다는 생각이 들었다. | | |

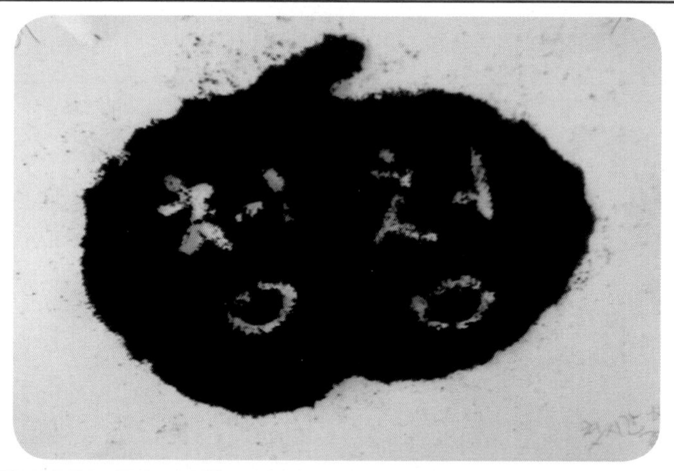

| 나 이 | 40대 후반 | 성 별 | 여 |
|---|---|---|---|
| 설 명<br>및<br>소 감 | 갑자기 사과가 생각이 났다. 그래서 사과 모양을 원두커피가루로 만들고, 그 위에 무엇을 쓸까 고민을 하다가 '청청' 이라고 썼다. 항상 맑고 밝게 지내고 싶어서 이렇게 지어 보았다. 느낌과 향과 부드러움… 원두커피가루가 이렇게 좋을 수가… 집에서도 꼭 해 보고 싶다. | | |

| 나 이 | 40대 후반 | 성 별 | 여 |
|---|---|---|---|
| 설 명<br>및<br>소 감 | 원두커피가루를 만지니까, 얼굴에 미소가 저절로 지어진다. 항상 이렇게 웃고 살고 싶다. 그래서 '스마일' 로 애칭을 지어 보았다. 마음이 안정이 되는 것 같고 너무나 평온하다. | | |

| 나 이 | 30대 후반 | 성 별 | 여 |
|---|---|---|---|
| 설 명<br>및<br>소 감 | 아이들 키우느라, 커피 마실 시간도 없이 하루 하루가 너무나 바쁘고 늘 분주하다. 빨리 아이들이 자라서 나 혼자 자유를 만끽하면서 우아하게 커피 한 잔 마시고 싶은 게 내 바암이다. 그래서 그 날을 손꼽아 기다리면서 쓴 '자유의 여신' 이다. 생각만 해도 참 기분 좋아진다. 게다가 원두커피가루도 너무나 나를 행복하게 한다. | | |

| 나 이 | 40대 후반 | 성 별 | 여 |
|---|---|---|---|
| 설 명<br>및<br>소 감 | 일생을 살면서 항상 이렇게 햇님이 나를 비춰주면 좋겠다 하는 마음으로 지어 보았다. 나 또한 햇님처럼 다른 사람들에게 환한 빛을 주고 싶은 마음이다.  항상 해처럼 밝기를 소원하면서… | | |

| 나 이 | 50대 초반 | 성 별 | 여 |
|---|---|---|---|
| 설 명<br>및<br>소 감 | 나의 애칭은 '여우' 이다. 이 말의 뜻은 '여유롭고, 우아한 여자' 에서 앞 글자와 뒤의 글자를 붙여서 '여우' 이다. 이렇게 항상 여유롭고, 우아한 여자가 되기를 소망한다. 생각만 해도 정말 그렇게 된 것 같다. 원두커피가루가 이렇게 쓰여질지… 정말 몰랐다. 당장 커피전문점에 가서 가져다가 말려서 해 봐야겠다는 생각이 들었다. | | |

| 나 이 | 40대 중반 | 성 별 | 여 |
|---|---|---|---|
| 설 명<br>및<br>소 감 | 항상 모든 사람을 대할 때 미소로 대하는 사람이 되고자 '미소천사' 라고 했다. 그래서 나만 보면 사람들이 행복해졌으면 하는 마음으로 이렇게 손가락으로 써 보았다. 느낌이… 원두커피가루가 이런 느낌이었는지 새삼 깨닫게 되는 시간어서 참 좋았다. 아이들과 하면 좋을 것 같다. | | |

| 나 이 | 40대 중반 | 성 별 | 여 |
|---|---|---|---|
| 설 명<br>및<br>소 감 | 내 이름을 일본어로 표하면 '하루' 라는 뜻이다. 그래서 난 오히려 이름보다 이 '하루' 라는 단어가 더 정겹다. 봄의 기운으로, 하루 하루를 열심히 살아야지 하는 마음으로 애칭을 써 보았다. 커피가루가 주는 향기와 촉감은… 빨려 들어가는 느낌이다. 참 좋은 느낌이다. | | |

| 나 이 | 50대 초반 | 성 별 | 여 |
|---|---|---|---|
| 설 명<br>및<br>소 감 | 나의 애칭은 무엇이든지 잘 할 수 있는 '원더우먼' 이다. 아이도 잘 키우고, 남편 내조도 잘 하고, 지금 하고 있는 공부도 잘 마치고… 동해 번쩍, 서해 번쩍도 할 수 있는 원더우먼이 되고 싶어서 이렇게 지어 보았다. | | |

| 나 이 | 40대 중반 | 성 별 | 여 |
|---|---|---|---|
| 설 명<br>및<br>소 감 | 나에게서 좋은, 영향력 있는 향기가 났으면 좋겠다. 나로 인해 위로를 얻고, 나로 인해 다시금 살 수 있게 하는 향기, 나로 인해 깨달을 수 있는 그런 향기 있는 삶을 살고 싶다. 그래서 먼 곳까지 이 향기에 취해 앞으로 힘든 사람들에게 위로가 되고 싶다. 그래서 이렇게 지어 보았다. | | |

| 나 이 | 60대 중반 | 성 별 | 남 |
|---|---|---|---|
| **설 명<br>및<br>소 감** | 나는 '바보' 이다. 다른 사람들에게 항상 바보스럽게 보이기 때문에 바보이다. 거절도 못하고, 내가 하고 싶은 말도 잘 못하고… 그래서 손해 보는 것도 참 많다. 그래서 바보이다. 누가 애칭을 물어 보면 항상 '바보' 라고 대답했다. 그러나 이제 다시금 이 뜻을 고쳐 보고 싶다. '바라만 봐도 보고 싶은 남자' 로!!! 갑자기 기운이 솟는다. 그래 나는 바라만 봐도 늘 보고 싶은 남자야, 힘내야지!!!! | | |

| 나 이 | 50대 초반 | 성 별 | 여 |
|---|---|---|---|
| **설 명<br>및<br>소 감** | 언제나 '행복' 해지고 싶다. 나도 행복하고, 남편도 행복하고, 아이들도 행복하고, 친정 식구들도 행복하고… 다른 사람에게 행복을 찾으려고 돌아다니지 말고, 이젠 한 곳에서 행복하게 살고 싶은 마음을 담아서 이렇게 표현하였다. | | |

| 나 이 | 40대 후반 | 성 별 | 여 |
|---|---|---|---|

| 설 명<br>및<br>소 감 | 나의 애칭은 '무지개' 이다. 여러 가지 애칭이 생각났는데, 그 중에서 '무지개' 라는 애칭이 가장 마음에 남는다. 이유는 이제부터 여러 가지 일을 하게 될 것 같은데, 어느 곳에서나 환영받는, 다른 사람에게 희망을 줄 수 있기 때문이다. 이 애칭은 내가 내 자신에게 부르고 싶은 애칭이다. 이렇게 부르면서 꼭 그렇게 되기를 다짐하면서 조용히 '무지개' 라고 불러본다. |
|---|---|

| 나 이 | 10대 | 성 별 | 여 |
|---|---|---|---|

| 설 명<br>및<br>소 감 | 나의 애칭은 '으르렁' 과 'EXO' 이다.  왜냐하면 내가 EXO를 좋아하고, 'EXO' 의 노래 중에 나오는 '으르렁' 을 제일 좋아한다.  너무나 좋아해서 이것을 애칭으로 만들었다. 내가 좋아하는 EXO를 만들어 보니 너무나 재미있고, 기분이 좋아졌다. 앞으로 이 활동이 기대된다. |
|---|---|

# 인생의 목표

인생에서 목표로 삼아야 할 것이 두 가지가 있다.

우선, 당신이 원하는 것을 얻는 것,

그리고 그것을 즐기는 것이다.

가장 현명한 사람들만이

두 번째 목표를 성취한다.


- 로건 피어설 스미스 -

## 2) 지금 내 마음 표현하기

### ① 지금 내 마음 표현하기 – 활동 개요

| 목 적 | 지금 생각나는 것을 표현함으로써 현재의 가장 관심거리가 무엇인지 알아 본다. |
|---|---|
| 준비물 | 원두커피가루, 신문지 , 색지, 종이컵 |
| 진행순서 | 지금 바로 떠오르는 생각은 무엇인가? 식사? 그 사람 얼굴? 약속? 눈? 주말에 갔던 곳? 방금 떠오르는 것을 원두커피가루로 표현해 본다.<br><br>① 책상 위에 신문지를 크게 편다.<br>② 신문지 위에 색지를 한 장 편다.<br>③ 색지 위에 원두커피가루를 적당량 붓는다.<br>　(바닥에 가루가 떨어지지 않도록 조심한다.)<br>④ 오감을 사용하여 원두커피가루를 느껴본다.<br>⑤ 그 위에 지금 떠오르는 것을 원두커피가루로 표현해 본다.<br>⑥ 표현 한것을 가지고 이야기 한다. |
| ☞ 잠깐!!! | ① 원두커피가루를 사용하여 오감을 충분히 느끼도록 한다.<br>② 겪은 원두커피가루는 햇볕에 미리 말려둔다.<br>③ 원두커피가루 대신에 여러 가지 가루(밀가루, 쌀가루, 콩가루, 설탕, 모래)를 이용하거나, 곡식(쌀, 콩, 커피 콩)을 이용해도 된다.<br>④ ③를 이용할 때는 반드시 재료와 바탕의 색지는 서로 반대되는 색을 이용해야 눈에 잘 띈다.<br>⑤ 조심성을 요하는 대상자에게는 신문지를 깔지 않고 진행할 수도 있다.<br>　(바닥에 흘리지 않기 위해 더 조심하게 될 수도 있기 때문이다.) |

| 질문방법 | ① 원두커피가루를 만지니까 느낌이 어떠했나요?<br>② 어떤 것을 표현했나요?<br>③ 이것은 언제의 일인가요?<br>④ 이렇게 마음을 표현하니까 어떠한가요? |
|---|---|
| 상 담<br>Point | ① 작품에 표현한 것이 최근 가장 크게 생각하는 일(사건, 사람) 이거나, 가장 기억에 남는 것 또는 무의식에 가장 크게 자리 잡고 있는 것일 수도 있다.<br>② 구체적으로 ① 에 대하여 이야기 하면서 상담한다.<br>③ 무엇을 표현하지 않아도, 잔잔한 음악과 함께 원두커피가루를 만지는 것만으로도 마음이 차분해지면서 힐링이 될 수 있다. |

| 나 이 | 40대 중반 | 성 별 | 여 |
|---|---|---|---|

| 설 명<br>및<br>소 감 | **〈소용돌이〉**<br>지금의 내 마음??? '소용돌이' 라고 생각한다.  이것 저것 해야 할 일도 많은데 무엇부터 해야 할 지 모르고, 일주일이 어떻게 가는지 모를 만큼 바쁜 하루하루다.  마치 소용돌이처럼 얽혀 있어서 무엇부터 풀어가야 할 지 정말 모르겠다.  그래서 소용돌이가 아닐까 한다. |
|---|---|

| 피드백 | 내담자의 마음은 이 소용돌이처럼 많은 일들이 있는 것 같다.  그것들을 곰곰이 생각해 보고, 우선순위를 정하는 것이 가장 급한 것 같다.  우선순위에 맞게 한 올 한 올 풀어가는 것이 이 소용돌이를 잠재우는 것이라고 본다. |
|---|---|

| 나 이 | 33세 | 성 별 | 여 |
|---|---|---|---|

| 설 명<br>및<br>소 감 | **〈시계〉**<br>내 마음은 시계이다.  하루 종일 시계처럼 바삐 생활해야 하니까. 정해진 시간에 해야 할 일을 한다는 것은 규칙적인 삶일 수 있지만, 어떻게 보면 여유가 없는 삶이라서 내 자신을 돌아보지 못할 때도 많다. 하지만, 해야 할 일이 있다는 것은 참 행복하다고 느낀다.  원두커피가루로 이렇게 표현하니까 해야 할 일이 지겹지 않고, 오히려 더 의미있게 느껴진다. |
|---|---|

| 피드백 | 바쁜 현대인의 삶은 시계소리와 함께 움직이는 것 같다.  그 시간대로 움직이고, 그 시간대로 생활하고…  시계는 거꾸로 갈 수 없다.  하지만, 생각은 과거로 갈 수 있다.  조금만, 한 템포만 늦게 가는 시계가 필요하지 않을까? 그래야 지금의 나를 바로 볼 수 있으니까. |
|---|---|

| 나 이 | 38세 | 성 별 | 여 |
|---|---|---|---|

| | |
|---|---|
| 설 명<br>및<br>소 감 | 〈밤송이〉<br>지금의 내 마음을 표현하라고 해서 하다 보니까 밤송이로 표현했다.  그런데 지금 표현하는 것이 가장 많이 생각하는 일이나 최근의 관심사라는 말씀에 놀랐다.  지난 주에 시골에 가서 밤을 땄는데…  너무나 놀라웠다.  조금씩 조금씩 나 자신을 알아가는 과정이라는 생각에 나머지 시간들이 기대된다. |
| 피드백 | 지난 주에 밤을 땄던 일은 내담자에게서 참 좋은 추억이라고 생각한다. 힘들 때마다 그 추억을 생각하면서 조금은 힘을 내는 데에 도움이 될 것 같다.  소중한 추억들을 하나하나 만들어 가는 것이 삶을 움직이는 원동력이라고 생각이 든다. |

| 나 이 | 37세 | 성 별 | 여 |
| --- | --- | --- | --- |

| 설 명<br>및<br>소 감 | **〈한 잔의 커피〉**<br>원두커피가루를 만지고 있으니까 이렇게 향기 좋은 따뜻한 커피 한 잔 마시고 싶어 졌다.  시간에 쫓겨서 커피 한 잔 여유 있게 마실 시간도 없었는데, 이렇게 마시고 있다고 생각하니 너무나 기분이 좋다.  이 가을!!! 분위기 좋은 데서 커피 한 잔 마시고 싶다. |
| --- | --- |
| **피드백** | 햇살 좋은 찻집에서 좋은 음악과 함께, 은은한 커피 향을 맡으며 창밖을 바라보는 것… 이 가을에 꼭 해 보라고 했다.  거기에 사랑하는 사람과 함께라면 이 커피의 향만큼이나 좋은 시간일거라고… 그리고 남은 올해를 잘 계획하는 것까지… 일상의 소중함을 깨닫는 시간일거라고 이야기해 주었다.  내담자의 얼굴에 풍요로움이 가득하다. |

| 나 이 | 47세 | 성 별 | 여 |
|---|---|---|---|

| 설 명<br>및<br>소 감 | 〈수능대박〉<br>수능대박!!! 꼭 수능대박 나기를 기원하면서 열심히 만들었다.  꼭 아이가 수능 시험을 잘 보기를 기도한다.  지금 최대의 관심사가 수능이기 때문에 이렇게 표현한 것 같다.  참 신기한 심리상담 같다. |
|---|---|
| 피드백 | 조금 있으면 '수학능력시험' 이다.  엄마의 소원을 담아 이렇게 '수능대박' 이라고 썼다.  엄마의 기도하는 힘이 느껴진다.  꼭 자녀에게 좋은 결과가 있기를 바란다고. |

| 나 이 | 50세 | **성 별** | 여 |
|---|---|---|---|
| **설 명<br>및<br>소 감** | 〈창문〉<br>원두커피가루를 만지면서 네모나게 모으게 되었고, 하다 보니까 창문을 만들게 되었다. 창문은 내 자신을 보이고 싶어서라고 한다. 그 말을 들으니까, 아마 이 시간들을 통해 내 자신을 많이 알아가고 싶은 마음에서 이렇게 표현한 것 같다. 나 자신을 하나하나 알아가는 것, 많은 성장을 가져다 줄 것 같다. | | |
| **피드백** | 창문은 자신을 보이고 싶어 하는 마음이다. 그런데 아주 큰 창문을 만들었다. 내 담자는 이 시간을 빌어서 자신에 대하여 알아가고 싶은 마음이 가득하다. 인생의 전환점의 시기에 자신을 알아가는 것은 참 의미 있는 일이다. 하나하나 자신의 마음의 소리에 귀 기울여서, 자신이 무엇을 원하는지, 자신이 무엇을 해야 하는지에 대하여 고민하고, 가야 할 길을 찾는데 의미있는 시간이 되기를 바란다고 해 주었다. | | |

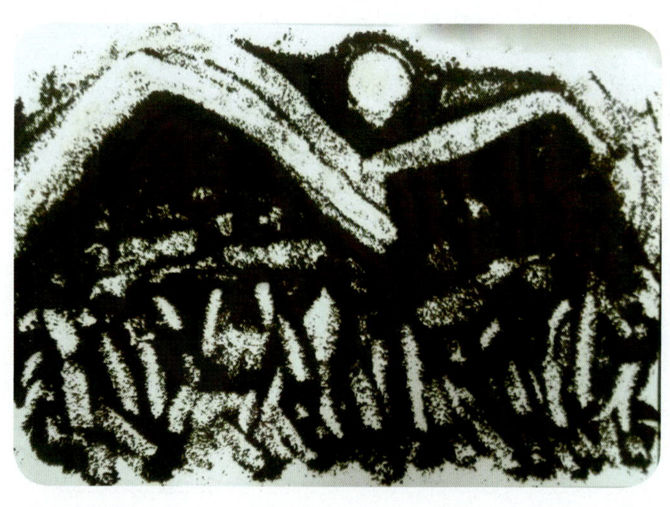

| 나 이 | 59세 | 성 별 | 여 |
|---|---|---|---|

**설 명<br>및<br>소 감**

〈가을 산〉

가을 산을 표현해 보았다. 그냥 표현하고 싶어서 했는데, 가장 최근의 관심사를 나타낸다는 말에 생각해 보니, 이번 주에 단풍놀이를 가기로 했다. 아마 그래서 표현한 것 같다. 이렇게 표현하니까 더 가을 산이 기대가 된다. 원두커피가루의 이 부드러운 느낌처럼 가을 산의 정경도 아마 화려하면서도 부드러울 것 같다.

**피드백**

여행이란, 여행을 가서의 행복도, 즐거움도 있겠지만, 여행을 가기 위해 며칠 전부터 설레는 마음이 삶의 활력소 역할을 하는 것 같다. 마음에 맞는 사람과 여행지에 가기 위해 며칠 전부터 준비하면서 큰 행복감을 얻는다. 내담자도 여행을 가기 위해 설레는 마음을 자신도 모르게 표현한 것 같다. 즐거운 추억을 만드는 여행이 되기를 진심으로 바란다고 해 주었다.

| 나 이 | 30대 후반 | 성 별 | 여 |
| --- | --- | --- | --- |

| 설 명 및 소 감 | 〈감사합니다〉<br>이런 소중한 시간을 함께해서 너무나 감사하다는 생각이 들었다.  앞으로 나 자신을 알아가고, 그래서 보다 더 의미 있고, 즐거운 삶을 살 수 있기를 기대한다.  열심히 참여하여 많은 것을 알고 싶다.  참 감사합니다. |
| --- | --- |
| 피드백 | 작은 것 하나에도 감사하는 마음이 전해진다.  항상 그런 마음으로 살아간다면, 이 세상은 살 만하지 않을까?  내담자의 마음이 감사하기 때문에 이렇게 감사함으로 다가오지 않을까 한다. |

| 나 이 | 40대 중반 | 성 별 | 여 |
|---|---|---|---|

| 설 명<br>및<br>소 감 | 〈나비〉<br>나비같이 훨훨 날고 싶어서 나비를 표현했다.  원두커피가루가 이렇게 만들 수 있는 재료가 된다니…  신기하다.  내 꿈을, 내 뜻을 펼치는 나비가 되고 싶다.  또한 이곳저곳 나의 향기를 뿌리며, 다른 사람들에게 아름다움을 보일 수 있는 우아한 나비…  나비처럼 되어야지 하는 생각이 더 많이 들었다. |
|---|---|
| **피드백** | 내담자는 나비처럼 날고 싶다.  나비가 되어서 어디든 날아가고 싶어 한다.  바쁘게 살아가는 일상에서 잠시 벗어나 잠시 쉼을 누릴 수 있는 곳. 그곳을 바라보고 있다. 뛰어 가는 것도 중요하지만, 잠시 쉬어가는 것도 인생에 있어서 중요하다. |

| 나 이 | 40세 | 성 별 | 여 |
| --- | --- | --- | --- |

**설 명 및 소 감**

〈스마일〉

원두커피가루를 만지니까 기분이 너무 좋다. 또한 냄새도 그윽하고… 갑자기 동심으로 돌아간 느낌이다. 마음대로 커피가루를 만지다가 동그랗게 모으게 되었다. 그래서 지금 미소짓고 있는 모습인 것 같아서 이렇게 미소 짓는 얼굴을 표현해 보았다. 아이처럼 되고 싶은 마음인 것 같다. 아이들의 순수하게 웃는 모습!!! 그 모습을 지금 가질 수는 없지만, 이렇게 미소 짓는 얼굴로 매일 지냈으면 하는 바람이다.

**피드백**

아이의 해 맑은 미소가 생각이 난다. 순수한 아이들의 모습… 좋으면 좋다고 표현하고, 싫으면 싫다고 표현한다. 상대방이 나를 좋아하는 건지, 나를 싫어하는 것인지도 안다. 그런 아이들의 해맑음을 내담자는 그리워한다. 아이처럼 마냥 웃을 수 있는 것도 특권이다. 그 특권을 누렸으면 한다.

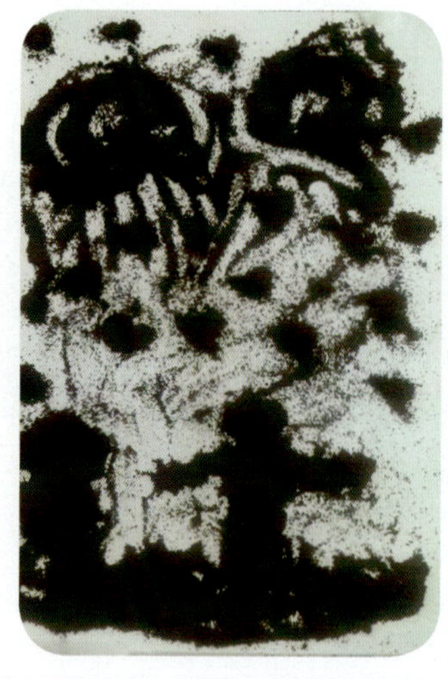

| 나 이 | 41세 | 성 별 | 여 |
|---|---|---|---|

| **설 명<br>및<br>소 감** | **〈눈 오는 날〉**<br>원두커피가루를 만지는데, 부드러운 촉감이 느껴졌다.  그리고 눈이 떠올랐다.  부드러운 원두커피가루와 눈… 아무도 밟지 않은 눈 쌓인 곳에 한 발 한 발 눈 밟는 소리… 눈 오는 날 손을 벌리고 눈을 맞으며 눈 밟는 것을 표현했다.  지금 표현 한 것이 최근의 관심사라고 했는데, 아마 곧 추워지면 겨울이 오고, 그러면 첫눈이 온다는 설렘임 때문인 것 같다.  이 광경…  잠시 눈을 지긋이 감고 상상해 보았다.  부드러움을 느낄 수 있었다.  마음이 차분해지고 평온해지는 것 같다. |
|---|---|

| **피드백** | 내담자는 눈 오는 겨울을 좋아하는 것 같다.  원두커피가루의 부드러움을 눈의 느낌이라고 생각했다.  눈의 차갑지만 촉촉함, 부드러움을 느낀다.  또한 감수성도 많을 것 같다.  그 감수성이 다른 것에 물들지 않았으면 좋겠다.  자신의 귀 기울이는 것. 이 또한 나를 알아가는 것이 아닐까 한다. |
|---|---|

| 나 이 | 40대 중반 | 성 별 | 여 |
|---|---|---|---|

| 설 명<br>및<br>소 감 | **〈세월호 희생자들〉**<br>세월호로 인하여 아직 찾지 못한 학생들과 일반인들… 부디, 부디 제발 살아 돌아오길 희망하는 마음에서 이렇게 표현해 보았다. 아이를 둔 엄마로서 내 아이가 만약에 이렇게 되었다고 생각하니 정말 너무 가슴이 아프다. 다시는 이런 일이 없기를 간절히 바란다. 그리고 살아 돌아온 아이들에게도 앞으로 그것으로 인하여 많이 힘들텐데, 잘 이겨낼 수 있도록 용기를 북돋아 주고 싶다. |
|---|---|

| 나 이 | 10대 | 성 별 | 여 |
|---|---|---|---|

| 설 명<br>및<br>소 감 | 〈배고파〉<br>갑자기 원두커피 가루를 보니 배가 고파졌다.  예전에 커피로 만든 빵을 먹었었는데, 이 냄새를 맡아보니 그 빵이 먹고 싶어졌다.  "아, 배고프다.  빨리 학교 끝나고 집에 가서 밥 먹고 싶다~~~" |
|---|---|

| 나 이 | 10대 | 성 별 | 여 |
|---|---|---|---|

| 설 명<br>및<br>소 감 | 〈졸려〉<br>점심을 먹고 나니 너무 졸리다.  그래서 지금, 내 마음은 '졸려' 이다.  빨리 방학이 되어서 하루 종일 자고 싶다. |
|---|---|

| 나 이 | 중학교 3학년 | **성 별** | 남 |
|---|---|---|---|

| **설 명 및 소 감** | 〈눈〉<br>처음 중학교 1학년 때 순간적으로 '욱' 해서 일을 저질렀는데, 그 이후에 계속되는 따가운 눈초리들⋯ 선생님뿐만 아니라 친구들도 나를 이상한 눈으로 쳐다 보았다. 무슨 일이 터지면 아무리 잘못이 없다고 얘기해도, 모두들 일단 '나' 부터 쳐다본다. 그래서 난 이렇게 바라보는 눈이 너무나 싫다. |
|---|---|

| **피드백** | 우발적인 사건으로 인하여 소위 말하는 '낙인' 이 찍힌 청소년이다. 한번쯤 우리도 생각해 보아야 할 문제이다. 무슨 일이 일어나면 그것을 정확하게 바라보아야 하는데, 우리도 모르게 소위 '문제아' 라는 아이들에게 시선이 간다. 그러한 면에서 '낙인' 이라는 게 당하는 사람에게는 얼마나 괴로운 일인가. 이 활동을 계기로 한 번쯤 나 자신을 되돌아 보아야 할 것이다. |
|---|---|

| 나 이 | 60대 후반 | 성 별 | 여 |
|---|---|---|---|

| 설 명<br>및<br>소 감 | 〈백설 공주〉<br>원두커피가루를 보고, 무엇을 만들까 고민하다가 그냥 사람을 만들다 보니까 백설 공주가 되었다. 이렇게 원두커피가루 하나를 가지고 멋있는 공주를 만들 수 있다니… 너무나 놀랍고 신기하고 재미있다. 집에서 원두커피가루를 빨리 말려서 다양한 것을 또 만들어 보고 싶다. 마음이 즐거움으로 가득 차는 것을 느낀다. 기분이 날아 갈 것 같다. |
|---|---|
| 피드백 | 손주를 위해서 동화책을 자주 읽어 주다 보니까 이렇게 백설 공주가 만들어진 것 같다. 이렇게 최근의 기억이 되살아나는 활동이다. 앞으로 손주들과 원두커피가루를 가지고 함께 만들어 봄이 어떻겠냐고 하자 좋은 방법이라고, 꼭 해 봐야겠다고 한다. |

# 지금 나의 마음

지금의 실패는 성공하기 위한 필수 조건
지금의 약점은 장점으로 가는 디딤돌
지금의 부족은 넘치기 위한 공간
지금의 가난은 부자가 되기 위한 시작
지금의 패배는 승리로 가는 지름길
지금의 고난은 이루는 과정
지금의 슬픔은 기쁨을 위한 준비

중요한 것은
자신이 "지금 무슨 마음으로 사는가"이다.
현재의 상황은 얼마든지 바뀐다.
결코 지금의 환경을 보지 마라
지금 당신의 마음을 보라.

- 이케다 다이사쿠 -

## 1. 나를 바로 보기

### 1) 어항 가족화

#### ① 어항 가족화 – 활동 개요

| 목 적 | 가정에서의 가족 구성원의 서열, 본인이 생각하는 가족의 위치, 가족관계, 구성원들의 성격 등을 파악할 수 있다. |
|---|---|
| 준비물 | 김, 국물 멸치, 실 멸치, 건 새우, 오징어채 |
| 진행순서 | 우리 가족이 물고기로 변한다면 어떤 모습일까? 그리고 물고기로 변하면 어떤 것을 하고 있을까? 그것을 생각하면서 활동한다.<br>① 김을 어항이라고 생각하고 색지 위에 올려놓거나, 어항의 모양대로 김을 잘라서 올려놓는다.<br>② 가족 구성원을 국물 멸치, 실 멸치, 건 새우, 오징어채를 이용하여 만든 후 김 위에 올려놓는다.<br>③ 나머지 재료를 가지고 어항을 꾸민다(꾸미지 않아도 된다.)<br>④ 가족 구성원 중 빠진 물고기가 있으면 누구인지 여백에 적는다.<br>⑤ 가족 구성원이 아니지만, 더해진 물고기가 있으면 여백에 적는다. |
| ☞ 잠깐!!! | ① 꼭 김을 어항이라고 하지 않아도 된다. 재료를 가지고 다양하게 '어항 가족화'를 표현해도 된다.<br>② 건어물 외에는 다른 재료는 사용하지 않는다.<br>　(중요한 사전진단으로 사용된다. 다른 활동은 재료를 바꾸어서 활동 해도 상관없지만, 어항 가족화는 가급적 위의 재료를 사용하도록 한다.) |

| | |
|---|---|
| **질문방법** | ① 어항의 전체적인 분위기는 어떤가요?<br>② 표현한 순서를 말씀해 주시겠어요?<br>③ 혹시 가족 중에서 표현하지 않은 가족이 있나요?<br>　 표현하지 않았다면 어떠한 이유로 표현하지 않았나요?<br>④ 가족 외에 다른 사람을 표현한 사람이 있나요?<br>　 그 사람은 어떠한 이유로 사람을 표현하였나요?<br>⑤ 물고기들의 기분은 어떤가요?<br>⑥ 혹시 표현한 후에 바꾸고 싶은 부분이 있다면 어떤 부분입니까?  그렇다면 한 번 바꾸어 보시겠어요?<br>⑦ 이렇게 바꾸고 나니까 기분이 어떤가요? |
| **상 담 Point** | ① 어항의 가장 가운데에 위치한 사람이 가족의 중심이 된다.<br>② 본인과 같은 위치에 표현했을 경우 본인과 서열이 비슷하게 생각하기도 한다.<br>③ 본인보다 아래쪽에 표현했을 경우 본인보다 서열을 밑으로 생각하기도 한다.<br>④ 가장 크게 표현한 사람이 가장 크게 생각하는 구성원이다.<br>⑤ 작게 표현한 물고기는 본인이 생각하기에 가족의 위치에서 조금 작게 생각되어지거나, 보호해야 할 사람이기 때문에 작게 표현한다.<br>⑥ 구성원을 같은 종류의 건어물로 표현했을 경우에는 가족 상호간의 의견 일치나 성향이 비슷한 구성원이라고 볼 수 있다.<br>⑦ 구성원을 멸치, 새우 등을 섞어서 표현했을 경우는 개성이 강하거나, 생각이 조금 다르게 느껴지는 경향이 있음을 나타내기도 한다.<br>⑧ 구성원 중 일부는 같은 새우로, 일부는 같은 멸치로 표현했을 경우에는 동질성을 가진 구성원은 같은 것으로 표현할 가능성이 많다.<br>⑨ 물고기로 표현한 것 이외에 다른 장식물들이 많으면 사랑이 많아서 그렇게 표현하거나, 사랑을 많이 받고 싶기 때문에 표현할 수 있다.<br>⑩ 중앙선이 있다고 가정할 때, 중앙선보다 위쪽으로 표현한 구성원은 활동성이 강함을, 외향적 기질이 있음을 나타낸다.<br>⑪ 중앙선이 있다고 가정할 때, 중앙선 보다 아래쪽으로 표한한 구성원은 내향적 기질임을 나타낸다.<br>⑫ 항상 상담은 더블 메시지(double message)이다.  진단할 때는 이런 메세지를 염두해 두고 진단해야 한다. 예를 들어 사랑이 많아서 그렇게 표현하거나, 혹은 적어서 많아지고 싶은 마음에서 그렇게 표현할 수도 있다.<br>⑬ 미술심리상담에서의  '어항 가족화'와 병행하면 좋다.  미술심리상담에서의 어항가족화와 푸드아트심리상담에서의 어항가족화를 비교, 설명하면서 피드백을 해 주면 훨씬 더 많이 내담자의 마음을 읽어 줄 수 있다. |

| 피드백 전 | 피드백 후 |
|---|---|

| 특 징 | 많이 우울해 하고, 답답해하며, 집에 항상 사람이 끊이지 않는다 (40대 초, 여). |
|---|---|
| 설 명<br>및<br>소 감 | 김으로 만든 어항 안에 오징어채는 장식, 국물 멸치와 건 새우는 가족이며, 실 멸치는 이웃집 엄마들이다. 피드백 전의 어항에서 보면 오징어채가 큰 멸치와 건 새우의 앞뒤를 막아 놓았다. 옆집이 보이는 것이 싫어서라고 한다. 어디를 갈 때 항상 옆집이랑 같이 다닌다고 한다. 가족들만 오붓하게 다니고 싶은데, 옆집이랑 가게 되고, 위쪽의 작은 멸치는 이웃집 사람들을 표현하였다.<br><br>상담자 : 이렇게 작품을 만들어 보니까, 혹시 바꾸고 싶은 것이 있나요?<br>내담자 : 네, 할 땐 몰랐는데, 이렇게 보니 바꾸고 싶은게 있네요.<br>상담자 : 원하는 방법으로 바꾸어 봐도 괜찮아요. 바꿔보시겠어요?<br>내담자 : 여기 옆에 있는 오징어채와 멸치를 치우고 싶네요. |
| 피드백 | 훨씬 자유롭게 된 것 같다고 한다. 이제는 옆 집 신경 쓰지 않고 자유롭게 어디든 헤엄쳐서 다닐 수 있으니까, 속이 시원하고 탁 트인 느낌이라고 한다. 가족만의 오붓한 시간들을 생각하며 즐거워했다. |

| 피드백 전 | 피드백 후 |
| --- | --- |
|  |  |

| **특 징** | 딸 둘을 키우는 어머니 (50대초, 여). |
| --- | --- |

| **설 명 및 소 감** | 피드백 전의 어항에서 아래 오징어채로 새우 두 마리를 묶어서 딸이라고 표현했다.  위에는 실 멸치로 장식하고, 아래에는 오징어채와 잔 멸치로 장식했다.  맨 위의 두 멸치는 남편과 자신이다.<br>다 만든 후에 보니까 왠지 좀 답답해 보인다.  위의 실 멸치도 밖으로 나가기에 걸림돌이 될 수 있게 보인다.<br><br>상담자 : 딸 둘을 오징어채로 묶어서 표현했는데 다시 보니까 어떠신가요?<br>내담자 : 좀 답답해 보여요.<br>상담자 : 전체적으로의 느낌을 생각하면서 혹시 바꾸고 싶은 것이 있으면 바꾸어도 됩니다.<br>내담자 : 이렇게 묶인 새우 대신에 멸치로 표현해 볼게요. |
| --- | --- |

| **피드백** | 딸 둘을 오징어채로 묶었다는 것을 다시 생각하면서 얼마나 우리 딸 들이 힘들었을까 뭐든지 제약하고, 뭐든지 하지 말라고 한 게... 몸 조심해야 한다고 가르쳤는데, 아이의 입장에서는 얼마나 답답했을까. 자신을 많이 바라보았다.  그리고 실 멸치와 오징어채를 치우고, 딸들도 아빠와 엄마처럼 국물 멸치로 표현하면서 방향을 위로 향하게 하니 이제는 동등한 입장에서 아이를 대하는 것 같다고 한다.  오늘부터라도 조금씩 조금씩 놓아주어야겠다는 생각을 하게 되었다고. 아이의 입장에서 생각한다는 것!!!  그것을 알게 되었다고 한다. |
| --- | --- |

| 피드백 전 | 피드백 후 |
| --- | --- |
| | |

| | |
| --- | --- |
| **특 징** | 옆집 엄마들이 자주 놀러 옴 (40대초, 여). |
| **설 명<br>및<br>소 감** | 김을 어항이라고 생각하고 가위로 오려서 표현했다.  새우는 가족을, 실 멸치들은 이웃집 엄마들을 표현했다.<br><br>상담자 : 작품을 다시 보니까 혹시 고치고 싶거나, 바꾸고 싶은 것들이 있나요? 있으면 그렇게 해도 좋습니다.<br>내담자 : 위에 있는 오징어채랑 잔 멸치들을 없애고…  이렇게 새우들이 식탁에 앉아 있는 것처럼 모이도록 하고 싶어요.  해 볼 게요. |
| **피드백** | 위에 오징어채가 막고 있는 것 같아 보여서 같아서 오징어채를 치우니까 훨씬 깔끔하고, 시원하게 보인다고 한다.  그리고 실 멸치를 치우고(옆집 엄마들한테는 미안하지만) 나니까, 우리 가족만 똘똘 뭉친 기분이 든다고 한다.  나만 생각하고 옆집 엄마들이 오는 걸 좋아했는데, 아이들한테는 어쩌면 시끄럽거나 혼자 있는데 방해가 될 수도 있다는 생각이 들었다.  이제는 아이들 오는 시간에는 엄마들이 오는 걸 조금은 자제시켜야 되겠다는 생각이 들었다. 오늘 저녁 이렇게 우리 가족끼리만 둘러앉아서 맛있게 저녁을 먹어야지 하면서 흐뭇해 했다. |

| 피드백 전 | 피드백 후 |
| --- | --- |
| | |
| --- | --- |
| **특 징** | 친정 엄마가 육아와 살림을 맡아서 해 주신다 (30대초, 여). |
| **설 명 및 소 감** | 새우는 그냥 장식으로 만들었고, 가운데 네 개의 멸치는 남편과 나, 아이 둘이다. 그리고 오른쪽 끝에 있는 멸치는 친정엄마이며, 아래의 오징어채는 어항의 장식이다.<br><br>상담자 : 친정엄마를 맨 끝 쪽으로 배치를 하였는데, 다시 보니까 어떤 느낌이 드는지요?<br>내담자 : 따로 떨어져 있는 것처럼 보여요. 마음이 아프네요. 이렇게 안 쪽으로 옮겨 볼게요. |
| **피드백** | 친정엄마로 표현한 멸치가 갑자기 외롭게 느껴진다고 한다. 항상 같이 살면서 엄마가 살림도 맡아 주시고, 아이도 돌봐주시는데, 진작 본인은 엄마를 우리 가족처럼 대하지 않았구나, 같이 둘러앉아서 이야기를 별로 하지 않고, 생각해 보니까 엄마는 엄마 방으로 들어가시는 것 같다고. 참 많이 외로우실 것 같다는 생각이 든다면서 엄마를 같이 가족 안에 놓았다. 그리고는 누구보다 많이 아끼고 사랑해 드리고, 잘 해 드려야 할 분이 엄마인데… 이제부터라도 잘 챙겨드려야겠다는 생각이 든다고 하면서, 그것을 깨닫게 해 주어서 감사하다고 한다. |

<table>
<tr><td></td><td align="center">피드백 전</td><td align="center">피드백 후</td></tr>
<tr><td align="center">특 징</td><td colspan="2" align="center">형님네는 아이가 없다 (40대 중반, 여).</td></tr>
</table>

왼쪽의 어항에서는 위의 새우 두 마리는 형님네 내외, 그리고 그 아래는 부부, 오른쪽에는 남매를 나타냈다.

**설 명 및 소 감**

상담자 : 왼쪽의 새우가 형님네 부부이세요? 형님네와 친하신가봐요?

내담자 : 네, 형님네는 아이가 없거든요. 그래서 어딜 가도 항상 저희와 같이 다녀요. 듣고 보니, 그래서 아마 여기에 '더한 가족'에 형님네가 들어 간 것 같네요.

상담자 : 형님네와 함께 다니시는게 어떠세요? 불편하거나, 아니면 우리 식구끼리만 가고 싶을 때도 있을 텐데요?

내담자 : 때로는 저희 가족 넷이서만 놀러 가고 싶고 그러는데, 한편으로는 저희가 형님네와 다니지 않으면 형님네는 두 부부만 있어서 그런지 다니지 않으시거든요. 그래서 형님네랑 다니는 것도 괜찮아요.

상담자 : 네, 그럼 혹시 이 어항가족화를 변형하고 싶은 부분이 있다면 그렇게 해보셔도 되거든요. 혹시 있으신가요?

내담자 : 으음, 그럼, 어차피 형님네랑 다닐거면, 이렇게 위에 덩그러니 두는 것보다 이렇게 (아래로 옮긴다) 저희랑 같이 있게 하는게 나을 것 같네요. 이렇게 보니까, 하나가 된 느낌이네요. 괜찮아요.

**피드백**

내담자에게 있어서 형님 부부란, 어차피 함께 가야 하는 거라면 현실에 순응해서 좋은 뜻으로 함께 가고자 원한다. 일반적으로는 거리감도 있고, 자신의 가족만 여행을 하기 원하는데, 이렇듯 내담자는 형님네 부부를 한 식구로 인정하고 함께한다. 어쩌면 이것이 현명할지도 모른다. 한 집안의 식구로서 좋은 관계를 잘 유지하길 바란다.

| 피드백 전 | 피드백 후 |
|---|---|
| | |

| 특 징 | 시어머니, 부부, 자녀 셋 (40대초, 여). |
|---|---|

| 설 명<br>및<br>소 감 | 맨 앞의 위의 멸치는 남편, 아래는 시어머니, 그 아래 새우는 막내, 오른쪽 위부터 나, 첫째 아이, 둘째 아이이다.<br><br>상담자 : 남편과 시어머니와 친하신가 봐요. 시어머니의 파워도 세고, 남편의 파워도 센 것 같은데…<br>내담자 : 네, 맞아요. 시어머니와 남편 한 마디에 저와 아이들 모두 따라야 하거든요.<br>상담자 : 그런데 남편과 시어머니 옆에 오징어채가 어떻게 보이나요?<br>내담자 : 만들 때는 몰랐는데, 이렇게 보니까 굉장히 좀 답답해 보여요. 왔다 갔다하는데 걸림돌이 될 것 같은데요.<br>상담자 : 그러면 원하는 모양대로 한 번 변형해 보셔도 됩니다.<br>내담자 : 네, (오징어채를 치운다) 훨씬 깔끔하고 소통이 잘 되는 것 같네요. 아, 그런데… 이렇게 보니까, 저와 아이들만 새우네요. 가족이 뭉쳐야 하는데 분리된 느낌이에요. 이것도 (새우) 바꿔도 되요?<br>상담자 : 그럼요, 하고 싶은 대로 만들어 보세요.<br>내담자 : 이렇게 새우에서 멸치로 바꾸니까, 한 가족이 된 것 같아요.<br>상담자 : 다른 것은 어떠신가요? 이렇게 두면 될까요?<br>내담자 : 네, 좋아요. 갑자기 마음이 통하는 느낌이네요. 좋아요. |
|---|---|

| 피드백 | 내담자의 가족구성원에서 시어머니와 남편은 적극적이다. 피드백 후에 멸치로 구성원을 바꾸었지만, 위치는 바꾸지 않은 것을 보면, 남편과 시어머니의 보호 아래 있는 것이 내담자에게는 훨씬 더 안정적으로 느껴지는 것 같다. 그래도 같은 멸치로 변형한 것을 보면, 떨어져 있는 것보다 하나로 뭉쳐진 것 같은 느낌이 내담자에게는 공통성을 띄는 것 같아 마음이 가벼워 보였다. |
|---|---|

| 특 징 | 부모님과 동생과 함께 살고 있다 (14세, 여). |
|---|---|
| 설 명<br>및<br>소 감 | 아빠와 엄마, 동생과 함께 모여 있는 모습이고, 가운데는 새우로 하트를 만들었다.  우리 가족이 항상 하트처럼 행복했으면 좋겠다. |
| 피드백 | 일부러 하트를 가운데에 만들었다.  그만큼 행복해 할 수도 있고, 아니면 그러한 행복을 그리워할 수도 있다.  행복은 삶의 활력소이다.  아이가 이렇게 행복이 넘치는 가정의 행복을 느낄 수 있었으면 좋겠다. |

# 버무린 가족

우리 셋은 서로 코드가 맞지 않는다
그래도 붙어산다


아내는 텔레비전 남자와 사랑하는 재미로
아들은 이유 없는 역마살 재미로
나는 질펀한 글 쓰는 재미로


그래도 붙어산다 붙어산다,
고목나무에 매미처럼


우리 셋은 버럭 화도 내고 호통도 치고
깔깔 웃기도 한다


우리 셋은 코드가 맞지 않아도 밥은 잘 버무려 먹는다
단것과 쓴 것이 잘 버무려져 신 것이 되었을망정
서로 버리지 못한다


- 김형출 -

## 2) 가족화

### ① 가족화 - 활동 개요

| 목 적 | 우리 가족의 얼굴을 꾸밈으로써 가족과의 관계를 알 수 있다. |
|---|---|
| 준비물 | 양파링, 꼬깔콘, 색깔 초콜릿, 꿈틀이, 해바라기씨, 깻잎, 새싹 등 |
| 진행순서 | 가족하면 떠오르는 것이 무엇인가? 우리 가족의 분위기는 어떠한가? 나에게 있어서 가족은 어떠한 의미가 있는지… 우리 집은 빨리 들어가고 싶은 안식처가 되는지, 아니면 오히려 그 반대로 나에게 부담이 되는 집인지 …<br>가족 중에 내가 가장 편하게 느끼는 사람은 누구인지, 불편하게 느껴지는 사람은 누구인지… 한 사람 한 사람의 가족 구성원을 떠올리며 '가족'의 의미를 생각해 본다.<br><br>① 우리 가족의 구성원들의 얼굴을 한 명씩 떠올려 본다.<br>② 가족 구성원 한 사람 한 사람의 이미지를 어떻게 꾸밀지 생각한다.<br>③ 주어진 푸드 재료로 구성해 본다.<br>④ 가족 구성원의 장점을 써 본다. |
| ☞ 잠깐!!! | ① 얼굴뿐만 아니라 이미지로 구성해 봐도 된다.<br>② 반드시 구성원 중에 빠진 사람이나 더해진 사람이 누구인지 파악해 보고, 상담으로 이어간다.<br>③ 재료 선정 시, 과일 중에 가운데 씨가 있는 과일은 삼가한다.<br>  (얼굴을 꾸미는데 방해가 됨)<br>④ 가족화는 2인 이상 얼굴을 표현해야 하기 때문에 자화상을 표현하는 야채나 과일보다 작은 것을 선택하는 것이 좋다.<br>  (자화상 : 라면사리, 무, 식빵 등 / 가족화 : 오이, 호박, 가지 등 ) |

| 질문방법 | ① 가족이 몇 명인가요?<br>② 가족 중에 빠진 사람이 있나요? 빠진 사람이 있으면 왜 빠졌는지요? (평소 빠진 사람과의 관계를 알아 본다)<br>③ 더해진 가족이 있나요? 그러면 그 사람과의 관계는 어떤가요?<br>④ 구성원들과의 관계는 어떤가요?<br>⑤ 가족이지만, 그래도 누구와의 관계가 가장 편한가요?<br>⑥ 가족이지만, 누구와의 관계가 좀 서먹한가요?<br> 그 이유를 이야기해 주실 수 있나요?<br>⑦ 가족을 생각하면 어떤 이미지가 떠오르나요?<br>⑧ 어떠한 가족이 되고 싶은지요? |
| --- | --- |
| 상 담<br>Point | ① 가족화는 가족 구성원의 친밀도, 위치, 성격 등을 알아보는데 도움이 되는 활동이다.<br>② '나' 를 중심으로 가까이 있는 사람일수록 친밀도가 높다.<br>③ 나와 비슷하게 꾸민 구성원이 나와 비슷한 생각을 가지고 있다고 볼 수 있다.<br>④ 특별히 더 잘 꾸민 구성원을 가장 특별히 생각할 수 있다.<br>⑤ 빠진 가족은 나와 소원한 관계이거나, 가족이지만 거리를 두고 생활하는 사람일 수도 있다.<br>⑥ 더한 가족은 함께 사는 가족은 아니지만, 가족과 같이 친밀한 관계에 있는 사람을 뜻할 수도 있다.<br>⑦ 제일 크게 만든 가족은 내가 생각하기에 가장 크게 생각하는 사람일 가능성이 크다.<br>⑧ 작게 만든 가족은 내가 생각하기에 가장 작게 생각하는 가족일 수도 있다.<br>　(⑦, ⑧ 가족의 나이에 따라서 크기가 큰 것부터 작은 것 순서대로 나열했을 경우 가족의 서열화에 대한 생각이 강할 수 있다.)<br>⑨ 아이가 어린 연령일수록 양쪽 끝에 부모가 배치될 수 있는데, 이는 부모로서 아이들을 보호해야 한다고 생각하기 때문이다.<br>⑩ 자연스럽게 가족 구성원에 관한 이야기를 끌어 낼 수 있는 유용한 활동이다.<br>⑪ 가족의 가훈을 작품 위에 쓰는 것도 가족애를 높이는데 도움이 된다.<br>⑫ 무엇보다 전체적인 느낌과 분위기를 파악하는 것이 제일 중요하다. |

| 나 이 | 43세 | 성 별 | 여 |
|---|---|---|---|

| 설 명<br>및<br>소 감 | 위의 왼쪽부터 시계방향 순서대로 아들, 딸, 본인, 남편의 모습이다.<br>고민을 얘기하고 서로 이끌어주고, 부족한 부분을 채워주려고 노력하는 가족의 모습이 되어가기기를 소망한다.<br>남편! 힘내라 힘, 스트레스 지수가 높아져 가고 있는데, 조금씩 가족이 단합하여 아빠 기 살려주기를 계획해야겠다. |
|---|---|
| 피드백 | 본인을 중심으로 자녀들과의 관계가 친밀하고, 남편은 약간 떨어져 있는 느낌이다. 그래도 가족 모두 웃고 있는 모습을 보니 행복해 보인다. 남편이 스트레스를 받고 있다는 것을 알고 있는 본인은 더욱더 남편에게 신경을 쓰고 잘 대해주어야겠다는 생각을 하는 것 같다. |

| 나 이 | 36세 | 성 별 | 여 |
| --- | --- | --- | --- |

| 설 명 및 소 감 | 위의 왼쪽부터 시계방향 순서대로 남편, 나, 아들의 모습이다.<br>우리 가족이 화목하고 단란했던 시간을 떠올리며 항상 웃는 얼굴을 가지고 웃음이 끊임없이 흘러나오는 가정이 되길 바랐다. 상담을 하면서 왠지 그렇게 이루어 질 것 같은 느낌이 들었다. |
| --- | --- |
| 피드백 | 오손도손 가운데를 중심으로 가족들이 모여 있는 모습이다. 제각기 개성도 있고, 웃는 모습으로 행복해 하고 있는 모습이다. 아이가 아직은 어리기 때문에 함께 하는 시간이 많은데, 아이가 바빠지기 시작하면 이렇게 함께하는 시간이 줄어들 텐데 하면서 걱정했다. |

| 나 이 | 48세 | 성 별 | 여 |
|---|---|---|---|

| 설 명<br>및<br>소 감 | 위의 왼쪽부터 시계방향으로 남편, 나, 작은 딸, 아들, 큰딸을 꾸몄다.<br>가족의 소중함과 가족이 있기에 행복하다.  앞으로 웃을 일만 많기를 소망했다. |
|---|---|
| 피드백 | 오렌지와 깻잎만 가지고 가족들을 표현했다.  단순하면서도 각각 내용이 있는 것 같다.  전체적으로 화목한 모습.  어울리지만, 각각의 개성들이 묻어 있는 작품이다.  함께하는 행복을 계속 누리길… |

| 나 이 | 50대 | 성 별 | 여 |
|---|---|---|---|

| 설 명<br>및<br>소 감 | 위의 왼쪽부터 시계방향으로 남편, 나, 큰 아들, 막내 아들, 딸의 모습이다.<br>엄마 아빠는 아이들에게 웃으면서 윙크를 날리고 아이들은 양쪽 두 눈을 꼭 감고 윙크로 답한다. 늘 웃으면서 소통하며 살고 있는 모습이 새삼 행복하게 느껴진다. |
|---|---|
| 피드백 | 단란한 가정의 모습. 엄마와 딸의 머리 모양이 비슷하다. 엄마는 딸과 더 소통이 잘 이루어지고 있으며, 남편과의 사이도 좋은 것 같다. 한 마음 한 뜻으로 서로를 존중해주는 마음이 묻어 있는 작품이다. |

| 나 이 | 10살 (초3) | 성 별 | 여 |
|---|---|---|---|

| 설 명<br>및<br>소 감 | 왼쪽부터 시계방향으로 아빠, 나, 엄마의 모습이다.<br>가족들이 다 웃고 있는 모습이다.  아빠와 엄마의 사랑 안에 자신의 모습을 만들었다.  항상 이렇게 웃는 가족이 되었으면 한다고 한다. |
|---|---|

| 피드백 | 아직은 보호받아야 하는 초등학교 3학년 아이의 모습.  같은 곳을 바라보고, 같은 뜻을 모아 항상 웃는, 행복한 가정을 그리면서 만든 작품이라고 생각한다. |
|---|---|

| 나 이 | 40대 중반 | 성 별 | 여 |
|---|---|---|---|
| 설 명<br>및<br>소 감 | 맨 위에는 태양, 왼쪽부터 남편, 딸, 본인의 모습이다.  햇살이 우리 가정에 비춰서 항상 태양처럼 밝아지기기를 소망하는 마음으로 만들었다. | | |
| 피드백 | 따뜻한 햇살 아래에, 서로를 비출 수 있는 그런 가정의 모습.  사춘기가 시작되는 딸아이의 모습을 물끄러미 바라보는 엄마의 마음에서 딸아이가 잘 자라주었으면 하는 바람이 있는 작품이다. | | |

| 나 이 | 40대 중반 | 성 별 | 여 |
|---|---|---|---|
| 설 명<br>및<br>소 감 | 남편과 본인의 모습을 표현하였다.  노후가 되었을 때 아이들을 다 결혼시키고, 남편과 오붓하게 이렇게 살았으면 하는 마음으로 표현했다고 한다. | | |
| 피드백 | 남편과의 성격 차이로 그동안 많은 고생을 했다고 한다.  극단의 결심까지 해 보기도 했는데, 아이들의 모습을 떠올리면서, 그래도 같이 마음 모아 살아야지 하는 마음을 가진 지 얼마 안 되었다고.  이 프로그램을 하면서 남편의 소중함, 가족의 소중함을 더 많이 깨달았다고 하면서 고마워했다. | | |

| 나 이 | 40대 중반 | 성 별 | 여 |
|---|---|---|---|

| 설 명<br>및<br>소 감 | 남편과 본인, 가운데는 딸아이의 모습이다.  이렇게 보니 본인이 제일 이쁘다고.  그리고 우리 딸도 예쁘다고 하시면서 웃었다. |
|---|---|

| 피드백 | 본인이 꾸미기를 좋아하고 외향적인 성격을 가지고 있는 것 같다.  또한 사춘기의 딸아이도 이렇게 예쁘게 자랐으면 하는 마음으로 작품을 만들었다.  예쁜 눈을 가지고 사물들을 예쁘게만 바라봤으면 하는 마음이 담겨 있는 그런 사랑스런 작품이다. |
|---|---|

| **나 이** | 6살 | **성 별** | 여 |
| --- | --- | --- | --- |

| **피드백** | 맨 위의 왼쪽부터 아빠와 언니, 아래 줄에는 왼쪽부터 본인, 엄마, 동생이다.  엄마를 제일 이쁘게 깻잎을 가지고 표현하였다.  아이가 생각하는 엄마는 세상에서 제일 예쁘다.  그리고 언니와 동생은 부모님 다음이다.  아직은 엄마를 옆에 두고 보살핌을 받고 싶어하는 마음이 담겨져 있다. |
| --- | --- |

| 나 이 | 4살 | 성 별 | 남 |
| --- | --- | --- | --- |

| | |
| --- | --- |
| **피드백** | 아빠와 본인의 모습을 만들었다.  아빠의 성격이 약간 고지식한 모습으로 아이에게 비춰지는 것 같다.  또한 아빠는 본인보다 상당히 큰 존재이고, 본인은 그런 아빠를 든든하게 생각한다.  말로 표현하는 것보다는 행동으로 표현하는 아동인 것 같다.  엄마를 표현하지 않은 것은 아이가 생각하기에 엄마보다 아빠의 존재를 더 크게 생각해서 그런 것 같고, 한편으로는 엄마는 항상 옆에 있기 때문에 만들지 않은 것 같다. |

| **나 이** | 80대 | **성 별** | 여 |
|---|---|---|---|

| **피드백** | 남편은 결혼한 지 얼마 안 돼서 갑자기 전쟁 때문에 군대에 가게 되었다. 그리고 혼자 아이를 낳았다.  내일은 혹시 돌아오려나 하는 마음으로 살아왔는데 벌써 내 나이 80이 넘었다.  남편은 끝내 돌아오지 못하게 되었다고 한다.  이제는 남편의 얼굴조차 기억이 나지 않는다고 한다.  갑자기 가족을 표현하라고 하니까 왼쪽에는 본인의 모습, 오른쪽에는 지금 살아 있으면 이런 모습이 아닐까 하는 마음에 수염이 긴 남편의 모습을 꾸몄다고 한다.  아이를 키울 때는 원망도 되고 했는데, 지금은 그리움만이 남아 있다고 하면서 눈시울을 붉혔다. |
|---|---|

| 나 이 | 33세 | 성 별 | 여 |
|---|---|---|---|

| | |
|---|---|
| 설 명<br>및<br>소 감 | 우리 가족을 나타냈다. 왼쪽부터 나, 아기, 남편이다.  우리 가족을 이렇게 고구마와 호박 등 여러 가지 채소를 가지고 표현하니까 너무나 재미있다.  처음에는 이것으로 어떻게 가족을 표현할지 막막했었는데, 막상 하고 나니까 마음이 행복해진다.  우리 예쁜 딸에게는 예쁜 핀까지 꽂아 주었더니 더욱더 귀여운 것 같다.  마음이 참 행복해지는 것 같다. |
| 피드백 | 내담자는 행복한 가정의 모습을 재미있게 표현하였다.  아이가 아직 어리기 때문에 아이를 조금 더 본인 가까이에 두어 친밀도가 높음을 나타냈다.  앞으로 행복한 가정이 되기를 바란다고 이야기해 주었다.  행복해 하는 모습을 보니까 더욱더 마음이 푸근해진다. |

| 나 이 | 40대 | 성 별 | 여 |
|---|---|---|---|

| 설 명<br>및<br>소 감 | 왼쪽부터 순서대로 딸, 아들, 나, 남편이다.  만든 순서는 나, 아들, 딸, 남편이다.  이렇게 보니 우리 가족을 참 재미있게 표현한 것 같다.  먹는 음식을 가지고 이렇게 표현하는 것 자체가 힐링이 되는 것 같다.  우리 가족을 되돌아보는 시간을 가지게 되어서 참 기쁘다. |
|---|---|

| 피드백 | 내담자는 가정에서 제일 중심적인 역할을 한다.  그리고 자식들이 커서 그런지 부부와 아이들이 확실히 분리가 되어 있다.  또한 아들은 활발한 편이며, 딸은 호기심 많고 여성적인 모습이 많다.  엄마와 딸은 마음이 잘 통하는 것 같다.  다들 의견 차이도 약간은 있겠지만, 크게 부딪히는 일은 별로 없는 것 같다.  남편도 활발한 편이다.  가족 구성원을 아기자기 재미있게 표현하였고 행복해 보인다. |
|---|---|

# 꾹 끌어안기

있잖아요.

저는 집에 돌아오면 아이부터 꽉 껴안아요.

아이는 간지럽다고 하면서도 더 꼭 안으래요.

꼭 껴안고는 여기저기 뽀뽀를 해요.

그리고는 소곤거려요. "사랑해!"

아이는 못 들은 척 "뭐라고..."

있는 대로 소리쳐요.

세상에서 가장 사랑스런 아들이라고

몇 번이나 대답해 주면

콧노래로 흥얼대며 할 일을 찾아요.


꾹 끌어안기가 제 특기래요.


- 김윤수의 〈아직도 나는 그대에게 가지 못합니다〉 중에서 -

# 3) 나를 닮은 동물

① 나를 닮은 동물 – 활동 개요

| | |
|---|---|
| **목 적** | 나는 어떤 동물을 닮았는지를 생각하면서, 그 동물과 나와의 공통점을 찾아보고, 나의 정체감을 확립한다. |
| **준비물** | 색지, 검정콩, 빼빼로, 짱구, 양파링, 꼬깔콘, 뻥튀기, 마시멜로, 딸기콘, 깻잎 등. |
| **진행순서** | 여러 가지 종류의 동물이 있다. 사자, 코끼리, 강아지, 사슴, 곰 등. 이러한 동물 중에서 나를 닮은 동물이 있는지, 아니면 특별히 좋아하는 동물이 있는지, 때로는 이 동물을 닮고 싶다라는 생각을 해 본적이 있는지. 그러한 동물들을 떠올리며 활동해 본다.<br><br>① 나는 어떤 동물을 닮았는지 생각해 본다.<br>② 내가 닮고 싶어하는 동물의 특성을 생각하면서 표현해도 되고, 내가 좋아하는 동물을 표현해도 된다.<br>③ 색지 위에 여러 가지 재료를 사용하여 나를 닮은 동물을 표현해 본다. |
| ☞ **잠깐!!!** | ① 남녀노소가 모두 좋아하는 활동이다.<br>② 누구나 재미있게 특징들을 잘 파악하여 표현함으로, 회기 초반에 친밀감 형성 활동으로도 많이 활용된다.<br>③ 표현한 동물의 다리 수를 더하거나 빼면서 뇌를 자극하는 놀이로 활용해도 된다. |
| **질문방법** | ① 표현한 동물은 어떤 동물인가요?<br>② 본인이 생각한 닮은 동물인가요?<br>　아니면 다른 사람이 이 동물을 닮았다고 해서 표현했나요?<br>③ 가장 만들기 어려웠던 부분은 어디인가요?<br>　가장 쉬웠던 부분은 어디인가요?<br>④ 이 동물이 마음에 드나요?<br>⑤ 어떤 의미(뜻)에서 이 동물을 닮았다고 생각하나요? |

| 질문방법 | ⑥ 혹시 다른 동물로 표현하고 싶었던 것이 있었나요?<br>그 이유는 무엇인가요? |
|---|---|

| 상 담<br>Point | ① 나를 닮은 동물은 또 다른 나를 투사하여 나타낸 것이다. 즉, 그 동물의 일반적인 특성이 내담자에게 나타난다. 그러므로 그것을 잘 파악하여 내담자의 성격을 파악하는데 유용하게 쓰이는 활동 중의 하나이다.<br>② 작품으로 표현한 동물에 관하여 내담자와 이야기하면서 자연스럽게 친밀감을 형성하는 데에도 좋은 활동이다.<br>③ 자신의 핸디캡이나 반대로 가장 내세울 만한 장점이 있는 곳을 가장 정성들여 표현한다. 그러므로 상담자는 관찰자로서 내담자의 행동 하나 하나를 파악하여 기록해야 한다. |
|---|---|

| 동 물 | 의 미 |
|---|---|
| 거 북 | 장수, 미래 예측 |
| 개(강아지) | 충성, 보호, 사냥, 친근함 |
| 고슴도치 | 보호 |
| 고양이 | 행운 |
| 나 비 | 부부 금슬 |
| 너구리 | 장난, 재주, 변장 |
| 늑 대 | 잔인함, 욕망, 음흉함, 모성애, 승리 |
| 다람쥐 | 귀여움 |
| 닭 | 번식력, 자존심, 용기 |
| 독수리 | 해결사 (힘든 문제를 풀어 줌) |
| 돼 지 | 풍요, 행운, 번영, 번식, 부 |
| 말 | 귀족성, 힘, 자유, 아름다움, 생명, 행복 |
| 사 슴 | 장수, 웅장함, 평화, 우아함 |
| 사 자 | 태양, 달 |
| 소 | 우둔함, 부지런함, 듬직함, 책임감, 힘, 부 |
| 새 | 자유롭고 싶은 마음 |
| 여 우 | 언변술, 교활 |
| 염 소 | 욕망, 민첩함, 생식 |
| 원숭이 | 지혜, 자만, 허용 |
| 양 | 순수, 온화, 온순 |
| 쥐 | 행운, 부 |
| 토 끼 | 예민함, 깔끔함, 부활, 번식, 조심성 |
| 코끼리 | 힘, 안정, 지혜 |
| 코뿔소 | 활력, 끈기, 자주성, 화합 |
| 캥거루 | 전진, 진행, 힘, 인내 |
| 학 | 고귀한 인품 |
| 호랑이 | 힘, 스피드, 아름다움, 본능, 정열 |

동물의<br>상징

* 동물의 상징은 일반적인 동물의 의미로 해석할 수 있다. 그러나 연령별, 성별, 상황별로 조금씩 다르게 상징할 수 있다.

| 나 이 | 20대 중반 | 성 별 | 여 |
|---|---|---|---|
| 설 명<br>및<br>소 감 | 〈꽃사슴〉<br>나를 닮은 동물은 꽃사슴. 나를 닮은 동물을 무엇으로 할까 고민하다가 갑자기 떠오른 동물이 꽃사슴이다. 이렇게 예쁘고 고고하게 될 수 있기를 바라면서⋯ | | |
| 피드백 | 내담자는 20대 중반의 여자이다. 대학졸업과 취업준비로 바쁘게 지내지만, 한 편으로는 남자친구를 만났으면, 그리고 더 나아가 결혼할 상대자를 만나기를 바라는 마음에서 만든 것 같다. 남자친구에게 꽃사슴처럼 예쁘고, 귀하게 보이고 싶고, 그렇게 되기를 바라는 마음에서 자신을 꽃사슴으로 표현한 것 같다. | | |

| 나 이 | 40대 | 성 별 | 여 |
|---|---|---|---|

| 설 명<br>및<br>소 감 | 〈공작〉<br>공작처럼 우아하고 싶어서 공작을 꾸며 보았다. 이렇게 꾸며 보니까, 공작이 된 것처럼 갑자기 행동도 조심스러워지는 것 같다. |
|---|---|
| 피드백 | 이제 아이들도 어느 정도 성장하고, 나만의 시간이 예전보다는 더 많이 주어진 40대의 시간. 공작처럼 우아하고, 다른 사람들이 봤을 때, 멋지게 살고 싶은 마음이 담겨 있는 것 같다. 한편으로는 바쁘게 살아온 지난 시간보다 앞으로의 남은 시간들을 좀 더 값지게 살고자 하는 욕구가 담겨 있는 것 같다. 화려한 공작의 날개보다는 하얀색으로 날개를 표현한 것은, 겉으로 예쁘게 꾸미는 것보다 내실을 다지고자 하는, 일관성 있는 멋스러움을 추구하는 것은 아닐까 한다. |

| 나 이 | 50대 초반 | 성 별 | 여 |
|---|---|---|---|

| 설 명<br>및<br>소 감 | **〈호랑이〉**<br>호랑이처럼 다른 사람들에게 위엄 있는 모습을 보이고 싶어서 호랑이를 꾸며 보았다. | | |

| 피드백 | 본인의 목소리보다, 남편의 목소리가 컸다고 한다.  아이들에게도 남편의 의견을 더 많이 강조하고, 고집이 센 남편이기 때문에 자신의 의견은 언제나 뒷전이었다고. 이제는 50대이다. 남편보다 더 세지고 싶어 하는 마음과 자신의 목소리도 낼 수 있었으면 하는 마음, 아이들에게도 힘이 있는 엄마로서의 역할을 하고 싶은 마음에서 호랑이를 만든 것 같다. | | |

| 나 이 | 50대 | 성 별 | 여 |
|---|---|---|---|

| 설 명<br>및<br>소 감 | **〈거북이〉**<br>느리지만, 항상 성실한 거북이. 거북이처럼 되고자 하는 마음에서 거북이를 표현하였다. |
|---|---|
| **피드백** | 거북이. 내담자가 얘기한 것처럼 느리지만, 늘 성실하다.  자신의 위치에서 항상 최선을 다하고, 묵묵히 자신의 일을 하고자 하는 마음.  그리고 거북이의 등딱지를 들어 보면, 형형색색의 색깔로 표현하였다.  늘 한결같지만, 여러 가지 색깔을 나타내는, 여러 가지 역할을 잘 감당하고자 하는 마음이 잘 담겨 있는 것 같다. |

| 나 이 | 90대 | 성 별 | 남 |
|---|---|---|---|

| 설 명<br>및<br>소 감 | 〈소〉<br>묵묵히 살아온 90평생의 일생을 생각하니까, 갑자기 소가 떠오른다고 한다. 우직하게, 성실하게 살아온 삶을 표현했다. |
|---|---|

| 피드백 | 90평생을 한결같이 살아 온 인생이 담겨 있는 것 같다. 성실하게 일했고, 성실하게 아이들을 키워 결혼시켰고, 성실하게 가정을 지켰고, 남은 시간도 성실하게, 건강한 모습으로 잘 살기를 기원하는 마음인 것 같다. |
|---|---|

| 나 이 | 30대 후반 | 성 별 | 여 |
|---|---|---|---|

| 설 명<br>및<br>소 감 | 〈봉황새〉<br>처음에는 딱히 생각나는 게 없었는데, 갑자기 봉황새가 생각이 났다. 이렇게 꾸며 보니, 화려한 봉황새처럼 자유로이 날아가는 것처럼 느낄 수 있었다. |
|---|---|
| 피드백 | 다섯 아이를 키우는 엄마이다. 아이들이 초등생부터 갓난아이까지 아이가 많아 행복하긴 하지만, 엄마 손이 모자랄 만큼 바쁘고, 하루가 어떻게 가는지 모르게 생활할 것이다. 그래서 좀 자유로워지고 싶은 마음이 들어있다. 그것도 일반 새가 아닌, 봉황새! 화려한 자신의 모습을 바라봐줬으면 하는 마음이 담겨 있다. 그러나 화려하지만, 날개를 표현한 것 보면, 너무나 많은 것들을 올려놓아 무거워서 날아가기에 벅차지는 않을까 한다. 어쩔 수 없는 현실에서 아직은 다섯 아이들을 키워야 한다는 마음도 살짝 비추는 것 같다. |

| 나 이 | 40대 | 성 별 | 여 |
|---|---|---|---|

| 설 명<br>및<br>소 감 | **〈치와와〉**<br>아버지께서 항상 나를 보면 "강아지, 강아지" 하셨는데, 눈이 크고 몸집이 작다고 '치와와' 라고 놀리곤 하셨다. 이렇게 치와와를 만들고 나니, 돌아가신 아버지 생각이 더욱 간절하다. |

| 피드백 | 아버지의 정이 그리워서이렇게 '치와와' 라고 아버지에게 불렸으면 하는 마음이 있다. 이런 아버지의 목소리를 지금은 들을 수가 없다는 내담자의 말. 그런 아버지가 그리워서 이렇게 꾸민 것 같다. 꿈에서라도 아버지의 얼굴을 보고 싶다고 하면서 눈시울을 붉혔다. |

| 나 이 | 40대 | **성 별** | 여 |
|---|---|---|---|

| **설 명<br>및<br>소 감** | 〈캥거루〉<br>아기 캥거루를 사랑으로 품고 있는 어미 캥거루.<br>나를 닮은 동물을 만들면서 나를 돌아보게 되는 시간이 되었다. 어미 캥거루가 아기 캥거루를 사랑으로 품고 보듬어 주듯이, 내 아이에게도 사랑으로 대해야겠다는 마음이 더욱 생겼다. 그러나 아이의 입장에서 생각하면 좀 답답할 것 같다. 이제는 아이에게 자유를 조금씩 주어야겠다. |
|---|---|
| **피드백** | 아이를 잘 키우고자 하는 어머니의 마음이 고스란히 담겨 있다. 요즘같이 험한 세상에서, 아들도 그렇겠지만, 딸아이를 키우는 엄마는 더 조심스럽고, 더 손이 많이 가는데, 예쁘게 잘 자랐으면 하는 마음인 것 같다. 웃고 있는 엄마 캥거루의 얼굴이 더욱더 따뜻하게 느껴진다.<br>한편으로는 엄마의 품에서 이제 '분리'를 시켜야겠다는 마음을 가진 것 같다. 조금씩 부모로부터의 '분리'하는 것도 배우게 하는 것도 중요하다는 것을 생각하는 것 같다. |

| 나 이 | 50대 | 성 별 | 여 |
|---|---|---|---|

| 설 명<br>및<br>소 감 | **〈원숭이〉**<br>실제로 너무나 닮았다. 이렇게 원숭이처럼 많은 재주를 부리며 많은 사람들에게 웃음을 주며, 힘을 줄 수 있고, 재미있으면서도 진지한 상담사가 되는 것이 나의 꿈이다. |
|---|---|
| **피드백** | 자신이 원숭이를 닮았다고 한다.  다른 사람들에게 웃음을 줄 수 있고, 동물원에서도 가장 인기 있는 원숭이. 그런 원숭이처럼, 다른 사람에게 행복을 주고, 기쁨을 주고, 내담자를 바라보는 마음 넓은 상담사가 꼭 되기를 바라는 마음이라고 이야기해 주었다. |

| 나 이 | 40대 중반 | 성 별 | 여 |
|---|---|---|---|

| 설 명<br>및<br>소 감 | **〈토끼〉**<br>항상 토끼처럼 바쁘게 보내기 때문에 토끼로 표현하였다. |
|---|---|
| **피드백** | 토끼를 보니 실제로도 여러 역할을 하고 있다. 아내로서, 어머니로서, 며느리로서, 종교인으로서, 학생으로서, 임원으로서… 그래서 항상 바쁘게 보낸다. 그냥 앉아 있는 토끼가 아니라 다리를 보았을 때 뛰고 있는 토끼이다. 또한 많이 예민한 편이다. 바쁜 와중에, 그래도 자신을 돌아볼 수 있는 여유가 있어야 할 것 같다. |

| 나 이 | 80대 중반 | 성 별 | 남 |
|---|---|---|---|

| 설 명<br>및<br>소 감 | 〈개구리〉<br>갑자기 개구리가 생각이 났다.  개구리처럼 팔딱 팔딱 뛰고 싶어서 개구리를 꾸몄다. |
|---|---|

| 피드백 | 80대 중반의 남자의 작품이다. 맘 같아서는 하루에도 동해 번쩍 서해 번쩍 뛰어 다니고 싶지만, 나이가 나이인지라 어쩔 수가 없다는 것이다. 젊었을 때는 누구보다 잘 돌아다니고, 왕성한 활동을 했던 분이다. 그때처럼 그렇게 되고 싶은 마음에서 표현한 것 같다. 개구리처럼 뛰어 다닐 수는 없지만, 그래도 지금의 나이에서 허락하는 대로 보람있는 활동을하고, 건강을 위하여 운동도 잘 하시라고 말씀드렸다. |
|---|---|

| 나 이 | 90대 초반 | 성 별 | 남 |
|---|---|---|---|

| 설 명<br>및<br>소 감 | **〈젖소〉**<br>옛날에 젖소를 보면 모든 것을 다 가진 것처럼 느꼈다.  젖도 나오고, 나중에는 고기까지 얻을 수 있고, 그래서 늘 젖소를 좋아했다. |
|---|---|
| **피드백** | 90대 초반의 남자분이 생각하는 젖소란? 말씀처럼 모든 것을 다 가진 동물이다. 젖을 짜 내어서 우유를 만들면, 그만큼 큰 돈을 벌 수도 있었다. 옛날에 젖소를 기르는 집은 그래서 부자였다고 한다. 물론 먹고 살 걱정 없이 인생을 살아왔지만, 그래도 마음 한 구석에는 젖소 농장을 하는 사람처럼 넉넉한 가정을 꾸렸으면 좋았을텐데 하는 마음이 묻 어있다. |

| **나 이** | 20대 초반 | **성 별** | 남 |
|---|---|---|---|

| **설 명 및 소 감** | **〈강아지〉**<br>많은 사람에게 친숙한 동물이 강아지라고 생각한다. 그래서 보육교사를 준비하는 내가 강아지처럼 아이들에게 친숙하게 다가가고 싶어서 강아지를 만들었다. 그렇게 생각하니까 얼른 보육교사가 되어서 아이들에게 사랑을 많이 주는, 친숙한 선생님이 되고 싶다. |
|---|---|
| **피드백** | 그런 마음을 가지고 있는 자체가 아이들에게 성큼 다가가는 것이다. 아이들은 금방 알아차린다. 나를 진심으로 좋아하는지, 싫어하는지... 지금부터 아이들의 눈높이에 맞춰서 생활하려고 하는 모습, 친해지려고 하는 모습이 몸에 배어서 정말 아이들이 좋아하는, 존경하는 선생님이 될 것이다. |

# 맑은 정신으로 내 삶을 보기

때때로

자신의 삶을 바라보십시오.

자신이 겪고 있는 행복이나 불행을

남의 일처럼 객관적으로 받아들일 수 있어야 합니다.

자신의 삶을 순간 순간 맑은 정신으로 지켜보아야 합니다.

그렇게 하면 행복과 불행에 휩쓸리지 않고 물들지 않습니다.

- 법정 (일기일회) -

# 1. 과거의 문

## 1) 밤(어둠) 이야기

### ① 밤(어둠) 이야기 – 활동 개요

| | |
|---|---|
| **목 적** | 무의식과 어둠을 매치하면서 '밤(어둠)' 하면 떠오르는 것이 무엇인지에 대하여 이야기 해 보고, 긍정적인 시각으로 바라본다. |
| **준비물** | 검정색 도화지, 색깔 초콜릿, 커피믹스, 꼬깔콘, 빼빼로, 계란 과자, 양파링, 뻥튀기, 깻잎 등. |
| **진행순서** | 깜깜한 밤이면 어떤 생각이 떠오르는가?  불꽃놀이도 생각나고, 손에 금방이라도 잡을 것 같은 시골의 밤하늘에 떠 있는 별들, 밤바다의 잔잔한 풍경, 유난히 어두운 시골길을 걸으며 심부름 했던 일들...  그리고 어두운 동굴이나 터널의 기억도 있을 것이다. '밤'이나 '어둠'이면 생각나는 것들을 푸드로 표현해 본다.<br><br>① 검정색 도화지를 책상 위에 올려놓는다.<br>② 눈을 감고 밤에 떠오르는 기억에 집중한다.<br>③ 그 기억을 떠올리며 충실히 푸드 재료를 가지고 꾸며 본다.<br>④ 어떤 것을 표현하였는지 서로 나눈다.<br><br>* 소원을 말해 봐!!!<br>'밤'이기 때문에 별똥별이 많이 나타난다.  별똥별이 떨어진다면 어떤 소원을 빌지 생각해 보고, 그것을 재연하는 것도 하나의 즐거움을 줄 수 있다. |

| ☞ 잠깐!!! | ① 이 활동은 검정색 도화지 위에 여러 가지 색깔의 가루를 사용하여 표현하면서 가루의 느낌도 느껴 보는 활동이다.<br>② 과자나 다른 푸드 재료를 직접 손으로 부수어 가루를 만들어서 표현해도 재미있다.<br>③ 검정색 도화지 대신에 김을 사용해도 된다. |
| --- | --- |
| **질문방법** | ① 어둠이란 단어를 들으면 어떤 느낌이 드나요?<br>② 자신에게서 어두웠던 시기(상황)가 있었나요?<br>③ 그때, 어떻게 대처하셨나요?<br>④ 지금 표현한 것을 이야기 해주시겠어요?<br>⑤ 그럼, 혹시 여기에 더 넣고 싶거나 빼고 싶은 부분이 있으신가요?<br>⑥ 만약 그렇다면 원하시는 대로 한 번 해 보시겠어요?<br>⑦ 하고 나니까 기분이 어떻습니까? |
| **상 담 Point** | ① 자신의 어둠에 관한 이야기를 충분히 들어 본다.<br>② 그 상황에 대하여 충분히 공감해 준다.<br>③ 전체적인 느낌을 이야기 해본다.<br>④ 밤이기 때문에 주로 달이 활동지에 많이 나타난다.<br>　(달은 어머니를 상징하고, 태양은 아버지를 상징한다) |

| 나 이 | 40대 | 성 별 | 남 |
|---|---|---|---|
| **설 명 및 소 감** | 옛날 시골집의 밤을 표현하였다. 그리고 위에 있는 동그란 과자는 가족을 표현하였는데, 맨 앞에 있는 과자는 시어머니를 뜻한다. 아늑한 시골에서의 옛날 모습이 떠올랐다. 그리고 갑자기 홀로 계신 시어머니가 생각 나면서 걱정되었다. 살아 계실 때 좀 더 잘 해 드려야지 하는 마음도 다시금 들었다. | | |
| **피드백** | 가족 중에서 시어머니를 가장 먼저 생각하는 내담자다. 시어머니에 대하여 물어보니, 항상 고마우신 분이라고 하였다. 그래서 무의식에서 시어머니가 제일 먼저 나왔다. 지금은 시골에 혼자 계셔서 늘 마음에 걸린다고... 오늘은, 시어머니께 안부전화를 꼭 해 보라 했더니, 흔쾌히 나가면서 바로 전화하였다. | | |

| 피드백 전 | 피드백 후 |
| --- | --- |

| **나 이** | 60대 초반 | **성 별** | 여 |
| --- | --- | --- | --- |

| **설 명<br>및<br>소 감** | 어릴 때 깜깜한 밤이 되면 꼭 술 심부름을 시키셨던 아버지. 집에서 멀리 떨어진 가게에 심부름을 하기 위해 나섰다. 시골 밤길은 어찌나 깜깜하던지 꼭 무엇인가가 나올 것 같았다. 급하게 뛰어서 가게에 도착하면 주전자에 막걸리를 담아 주었다. 그러면 올 때는 주전자의 술이 쏟아지지 않기 위해 걸음도 천천히 걸어야 했다. 얼마나 무섭고, 두렵고, 힘들었던지… 밤새 헤매인 것 같다. |
| --- | --- |
| **피드백** | 깜깜한 밤에 얼마나 무서웠을까?<br><br>상담자 : 이곳 어디쯤 계신가요?<br>내담자 : 아직도 헤매느라고 여기에 없어요.<br>상담자 : 그러면, 본인을 상징하는 과자를 하나 들어 보실래요?<br>내담자 : 여기요 (새우깡을 든다).<br>상담자 : 그럼, 이 새우깡을 어디에 두면 좋을까요?<br>내담자 : 으음…(한참을 생각한다).<br>　　　　아, 여기, 집 안에요 (새우깡을 집 안에 넣는다).<br>상담자 : 기분이 어떠신가요?<br>내담자 : 이제, 집 안에 있네요. 헤매지 않아도 될 것 같아요. 따뜻한 집에<br>　　　　있어요.<br><br>* 내담자는 더 이상 무서운 곳에 있지 않다. 벌써 몇 십년이 지났지만, 항상 '밤, 어둠' 하면 어두운 시골을 헤매고 있다. 그러나 안전한 곳으로 본인이 스스로 들어갔으니, 이젠 안심이다. |

| 피드백 전 | 피드백 후 |
| --- | --- |
| 나 이 | 30대 후반 | 성 별 | 여 |
| --- | --- | --- | --- |

| 설 명<br>및<br>소 감 | 맨 위에는 견우와 직녀 이야기처럼 검은색 과자로 까마귀가 다리를 놓은 것을 표현하였다. 그 위에 남편과 아내를 표현하고, 아래에는 둘을 보고 있는 사람들을 만들었다. |
| --- | --- |
| 피드백 | 내담자는 주말 부부다. 매일 만나고 싶지만, 늘 떨어져 있어서 안타까움과 쓸쓸함이 묻어 있는 작품이다. 그래서 견우와 직녀를 만나게 하면 어떻겠냐고 제안하자 선뜻 만나게 하였다. 훨씬 더 친근하고 가깝게 느껴진다고 한다. 남편에게 한 마디를 한다면 어떤 말을 하고 싶은지 물으니, "여보, 비록 몸은 떨어져 있지만, 항상 내 안에 있는 거 알지?  많이 보고 싶고, 자기 없어도 씩씩하게 잘 생활할게. 사랑해~~~" 남편에게 하고 싶은 말을 하면서 눈시울을 젖혔다. 모두의 가슴을 찡하게 했다. |

| 피드백 전 | 피드백 후 |
| --- | --- |
| | |

| 나 이 | 40대 중반 | 성 별 | 여 |
| --- | --- | --- | --- |

**설 명 및 소 감**

우리 가족이다. 남편과 본인(아내), 작은딸이 하늘을 보면서 별을 세고 있는 모습이다.

상담자 : 가족이 셋인가 봐요?
내담자 : 아니요, 네 식구요. 어머? 딸이 빠졌네?
상담자 : 딸을 표현하지 않은 이유가 있을까요?
내담자 : 뭐든지 알아서 하기 때문에 아마 빠뜨린 것 같네요
상담자 : 그럼 딸을 한번 표현해 보시겠어요?
내담자 : 네, 제일 예쁘게 표현해야겠어요.
상담자 : 딸을 다시 표현하니까 어떠신가요?  딸에게 한 마디를 하신다면?
내담자 : 미안해…  미안해… 정말 미안해.

**피드백**

처음 활동에서는 큰딸이 빠졌다.  무의식중에 뭐든지 알아서 하는 큰 딸을 표현하지 않았다. 큰딸을 예쁘게 표현하고는 눈물을 글썽거렸다. 딸에게 한 마디를 요청하자 "미안해… 미안해…"를 연달아 말했다.  그래서 "미안해"를 "고마워"로 표현해 보실래요? 라고 요청하였더니, "그동안, 혼자 알아서 척척 잘해 주어서 고마워, 항상 든든한 딸이라 엄마가 너무 고마워." 하시면서 무엇인가 가슴이 찡하다면서 울었다.  딸을 향한 마음이 항상 고마움보다 미안함이 많았지만, 고마움으로 바꾸니깐, 훨씬 더 아이에게 잘해야겠다고, 너무 사랑이 많이 느껴진다고 했다.

| 피드백 전 | 피드백 후 |
| --- | --- |
| | |

| 나 이 | 40대 후반 | 성 별 | 여 |
| --- | --- | --- | --- |

| 설 명<br>및<br>소 감 | 중학교 2학년 때 심부름 갔을 때를 떠올리며 깜깜한 밤을 표현하였다. 그때 가장 좋았었던 기억이다.<br><br>상담자 : 지금까지 살면서 그때 말고 가장 기뻤을 때가 언제였나요?<br>내담자 : 세례 받았을 때와 결혼식 때요. 여자로서 가장 아름다웠고, 인생의 전환점이 되었어요.<br>상담자 : 그럼 결혼했을 때 어떠셨나요?<br>내담자 : 여자로서 가장 빛났어요.<br>상담자 : 그러면, 결혼식 할 때의 모습을 한번 만들어 보시면 어떨까요?<br>내담자 : 네, 그렇게 해 볼게요.(작품을 만든 후) 남편과 싸웠는데, 화해해야겠어요. 문자라도 해야겠어요. |
| --- | --- |
| 피드백 | 요즈음 결혼생활에 있어서 남편과의 관계가 힘들었지만, 그때를 생각해 보니까 아무것도 아닌 것 같다고… 엊그제 남편과 싸우고 아직 화해하지 않았는데, 이렇게 해 보니 남편의 사랑이 다시 한 번 느껴졌다고 한다. 오늘 남편에게 꼭 사랑의 문자를 넣고 맛있는 저녁 차려서 화해해야겠다고 하면서 얼굴이 환해졌다. |

| 피드백 전 | 피드백 후 |
|---|---|

| 나 이 | 50대 초반 | 성 별 | 여 |
|---|---|---|---|

| 설 명<br>및<br>소 감 | 우리 가족의 모습이다.  동그라미는 우리 집 식구들이다.<br><br>상담자 : 가족이 떨어져서 살고 있나요?<br>내담자 : 아니요, 딸아이만 지방에서 혼자 자취하고 있어요.<br>　　　　　그런데 아이들도 이제 커서 같이 모이는 시간이 없네요.<br>상담자 : 그러면 모든 가족을 가운데로 모이게 하는게 어떨까요?<br>내담자 : 네, 그렇게 해 보면 좋을 것 같네요.<br>상담자 : 다 모이게 하니까 어떤가요?<br>내담자 : 마음만으로도 같이 있으니까 너무 좋아요. |
|---|---|
| 피드백 | 딸이 지방에서 혼자 생활하기 때문에, 모든 것이 떨어져 있다고 생각하는 것 같다.<br>그만큼 딸의 자리가 크게 자리 잡고 있다.  그래서 모든 가족을 가운데로 모아볼 수<br>있도록 하였다.  남편, 본인, 딸, 아들. 훨씬 더 활기찬 모습이다.  비록 떨어져 있지만,<br>이렇게 마음속으로 같이 생활하는 모습! 이 모습을 간직하시라고 권하였다. |

<table>
<tr><th>피드백 전</th><th colspan="2">피드백 후</th></tr>
</table>

| 나 이 | 40대 중반 | 성 별 | 여 |
| --- | --- | --- | --- |

**설 명 및 소 감**

어렸을 때 아버지가 술을 드신 날이면 엄마와 자식들을 너무나 힘들게 했다. 또 모두 나가라고 하고 문을 잠궈 버렸다. 그러면 엄마는 우리들을 데리고 밤길을 걸어서 동네 교회로 몰래 들어갔다. 밤새 교회에 있는데, 겨울에는 너무 추워서 교회의 긴 의자의 쿠션을 이불삼아 쪽잠을 자야 했다. 그러다가 새벽 4시 정도 되면 새벽예배를 드리러 오는 성도들에게 들킬까봐 엄마는 그 전에 아이들을 모두 깨워 다시 밤을 헤맸던 기억... 지금도 밤의 기억을 떠올리면 그 장면이 떠오른다. 그때 얼마나 아버지를 원망했던지... 참 가슴 아픈 기억이다.

상담자 : 그런 기억을 말씀해 주셔서 감사합니다.

상담자 : 그때 밤새 어둠속을 헤매던 기억으로 이렇게 엄마와 남매를 표현했군요.

상담자 : 그러면, 이제 더 이상 헤매지 않도록, 교회가 아닌 집을 다시 꾸미고, 그 안에 식구들을 표현해 보면 어떨까요?

내담자 : 네, 그렇게 해볼게요.

상담자 : 이제 더 이상 춥고, 무서운 밤에 헤매는 것이 아닌, 따뜻한 방 안에 가족들이 모두 모이게 되었어요. 눈을 감고 한번 광경을 상상해 보시기 바랍니다. 분위기는 어떠한가요?

내담자 : 따뜻해요. 이제 더 이상 무섭지 않아요. 환해서 좋아요. 가족이 함께해서요.

상담자 : 아버지는 어떠한가요?

내담자 : 아버지... 아버지... 무서워요. 또 우리를 내쫓을까봐서 무서워요.

상담자 : 크게 숨을 쉬고 다시 꾸민 이 장면을 보세요. 더 이상 아버지는 식구들을 내쫓지 않을 거예요. 그리고 행복했던 기억을 떠올려 보시기 바랍니다. 어떠신 것 같아요?

내담자 : 네, 이제 우리가 커서 아버지는 우리를 내쫓지 않아요.

**피드백**

내담자는 어렸을 때, 아버지가 식구들을 내쫓아서 밤길을 헤맸던 기억이 많다. 그래서 그 때의 감정이 아직도 무의식에 자리 잡고 있다. 그러나 이렇게 함께 모이게 작품을 다시 구상하여 봄으로써, 그 때의 아픈 감정을 조금이나마 풀 수 있게 활동하였다. 안도의 한숨을 쉬는, 그러나 마음 한 구석에는 아버지에 대한 기억이 남아 있는 모습이다. 좀 더 상담을 하면서 치유할 수 있도록 도왔다.

| 나 이 | 40대 후반 | 성 별 | 여 |
| --- | --- | --- | --- |

| 설 명<br>및<br>소 감 | 며칠 전 벚꽃이 만발한 공원의 밤길을 가장 친한 친구와 손을 잡고 걸었다.  그때의 벚꽃의 향기는 아직도 잊을 수가 없다.  바람에 흩날리는 벚꽃은 마치 동화 속의 한 장면 같았다.  너무나 행복한 마음!  그 마음을 간직하고 싶어 이렇게 검정 도화지에 표현하니까, 더욱더 행복함이 느껴지는 것 같다. |
| --- | --- |
| 피드백 | 가장 좋은 날에, 가장 소중한 친구와의 추억을 그리는 내담자.  그 이상 아무 말도 필요 없을 만큼, 그 행복함에 젖어 있는 내담자의 어깨를 가볍게 두들겨 주었다. |

| 나 이 | 80대 후반 | 성 별 | 남 |
|---|---|---|---|

| 피드백 | 젊었을 때의 고향을 표현하였다. 지금은 휴전선 때문에 갈 수 없는 내담자의 함경도 고향 풍경. 냇가에 물이 항상 흐르고, 별과 구름, 달이 한데 모여서 참 아름다운 고향. 이젠 죽기 전에 가보지 못하겠지만, 아무리 좋은 곳에 가봐도 아직도 가장 아름다운 풍경은 함경도 고향의 풍경이라고 하면서 눈시울을 붉혔다. 고향이 북한이어서 가보지 못하는 안타까움이 묻어 있다. |
|---|---|

| 나 이 | 70대 후반 | 성 별 | 여 |
|---|---|---|---|
| 피드백 | 산 위에 무지개가 떴는데, 백발의 두 부부가 그 무지개를 바라보는 모습을 표현하였다. 화려한 무지개를 정성스럽게 꾸몄다. 몇 해 전 먼저 돌아가신 남편을 생각하면서, 지금 살아 있으면 두 손 꼭 잡고 이렇게 볼텐데 하면서 아쉬움을 남겼다. 그래도 이렇게 표현하니까, 갑자기 남편이 살아온 것 같은 기분이 들어서 너무 좋다고 한다. | | |

| 나 이 | 90대 중반 | 성 별 | 남 |
|---|---|---|---|

| 피드백 | 두 그루의 나무를 표현하였다. 밤하늘에는 별과 달이 떠 있다. 거의 한 시간 가량을 심혈을 기울어서 세밀하게 표현하였다. 내담자의 나이는 90대 중반인데, 90대가 만든 작품이라고 보기 어려울 정도다. 나뭇잎 하나하나, 별, 길가도… 대단한 집중력으로 만들어 보는 사람들도 놀랄 정도였다. 내담자 본인도 다 완성한 후에 얼마나 뿌듯해 하던지… 가슴이 뭉클할 정도였다. |
|---|---|

| 나 이 | 30대 후반 | 성 별 | 여 |
| --- | --- | --- | --- |

| 설 명<br>및<br>소 감 | 밤…  가장 생각나는 것은 바닷가 바로 옆에 돗자리를 펼쳐 놓고, 남편과 누워 있는 장면이다.  손에 잡힐 만큼 가까이에 있는 별들이 아직도 눈에 선하다.  아무런 걱정 없이 그저 초롱초롱한 별들을 보았던 몇 년 전의 바닷가.<br>나에게도 이렇게 행복했을 때가 있었다.  그때는 지금보다 훨씬 상황이 좋지 않았는데도 남편과 함께 있다는 것 자체로 행복했는데, 이 행복을 잊고 살았던 것 같다. 다시금 행복한 시절을 생각나게 하는 활동이라 기분이 너무 좋아졌다.  지금의 힘든 상황을 잘 견뎌나갈 수 있을 것 같다. |
| --- | --- |
| 피드백 | 이 활동을 통하여 내담자는 힘든 지금의 상황에서 살아갈 힘을 얻은 것 같다.  또한 삶의 활력소가 되었다고 한다.  다시금 행복한 순간을 찾을 수 있게 한 활동이 되었다. |

| 나 이 | 30대 후반 | 성 별 | 여 |
|---|---|---|---|

**설 명<br>및<br>소 감**

〈집 앞의 가로등〉

어렸을 때, 시골길은 왜 그리 캄캄했는지… 캄캄한 밤에 가로등도 거의 없었다.  그런데 집 앞에 큰 가로등이 늘 밝게 비치고 있었다.  어두운 길을 가면서 '곧, 가로등이 나오겠지, 나오겠지.' 하는 마음으로 걸음을 재촉했던 기억이 난다.  유난히 밝게 비친 집 앞의 가로등!  밤, 하면 가장 먼저 떠오르는 것은 집 앞의 가로등이다.

**피드백**

내담자가 어렸을 때 집앞을 환하게 비추는 가로등을 보면서 아마 하나하나 목표를 세우지 않았나 생각된다.  어려운 일이 있을 때마다 무의식에서 떠오르는 이 가로등! 이 가로등이 자신의 인생을 아직도 비추는 건 아닐까? 내담자에게서는 가로등이 곧 희망이자 목표이자 밝게 비추는 미래인 것 같다.

# 벼랑 끝으로 밀려날 때

벼랑 끝 100미터 앞.

하느님이 날 민다.

나를 긴장시키려고 그러나?


10미터 앞. 계속 민다.

이제 곧 그만두겠지.


1미터 앞. 더 나아갈 데가 없는데

설마 더 밀진 않겠지?


벼랑 끝.

아니야, 하느님이 날 벼랑 아래로

떨어뜨릴 리가 없어.

내가 어떤 노력을 해왔는지

너무나 잘 알 테니까.


그러나 하느님은 벼랑 끝자락에

간신히 서 있는 나를 아래로 밀었다.


.......

그때야 알았다.

나에게 날개가 있다는 것을.


- 한비야 〈그건 사랑이었네〉 -

## 2) 갇힌 자의 슬픔

### ① 갇힌 자의 슬픔 - 활동 개요

| | |
|---|---|
| **목 적** | 마음의 불편한 감정(사건, 사고, 사람등)을 다스리고, 평온한 감정을 갖도록 돕는다. |
| **준비물** | 계절 과일 또는 단단한 채소, 호일, 과일싸개, 이쑤시개, 색종이, 색지, 꼬깔콘, 색깔 뻥튀기 등 |
| **진행순서** | 타인의 잘못으로 인하여 내가 억울하게 큰 손해를 보았을 때가 있었는가? 그때를 생각해 보자, 그때의 감정은 어떠할까? (예를 들어, 급히 나가야 하는데 전화번호도 없이 내 차를 가로막아 주차해 놓은 차, 수업시간에 내가 하지도 않았던 일인데, 옆의 친구 때문에 나만 굉장히 혼났던 일.) 이렇듯 살다보면 생각지도 않았던 너무나 억울한 일이 생길 때가 있다. 어떠한 상황이, 아니면 어떤 사람 때문에 그러한 일이 벌어졌을까? 이런 일이 조금 전에, 아니면 아주 오랜 시간 전에 일어났을 수도 있다. 그러한 사건이나 사람으로 인하여 지금까지 나에게 좋지 않은 영향이 있을 수 있다. 이번 활동은 나에게 좋지 않은 영향을 끼친 사건이나 사람을 생각하면서 진행해 본다.<br>① 내 마음 속에 분노가 있거나, 화를 불러일으킨 사건이나 사람이 있는지 잠시 생각해 본다.<br>② 그때의 그 감정을 생각하면서 색종이에 적는다.<br>③ 계절 과일이나 단단한 채소 위에 ②의 색종이를 접어서 놓고 호일로 싼다.<br>④ 화를 내게 한 만큼 호일을 겹겹이 감싸도 된다.<br>⑤ 과일싸개에 ④를 놓는다.<br>⑥ 이쑤시개로 꽂거나 위에 장식해도 좋다.<br>⑦ 상담자와 상담 후 ⑤를 마음이 풀리도록 행동을 해 본다.<br>　（구기거나 찢거나, 부수거나, 던지거나...） |

| ☞ 잠깐!!! | ① 과일 싸개가 없을 때는 호일로만 감싸도 된다.<br>② 물렁 물렁한 과일이나 채소는 피하는 것이 좋다. 그러나 상황에 따라서 짓눌러도 상관은 없다(물컹한 느낌이 오히려 방해가 될 수도 있을 경우는 물렁한 과일은 삼가는 것이 좋다). |
|---|---|
| **질문방법** | ① 누구에게, 혹은 어떤 사건인지 말씀해 주실 수 있으신가요?<br>② 그럼, 그 사건 (사람)으로 힘들게 한 만큼 이 호일과 색종이를 찢거나 구기거나 마음대로 해 보시겠어요? |
| **상 담**<br>**Point** | ① 극히 개인적인 일이기 때문에, 비밀 보장은 기본이다.<br>② 본인을 힘들게 한 사건이나 사람에게 말할 수 없는 것을 이렇게 말하고 행동함으로써 카타르시스를 경험하게 된다.<br>③ 이야기하기 힘든 사람에게는 종이 위에 쓴 글을 보여 주지 않아도 되며, 말하지 않아도 된다고 한다.<br>④ 내담자가 하고 싶은 대로 구기거나 잘라도 된다.<br>⑤ 잠시 정리할 수 있는 시간을 주는 것도 불편한 마음을 다스리는데 도움이 된다.<br>⑥ 종이를 찢는 것이 화를 다스리는데 도움이 많이 된다. 특히 유아기나 아동기의 아이에게는 신문지나 색종이를 찢는 것이 스트레스 해소에 많은 도움이 된다 (청각을 자극하면 스트레스 해소에 효과가 있다). |

| 피드백 전 | 피드백 후 |
| --- | --- |
| | |

| 나 이 | 20대 후반 | 성 별 | 여 |
| --- | --- | --- | --- |

| 설 명<br>및<br>소 감 | 입사했을 때, 직장 상사가 내가 하지도 않은 일을 했다고 하면서 많이 혼을 냈을 때, 가장 힘들었었다고 한다. 그 화난 감정을 적어서 호일에 싸아 보았다. 그리고 속 시원하게 말하고 나서, 어떻게 했으면 좋겠냐고 질문을 하니, 과자를 빼서 한 쪽으로 놓았다. 이젠 같이 일을 하지 않기 때문에, 이 정도만 해도 마음이 훨씬 가벼워졌다고 한다. |
| --- | --- |
| 피드백 | 몇 년이 지났어도 그 마음이 일하다가도 순간순간 떠오를 때가 많았는데, 이렇게 풀고 나니까 속이 시원해지는 것 같다고 한다. 이제 한결 가벼운 마음으로 일할 수 있을 것 같아 다행이라고 한다. |

| 피드백 전 | 피드백 후 |
| --- | --- |
| 나 이 | 30대 중반 | 성 별 | 여 |
| --- | --- | --- | --- |

| 설 명<br>및<br>소 감 | 결혼하고 1년 후부터 시누이를 데리고 살았는데, 시누이랑 싸우면 남편은 시누이와만 얘기하고, 자기하고는 얘기하지 않았다고 한다.  시누라면 끔찍이 여겼고 시누이의 방청소, 빨래, 식사등  모든 것을 다 해 주었다고…  그때를 생각하면 너무나 화가 나서, 지금도 시누 얼굴만 보면 그때가 생각나서 불쑥 불쑥 화가 치밀어 오른다고 한다. |
| --- | --- |
| 피드백 | 시골에서 이곳으로 이사 와서 아는 사람도 없고 하소연 할 데가 없어서 더욱 힘든 시기였다고.  하지만 계속 봐야할 사이이기에 과자만 빼서 옆에 놓아두었다.  이젠 용서해야지,  이렇게만 했는데도 맘이 편하고 시누이를 잘 볼 수 있을 것 같다고 한다. |

| 피드백 전 | 피드백 후 |
| --- | --- |
|  |  |

| 나 이 | 40대 중반 | 성 별 | 여 |
| --- | --- | --- | --- |

| 설 명<br>및<br>소 감 | 어렸을 때, 동네 언니가 나에게 나쁜 짓을 했는데, 그것이 무엇인지 구체적으로 기억은 나지 않지만, 그것 때문에 지금까지 항상 눌려 있었다.  그래서 남들 앞에서 말도 잘 못했다. 부모 사랑을 많이 받았는데도 왜 이렇게 힘들까 생각했더니, 바로 그 언니의 행동 때문에 지금도 가위 눌리는 것처럼 눌려 있다는 것을 알았다. |
| --- | --- |
| 피드백 | 지금 이 순간 40평생을 무엇인가 눌리면서 살아 온 것이, 그때 그 언니 때문이라는 걸 깨닫게 되니, 처음에는 너무나 화가 났다.  그러나 이제는 왜 이렇게 힘들게 살아야 하는지, 그럴 필요가 없다는 걸 알게 되었다.  앞으로는 그런 것에 개의치 말고, 앞만 보고, 우리 가정만 생각하고 힘차게 잘 살아야겠다는 생각이 들었다고 한다. |

| 피드백 전 | 피드백 후 |
|---|---|
| | |

| 나 이 | 40대 중반 | 성 별 | 여 |
|---|---|---|---|

| 설 명<br>및<br>소 감 | 다른 사람에게는 항상 좋은 말과 좋은 태도만 보였고, 자신에게는 항상 양보하고, 좋지 않은 일들만 감당하고 그렇게 헌신적으로 살아 온 날들을 회상하면서 꼼꼼하게 호일을 쌌다. 얼마나 답답하고 힘들었는지… 그런데 가슴에 담아 두기만 했지, 한 번도 겉으로 나타내지 않았었구나 하는 후회가 밀려 들어왔다. 이렇게 활동을 하면서 처음에는 그것조차 할 수 없을 것 같았는데, 막상 표현해 보니, 가슴에 뭉친 것이 풀어진 것 같다. |
|---|---|

| 피드백 | 항상 좋은 일이건 좋지 않은 일이건, 다 본인의 몫인 것처럼 느꼈던 것들이 언제부터인가 오히려 자연스럽게 느껴졌던 것이다. 그러나 이제는 그런 것들로부터 나를 지키는 일은 '내가 안 해도 괜찮아' 하는 마음 인 것 같다. 때로는 거절하는 것도 나를 지키는 것이 아닐까 한다고 이야기해 주었다. |
|---|---|

| 피드백 전 | 피드백 후 |
| --- | --- |

| 나 이 | 40대 중반 | 성 별 | 여 |
| --- | --- | --- | --- |

| 설 명<br>및<br>소 감 | 신혼 때부터 시어머니를 모시고 살면서, 외식 한번 제대로 못해 보고, 외출한 번 못해 보았다. 힘들게 살아온 모습에 답답하다고 표현하였다. |
| --- | --- |
| 피드백 | 보이지 않지만 힘들었던 마음을 이야기하면서 울었다.  하지만, 어쩔 수 없이 모시고 살아야만 하는 상황에서, 분을 표현하는 것처럼 종이를 찢으면서 수긍해가는 모습… 계속해서 상담이 끝날 때까지 종이를 찢었다.  원하는 만큼 표현하라고 했다. |

| 피드백 전 | 피드백 후 |
| --- | --- |

| 나 이 | 40대 중반 | 성 별 | 여 |
| --- | --- | --- | --- |

| 설 명<br>및<br>소 감 | 교회에서 만난 사람과 친하게 지낸 지 어언 18년이나 되었다.  그런데 작은 오해로 인하여 말도 하지 못하고 피해 다니고 있다고 한다.  분수로 꾸민 것은 겉에서 보기에는 예쁘지만, 화를 나타냈다. |
| --- | --- |
| 피드백 | 그 감정을 가지고 종이를 찢으니까 마음이 조금은 풀리면서 용서하게 되었다고. 본인의 잘못도 있기 때문에, 서로 풀 수 있는 방법을 생각해 보고 다시 원만한 관계가 이루어질 수 있도록 해야겠다고 한다. |

| 피드백 전 | 피드백 후 |
| --- | --- |
| | |

| 나 이 | 30대 후반 | 성 별 | 여 |
| --- | --- | --- | --- |

| 설 명<br>및<br>소 감 | 결혼해서 맞는 첫 어버이날이라 시부모님께 선물을 사 가지고 갔었는데, 시어머니가 그 선물을 다시 예쁘게 포장하여, 사돈어른에게 보냈다고 이야기했다. 친정 엄마를 무시하는 것처럼 느껴지기도 하면서 순간 몹시 기분이 상했었다. 지금도 생각하면 가슴에서 무엇인가 치밀어 올라오는 것 같다. 그때를 생각하면서 사과를 잘라서 쪼개고 껍질도 벗겼더니, 마음이 후련해지는 것 같다. 단순한 활동이지만, 이 기억을 잊을 수 있을 것 같다. |
| --- | --- |
| 피드백 | 결혼한 지 벌써 10년이 훌쩍 넘었는데, 아직도 그 기억 때문에 시댁에 갈 때마다 가슴이 너무 답답하고 꽉 막힌 것 같다고 한다. 그러한 감정들이 자꾸 쌓이다 보면 시댁과의 관계에서 더 멀어지고… 이런 활동을 통해서 내담자의 화를 어느 정도 다스릴 수 있는 계기가 되었다. |

| 피드백 전 | 피드백 후 |
| --- | --- |
| | |

| 나 이 | 30대 후반 | 성 별 | 여 |
| --- | --- | --- | --- |

| 설 명<br>및<br>소 감 | 연예시절 아무 말 없이 갑자기 떠난 그 남자. 그때 왜 그랬는지, 떠날 때의 방법은 너무나 큰 상처가 되어 지금도 가끔씩 그때가 생각날 때는 자다가도 가슴이 아프다고 한다. |
| --- | --- |
| 피드백 | 마음껏 종이를 찢으니까, 마음이 홀가분해지는 것 같고, 오히려 그때, 그 상처를 어루만져준 지금의 남편에 대한 고마움을 느끼게 되었다고 한다. |

괜찮아!!!

우리는 하루 24시간 중에 한두 번쯤은 자신이 원치 않는 상황이나 사건을 접하게 된다.

만나고 싶지 않은 사람과 맞닥뜨리거나, 차가 밀려서 약속시간을 지키지 못하거나, 일부러 찾아

간 가게가 임시 휴업중이거나, 지갑을 잃어버리는 것과 같은 일이다.

그럴 때는 내키지 않더라도 "괜찮아"라고 말하자.

이 한마디가 입에서 자연스럽게 나올 수 있게 되면 분명 인생은 크게 변할 것이다.

- 사토 도미오 (성공유전자를 깨우는 생각의 습관) -

# 3) 가장 기억에 남는 여행

① 가장 기억에 남는 여행 – 활동 개요

| | |
|---|---|
| **목 적** | 가장 기억에 남는 여행을 기억하면서 그 때의 감정을 읽어 보고, 긍정적인 감정은 긍정적으로, 불편한 감정은 긍정적인 감정으로 승화할 수 있도록 돕는다. |
| **준비물** | 양파링, 떡볶이 과자, 샌드, 하비스트, 계란 과자, 마시멜로, 꼬깔콘, 스틱 과자, 파프리카, 상추, 깻잎, 콩나물, 돗나물 등. |
| **진행순서** | 여행에는 추억이 깃들어 있다. 어렸을 때 부모님의 손을 잡고 함께 갔던 여행부터 학창시절 학교에서 친구들과 선생님들과 갔던 여행, 성인이 되어서는 맘에 맞는 친구들과 갔던 여행, 더 나아가 신혼여행, 가족 여행, 모임에서 간 여행, 황혼이 되어서 갔던 여행. 여행에서 고생했던 기억도 있겠고, 뜻밖의 여정으로 기억하는 수많은 여행 중에 가장 기억에 남는 여행들을 떠올려 본다.<br><br>① 내가 가장 기억에 나는 여행은 무엇인지 생각해 본다.<br>   (즐거웠던 여행, 슬펐던 여행, 맘이 불편했던 여행등.)<br>② 그 기억을 잘 생각하면서 푸드로 표현해 본다.<br>③ 서로 어떤 여행이었는지 나누어 본다. |
| ☞ 잠깐!!! | 바탕을 다양한 색깔의 색지를 사용해도 좋다. |

| 질문방법 | ① 어떤 여행이었는지 이야기 해주실 수 있으신가요?<br>② 이때를 생각하면 어떤 감정이신가요?<br>③ 좋은 감정이라면 그 감정을 힘들 때마다 생각하셔서 힘이 되기를 바랍니다.<br>④ 불편한 감정이라면 충분히 공감해 주면서 상담해 준다. |
| --- | --- |
| 상 담<br>Point | 여행은 삶의 활력소가 된다. 힐링의 시간이 되기도 한다. 여행을 하기 위해 준비하는 과정에서의 기대감은 참으로 행복하게 한다. 그러나 막상 그 기대감이 너무 커서 실망할 때도 많다. 즐거웠던 여행의 기억은 힘들 때 버틸 수 있는 힘이 되지만, 여러 가지로 불편했던 여행은 떠올리기 조차 힘들 때도 있다. 그러나 그 또한 감정이다. 불편한 감정을 최대한 떨쳐버리거나, 그 감정의 수위를 낮추는데 도움이 되는 활동이다. |

| 나 이 | 50대 초반 | 성 별 | 여 |
|---|---|---|---|

| 설 명 및 소 감 | **〈우도 여행〉**<br>여름휴가를 제주도 우도로 갔다. 신나게 보트를 타고 우도를 한 바퀴 돌고, 맛있는 회도 함께 먹고, 너무나 행복한 시간이었다. 가족들이 함께하고 다 같이 즐거웠던 여행! 앞으로 더 많은 시간들을 가족과 함께하고 싶다. 지금은 아이들이 많이 커서 같이 시간 맞추기도 힘들지만, 그래도 즐거운, 행복한 추억을 만들기 위해 계획을 세워 봐야겠다. |
|---|---|

| 피드백 | 아이들이 커서 일주일에 한 번 같이 식사하는 것도 힘들 텐데, 이러한 여행을 생각하게 하는 것은 큰 의미인 것 같다. 아침에 다들 출근하고 텅 빈 집에 혼자 있는 내담자에게 가족의 의미를 다시 상기시켜 주면서 동시에 즐거웠던 여행을 떠올리며 그때의 감정을 느끼게 했다. 한층 밝아진 얼굴을 볼 수 있었다. 그리고 아이들이 더 크기 전에 여행을 할 수 있는 소중한 시간을 만들 수 있는 계기가 되었다. |
|---|---|

| 나 이 | 40대 | 성 별 | 여 |
| --- | --- | --- | --- |

| | |
| --- | --- |
| 설 명<br>및<br>소 감 | **〈해돋이〉**<br>가장 기억에 남는 여행은 가족들이 함께 해돋이를 보러 간 것이다.  매번 12월 31일에는 가족 모두 해돋이를 보러 여행을 간다.  그래서 지금까지 줄 곧 일출을 봤는데, 갈 때마다 늘 새롭고 즐거운 여행이었다.  항상 이렇게 함께 해돋이를 보면서 새해의 소망을 기원하는 시간이야말로, 다른 여행보다 더욱 의미가 있다고 생각한다. |
| 피드백 | 가족이 함께한다는 것, 또한 가족이 같은 소망을 나눈다는 것은 참으로 소중한 기억이다. 나중에 아이들이 커서 그것을 기억할 것이다. 아이들에게 행복한 추억을 만들어주는 것 또한 부모의 몫인 것 같다.  내담자에게 좋은 시간이 계속 되기를 바란다고 이야기해 주었다. |

| 나 이 | 40대 | 성 별 | 여 |
|---|---|---|---|

| 설 명<br>및<br>소 감 | **〈가족끼리의 캠핑〉**<br>캠핑을 좋아해서 가족 모두 가끔씩 캠핑을 간다. 깻잎은 텐트의 천막이고 상추는 텐트 안. 그리고 뒤에 막대 과자는 나무들, 검정색 과자는 불판에 삼겹살을 구워 먹는 장면이다. 둘레의 꼬깔콘 과자는 우리 가족이다. 참 행복한 여행이다. 여행에서의 즐거움과 여행하기 위해 준비하는 과정에서 가족들끼리 의논하는 시간들이 참으로 소중하다. |
|---|---|

| 피드백 | 내담자가 이야기했듯이 여행을 하기 전 가족들이 서로 의논하는 시간들이 참 소중하다. 그 시간을 통해 서로 소통하고, 서로의 감정을 읽어주는 것! 여행은 그런 시간을 가져다 줄 수 있다. 항상 행복한 시간을 보내기 바란다고 이야기해 주었다. |
|---|---|

| 나 이 | 50세 | 성 별 | 여 |
|---|---|---|---|

| 설 명<br>및<br>소 감 | 〈땡 잡은 여행〉<br>명절에 갑자기 가게 된 여행이다. 갑자기 여행 가는 것이 결정되어 우왕 좌왕하다가 혹시나 해서 여행사에 전화를 했다. 한 달 전에 이미 예약 마감되는 곳이라 안 되겠지 하고 기대도 안했는데, 방이 있다는 말에 다 같이 "우리 땡 잡았네!!!" 하고 외치던 기억이 있다. 그래서 잊지 못할 가족 여행이 되었다. |
|---|---|

| 피드백 | 그런 마음을 소통할 수 있는 가족이기에 더욱더 가족애가 커지는 것 같다고 이야기해 주었다. 아이가 사춘기라서 간혹 비뚤어 갈 때 이런 추억을 이야기해 주면 아이의 마음을 안정시키는 데에 있어서 많은 도움이 된다고 이야기해 주었다. |
|---|---|

| 나 이 | 50대 | 성 별 | 남 |
|---|---|---|---|

| 설 명<br>및<br>소 감 | **〈중학교 때의 설레임 너머에 자리한 가을 코스모스〉**<br>여행은 아니지만, 내 마음속에 아직도 여행처럼 느껴지는 신선한 기억이 있다. 늘 보던 코스모스이고, 늘 걸었던 길이었다. 그런데 중학교 때 어느 날 똑같은 길을 가면서 갑자기 그 길이 처음 간 것처럼 느껴졌다. 바람에 살랑거리는 코스모스의 춤추는 모습, 가을의 청명한 날씨와 따뜻한 햇살등 너무나 기억이 생생하다. 지금도 가을이 되면 항상 생각나는 나만의 여행지, 학교 가는 길가의 코스모스를 떠올리면 아직도 설레인다. |
|---|---|

| 피드백 | 내담자는 감수성이 풍부했던 그 시절의 코스모스 길을 아직도 기억한다. 그만큼 강하게 그 때의 기억을 가지고 있다. 이는 그 시절의 감수성을 아직도 간직하고 있다는 것이다. 그런 설레임을 가짐으로써 또 다른 일에도 설레임을 갖고 충실히 해낼 수 있을 것이다. 그만큼 자존감을 높일 수 있는 활동이다. 활동을 하기 전과 하고 나서의 눈빛이 달라진 모습을 볼 수 있었다. |
|---|---|

| 나 이 | 50대 | 성 별 | 여 |
| --- | --- | --- | --- |

| 설 명 및 소 감 | 〈갓바위 해수욕장〉<br>결혼 전 남편과 함께 버스를 타고 갓바위 해수욕장으로 놀러 갔다.  그때는 너무나 덥고, 멀고, 힘들었다.  그러나 20년이 흘러 간 지금은 좋은 추억으로 기억되어 너무 좋다. |
| --- | --- |
| 피드백 | 항상 남편과 함께 있는 모습이 자주 등장한다.  그만큼 행복한 모습이다. 같이 생활하고, 같이 의견을 나누고, 같이 일을 하고... 부부란 그런 것 같다.  같이 무엇인가 하는 것,  인생의 동반자, 언제나 내 편 누구 하나 삐걱거리면 무너지게 마련이지만, 서로 서로 겸손하게 받아주고, 서로 양보하면서 앞으로 그렇게 서로를 세워주면서 살아 갈 수 있기를 소망한다. |

| 나 이 | 50대 | 성 별 | 여 |
|---|---|---|---|

| 설 명<br>및<br>소 감 | **〈유럽 떼제베 기차여행〉**<br>약 15년 전에 떼제베 기차를 타고 3시간 정도 스위스를 여행했다. 그런데 그 때 같이 동석한 사람 4명이 모두 프랑스 사람이었다.  서먹할 것 같았던 기차여행이었지만 3시간이 훌쩍 지날 때까지 너무나 재미있었다.  유럽여행 중 가장 즐거웠던 여행은 떼제베 기차 안에 함께 있었던 외국인들과의 대화였다. 참 즐겁고 의미 있는 여행이었다. |
|---|---|

| 피드백 | 처음 외국인들과의 대화였지만, 그 때는 겁도 없었고, 호기심도 많았던 것 같다. 그러나 그 자신감은 아직도 생생히 기억에 남는다.  그 자신감이 지금의 내담자로 만든 것 같다.  항상 모든 일에 열정을 갖고 하기를 바라고, 하고 싶은 일들을 자신감을 가지고 하기를 바란다. |
|---|---|

| 나 이 | 40대 | 성 별 | 여 |
|---|---|---|---|

| 설 명<br>및<br>소 감 | 중국 황포강으로 여행을 갔을 때가 가장 기억에 남는다.  황포강이란 장소도 참 좋았지만, 친정 부모님과 함께 갔다는 것에 더 큰 의미가 있다.  결혼을 하고 나서 부모님과 함께 여행을 한 게 기억에 있을까 말까⋯ 그러나 큰 맘 먹고 친정 부모님을 모시고 갔던 황포강 여.<br>지금도 친정 부모님께서는 이때의 좋았던 감정들을 말씀 하신다.  고맙다고⋯ 친정 부모님이 더 연세가 드시기 전에 또 한 번 계획해 봐야지.<br>그리고⋯잘⋯해⋯ 드⋯ 려⋯ 야⋯ 지. |
|---|---|

| 피드백 | 누구라도 부모님을 생각하면 항상 가슴이 메어온다.  효도는 후회를 하지 않기 위해서 하는 거라는 말이 있듯이, 후회하지 않기 위해 더욱더 부모님께 잘해 드리기를 바란다.  안부전화라도 자주 하고, 한 번 이라도 더 찾아 뵐 수 있도록 노력하는 것!<br>상담 시간을 마치고 나가면서 부모님께 안부전화를 드리기로 약속했다. |
|---|---|

# 여행의 기쁨

여행은 지도가 정확한지
대조하러 가는 게 아니다.
지도를 접고 여기저기 헤매다 보면 차츰 길이 보이고,
어딘가를 헤매고 있는 자신의 모습이 보인다.
곳곳에 숨어 있는
비밀스러운 보물처럼 인생의 신비가
베일을 벗고 슬그머니 다가올 때도 있다.
어느 낯선 골목에서 문득 들려오는
낮은 음악처럼 예상치 못한 기쁨이
나를 기다리고 있는 것이다.

- 김미진의 〈로마에서 길을 잃다〉 중에서 -

## 4) 가장 기억에 남는 사람

① 가장 기억에 남는 사람 – 활동 개요

| | |
|---|---|
| **목 적** | 지금까지의 많은 사람들을 만나면서, 나에게 가장 기억에 남는 사람은 누구인지 그 사람을 생각해 보고 감사의 마음, 고마운 마음, 측은한 마음 등을 갖는다. |
| **준비물** | 첵스, 라면땅, 빼빼로, 색깔 해바라기 초콜릿, 색깔 뻥튀기, 에이스, 벌집핏자, 미니스틱, 와플과자, 고구마 과자, 새싹 등 |
| **진행순서** | 사람들은 일생에서 얼마나 많은 사람들을 만나는가? 그 중에서 나와 특별한 인연으로 다가온 사람들도 있을 것이고, 그냥 스쳐 지나가는 사람들도 있을 것이다. 또한 그 사람을 생각하면 긍정적인 감정이 느껴지는 사람이 있는가 하면, 괜히 껄끄러운 마음에 얼굴이 붉어지는 사람들도 있을 것이다. 수많은 사람들을 한 명 한 명 떠오르는 대로 상기시켜 보면서 활동을 시작한다.<br><br>① 어렸을 때부터 지금까지 만난 사람들을 생각해 본다.<br>　　(스승, 친구, 후배, 선배, 가족, 동료, 이웃등.)<br>② 그 중 가장 기억에 남는 사람을 상기해 본다.<br>③ 주어진 푸드 재료로 구성해 본다.<br>④ 그 사람에 대하여 이야기해 보고, 간단한 편지를 써도 좋다. |
| ☞ **잠깐!!!** | ① 얼굴만 만들어도 되고, 몸통도 만들어도 된다.<br>② 그 사람과의 관계와 사건에 대하여 자유롭게 이야기하며, 상담자로서 잘 경청하며 들어준다. |

| 질문방법 | ① 어느 분인가요?<br>② 이 사람을 생각하면 어떤 감정이 생기나요?<br>③ 좋은 감정의 사람이라면 감사하는 마음을 다시 한번 상기해 보고, 기억하고 싶지 않은 사람이라면 어떻게 했으면 하는지요?  (시간을 두고 깊이 상담한다.)<br>④ 나도 다른 사람에게 긍정적인 의미를 가진 사람이 되기를 바랍니다. |
| --- | --- |
| 상 담<br>Point | ① 감사의 마음을 갖게 하는 사람의 작품을 만들었을 경우<br>　기억에 남는 사람 중에 긍정적인 마음을 갖게 하는 사람에게 감사의 마음을 가짐으로써 내담자의 주위에 좋은 사람이 많이 있다는 것을 강조해야 한다.  그래서 나를 보살펴 주고, 관심을 가져다주는 사람이 있다는 것을 스스로 깨닫게 하면서 자존감을 높인다.<br>② 부정적인 감정이 느껴지는 사람의 작품을 만들었을 경우<br>　'갇힌 자의 슬픔' 을 응용하여 함께 활동하면서 부정적인 감정을 표출할 수 있도록 돕는다. |

| 나 이 | 30대 중반 | 성 별 | 여 |
|---|---|---|---|

| 설 명 및 소 감 | 〈할머니〉<br>어렸을 때 늘 이렇게 머리에 비녀를 꽂고 계셨던 할머니.  할머니가 나를 너무 좋아하셔서 엄마와 떨어져 할머니와 함께 시골에서 생활했다. 엄마가 오실 때면 미리 "누구랑 살 거냐고 하면, 할머니랑 산다고 해~"라고 했다.  엄마가 늘 보고 싶었고 함께 살고 싶었지만, 그래도 할머니가 혼자 사는 것이 안쓰러워 할머니와 생활했다.  지금은 안 계시지만, 보고 싶은 할머니… 할머니… |
|---|---|

| 피드백 | 내담자는 엄마와 떨어져 있는 게 싫고, 엄마가 보고 싶었지만, 홀로 남아 계신 할머니가 안쓰러워서 차마 엄마한테 가겠다고 할 수 없었다.  어렸을 때인데도 할머니의 부탁을 거절하지 못한 것이다. 그래서 더욱더 엄마를 그리워했을 것이다.  그러나 그것이 불만으로 남겨 둔 게 아니라, 할머니에 대한 좋은 그리움으로 남아 있다.  엄마의 몫까지 해 주었던 할머니라 내담자의 기억에 가장 많이 남아있는 것 같다.  내담자는 엄마에게 더 잘해 드린다고 한다.  그때 할머니랑 있겠다는 말에 엄마가 가슴 아파했을까봐…  나 보다 다른 사람을 더 많이 헤아리고, 배려하는 마음. 그러나 이면에는 자신을 표현하지 못한 안타까움이 자리하고 있는 것 같다. |
|---|---|

| 나 이 | 40대 후반 | 성 별 | 여 |
|---|---|---|---|

| 설 명<br>및<br>소 감 | 〈친정엄마〉<br>친정엄마가 밭에서 김을 매다가 저를 보고 웃네요.<br>뜨거운 태양볕이 강하니 구름이 가려줬으면 하네요~~~<br>엄마가 살아계셨으면요... |
|---|---|
| 피드백 | 돌아가신 어머니를 생각하면서 표현한 어머니⋯ 어머니는 열심히 밭에서 일하고 계신다. 힘드셨겠지만, 환하게 웃는 표정. 엄마의 표정은 항상 밝기 때문에 내담자의 마음속의 든든한 지원을 해 주실 것이다. |

| 나 이 | 40대 후반 | 성 별 | 여 |
|---|---|---|---|

| 설 명<br>및<br>소 감 | 〈담임 목사님〉<br>왼쪽의 건빵 위의 검정 초콜릿은 목사님 구두이고, 과자 위의 뻥튀기는 목사님의 기도의 눈물이다.  이렇게 눈물로서 성도들을 위해 기도해 주시던 담임 목사님.<br>목사님의 기도 덕분에 이렇게 잘 지내고 있다.  지금은 돌아가셨지만, 항상 내 마음에 남아있는 우리 담임 목사님. |
|---|---|
| 피드백 | 한 방울 두 방울 떨어지는 목사님의 눈물이 인상적이다.  이 눈물이 있었기에 내담자가 이렇게 잘 살아오지는 않았는지…  내담자의 힘이 되고, 원동력이 된 목사님!<br>그렇기에 그 힘으로 마음의 상처가 있는 사람, 또 어려운 사람들에게 상담자로서 일을 하면서 열심히 보람을 찾는 것 같다. |

| 나 이 | 50대 초반 | 성 별 | 여 |
|---|---|---|---|

| | |
|---|---|
| 설 명<br>및<br>소 감 | **〈아빠, 엄마〉**<br>북한에서 남한으로 나올 때 두고 온 아버지, 어머니.<br>나에게 있어서 가장 기억에 남는 사람은 우리 부모님이다.  너무나 보고 싶지만, 휴전선이 있어서 갈 수 없는, 보고 싶어도 볼 수 없는 부모님이시다. 고생해서 남한으로 왔지만, 같이 남한으로 모시고 오지 못한 부모님을 생각하면 가슴이 너무 너무 아프다. |
| 피드백 | 북에 두고 온 부모님을 생각하면 얼마나 마음이 아플까? 그 마음… 그 입장이 되지 않고서는 누구도 이해하지 못한다.  아무쪼록 빨리 통일이 되기를 진심으로 바라고, 북한에 계신 부모님이 잘 계시기를 함께 빌었다.  태양은 아버지를 상징하지만, 여기에서는 부모님을 모두 상징하는, 그래서 이글이글 타오르는 태양을 만들어 표현한 것 같다.  또한 잘 적응하고 생활하고 있는 내담자에게 다시금 용기를 북돋아 주었다. |

| 나 이 | 40대 중반 | 성 별 | 여 |
| --- | --- | --- | --- |

| 설 명<br>및<br>소 감 | 〈상담 선생님〉<br>그동안 해결하지 못했던 많은 상처들을 공감해 주면서 상담해 주신 선생님… 항상 상담이 끝나면 안아주셨다.  그 때의 그 느낌은 엄마의 품속처럼 너무나 따뜻했다.  그래서 더욱 상처를 치유하는데 있어서 많은 도움을 받은 것 같다.  나도 그런 상담사가 되어야지 |
| --- | --- |
| 피드백 | 내담자를 항상 존중해 주고, 공감해 주는 것이 상담자의 가장 큰 역할 가운데 하나이다.  내담자는 그것을 경험했듯이, 그 마음을 가지고 내담자와 하나 되는 마음을 가진 멋진 상담자가 될 것이다.  꼭 그렇게 되기를 바라는 마음으로 안아 주었다.  마음과 마음이 전해지는 그 따뜻함을 다시금 느껴 보았다. |

| 나 이 | 40대 중반 | 성 별 | 여 |
|---|---|---|---|

| 설 명<br>및<br>소 감 | 〈지휘하시는 목사님〉<br>교회의 찬양대를 지휘를 하시는 목사님. 음악적으로 너무나 유능하신 분이다. 지휘를 하면서 한 명 한 명에게 모두 신경을 써 주시고, 몸소 사랑을 실천하신 목사님이시다. 그런데 이번 12월까지만 하시고 내년에는 다른 교회로 가셔서 너무나 아쉬움이 많이 남아 있다. 계속 함께하셨으면 좋을 텐데⋯ 아마 나에게 가장 기억에 남는 목사님이 아닐까 한다. |
|---|---|
| 피드백 | 목사님의 헌신적인 봉사와 사랑이 내담자에게 가슴에 남는, 가장 기억에 남는 분이 되신 것 같다. 또 다른 사역을 위하여 다른 곳으로 가시지만, 아직 남아 있는 한 달 동안 최선을 다하고, 후회 없이 섬길 것을 내담자에게 얘기해 주었다. |

| 나 이 | 50대 초반 | 성 별 | 여 |
| --- | --- | --- | --- |

**설 명 및 소 감**

〈친정엄마〉
내가 가장 존경하는 우리 엄마!
항상 이렇게 웃으시면서 나를 받아 주신 우리 엄마!
내가 어렵고 힘들 때도 옆에서 용기 잃지 말라고 든든하게 나의 울타리가 되어주시고, 항상 믿어주시는 우리 엄마가 나에게 있어서는 가장 기억에 남는다.  이렇게 표현하니, 엄마가 바로 옆에서 힘든 나에게 "지금도 잘 할 수 있어" 라고 말씀해 주시는 것 같다.
"엄마, 사랑해요~~~"

**피드백**

내담자가 살아가는데 있어서 가장 힘이 되어 주신 어머니다.  그런 엄마의 성품처럼 내담자에게도 어머니의 성품이 있는 것 같다.  다른 사람에게 따뜻함을 줄 수 있는 그런 내담자에게 어머니의 모습을 보는 것 같다.  오늘은 상담 후 어머니에게 전화드리고 엄마의 체온을 느껴 보길 바란다고 하였다. 내담자의 눈가가 갑자기 촉촉이 젖어 온다.

| 나 이 | 50대 초반 | 성 별 | 여 |
|---|---|---|---|

| | |
|---|---|
| **설 명<br>및<br>소 감** | **〈사랑하는 남편〉**<br>힘든 농사일에 한 번도 싫은 내색 하지 않고 열심히 일하는 남편.<br>가장 기억에 남는 사람이라는 제목을 듣고 바로 생각난 사람이 사랑하는 남편이었다. 지금 생각하면 그런 성실함에 어느 때는 답답하기도 했지만, 그런 성실함으로 인하여 지금 이렇게 잘 살고 있는 것 같다. 앞으로 서로 살아가면서 더 많이 사랑하고, 좋은 일만 가득하기를 바라는 마음으로 하트를 많이 놓았다. 이렇게 푸드로 표현해 보니, 남편이 더욱더 사랑스럽다. |
| **피드백** | 가장 옆에 있는 사람의 소중함에 가장 인색할 수 있다. 내담자는 평소에 남편 이야기를 거의 하지 않았다. 이런 기회를 통하여 남편에 대해 다시금 생각해 보고, 더욱더 사랑할 수 있는 계기를 마련한 것 같다. 내담자가 남편을 바라보는 그윽한 눈빛이 가슴 따뜻하게 한다. |

# 좋은 스승

사람 볼 때 힐끗 거리지마.

의심이 많거나, 염려가 많아서 그런 건데 사람이 담백해야 해.

있는 그대로 보고 판단하고,

즐거운 일 있으면 웃고,

슬픈 일 있으면 울고.

- 드라마 '미생' 중에서 -

## 5) 나의 첫 ◦◦◦

### ① 나의 첫 ◦◦◦ – 활동 개요

| | |
|---|---|
| **목 적** | 나의 첫 기억(첫 직장, 첫 시험, 첫 출산, 첫 미팅, 첫 실패등)에 대한 이미지를 떠 올리면서 긍정적인 감정은 긍정적으로, 부정적인 감정은 긍정적인 감정으로 승화할 수 있도록 돕는다. |
| **준비물** | 떡볶이 과자, 막대 과자, 샌드, 계란 과자, 꼬깔콘, 마시멜로, 상추, 깻잎, 콩나물, 돗나물, 파프리카 등 |
| **진행순서** | 처음이란 단어를 생각하면 셀레임과 떨림, 두근거리는 마음이 떠오른다. 첫 입학식, 첫 졸업식, 첫 상장, 첫 학교, 첫 직장, 첫 사랑, 첫 출산등 내가 겪은 처음의 경험을 떠올리면서 그때의 감정을 느껴본다. 가장 먼저 떠오르는 처음의 경험은…<br><br>① 내가 처음으로 경험한 것, 또는 경험할 것(사건이나 일) 을 떠올려 본다.<br>② 앞으로 경험할 것을 상상하며 표현해도 된다.<br>③ 그것을 가지고 푸드 재료로 표현 해 본다. |
| **질문방법** | ① 어떤 것을 표현했나요?<br>② 이때를 생각하면 어떤 감정인지요?<br>③ 좋은 감정이라면, 그렇게 좋은 감정이 많이 자리 잡고 있기 때문에, 충분히 다른 일들도 잘 감당할 수 있을 거라고 자존감을 높인다.<br>④ 불편한 감정이었을 때는, 공감해 주고, 그 때에 대하여 더 이야기를 들어주면서 상담해 준다. |
| **상 담<br>Point** | ① 누구나 '처음' 이라는 말에는 설레임과 동시에 기대가 많이 차 있다. 수많은 '처음' 중에서 가장 기억에 남는 추억을 가지고 작품을 만들기 때문에 그 기억에 대해 나누면서 내담자를 공감해 주는 활동이다.<br>② 앞으로 다가올 '처음' 에 대한 기대함을 내담자와 느낄 수 있는 활동이다. 그것에 대한 지지를 해 주면 좋다(단, 그 처음이 부정적인 것일 경우는 긍정적인 마음을 갖도록 안내자 역할을 한다). |

| 나 이 | 50대 초반 | 성 별 | 여 |
|---|---|---|---|

| 설 명<br>및<br>소 감 | **〈나의 첫 출산〉**<br>어렵게 가진 나의 첫 출산. 너무 힘들게 낳아서 그런지 나의 첫이라는 말을 들으니까 첫 출산이 생각이 났다.  응애 응애 우는 소리와 함께 들려오는 "아들입니다."  그때를 생각만 해도 참 행복하다.  아들을 바랐는데 아들을 낳아서.  지금은 어느 덧 커서 직장도 잘 다닌다.  내 아들! 참  대견스럽다. |
|---|---|
| **피드백** | 내담자는 아들을 낳았을 때의 감정을 재미있게 표현하였다.  그리고 기억한다.  그때의 그 황홀하고 대견했던 감정을…  삶은 추억의 연속이라고 이야기 해 주었다.  앞으로 아들과 좋은 추억 많이 만들기 바란다고 했다. |

| 나 이 | 40대 초반 | 성 별 | 여 |
|---|---|---|---|

| 설 명<br>및<br>소 감 | **〈나의 첫 출산〉**<br>22시간 진통 끝에 얻은 우리 아이! 너무 힘들어서, 수술해 달라고 얘기했지만, 남편이 끝까지 자연분만을 하라고 해서 낳은 첫 아이다.  서 있는 사람은 남편, 분홍색 얼굴은 너무 진통이 심하고 힘들어서 얼굴이 빨개진 나의 모습, 그 옆에는 아이의 얼굴이다. |
|---|---|

| 피드백 | 꼭 자연분만을 고집하던 남편 때문에 힘들게 낳은 아이.  그때는 너무나 남편이 미웠지만, 그래도 아이에게 모유를 먹일 수 있어서 나중에는 남편에게 감사하다고 한다.  그렇게 소중한 아이가 벌써 중학생이 되었고 잘 키워야지 하는 마음이 더 생겼다고 한다. |
|---|---|

| 나 이 | 50대 초반 | 성 별 | 여 |
|---|---|---|---|

| 설 명<br>및<br>소 감 | **〈나의 첫 출산〉**<br>나의 첫 출산이다. 빼빼로는 탯줄을 끊는 가위이다. 첫 아이를 낳을 때 옆에서 남편이 탯줄을 끊어 주었다. 그때의 그 감격은 평생 잊지 못할 것이다. 이제는 아들이 커서 어느덧 결혼을 하게 되고, 곧 이렇게 아빠로서 손주의 탯줄을 끊어 주겠지. 새삼 그 때의 감격으로 온몸에 전율이 느껴진다. |
|---|---|

| 피드백 | 그때만 하더라도 가족분만이라는 게 없어서 혼자 아이를 낳아야 하는데, 남편이 탯줄을 끊어 주었다고 한다. 한없이 남편이 고맙다고. 살다보면 남편이 미울 때가 있지만, 그래도 나를 위해, 아이를 위해 이렇게까지 해 준 남편이 새삼 고마워진다고 한다. 남편의 고마운 점을 더 많이 생각하라고 이야기해 주었다. |
|---|---|

| 나 이 | 50대 초반 | 성 별 | 여 |
|---|---|---|---|

| 설 명<br>및<br>소 감 | **〈첫 딸의 결혼식〉**<br>한 살씩 성숙해져가는 딸의 다가올 결혼식을 떠올려 보았다.  제일 먼저 사윗감과 예쁜 딸인 신부의 모습이 생각나서 꾸며 보았다.  꾸미는 동안이지만 너무나 설레고, 즐겁고 뿌듯함과 행복감이 넘쳤다. |
|---|---|
| **피드백** | 막상 딸이 결혼한다면 따로 떨어져서 살아야 한다는 것과 엄마 품을 떠난다는 것에 대해 맘이 아플 텐데, 그래도 사위와 결혼생활을 잘 한다면 그것만큼 좋을 게 없다는 생각이 들었다고 한다.  앞으로 좋은 사람 만나서 결혼생활 잘 하길 바란다고 이야기해 주었다. |

| 나 이 | 40대 초반 | 성 별 | 여 |
|---|---|---|---|

| 설 명<br>및<br>소 감 | **〈나의 첫 가게〉**<br>나의 첫 가게이다.  앞으로 옷 가게를 하고 싶은데, 그냥 옷만 파는게 아니라, 그 옆에 사랑방을 만들어서 옷을 사러 온 사람들에게 상담을 해 주고 싶다.  그래서 열심히 지금 상담 공부를 하고 있다.  아래에 있는 것은 돈 다발이다.  돈 다발이 두 뭉치!!! 돈도 많이 벌고, 상담도 해 주고… 꼭 그렇게 해야지〜〜〜. |
|---|---|

| 피드백 | 멋진 꿈을 가지고 열심히 노력한다.  옷 가게에서 그치는 것이 아니라 사랑방을 꾸미면서 상담까지 한다고 한다.  또한 꿈을 이루기 위해 하나 하나 계획하고 실천하고 있다.  열심히 살아가는 내담자에게 꼭 이루어질 것이라고 용기를 주었다. |
|---|---|

| 나 이 | 37세 | 성 별 | 여 |
|---|---|---|---|

| 설 명<br>및<br>소 감 | **〈나의 첫 비즈 공예 작품〉**<br>요새 비즈공예를 배우기 시작했다.  아직 초급이라서 정말 작품다운 작품을 만들지는 못하는데, 계속 잘 배워서 꼭 근사한 작품을 만들고 싶다. 가운데 큰 것과 왼쪽은 목걸이, 오른쪽은 팔찌이다. |
|---|---|
| **피드백** | 근사한 비즈공예 작품을 만들어서 꼭 하고 다니라고 말했다.  그래서 생애 첫 작품을 사진도 찍고, 자랑도 하라고.  도전하는 자만이 이룰 수 있다고, 그리고 나에게도 사진 찍어서 보내달라고 했다.  어깨가 으쓱해  지는 것 같다고 한다. |

| 나 이 | 30대 후반 | 성 별 | 여 |
|---|---|---|---|

| 설 명<br>및<br>소 감 | **〈울 아들이 준 첫 용돈〉**<br>며칠 전에 울 아들이 생애 처음으로 첫 용돈을 주었다.  그것도 50,000원권 2장인 100,000원.  그때의 그 기분은 뿌듯하기도 하고, 고맙고, 미안하기도 했다.  얼마나 고마운지 지금도 그때를 생각하면 너무 자식을 잘 둔 것 같다.  앞으로 무럭무럭 건강하게, 아들이 하고 싶은 것 하면서 잘 크기를 바란다. |
|---|---|
| **피드백** | 아들이 준 첫 용돈이다.  매일 장난만 치고, 무슨 생각을 하면서 살아가는지 걱정을 많이 했는데, 이렇게 엄마와 아빠 각각에게 큰 용돈을 주는 걸 보니 대견했던 것 같다.  차마 못 쓰고 잘 보관하고 있다고 한다.  매 순간 이것을 기억하고, 좋은 추억으로 간직하라고 했다. |

| 피드백 전 | 피드백 후 |
|---|---|

| **나 이** | 20대 후반 | **성 별** | 여 |
|---|---|---|---|

| **설 명<br>및<br>소 감** | 〈나의 첫 오래달리기 대회〉

나의 첫 실패담으로 오래달리기 대회가 기억에 난다. 중학교 때 학교에서 운동회를 했다. 그런데 오래달리기를 하다가 너무나 힘들어서 그만 중도에 포기를 했다. 그런 적이 없었는데… 그때, 조금만 더 힘을 냈으면 꼴찌를 하더라도 끝까지 완주했을 텐데. 항상 무슨 일을 할 때마다 그 때가 생각이 나서 '이번에도 끝까지 이루지 못하면 어쩌지? 아마 이번에도 실패할거야' 하면서 일을 시작하기도 전에 도전조차 못할 때가 많았다. 항상 마음속의 불안감이 이때부터 있었던 것 같다.

상담자 : 그러면 지금 포기하는 장면을 표현했는데, 혹시 완주하는 장면, 목표지점에 도달하는 장면으로 다시 변형해보면 어떨까요?
내담자 : 아, 그러면 되겠네요. 한 번도 그렇게 해 볼 생각을 못했는데, 지금 바로 한 번 만들어 보겠습니다.

내담자는 바로 앉아 있는 자신을 일으켜 세워서 골인 지점에 들어가게 변형하였다.

내담자 : 이제야, 완주했네요. 드디어 골인했습니다. 이제 모든 걸 할 수 있어요. 항상 마음에 걸려서 매번 무슨 일을 할 때마다 힘들었는데, 이제야, 이제야 다시 일어날 수 있을 것 같아요. 정말 감사합니다.

내담자는 그 동안의 힘들었던 일들을 말끔히 씻는 듯 너무나 뿌듯한 마음으로 환하게 웃었다. 새로운 삶을 사는 것 같다고 하면서··· |

| **피드백** | 내담자는 중학교 때의 오래달리기 실패의 경험담을 항상 가지고 있다. 그래서 실패에 대한 두려움 때문에 그렇게 했던 것 같다. 내담자는 이젠 실패에 대한 두려움이 아닌, 성취감, 자존감이 올라간 것 같다. |

| 나 이 | 40대 후반 | 성 별 | 여 |
|---|---|---|---|

| | |
|---|---|
| 설 명<br>및<br>소 감 | **〈나의 첫 데이트〉**<br>남편과 만나고 첫 데이트로 덕수궁 돌담길을 걸었다.  이 길을 걸으면 모두 헤어진다고 했지만, 지금 결혼해서 잘 살고 있다.  결혼해서 지금까지 살면서 남편의 갑작스런 건강상의 문제로 참 많이 힘들었다.  또한 나의 건강까지도…  나쁜 생각을 할 때도 있었지만, 가끔씩 이렇게 행복할 때를 생각하면서 버텨 왔다.  '나의 첫。。。'이란 제목을 듣고 갑자기 이 생각이 나서 나의 첫 데이트 장면을 꾸며 보았다.… |
| **피드백** | 남편의 건강이 안 좋아져서 언제나 경제적인 책임은 내담자의 몫이었다. 게다가 내담자도 갑자기 암으로 인해 항암 치료를 받았다.  지금은 병원에서 완치라고는 하지만, 무리하면 안 된다.  남편이 원망스럽고, 고생으로 인해 자신이 병까지 걸려서 많이 힘들었을 텐데  그래도 남편이기 때문에 다시 행복해지기 위해 큰 희망을 갖고 살아가야겠다는 결심을 하였다.  행복해질 수 있다고, 이때처럼… |

| 나 이 | 50대 초반 | 성 별 | 여 |
|---|---|---|---|

| 설 명<br>및<br>소 감 | 〈나의 첫 등굣길〉<br>초등학교 1학년 때 10km나 되는 길을 걸어서 학교를 갈 때 중간지점에서 기찻길을 항상 건너갔었다.  언니는 기차가 오기 전에 빨리 기찻길을 건너야 한다고 말했다. 유난히 걸음걸이가 늦었던 나는 그 기찻길이 너무나도 싫었던 기억이 있다.  그러나 지금 생각해 보니 참 그때가 그립다. |
|---|---|
| 피드백 | 아련한 어린 시절의 추억 속으로 들어가서 기찻길을 표현하였다.  그때는 무서움의 대상이었지만, 지금은 추억의 대상이 되었다.  그때의 향수에 젖을 수 있도록 잔잔한 음악과 함께 눈을 감고 추억 속으로 되돌아가는 시간을 주었다. |

| 나 이 | 20대 후반 | 성 별 | 여 |
|---|---|---|---|

| 설 명<br>및<br>소 감 | 〈나의 첫 자전거〉<br>초등학교 저학년 때 처음 자전거 탔을 때를 만들었다. 자전거를 타면서 두려움이 컸는데, 뒤에서 아빠가 든든하게 밀어 주었다. ‘아빠… 아빠… 그래, 아빠가 있었구나.’ 그 때 이후에 아빠는 멀리 가셨고, ‘아빠’ 하면 안 좋았던 기억만 있었는데, 생각해 보니까 아빠와의 추억도 즐겁고 행복했을 때가 있었다. 오늘, 이 활동을 통하여 비록 아빠를 보지는 못하지만, 아빠에 대한 좋지 않은 기억보다 좋았던 기억을 다시금 생각하게 되었다. 아빠, 아빠… |
|---|---|
| 피드백 | 내담자는 아빠만 생각하면 안 좋았던 기억만, ‘화’ 로 채워진 아빠에 대한 기억을 이 기회를 통하여 좋은 기억으로 자리를 매긴 것 같다. 아직 아빠에 대해서 ‘용서’ 할 수 있을 정도는 아니지만, 내담자는 이렇게 조금씩 조금씩 아빠의 기억을 좋은 쪽으로 생각하게 될 것이다. 사람의 생각을 변화시키는 것은 이런 작은 활동을 통하여서도 일어날 수 있다는 것에 대해 가슴이 뿌듯하다. |

| 나 이 | 30대 후반 | 성 별 | 여 |
|---|---|---|---|

| 설 명<br>및<br>소 감 | **〈나의 첫 차〉**<br>운전면허를 따고, 아버지가 1년 내내 연수만 시켜준 차.  일주일에 한 시간씩 동네 한 바퀴를 돌면서 연수만 시켜주시고, 정작 차 키는 주지 않았던 그 차이다.  아버지는 위험하다고 절대 차 키를 주지 않았고, 끝내는 이 차를 팔아버리셨다고 한다.  그래서 연수만 받은 차가 기억에 남는다. |
|---|---|

| 피드백 | 딸이 걱정되어서 연수만 시켜주신 아버지.  아버지는 딸이 대견스럽기도 하지만, 한편으로는 많은 걱정이 있었을 것이다.  그래도 연수를 시켜주시면서 이런 저런 추억을 남긴 아버지. 이제는 아버지를 태우고 연수가 아닌 여행을 다니시면 좋을 것 같다고 해 드렸다.  그랬더니, "아… 그래야겠어요" 했다.  이제는 내담자가 하나하나 추억을 만들어 가는 것도 아버지에 대한 사랑이 아닐까 한다. |
|---|---|

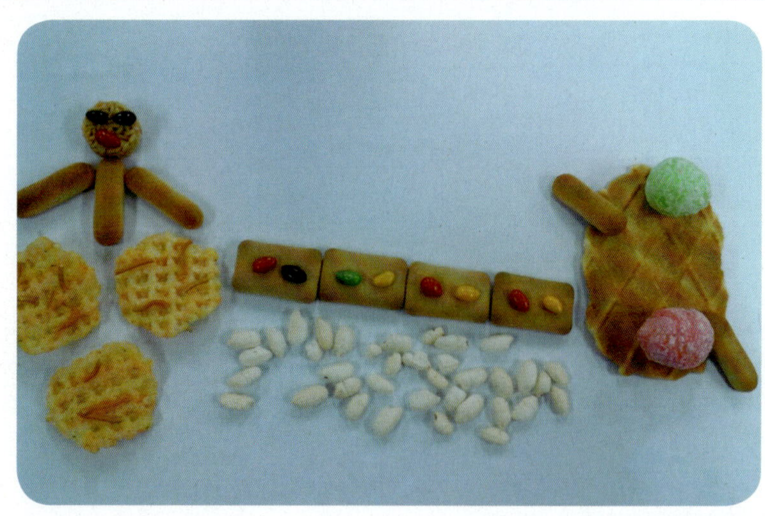

| 나 이 | 50대 초반 | 성 별 | 여 |
|---|---|---|---|

| | |
|---|---|
| 설 명<br>및<br>소 감 | **〈나의 첫 출근〉**<br>첫 출근 그 전날에 2시간 거리에 있는 친구 집 근처에 놀러 갔었다.  그런데 갑자기 폭설이 내려서 집에 올 수 없었다.  다음날은 첫 출근하는 날인데…  하는 수 없이 오른쪽에 표현한 당구장에 가서 당구치고 놀다가, 이래저래 밤을 새고 나서 초췌한 모습으로 지하철을 타고 출근했던 모습!  지금 생각하면 어떻게 그렇게 할 수 있을까 싶은 정도로 창피했던 첫 출근이었다. |
| 피드백 | 말끔하고 단정하게 입고 가야 할 첫 출근길인데 그런 모습으로 갔으니, 얼마나 후회스러울까?  그러나 그 직장에서 인정받고, 지금의 남편도 만나고 좋은 일만 생겨서, 그래도 잘 다니지 않았나 싶다.  그런 모습을 하고 간 직장이라 안 좋게 생각할 수도 있었는데, 그래도 인정받은 모습을 보니, 어떻게 생각하느냐가 참 중요하다고 말씀해 드렸다.  덕분에 일도 잘 배워서 지금은 당당하게 직장 생활을 하는 내담자이다.  박수를 보내고 싶다. |

| 나 이 | 40대 | 성 별 | 여 |
|---|---|---|---|

| 설 명<br>및<br>소 감 | **〈나의 첫 데이트〉**<br>사랑하는 사람과의 첫 데이트가 생각났다.  유일하게 학교 도서관에서 늦은 밤까지 공부하면서 잠깐 잠깐 학교의 잔디밭을 걸었던 기억.  그저 손만 잡고 걷기만 했었는데 뭐가 그렇게 좋았었는지…  비싼 음식점도 아니고, 비싼 커피도 아닌 자판기 커피를 마시며 교정을 거니는 것만으로도 참 행복했었다.  이렇게 푸릇 푸릇한 잔디가 올라오던 따뜻한 봄 날이었는데… 참 추억은 아름답고 행복하다.  기억을 해 보니 입가에 미소가 번진다. |
|---|---|

| 피드백 | 서로 같이 있다는 것 자체가 좋았던 첫 데이트의 기억이다.  그래서 더욱더 기억에 오래 남는다.  과거는 추억을 기억하는 것이라는 말이 있듯이 그런 좋은, 행복한 추억이 하나 둘씩 간직되어져 있기 때문에 살아가는 데 힘이 되는 것 같다.  내담자도 힘들 때는 가끔씩 추억의 책장을 넘기면서 좋은 기억으로 살아가는 힘을 얻는 것 같다.  또한 앞으로도 더 좋은 추억을 남기기 위해 하루 하루 열심히 살길 바란다고 해 주었다. |
|---|---|

| 나 이 | 40대 초반 | 성 별 | 여 |
|---|---|---|---|

| 설 명<br>및<br>소 감 | **〈나의 첫 사랑〉**<br>아련한 첫 사랑이 떠오른다.  중학교 때 만나서 40대의 초반에 이른 지금, 그때를 생각하면 아직도 마음이 설렌다.  첫 사랑과 결혼은 못 했지만, 나중에라도 만나면 "나, 이렇게 열심히 살았어.  너에게 떳떳한 모습 보이려고 더 열심히 살았지" 라고 하고 싶어서 정말 열심히 살았다.  다시 만나면 멋진 모습으로 변한 나의 모습에 첫 사랑에게서 "잘했어, 장하네, 정말 잘 했어" 라는 말을 듣고 싶다. |
|---|---|
| **피드백** | 오히려 첫 사랑과 이루어지지 않았기 때문에 삶의 힘이 된 것 같다.  누군가에게 활력소가 될 수 있는 사랑.  내담자는 그 힘으로 지금까지 누구보다 열심히 살아왔다.  그 사람에게 보이기 위해서 살아온 그 힘이 지금은 어쩌면 일상에서의 힘으로 바뀌어 있을 수 있다.  앞으로 더욱더 자신을 위해서, 꿈을 위해 살기를 바란다고 이야기해 주었다. |

# 너의 하늘을 보아

네가 자꾸 쓰러지는 것은
네가 꼭 이룰 것이 있기 때문이야


네가 지금 길을 잃어버린 것은
네가 가야할 길이 있기 때문이야


네가 다시 울며 가는 것은
네가 꽃피워 낼 것이 있기 때문이야


힘들고 앞이 안 보일 때는
너의 하늘을 보아


네가 하늘처럼 생각하는
너를 하늘처럼 바라보는


너무 힘들어 눈물이 흐를 때는
가만히 네 마음이 가장 깊은 곳에 가 닿는
너의 하늘을 보아


- 박노해 -

# 2. 무의식의 표출

## ■ 난화란

난화란 미분화된 또는 유아들(2세~4세)이 그린 착화의 상태를 가리킨다.  아무렇게나 그리는 것, 긁적거리는 것, 마구 그리는 것을 나타내며 낙서의 한 형태로 즐겁게 그리는 놀이로서 사용된다.  난화로 자신의 생활이나 욕구를 인식할 수 있다.

### 〈 표 - 8 〉 난화의 발달단계

| 시 기 | 특 징 |
|---|---|
| **마구 그리는 난화기**<br>(Disordered Scribbling) | 담벽, 유리창, 방바닥 등에 닥치는 대로 그리는 시기 |
| **조절된 난화기**<br>(Controlled Scribbling) | · 자신의 동작과 종이 위에 나타나는 어떤 표현 사이의 관계를 발견하여 자신이 시각적으로 통제하는 단계<br>· 수평, 수직, 원 등을 반복해서 그림 |
| **이름 붙이는 난화기**<br>(Naming Scribbling) | · 움직임 자체에 만족했던 상태에서 난화에 이름을 붙이기 시작<br>· 근육운동, 지각적 사고에 의한 상상력이 풍부한 단계 |

# 1) 난화(상호) 이야기하기

## ① 난화(상호) 이야기하기 – 활동 개요

| | |
|---|---|
| **목 적** | 무의식을 보다 쉽게 의식화시켜 주고, 스스로 자신의 욕구를 인식하게 되며, 더 나아가 집단 활동으로 소속감과 협동심을 기른다. |
| **준비물** | <br><br><br><br>생 칼국수, 싸인펜, 색지 |
| **진행순서** | 어렸을 때 누구나 한 번쯤 낙서를 해 본 경험이 있다. 새로 도배한 벽지에 검은 색 연필로 낙서를 해서 혼나기도 하고, 장판에 낙서를 하기도 하고… 처음 색칠공부라는 것을 하면서 꼼꼼하게 틀 안에 색칠했던 기억. 이 활동은 낙서를 하는데 칼국수를 가지고 하는 활동이다.<br><br>① 색지 위에 생 칼국수를 흩어 놓는다.<br>② 흩어 놓은 생 칼국수 위에서 본인이 보이는 대로 그림을 연상하여 찾아본다.<br>③ 가능한 한 많은 것을 찾아서 사인펜을 이용하여 표시를 한다.<br>④ 찾은 그림을 가지고 이야기 꾸미기를 한다.<br>⑤ 서로 찾은 것들을 가지고 2인 1조, 3인 1조가 되어 상호 이야기를 꾸며 본다. |
| **☞ 잠깐!!!** | ① 생 칼국수는 바로 마르기 때문에 일회용 비닐에 넣어서 활동 전에 바로 뜯어서 사용한다.<br>② 라면을 삶아서 이용해도 좋다.<br>　(라면을 삶아서 찬물에 바로 담가 물기를 없앤 후 물감을 묻힌 후 색깔 라면으로도 사용 가능)<br>③ 자신만의 이야기와 다른 사람이 찾은 이미지를 섞어서 이야기를 만든다. 그래서 창의력을 높이며, 언어영역에 많은 도움이 된다.<br>④ 한 사람이 활동했을 때는 '난화 이야기하기'이고, 2인 이상 활동을 함께 했을 때는 '난화상호이야기하기'이다. |
| **상 담 Point** | 흩어 놓은 생 칼국수 위에 자신이 관심을 가지고 있는 것을 찾게 된다. 그것으로 인하여 지금의 관심사가 어떤 것인지 파악할 수 있다. |

| 나 이 | 40대 초반 | 성 별 | 여 |
|---|---|---|---|
| **story telling** | **〈찾은 것 : 나비, 꽃, 새, 리본〉**<br>나비가 리본을 매고 꽃을 찾아 간다.  그 꽃에는 새도 오고, 나비도 와서 풍성한 꽃이 되고, 다른 이에게 기쁨이 되는 꽃이 된다. | | |
| **설 명 및 소 감** | 이야기를 꾸며 보니 어린아이처럼 된 것 같아 순수해지는 마음이 든다. 지난 주말에 꽃이 활짝 핀 공원에 갔다 와서 그런지 꽃이 연상되었다. | | |

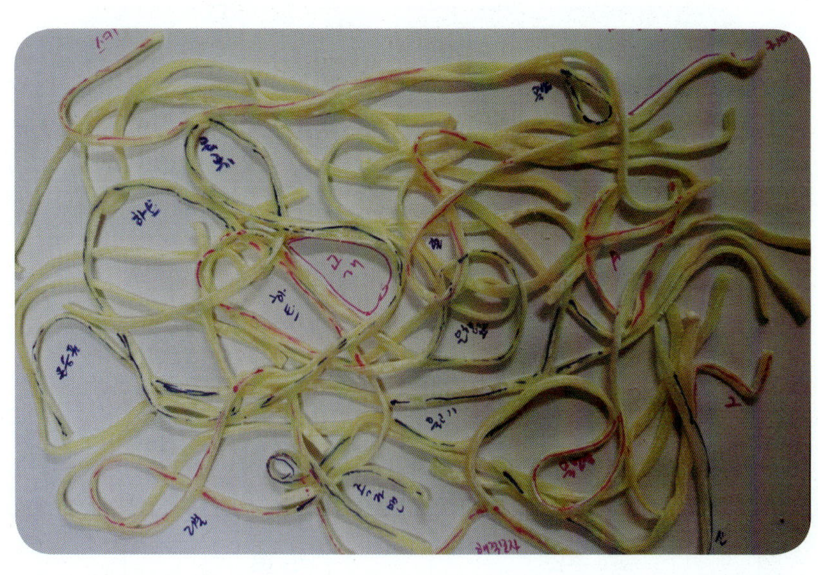

| 나 이 | 16살 | 성 별 | 여 |
|---|---|---|---|

| story telling | 〈찾은 것 : 물방울, 졸라맨, A, 2, 해적모자〉<br>졸라맨이 해적 모자를 쓰고, 고래등을 타고 산을 넘어 갔더니, 겨울이었다.  그래서 스키를 탔는데, 아주 잘 타서 A를 두 번이나 맞았다.  그래서 기분이 좋았다. |
|---|---|

| 설 명<br>및<br>소 감 | 이렇게 내가 찾은 것을 가지고 직접 이야기를 꾸며 보니, 작가가 된 기분이었다.  또 내가 만든 이야기가 너무 재미있어서 기분 좋게 만들었다. |
|---|---|

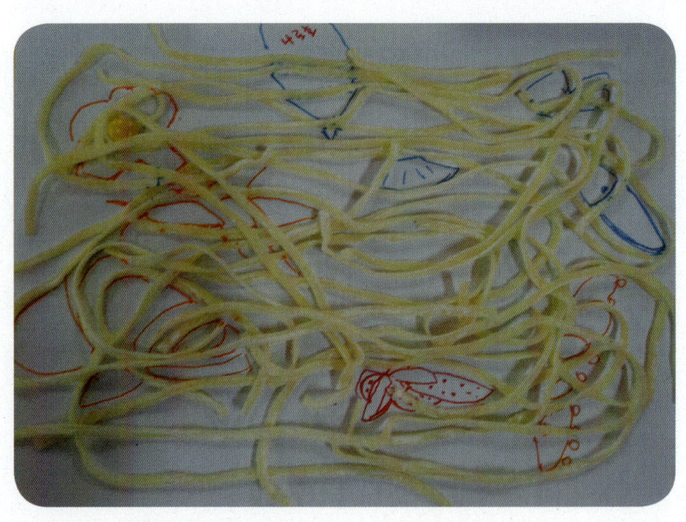

| 나 이 | 30대 후반 | 성 별 | 여 |
|---|---|---|---|

**story telling**

**〈찾은 것 : 요리사, 나로호, 반바지, 미니스커트, 사슴벌레, 모자, 박물관, 무당벌레, 기차, 가방〉**

오늘은 기쁜 날이다.  집에서 키우는 사슴벌레가 부화를 했고, 나로호가 발사에 성공했다는 소식도 들렸다.  그리고 딸아이가 갖고 싶어하는 반바지에 미니스커트를 사 가지고, 무주에서 열리는 반딧불 축제에도 갈 예정이다.  그리고 나중에는 나로호를 타고 여행을 가고 싶다.

**설 명 및 소 감**

기쁜 일을 생각하니까 기분이 저절로 즐거워 진다.
생활에서의 사소한 것에 감사함을 이 활동을 통해 다시금 깨닫는다.

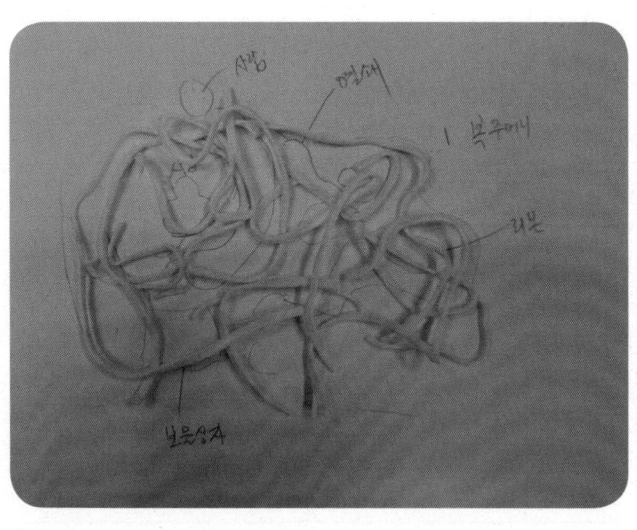


| 나 이 | 60대 초반 | 성 별 | 여 |
| --- | --- | --- | --- |

| story<br>telling | 〈찾은 것 : 복주머니, 열쇠, 사람, 리본, 보물 상자, 사랑, 나비〉<br>아주 멋진 왕자님이 나비넥타이를 하고, 잎이 우거진 숲속의 오솔길로 산책을 하면서 이런 상상을 했다. "이 복주머니 속에 있는 보물 상자의 주인공을 만나면 열쇠를 주면서 '사랑해요' 라고 고백해야지" 하면서 미소를 띠었다. |
| --- | --- |
| 설 명<br>및<br>소 감 | 꼭 이 왕자님을 만나야 할 공주님이 된 것 같은 느낌이었고, 생각만 해도 너무나 가슴이 떨린다. |

| 나 이 | 16세 (중3) | 성 별 | 여 |
|---|---|---|---|

**story telling**

**〈찾은 것 : 유령 123, 물고기, 고래, 조개, 배〉**
바다에 고래, 조개, 물고기가 살고 있는데, 어느 날! 폐수를 싫은 배가 바다 한가운데에 폐수를 버리기 시작했다.  얼마 후, 한 달이 채 되지 않았을 때, 오염된 바닷물에는 물고기와 고래 사체들이 둥둥 떠올랐고, 물고기와 고래, 조개의 유령들이 서로 복수를 하자고 다짐했다.  그래서 인간들의 악행을 되돌려주려고 해서 지구 종말 직전까지 고통을 주었다.

**설 명 및 소 감**

이야기를 만들다 보니까, 바다오염으로 인하여 지구 종말까지 생각하게 되었다. 난화로 논술까지 할 수 있어서 너무 신기했고, 재미있었다.

| 나 이 | 16세 (중3) | 성 별 | 여 |
|---|---|---|---|

| story telling | **〈찾은 것 : 삼각형, 산, 동그라미, 바나나, 다이아몬드〉**<br>옛날 삼각형처럼 생긴 사람이 산을 오르는데, 나무에 바나나가 달려 있어서 먹었다.  그런데, 그 바나나 속에서 다이아몬드를 발견해서 매우 기뻐하며 다시금 산을 오르다가 그만 동그란 돌에 맞아서 그 자리에서 죽고 말았다. |
|---|---|
| 피드백 | 병과로 인하여 1년을 휴학을 한 중3 학생이다.  학업을 따라가기가 힘들다고 한다.  그런데 이렇게 이야기를 꾸미니까, 언어를 구사하고, 이야기를 만들면서 언어 영역에도 많은 도움이 될 것 같고, 참 재미있는 활동이라고 한다. |

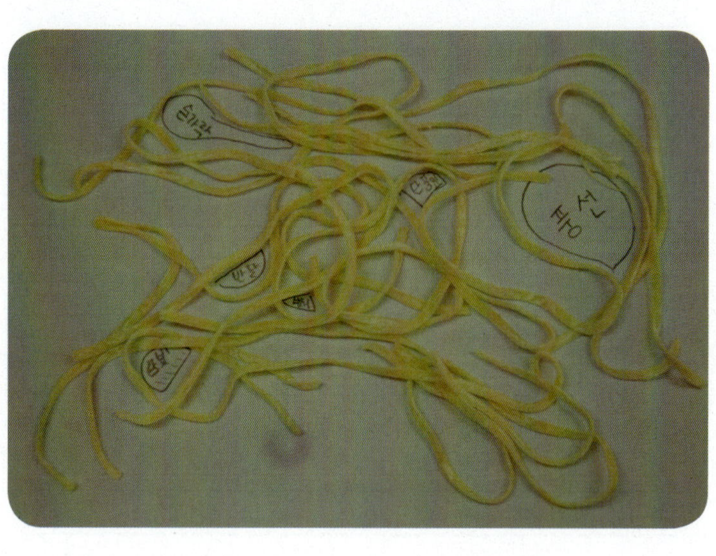

| 나 이 | 16세 (중3) | 성 별 | 여 |
|---|---|---|---|

**story telling**

**〈찾은 것 : 숟가락, 단풍잎, 풍선, 반달, 부채, 빛〉**
반달이 뜨는 어느 가을, 단풍잎은 굴러다니지만, 아직은 더운 날씨라 부채로 얼굴을 식힌다.  숟가락에 비친 내 모습을 보다가 밖을 보니 어떤 아이가 놓친 풍선이 두둥실 하늘로 올라간다.

**피드백**

사춘기 소녀의 마음이 묻어 있는 동화이다.  날고 싶은 욕구가 강하지만, 현실의 내 모습도 볼 수 있으며, 마음은 심란하지만, 자신의 자리를 지키는 것이 본분이 아닐까 하는 생각도 한다.

| 나 이 | 30세 | 성 별 | 여 |
|---|---|---|---|

| story<br>telling | 〈찾은 것 : 달리는 말, 무지개, 하트, 우동 수저, 물고기, 우물 정, 세모〉<br>달리는 말을 타고 가다가 하늘을 바라보니 무지개도 보이고 하트모양 구름도 보였다.  가다보니 우물 속에 세모모양 돌멩이와 물고기가 헤엄치고 있었다.  너무 목이 말라서 가지고 있던 우동 수저로 물을 떠먹었다. |
|---|---|
| 설 명<br>및<br>소 감 | 어린 아이를 데리고 있는 엄마로서 이런 난화를 이용하면 자신의 표현을 훨씬 효과적으로 나타낼 수 있을 것 같다.  집에 가서 많이 해 봐야지 하는 생각을 하게 되었다. |

| 나 이 | 40대 초반 | 성 별 | 여 |
| --- | --- | --- | --- |

**설 명 및 소 감**

**〈찾은 것 : 엄지손가락, 물안경, 유령, 고무줄, 하트, 얼굴, 땅콩〉**

남편의 어깨를 수술하려고 날짜까지 잡아서 입원하려는데, 입원하는 날, 재검을 해 보니, 어깨에 있던 혹이 없어졌다고 한다.  그래서 기분이 너무 좋아 휴가 가야겠다 는 생각이 나서 물안경이 많이 나온 것 같다고. 어느 때보다 즐거운 휴가가 될 것 같다고 한다.

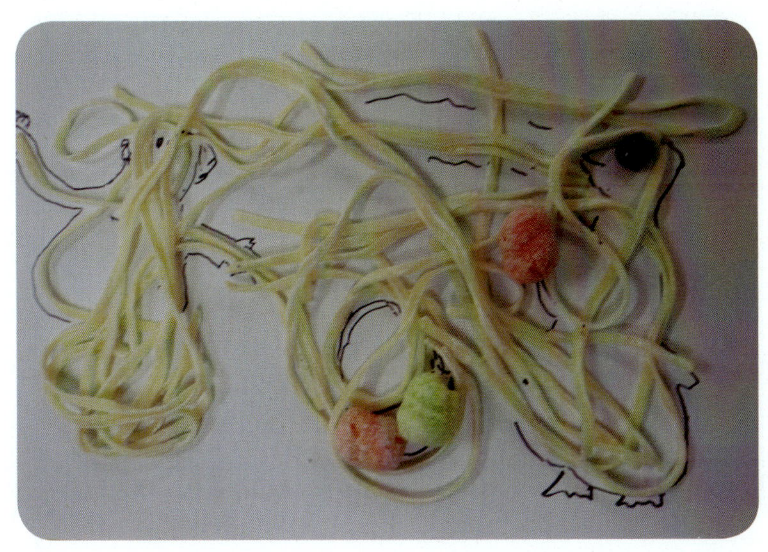

| 나 이 | 40대 중반 | 성 별 | 여 |
|---|---|---|---|

| 설 명<br>및<br>소 감 | **〈찾은 것 : 펭귄, 가방, 어릴 때 교회에서 율동하는 모습〉**<br>결혼하기 전, 교회에서 율동하는 것을 펭귄이 와서 보는 모습이라고 한다. 너무나 잘 해서 흡족해 한다고. 지금은 결혼해서 그렇게 많은 활동을 못하지만, 그때를 생각하면 힘이 솟는 느낌이라고 한다. 갑자기 축 쳐진 어깨에 힘이 들어가는 것 같다고 한다. |
|---|---|

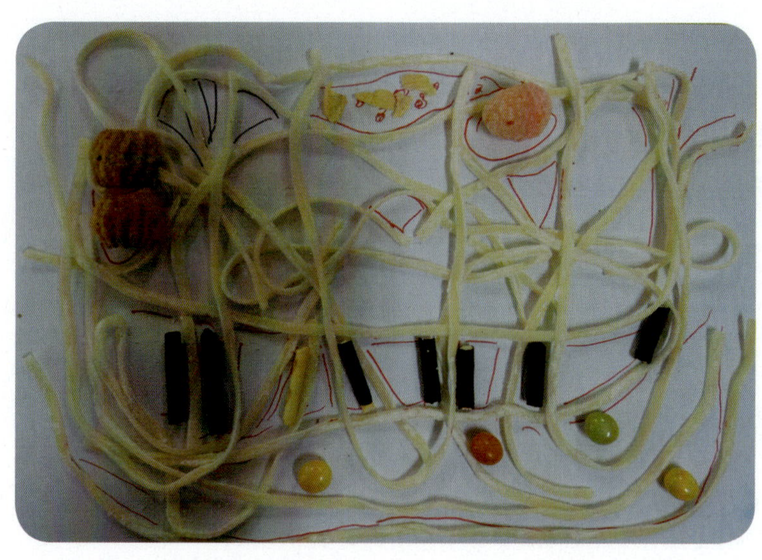

| **나 이** | 40대 초반 | **성 별** | 여 |
|---|---|---|---|

| **설 명<br>및<br>소 감** | **〈찾은 것 : 장독, 지게, 스카프, 아이스크림, 나무, 부채, 기차 길, 길 돌멩이〉**<br>시골의 풍경이다. 옥상에 널어놓은 스카프가 바람에 날아가는 모습이다.  시원한 아이스크림을 먹으면서 지나가는 기차를 보는 모습을 상상하며 동심에 젖었다. |

# 다 알지 못해도

우리는 절대로 모든 것을 미리 알 수가 없습니다.

많은 사람들이 모든 답을 미리 알고 있지 못하다는 이유만으로 무언가를 시작하지 않습니다.

우리는 모든 답을 절대로 알 수가 없습니다. 그럼에도 우리는 시작해야 합니다.


당신이 시작하지 않아도 당신은 어떤 사람이 될 것입니다.

당신이 시작한다면 당신은 어떤 사람이 될 것입니다.

하지만 결코 같은 사람이 될 수는 없습니다.


어떤 선택을 하든, 그것은 당신의 자유입니다.


- 로버트 기요사키 & 샤론 레흐트 〈부자 아빠 가난한 아빠2〉 중에서 -

## 2) 자유화 (과일)

### ① 자유화 (과일) – 활동 개요

| 목 적 | 주제가 없이 자유롭게 표현하고 싶은 것을 표현함으로써 창의력을 높인다. |
|---|---|
| 준비물 | <br><br>바나나, 방울토마토, 포도, 키위, 귤, 사과, 깻잎, 오이, 짱구, 양파링, 이쑤시개, 색깔 뻥튀기, 옛날 과자, 과도 등 |
| 진행순서 | 때로는 아무 제약 없이 내 맘대로, 지금 생각하는 대로 자유롭게 무엇인가 꾸며보고 싶을 때가 있다. 과일을 주재료로 하여 지금 생각나는 것을 자연스럽게 꾸며 보도록 한다.<br><br>① 무엇을 꾸밀까 생각해 본다.<br>② 그것을 자유스럽게 푸드 재료를 통해 꾸며본다.<br>③ 제목을 붙여 본다. |

| ☞ 잠깐!!! | ① 과일만 준비해도 되고, 과일과 여러 가지 음식 재료를 준비해도 된다. |
| | ② 과도를 이용할 수 있는 활동이기 때문에 안전사고에 대하여 언급하여야 한다. |
| **질문방법** | ① 이것의 제목은 무엇인가요? |
| | ② 어떤 내용인지 이야기해 주시면 감사하겠습니다. |
| | ③ 이것을 만드실 때 기분이 어떠셨나요? |
| | ④ 마음에 드시나요? 꼭 이렇게 되시길 소망합니다. |
| |    (혹은 상황에 따라 마무리 질문을 한다) |
| **상 담**<br>**Point** | ① 자유화를 함으로써 주제에 구애받지 않고 자유롭게 표현할 수 있도록 한다. |
| | ② 자유화는 회기 초기 보다는 중기 이후에 하는 것이 좋다. |
| |   (초기에는 주어진 활동명에 따라 작품을 구성할 수 있지만, 제목이 주어지지 않으면 당황하기도 하고 막막할 수 있기 때문에 중기 이후에 활동하는 것이 훨씬 효과적이다) |
| | ③ 제목을 붙임으로써 생각을 정리할 수 있게 해 준다. |

| 나 이 | 20대 초반 | 성 별 | 여 |
|---|---|---|---|

| 설 명<br>및<br>소 감 | **〈쉴 만한 숲〉**<br>조용한 숲에서 해먹(그물침대)를 걸어 놓고 아무 생각하지 않고 쉬고 싶은 마음에서 표현하였다.  걱정도 내려놓고, 공부도 내려놓고, 힘든 일도 내려놓고…  조금만, 아주 조금만 쉬었다가 다시 시작하고 싶은 마음이다. |
|---|---|
| **피드백** | 이렇게 숲속에서 잠시 쉬면 다시금 일어설 수 있는 힘이 생길 것 같다고 한다.  비록 지금 그렇게 못하지만, 이렇게 푸드로 표현하고, 잠시 눈을 감고 그 장면을 생각해 보니까, 정말 쉼이 오는 것 같다.  힘들 때 마다,  쉬고 싶을 때마다 이때를 기억해 보고 싶다고 한다. |

| 나 이 | 50대 초반 | 성 별 | 여 |
| --- | --- | --- | --- |

| 설 명<br>및<br>소 감 | **⟨나의 결혼식⟩**<br>위쪽의 떡볶이 과자는 남편, 아래쪽의 떡볶이 과자는 면사포를 쓴 자신의 모습이라고 한다.  면사포를 바나나 껍질로 쭈욱 늘어뜨리고 있는 모습이다.  가장 예쁜 신부의 모습을 표현하였다. |
| --- | --- |
| 피드백 | 그 때를 생각해 보니, 지금까지 잘 살아온 내 모습이 대견스럽다.  이젠 남편뿐만 아니라 아이들과 함께 있어서 더욱 뿌듯한 생각이 들었다고 한다.  비록 피부는 그 때의 고운 피부가 아니지만, 그래도 든든한 우리 가족이 있어 너무 행복함을 깨달았다고 한다. |

| 나 이 | 40대 초반 | 성 별 | 여 |
|---|---|---|---|

| 설 명<br>및<br>소 감 | 〈웃자!!!〉<br>내 얼굴을 표현하였다.  어느 날 문득 거울을 보는데, 얼굴에 웃음은 어디가고, 화내는 모습, 우울한 모습, 걱정하는 모습의 자신을 보게 되었다.  아이들에 치어서, 남편에 치어서 웃음을 잃었다는 것을 그 날 알게 되었다.  그러나 이제는 웃어야지 하면서 이렇게 웃는 모습을 만들었다. |
|---|---|
| 피드백 | 갑자기 생각하기 나름이라는 생각이 들었다.  이 작품을 만들면서 바나나를 거꾸로 하면 우는 얼굴, 찡그린 얼굴이 되는데, 바나나를 바로 하면 웃는 표정이 된다는 걸 보면서 새삼, 내가 하기 나름이다라는 생각이 들었다.  오늘부터, 아니 지금 이 순간부터 웃어야지, 남편을 대할 때도, 아이를 대할 때도 이젠 웃음으로 대하고 싶다고 결심했다. |

| 나 이 | 50대 초반 | 성 별 | 여 |
| --- | --- | --- | --- |

| 설 명<br>및<br>소 감 | 〈캠핑카로 세계여행〉<br>바나나와 사과, 오렌지를 이용하여 가족과 함께 캠핑카를 타고 세계여행을 하는 것을 꾸며보았다. 이렇게 사랑이 가득 담긴 우리 가족의 여행… 따뜻한 햇살은 눈부시게 아름답게 여행의 앞길을 환히 비춰주고, 우리 가족이 나란히 캠핑카를 타고 여행을 간다. 가는 길가에는 너무나 예쁜 꽃과 나무가 있다. 꼭 이런 곳을 가족과 함께 캠핑카를 타고 여행해야겠다. 예쁘게 표현할 수 있다는 게 신기하다. |
| --- | --- |
| 피드백 | 가족의 사랑이 가득 담겨 있는 자유화이다. 하나하나 꼼꼼하고 조심스럽게 작품을 만드는 얼굴에는 행복이 가득하다. 가족과 함께하는 설레임이 생각만 해도 내담자를 흐뭇하게 미소짓게 한다. 이렇게 꼭 되기를 간절히 바라면서, 가족에게 항상 환한 햇빛이 가득 비추기를 소망한다고 했다. |

| 나 이 | 40대 중반 | 성 별 | 여 |
|---|---|---|---|

| 설 명<br>및<br>소 감 | 〈활짝 핀 꽃〉<br>이제 곧 봄꽃이 활짝 피는 4월이 온다.  얼른 따뜻한 봄날이 와서 이렇게 활짝 꽃이 폈으면 좋겠다.  꽃잎, 꽃봉오리, 잎새…  이렇게 핀 꽃처럼 내 마음도 화사하게 되기를 소망한다.  그래서 다른 사람에게 웃음을 줄 수 있고, 행복을 줄 수 있는 그런 행복바이러스가 되고 싶다.  갑자기 마음이 환해지면서 얼굴이 붉어진다.  그리고 엷게 미소가 띄워진다. |
|---|---|

| 피드백 | 봄날의 꽃처럼 내담자의 마음과 얼굴에도 꽃의 향기가 그득하다.  항상 화사하고 예쁜 내담자의 소망처럼 다른 사람에게도 봄날의 희망과 꿈을 줄 수 있는 그런 사람이 되시기를 바란다고 해 주었다.  하는 내내 얼굴에서 꽃처럼 화사함이 느껴진다. |
|---|---|

| 나 이 | 50대 초반 | 성 별 | 여 |
|---|---|---|---|

| 설 명<br>및<br>소 감 | 〈줄넘기 다이어트〉<br>갑자기 줄넘기 하는 모습이 생각나서 이렇게 표현하였다.  처음에는 과일을 가지고 어떻게 표현할까 고민이 되었는데, 만들어 보니 나도 모르게 이렇게 표현이 되었다.  재미있고 신기했다.  이렇게 줄넘기를 열심히 해서 다이어트에 성공하고 싶다. |
|---|---|
| 피드백 | 줄넘기 하는 모습을 재미있게 표현하였다.  꼭 줄넘기 다이어트에 성공해서 원하는 날씬한 몸매를 만들기 바란다고 했다.  오렌지의 상큼함이 내담자에게 묻어나온다.  평상시 다이어트에 대한 생각이 많이 있었음이 표출된 것 같다. |

| 나 이 | 40대 후반 | 성 별 | 여 |
|---|---|---|---|

| 설 명<br>및<br>소 감 | 〈하늘〉<br>갑자기 자유로운 하늘이 생각난다.  태양은 환한 빛을 비춰주고, 그 옆에는 은은한 새소리가 함께 어우러진 풍경...  너무나 자유롭다.  나도 이렇게 자유롭게 훨훨 날아 다녔으면 하는 마음이다.  마음의 여유가 필요해서 그런가? 작품을 만들면서 하는 내내 마음이 자유로워지는 것 같다. |
|---|---|
| 피드백 | 내담자는 쉼이 필요할지도 모른다.  지친 일상의 매일 반복되는 삶 속에서 모두를 내려놓고 마음대로 일주일만, 아니 하루, 이틀만이라도 쉬고 싶은 마음일 것이다.  하지만 그럴 수 없기 때문에 오며 가며 운전하면서 조금이나마 창밖의 풍경을 보면서 쉼을 얻으면 어떨까 제안했다.  물론 운전에 집중해야하지만...  일상 속에서 찾아보면 여유를 느낄 수 있는 순간 순간을 즐기면 좋을 것 같다고 해 주었다. |

| 나 이 | 40세 | 성 별 | 여 |
|---|---|---|---|

| 설 명<br>및<br>소 감 | 〈가족여행〉<br>가족과 함께 떠나는 멋진 여행. 이것저것 하다 보니 제대로 가족 여행을 가 본지가 오래 된 것 같다.  바쁘다는 핑계로… 항상 미안한 마음이 든다.  이번 봄에는 이렇게 가족과 함께 꼭 여행을 가서 좋은 추억 만들고 싶다. 꼭 그렇게 해야지. |
|---|---|
| 피드백 | 마음먹었을 때 꼭 여행을 다녀오시라고 했다.  일하는 엄마로서 아이와 함께 보내는 시간은 그리 많지 않다.  바쁜 엄마를 아이가 이해할 수 있도록 잘 이야기하고, 아이와 함께 있을 때는 최선을 다하라고.  그리고 아이를 함께 봐 주시는 친정어머니한테도 잘해 드리라고 덧붙여 이야기 했다.  가족의 소중함을 다시 한 번 느끼는 것 같다. |

| 나 이 | 50대 초반 | 성 별 | 여 |
|---|---|---|---|

| 설 명 및 소 감 | 〈가족의 행복〉<br>항상 아들에게 든든한 울타리가 되어주고 싶은 마음에서 이렇게 바나나를 통째로 울타리를 만들었다. 환한 분위기를 색깔 과자로 표현하였다. 참 행복하다. |
|---|---|
| 피드백 | 이혼 후 두 아이를 키우면서 항상 마음속에 아이들에게 미안했다고 한다. 아빠가 있었으면 더 잘해 주었을 텐데. 지금보다 아이들이 더 잘 자랐을 텐데. 늘 엄마의 어깨는 아이들을 바라볼 때 항상 축 쳐져 있었다. 이제 내년에 아이를 결혼시키는데, 예비 며느리까지 같이 이렇게 옹기종기 더 행복하게 살아야지, 든든한 울타리가 되어서 아빠의 빈자리도 채워줘야지 하는 다짐으로 이렇게 흔들리지 않는 든든한 울타리를 친 작품을 만든 것이라고 이야기해 주었다. |

| 나 이 | 11살 (초 4) | 성 별 | 남 |
|---|---|---|---|

| 설 명<br>및<br>소 감 | 〈비행기〉<br>이런 멋있는 비행기를 타고 다시 필리핀으로 가고 싶다고 한다.  튼튼한, 그리고 빨리 가는 비행기라고 한다. |
|---|---|

| 피드백 | 필리핀에서 살다가 한국에 들어온 지 3,4년 된 아이이다.  한국에서 적응은 하고 있지만, 늘 필리핀 이야기를 한다고 한다.  그곳에는 마음껏 하고 싶은 운동도 할 수 있고, 놀러 갈 수 있고, 먹고 싶은 것도 다 먹을 수 있는데, 한국에서는 학교 끝나면 학원 가느라 쉴 틈이 없다고 한다. 좋아하는 운동도 시간에 쫓겨 할 수도 없고… 그래서 늘 필리핀으로 가면 안 되냐고 부모님께 이야기를 한다고 한다.  그런 마음으로 비행기를 만든 것 같다.  다시 필리핀으로 가고자하는 마음. 아이의 내면에 항상 필리핀이 자리 잡고 있어서 그런 것 같다. |
|---|---|

| 나 이 | 30대 | 성 별 | 여 |
|---|---|---|---|

| 설 명<br>및<br>소 감 | **〈와인과 자라 섬〉**<br>10월이 되면 자라섬에 재즈페스티벌을 한다.  남편과 함께 매년 가는데, 와인을 마시면서 재즈를 듣고, 모두가 하나가 되어서 춤을 추는, 환상적인 재즈페스티벌에 갈 생각을 하니까 가슴이 벅차다.  마침 몇 주 후면 재즈페스티벌이 열린다.  이번에도 아주 의미있고 재미있는 페스티벌을 기대한다.  이렇게 과일을 가지고 그 때의 감정을 살릴 수 있다는 것이 놀랍다. |
|---|---|

| 피드백 | 재즈페스티벌에 가기 위해서 미리 몇 달 전부터 돈을 모은다고 한다.  그리고 미리 예약한 사람만 갈 수 있다고 한다.  부부가 함께 무엇을 계획하고 함께한다는 것!  어느 부부나 다 이렇게 하길 원하지만, 실제로는 그렇게 하기 어렵다. 앞으로도 이렇게 계속 하길 바란다고 진심으로 이야기해 주었다. |
|---|---|

| 나 이 | 37세 | 성 별 | 여 |
|---|---|---|---|

| 설 명<br>및<br>소 감 | **〈산악 기차여행〉**<br>산악기차를 타고 굽이굽이 산길로 기차여행을 하고 싶다. 저 멀리 보이는 것은 산등성이. 그리고 맨 아래쪽은 철도길이고 그 위의 바나나 자른 것은 기차 바퀴, 그 위엔 기차와 그 안의 사람들을 표현했다. |
|---|---|
| **피드백** | 강원도에서 살다가 대학을 가느라 도시로 혼자 이사를 했다. 그러나 항상 강원도 시골에 대한 기억이 자리 잡고 있는 것 같다. 강원도 산길을 굽이굽이 지나서 가는 친정 집. 늘 마음 한 구석에 자리 잡은 고향에 대한 애틋한 추억. 늘 가고 싶고, 늘 보고 싶은 고향 길! 내담자에게 이 활동은 아련한 추억 속으로 떠나보는 활동인 것 같다. |

| 나 이 | 30대 중반 | 성 별 | 여 |
|---|---|---|---|

| 설 명<br>및<br>소 감 | 〈티라노사우루스〉<br>어렸을 때부터 공룡을 갖고 노는 것을 엄청 좋아했다.  엄마는 여자가 무슨 공룡이냐고 야단을 치셨다.  그래서 공룡을 만들고 싶었지만, 한 번도 만든 적이 없었다. 그런데 이렇게 공룡을 바나나로 만들다니!!!  너무나 신나게 만들었다. |
|---|---|
| 피드백 | 자기가 하고 싶은 것들을 못하면 늘 마음속에 그런 욕구가 자리 잡고 있다.  내담자는 공룡을 바라만 봤지, 한 번도 만들어보지 못했다고 한다. 아이였을 때는 엄마의 꾸지람 때문에 못했고, 어른이 되어서는 어른이라서 무슨 장난감을 갖고 노냐는 것 때문에 실컷 만져 보지도, 만들어 보지도 못했다고 한다.  그런데 이 활동을 하면서 티라노사우루스를 생각하며 몰두해서 만들었다.  만들면서 얼굴에 비친 그 희열감이 아직도 떠오른다.  "30년을 넘게 살면서 만들지 못한 공룡을 이제야 만드네요" 하면서 함박웃음을 지었다. |

| 나 이 | 40대 초반 | 성 별 | 여 |
| --- | --- | --- | --- |

| 설 명<br>및<br>소 감 | **〈남편에게 저녁 차려주기〉**<br>맞벌이를 하다 보니 늘 시간에 쫓기고, 집에 가서 얼른 쉬고 싶다는 생각에 사 먹고 들어 갈 때가 많다. 그게 항상 남편에게 미안했다. 그런데 갑자기 남편에게 밥을 차려 줘야지 하는 생각에 남편이 좋아하는 된장찌개를 끓여서 주는 것을 표현하였다. 이렇게 요리를 해준 게 언제였던가! 내가 음식을 해 주는 대신에 반찬가게에서 반찬을 사고, 외식을 하고… 그런데 이렇게 활동을 하니까 남편에게 조금은 덜 미안해진 것 같다.  이번 주에는 남편이 좋아하는 된장찌개를 꼭 한 번 끓여 줘야지!!!! |
| --- | --- |
| **피드백** | 마음 한 구석에 남편에게 늘 미안한 마음이 있었다고 한다. 그래서 그것을 이렇게 표현했다고 한다. 작품을 만들고 나서 사진을 찍어서 바로 남편에게 보냈다고 한다. '이번 주에는 꼭 보글보글 된장찌개를 끓여 줄게, 사랑해!!!' 라는 문자도 쓰고… 행복해 하는 모습이 아직도 눈에 선하다. |

| 나 이 | 50대 초반 | 성 별 | 여 |
|---|---|---|---|

| 설 명<br>및<br>소 감 | **〈금발의 V라인을 갖고 있는 인기짱의 스타!!!〉**<br>어렸을 때 나의 꿈을 만들어 보았다.  가수가 되는 것이 꿈이었는데, 지금은 평범한 아줌마! 그러나 이렇게 V라인을 가진 예쁜 가수를 만들어 보고 싶었다. 뾰족한 하이힐을 신고 관중에게 박수를 받고 있는 이 모습! 이렇게 만들고보니 소원성취가 된 것 같다.  하늘을 날아갈 것 같은 느낌이다.  너무 행복하다. |
|---|---|
| **피드백** | 내담자는 늘 이런 꿈을 갖고 있었다.  푸드로 그것을 표현하면서 금발의 V라인을 가진 인기짱 스타가 된 것 같은 느낌을 받았다. 머리에 신경을 쓰기도 했지만, 구두에도 신경을 많이 썼다. 이제 나이 50대!  무릎이 갑자기 아파지면서 높은 구두를 신을 수가 없게 되었다고 한다. 높은 구두를 신고 싶어서 이렇게 꾸몄다. 하고 싶은 일을 비록 이룰 순 없지만, 이렇게 작품을 만들면서 희열을 느끼는 것이 푸드아트심리상담의 장점이 아닐까 한다. |

| 나 이 | 40대 중반 | 성 별 | 여 |
|---|---|---|---|

| 설 명<br>및<br>소 감 | **〈멋진 요트를 타고 세계여행하기!!!〉**<br>죽기 전에 꼭 하고 싶은 것 중의 하나이기도 하다.  남편과 함께 이렇게 멋진 요트를 타고, 세계 곳곳을 여행하는 것.  아이들이 얼른 키워 다 결혼시키고 남편과 오붓하게 꼭 세계여행을 해 봐야지.  바닷 속의 온갖 예쁜 물고기도 보고 (초콜릿), 이글이글 타오르는 태양의 찬란한 빛이 반짝거리는 광경을 떠올리며, 꼭 가야지, 꼭 가야지!!! |
|---|---|

| 피드백 | 이렇게 요트를 타고 세계여행을 하려고 조금씩 돈을 모으고 있는데, 가끔씩 급하면 그 돈에 손을 댔었다고 한다.  그러나 이렇게 푸드로 만들고 꼭 가야겠다는 생각을 하니까, 절대 그 돈에는 손을 대면 안 되겠다는 생각이 들었다고 한다.  이 사진을 꼭 찍어서 돈에 손을 대고 싶을 때마다 이때를 기억해서 돈을 잘 모아두어야겠다고 한다.  남편과 꼭 멋진 여행을 하라고 말했다. |
|---|---|

| 나 이 | 48세 | 성 별 | 여 |
|---|---|---|---|

| | |
|---|---|
| 설 명<br>및<br>소 감 | **〈여행〉**<br>햇살이 따사로운 가을 날! 이렇게 차를 타고 여행을 하고 싶다.  옆에 친한 친구도 좋고, 아니면 혼자 가는 여행도 좋고…  참 좋을 것 같다.  꼭 가을이 가기 전에 이렇게 여행을 떠나고 싶다. |
| 피드백 | 여행의 의미 중의 큰 하나는 '힐링' 의 시간을 갖는 것이다.  내담자는 힐링의 시간이 필요한 것 같다.  이렇게 해가 따사로운 날 꼭 그렇게 여행하기를 바란다고 이야기했다. |

# 자신이 하는 일을 좋아하기

행복의 비밀은 자신이 좋아하는 일을 하는 것이 아니라,

자신이 하는 일을 좋아하는 것이다.

내가 변할 때 삶도 변한다.

내가 좋아질 때 삶도 좋아진다.

내가 변하기 전에는 아무것도 변하지 않는다.

우리가 삶에서 무엇을 갖는가는 자신이 어떤 사람인가에 달려 있다.

- 앤드류 매튜스 〈즐겨야 이긴다〉 -

## 3) 자유화 (김밥재료)

### ① 자유화 (김밥재료) - 활동 개요

| | |
|---|---|
| **목 적** | 푸드 재료를 어떤 주제에 얽매이지 않고 자유롭게 표현함으로써 현재의 주된 관심사와 문제를 안다. |
| **준비물** | 김, 햄, 단무지, 당근, 시금치, 우엉, 오이, 밥, 식용가위, 칼, 새싹, 색지 등 |
| **진행순서** | 때로는 아무 제약 없이 내 맘대로, 지금 생각하는 대로 자유롭게 무엇인가 꾸며보고 싶을 때가 있다.  여러 가지 김밥 재료를 주재료로 하여 지금 생각나는 것을 자연스럽게 꾸며 보도록 한다.<br><br>① 지금 생각나는 것을 준비된 김밥 재료들을 가지고 자유롭게 색지 위에 꾸며본다.<br>② 제목을 붙여 본다.<br>③ 생각한 것처럼 충분히 잘 표현했는지, 어떠한 감정이었는지 나누어 본다. |
| ☞ **잠깐!!!** | 자유화는 어떤 재료로 표현하든지 가능하다. |
| **질문방법** | ① 이것의 제목은 무엇인가요?<br>② 어떤 내용인지 이야기해 주시면 감사하겠습니다.<br>③ 이것을 만드실 때 기분이 어떠셨나요?<br>④ 마음에 드시나요?  꼭 이렇게 되길 소망합니다.<br>　　(혹은 상황에 따라 마무리 질문을 한다) |

<table>
<tr><td>상 담<br>Point</td><td>① 자유화를 함으로써 주제에 구애받지 않고 자유롭게 표현할 수 있도록 한다.<br>② 자유화는 회기 초기 보다는 중기 이후에 하는 것이 좋다.<br>  (초기에는 주어진 활동 명에 따라 작품을 구성할 수 있지만, 제목이 주어지지 않으면 당황하기도 하고 막막할 수 있기 때문에 중기 이후에 활동하는 것이 훨씬 효과적이다)<br>③ 제목을 붙임으로써 생각을 정리할 수 있게 해 준다.</td></tr>
</table>

② 자유화 (김밥재료) - 임상사례

| 나 이 | 30대 초 | 성 별 | 여 |
|---|---|---|---|

**설 명 및 소 감**

〈정원〉

한가로운 정원이 생각났다.  따뜻한 햇살이 눈부시게 빛나는 날에 커다란 나무 그늘 아래의 의자에 앉아서 이름모를 예쁜 꽃도 보고, 날아다니는 꿀벌과, 나비도 바라보며… 이런 정원을 갖고 싶다.  아니면 이런 정원이 있는 찻집에 앉아서 여유롭게 커피 한 잔 마시고 싶다.  김밥 재료를 가지고 이렇게 예쁜, 내가 원하는 것을 만들 수 있다는 것에 너무나 신기했고, 만들면서 무한한 즐거움과 감사의 마음을 갖게 되고, 마음이 참 따뜻해짐을 느낀다.

**피드백**

초 겨울이라서 제법 추위가 느껴진다.  그만큼 추위보다는 따뜻한 봄날이 왔으면 하는 바람이 느껴진다.  추운 겨울을 잘 생활하고, 봄이 오면 이런 곳에서 차를 마셔야지 하는 마음으로 겨울을 잘 지내시길 바란다.  만드는 것 자체가 힐링이 되는 그런 활동이다.

| 나 이 | 40대 초 | 성 별 | 여 |
|---|---|---|---|

| 설 명<br>및<br>소 감 | **〈여행〉**<br>매달 모이는 모임이 있다.  벌써 5년이 넘게 모이는 모임인데, 회비를 모아서 가끔 여행을 간다.  서로 마음도 맞고 뜻도 맞아서 만장일치로 모든 일정을 함께 계획하고 함께 여행을 하는데, 지난번 차를 타고 낙산에 갔을 때가 생각이 난다.  따뜻한 날에 일상을 모두 내려놓고 이렇게 마음 맞는 사람들과 함께 가는 여행!!!  생각만 해도 다시금 마음을 설레게 한다.  다음 여행은 어디로 정할까. 갑자기 마음이 포근해지면서 기분 좋아진다. |
|---|---|

| 피드백 | 마음 맞는 사람들과 함께 떠나는 여행인 만큼 좋은 추억이 있을 것이다. 그때의 그 감정이 녹아 있는 여행이라는 제목이다.  장소가 좋아서 그럴수도 있지만, 일상에서 벗어나 마음이 통하는 사람들과 함께여서 더욱 좋았을 것이다.  앞으로 좋은 모임, 좋은 사람들과 좋은 추억 많이 만들고, 좋은 기운으로 다시금 일상으로 돌아와 즐겁게 생활하기를 바란다고 이야기해 주었다. |
|---|---|

| 나 이 | 40대 초 | 성 별 | 여 |
|---|---|---|---|

| 설 명<br>및<br>소 감 | **〈나의 황혼기〉**<br>나의 미래, 나의 노년이다.  열심히 살아 온 지난날의 결실들을 바라보면서 정신적 여유가 있는 예쁜 할머니로 늙고 싶은 소망을 담아 보았다. 바쁘고 힘들게 보내는 지금의 삶에서 황혼기에는 좀 편안하게 쉬면서 만족해 하고 싶다. |
|---|---|

| 피드백 | 눈을 감고 그 때를 한 번 상상해 보자고 했다.  내담자는 가장 편안한 자세로 눈을 지긋이 감고 그 때를 상상했다.  다른 사람의 장점만 보면서, 함께 웃어줄 수 있는 여유와 아주 곱게 늙은 할머니의 모습이 보인다고 한다.  그때를 생각하면서 지금의 힘든 일도 잘할 수 있을거라고 했다. |
|---|---|

| 나 이 | 30대 후반 | 성 별 | 여 |
|---|---|---|---|

| 설 명<br>및<br>소 감 | **〈치과 치료〉**<br>썩은 이 때문에 치과치료를 하고 있는 모습. 갈 때마다 얼마나 힘들고 고통스러운지, 생각만 해도 몸이 쑤신다. 이럴 줄 알았으면 평소에 치아관리를 잘할걸~~~. 후회가 되지만, 그래도 더 나빠지지 않게 얼른 치료를 해야겠다. |
|---|---|
| **피드백** | 썩은 이를 재미있게 표현하였다. 가장 힘든 통증 중에 치통이 들어갈 만큼 그 고통은 정말 이루 말할 수 없다. 얼른 썩은 치아를 바꾸길 바라면서 피드백은 썩은 이 대신에 하얗고 예쁜 이로 변형했지만, 사진에 담지는 못했다. 잘 참고 치과 치료 받으시라고 해 드렸다. |

| 나 이 | 60대 중반 | 성 별 | 여 |
|---|---|---|---|

| 설 명<br>및<br>소 감 | 〈나만의 침실〉<br>여기의 이 침실은 오직 나만 들어갈 수 있는 침실이다.  남편도 오지 못하는 나만의 침실. 예쁘게 캐노피 장식도 하고, 핑크빛 리본을 묶고, 침대 아래에는 가장 따뜻한 카펫도 깔고…  가장 아늑한 나만의 공간!!! 이 공간에서 읽고 싶은 책도 읽고, 공부도 하고, 영화도 보고, 맛있는 음식도 먹고…  생각만 해도 너무 가슴이 떨린다. |
|---|---|

| 피드백 | 60대 중반의 내담자는 혼자만의 공간을 필요로 한다.  남편과 자식 뒷바라지 하느라 하루도 편안하게 나만의 시간을 가져보지 못했기 때문에 이제는 나만의 공간 —그것을 침실로 표현했지만 —을 만들고, 나만의 활동을 하고 싶은 마음으로 이 작품을 만든 것 같다.  작품을 만들면서 리본 하나하나 신경 쓰면서 최대한 예쁘게 만들었다. 그 모습이 아직도 눈에 선하다. |
|---|---|

| 나 이 | 50대 후반 | 성 별 | 여 |
|---|---|---|---|

| | |
|---|---|
| 설 명<br>및<br>소 감 | **〈노부부의 전원주택〉**<br>나중에 노년이 되면 이런 전원주택에서 살고 싶다.  황토로 지은 집에서 굴뚝엔 연기가 모락모락 피어오르고, 옆 시냇물에는 물고기가 헤엄쳐 다니고, 산에는 예쁜 나무들과 열매들… 잔디 위에 피어난 이름 모를 들꽃들… 상상하면 마음이 즐거워진다. |
| 피드백 | 노후에는 꼭 전원주택을 직접 짓고, 그곳에서 남편과 살고 싶다고 한다.  그 마음 고스란히 담겨 있는 전원주택이다.  꼭 그렇게 살기를 바란다고 이야기해 주었다. |

| 나 이 | 50대 후반 | 성 별 | 여 |
| --- | --- | --- | --- |

| 설 명<br>및<br>소 감 | **〈놀이공원〉**<br>아이가 다섯 명이다.  그래서 아직 놀이공원을 맘 놓고 못 가봤다.  막내가 크면 아이들 다섯을 데리고 – 다른 사람들이 보면 창피하겠지만 – 꼭 놀이공원에 가서 이것저것 놀이기구를 모두 타야지.  막내야, 얼른 커라!!! |
| --- | --- |
| **피드백** | 아이가 다섯이며, 막내가 아직 애기다.  그래서 그 좋아하는 놀이동산을 갈 수가 없다고 한다.  막내가 얼른 커서 다 같이 옹기종기 손잡고 놀이동산에 가서 놀이기구를 모두 탈 수 있기를 바란다고 이야기해 주었다.  지금은 아이들 키우느라 힘들겠지만, 나중에는 참 잘 키웠구나 하게 될 거라고, 힘들더라도 그때를 생각하면서 잘 생활하라고 했다.  얼굴이 밝아지는 내담자를 볼 수 있다. |

| 나 이 | 40대 중반 | 성 별 | 여 |
|---|---|---|---|

| 설 명<br>및<br>소 감 | 〈피아노 연주〉<br>어렸을 때 가수가 꿈이었다.  그런데 아버지의 반대로 하고 싶었던 가수의 꿈을 접었다.  지금은 그래도 노래를 하긴 하지만, 악기에 대한 꿈은 펼치지 못했다.  그러나 꼭 배우고 연습해서 이렇게 피아노 독주회를 하고 싶은 마음이 있다.  꼭 이루어야지!!! |
|---|---|
| 피드백 | 자신의 꿈인 가수와 피아니스트. 그 꿈을 어른이 된 지금도 꾸고 있으며, 노력하는 내담자다.  반드시 이룰 것이라고 자성예언의 힘을 이야기 해 주었다.  새로운 도전을 받은 것 같다고 하면서 뿌듯해 했다. |

| 나 이 | 80대 후반 | 성 별 | 남 |
|---|---|---|---|

| 설 명 및 소 감 | 〈부채〉<br>한 해가 지날수록 너무나 더워서 이렇게 부채를 만들었다.  이 부채를 부치면 모든 더위는 싹 물러갔으면 좋겠다. |
|---|---|

| 피드백 | 80대 후반의 남자다. 더위를 참기 너무 힘들다고 한다.  연세를 한 살 두 살 더하면서 더욱더 더위를 참기 힘들 텐데… 건강하게 잘 생활하기를 바라는 마음이 담겨 있는 것 같다. "어르신, 꼭 건강하세요!!!" 라고 이야기해 드렸다. |
|---|---|

| 나 이 | 48세 | 성 별 | 남 |
| --- | --- | --- | --- |

| 설 명<br>및<br>소 감 | **〈가을여행〉**<br>어디론가 떠나고 싶다. 그냥 목적지도 없이 혼자 떠나고 싶다. 지금의 일들을 모두 내려놓고 딱 며칠만 쉬고 싶다. 가서 아무것도 안 하고 밥 사먹고, 걷고, 놀고, 자연을 느끼고 돌아오면 다시금 일이 손에 잡힐 것 같다. |
| --- | --- |
| **피드백** | 내담자는 작품에서 항상 자동차, 새, 나비들이 등장한다. 그만큼 자유롭고 싶어하는 마음이 많다. 내담자의 말대로 잠시 모든 것을 잊고 잠시라도 여행을 가는 것도 자신을 돌아보는 힐링의 시간일 것 같다. |

| 나 이 | 40대 중반 | 성 별 | 여 |
|---|---|---|---|

| 설 명<br>및<br>소 감 | 〈꽃다발〉<br>어느새 1년이 다 지나가고 있다.  곧 연말이 되면 여러 가지 시상식도 있다.  1년을 되돌아보면서, 나 자신에게 꽃다발을 안겨주고 싶다. 열심히 달려 온 올 1년.  학교로, 센터로, 교회로, 아프리카로…   이런 나는 꽃다발을 받을 자격이 있다고 생각한다. 세상에서 하나밖에 없는 멋진 김밥재료로 만든 꽃다발을 나에게 건넨다.  참 흐뭇하고, 내년엔 더 열심히 활동해야지 하는 생각이 든다. |
|---|---|
| 피드백 | 내담자는 자존감이 높다.  그리고 자신을 사랑할 줄 안다.  자신에게 꽃다발을 준다는 것은 올 1년도 내담자 말대로 정말 열심히 살았다는 것을 뜻한다.  그동안, 열심히 달려왔고, 참 열심히 생활한 것에 대해 격려를 아끼지 않는다고 말해 주었다. |

| 나 이 | 40대 후반 | 성 별 | 여 |
|---|---|---|---|

| 설 명<br>및<br>소 감 | 〈브라질 월드컵〉<br>곧 있을 브라질 월드컵에서 대한민국이 우승하기를 간절히 바라는 마음으로 이렇게 붉은 악마의 옷을 만들었다.  대한민국 화이팅!!! |
|---|---|
| 피드백 | 한 국가의 국민의 힘을 모으는데 있어서 큰 역할을 하는 것 중의 하나가 운동인 것 같다.  이때 만큼은 한마음, 한뜻이 되어서 같이 응원하고 같이 염원하고… 이렇게 모일 수 있는 힘이 바로 국력이 아닐까 한다. 월드컵을 계기로 우리나라가 다시 한 번 일어날 수 있는 힘을 발휘하기를 바라면서 서로 응원의 박수를 했다.  대한민국! 짝짝짝 짝짝!!! |

# 오늘에 살기

어제의 문을 잠가버려라.

그리고 내일의 커튼도 닫아라.

그러면 오늘은 안전한 하루가 된다.

내일과 어제의 문제까지 오늘 생각하면

아무리 강한 자라도 쓰러진다.

- 오슬러 -

## 4) 사막에서...

### ① 사막에서... – 활동 개요

| | |
|---|---|
| **목 적** | 사막이라는 공간에서 과연 어떤 일이 벌어질지를 생각하면서 자유화를 표현해 보고, 오감을 최대한 자극해 본다. |
| **준비물** | 여러 가지 가루(황설탕, 흑설탕, 백설탕, 원두커피가루, 커피 믹스, 굵은 소금, 카레가루, 짜장가루, 고추가루 등), 커피콩, 마카로니, 색깔 뻥튀기, 떡볶이 과자, 석기시대 초콜릿, 뻥튀기, 티스푼 등. |
| **진행순서** | 가루를 사용하여 여러 가지를 만들어 보는 활동이다. 특히 가로로 이루어진 '사막'을 연상하면서, 사막을 꾸며 본다. 사막에서는 어떤 일이 벌어질지, 더 나아가 인생에서의 '사막'이라고 할 만한 경험이 있었는지… 그 때를 생각하면서 활동을 한다.<br><br>① 여러 모양의 가루들을 사용하여 오감을 통해 천천히 느껴 본다.<br>② 만약 사막이라면 나에게 어떠한 일이 벌어질지 생각하여 색지 위에 푸드로 표현해 본다.<br>③ 인생에 있어서 사막과 같은 황막한 상황이 있었는지를 생각해 보고, 어떻게 그 사건(일)을 견디었는지를 표현해도 된다.<br>④ 함께 나누어 본다. |
| ☞ **잠깐!!!** | ① 원두커피가루는 미리 햇볕에 말려 준비해 둔다.<br>② 가루에 파스텔을 비비면 파스텔 색깔이 묻어 나온다. 그래서 원하는 색깔을 만들어 표현할 수 있다. |

| 질문방법 | ① 어떤 장면을 표현하셨나요?<br>② 표현하고 난 후 어떠한 느낌이었나요?<br>③ 인생에서의 사막이란 어떠할 때라고 생각하시나요?<br>④ 그런 상황이 혹시 정말 생긴다면  어떻게 하시겠어요?<br>⑤ 그러면 그런 상황을 위해 준비하고 있는 것이 있다면? |
| --- | --- |
| 상 담<br>Point | 사막과 같이 인생에서 겪고 싶지 않은 일들을 만나게 되면, 그 상황에서 나는 어떻게 반응할 것인가?  또한 그 상황을 위해 나는 어떠한 준비를 하고 있는지에 대하여 깊게 생각해 본다. |

| 나 이 | 30대 초반 | 성 별 | 여 |
|---|---|---|---|
| 설 명<br>및<br>소 감 | 별과 사막의 한가운데 있는 오아시스를 만들었다.  그 오아시스는 물이 많아서 생각만 해도 갈증이 해소될 수 있는 곳이다.  초롱초롱 빛나는 세 개의 별은 가족을 뜻한다.<br>내가 생각하기에 오아시스는 아마 행복인 것 같다.  그 행복을 향해서 끊임없이 노력하는 것. 행복은 찾는 것이 아니라 내가 스스로 만들어가는 것이 아닌지, 그리고 그만큼 서로 노력해야 하는 것이라고 생각한다. | | |
| 피드백 | 자신만의 오아시스.  행복은 다른 사람이 주는 게 아닌, 자신이 만들어간다는 것, 일상적인 이야기지만, 새삼 깨닫는 내담자의 얼굴에 미소가 번진다. | | |

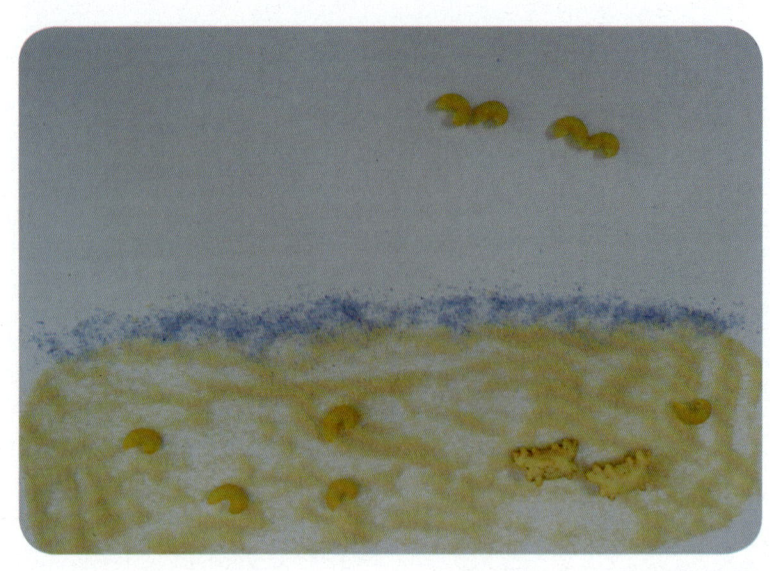

| 나 이 | 40대 초반 | 성 별 | 여 |
|---|---|---|---|

| 설 명<br>및<br>소 감 | 모래사장에 파도가 밀려오고, 갈매기가 날아다니고, 조개껍질이 듬성듬성 있는 평온한 바닷가이다.<br>보기만 해도 마음이 잔잔해져온다고 한다.<br><br>＊ 파란색은 설탕가루를 파스텔로 문질어서 표현한 것임 |
|---|---|

| 피드백 | 잔잔한 바닷가에서의 여유로움이 느껴진다.  바쁘게 생활하는 일상에서의 여유를 찾는 모습이 아닐까 생각된다. 눈을 감고 이 광경을 떠올려 보라고 권했다.  훨씬 더 평온해진다고 한다.  그 느낌을 잊지 않기를 바란다고 했다. |
|---|---|

| 나 이 | 40대 초반 | 성 별 | 여 |
|---|---|---|---|

| 설 명<br>및<br>소 감 | 아주 더운 사막이다. 여기 이 선인장은 어차피 이런 환경에 적응해 가면서 살고 있기 때문에 햇빛과 모래 바람을 다 맞으면서, 순응하면서 살아간다.  약간의 지루함도 있지만.<br>현실에서의 순응… 기쁜 날보다 힘들고 맘 아픈 날이 더 많지만, 그래도 선인장처럼 현실에서 잘 견뎌야 함을 깨닫는다. |
|---|---|
| 피드백 | 내담자는 현실에 순응할 수 있는 마음을 가졌다.  현실에 있어서 불만이 있을 수도 있고, 좋은 점도 있지만, 좋은 점은 좋은 점대로, 불만이 있는 부분은 잘 개선하기 위해 노력하는 마음을 갖고 있기 때문에 어쩌면, 현실을 더 즐길 수 있는 것 같다. |

| 나 이 | 40대 초반 | 성 별 | 여 |
|---|---|---|---|

| 설 명<br>및<br>소 감 | 옆에는 젖은 땅의 오아시스이다.  그 오아시스에는 지렁이도 있고, 풀도 있고 꽃도 있다.  흘러 흘러서 나중엔 열매도 맺을 수 있다고… 살면서 힘들고 고된 일이 있지만, 그래도 저 깊은 곳에는 가족과 행복이라는 울타리가 있기에, 오아시스처럼 살아 가는데 힘이 되는 것 같다. |
|---|---|

| 피드백 | 지금의 현실은 비록 힘들지만, 든든하게 사랑의 끈으로 연결되어 있는 가족의 소중함을 더 많이 깨닫는 것 같다.  항상 버팀목이 되어주는 울타리! 그것이 가족임을 다시금 깨닫게 되는 것이라고 말해 주었다. |
|---|---|

| 나 이 | 40대 초반 | 성 별 | 여 |
| --- | --- | --- | --- |

| 설 명<br>및<br>소 감 | 태양이 이글이글 불타오르고, 한 쪽엔 오아시스가 있다. 그리고 그 옆엔 꽃도 피었다. 선인장은 사람의 키보다 훨씬 크게 자라고 있고, 낙타 위에는 두 사람이 가고 있다.  낙타에 탄 사람도 사막을 즐기는듯 평온히 가고 있다 사막의 환경에 순응하면서…<br>낙타 위의 두 사람은 남편과 나다.  같이 동행한다는 것은 같은 목표를 가지고 같은 곳을 바라보고 가는 것임을…  오늘 남편의 소중함을 더욱더 깨닫는 것 같다. |
| --- | --- |
| 피드백 | 남편과 같이 낙타를 타고 가는 모습이 인상 깊다.  활동을 통하여 남편의 소중함을 다시금 깨닫는 내담자.  같은 목소리를 가진다는 것이 참 힘들 텐데, 그래도 남편과 같이 동행하는 모습이다.  항상 그러길 바란다고 전했다. |

| 나 이 | 30대 후반 | 성 별 | 여 |
|---|---|---|---|

| | |
|---|---|
| 설 명<br>및<br>소 감 | 태양과 야자나무, 그 밑엔 오아시스와 물고기가 자리 잡고 있다.  사막이지만, 오아시스가 있기 때문에 쉬어 갈 수도 있다.<br>아이 때문에, 남편 때문에, 힘든 하루하루.  그러나 힘들지만 저 아래 오아시스처럼, 쉬어 갈 수 있는 가정이 있기 때문에, 그런 가정을 만드는 주부로서 오늘도 가족을 위하여 맛있는 저녁을 만든다. |
| 피드백 | 어머니의 따뜻한 정이 느껴진다.  아이들과 남편을 위해 오늘은 맛있는 된장찌개를 끓여놓고 기다릴 것 같은 느낌이다.  가정의 소중함을 이렇게 표현함으로써 느껴지는 내담자의 입가에 미소가 번진다. |

| 나 이 | 30대 후반 | 성 별 | 여 |
|---|---|---|---|

| 설 명<br>및<br>소 감 | 어린 시절부터 삶이 바쁘고 힘겨웠기 때문에 색깔을 어두운 커피가루를 이용하여 오른쪽 밑에 꾸며 보았고, 갈수록 색깔을 옅게 표현한 것은 앞으로 좋은 일만 있을 거라 생각되어져서 이렇게 꾸며 보았다.  중간에 있는 오아시스는 남편과 함께 이 것저것 배우고 있어서, 서로 배운다는 공통점을 생각해서 표현하였다.  나중에는 배움을 통해 자유로움과 휴식을 얻지 않을까 하는 마음이다.  새삼 배움의 소중함 을 깨닫게 되었다. |
|---|---|

| 피드백 | 남편과 공통점이 있다는 것, 함께 공유한다는 것은 함께 갈 때, 서로 많은 도움이 된다.  내담자는 이러한 공통점을 찾고, 그것으로 인하여 서로의 소중함을 더욱 깨 닫는 것 같다. |
|---|---|

| 나 이 | 30대 후반 | 성 별 | 여 |
|---|---|---|---|

| 설 명<br>및<br>소 감 | 내 마음속에 바라는 사막의 모습이다.  사막은 덥고 숨 막히는 곳이라고만 느껴지지만, 내 마음속의 사막은 내가 힘들 때 시원한 그늘을 만들어주고, 외로울 때 의지할 수 있는 나쁘지만은 않은 곳이다.  햇빛 아래 사막은 덥고, 답답하고, 고난과 시련들이 있다면, 그늘 안의 사막은 편안함과 포근함, 그리고 쉬어갈 수 있는 공간이다.  맘 맞는 친구와 함께라서 더욱 편하다.<br>또한, 내 마음속에도 이런 쉼이 있었으면 좋겠다.  너무 힘들면 쉬어가고 잠시 내려놓는 것도 좋을 것 같다. |
|---|---|

| 피드백 | 내담자는 항상 쉼을 상징하는 것들이 많이 나온다.  보육교사로서 앞으로 준비해야할 많은 것들을 배우는 이 때에 어쩌면 자신이 하고 싶은 것을 뒤로 하고 지금의 공부에 충실하고 있다.  잠시 쉬고 싶은 마음이 담겨 있다.  마음의 여유를 담기 조금은 힘들겠지만, 그래도 푸드를 통해서 이렇게 표현하니까 훨씬 마음의 여유가 생기는 것 같아 후련하다고 했다. |
|---|---|

| 나 이 | 40대 초반 | 성 별 | 여 |
|---|---|---|---|

| 설 명 및 소 감 | 〈사막에서 친구 찾기〉<br>몇년 전, 인생에서의 사막과 같았던 때가 있었다.  너무 너무 힘들어서 삶을 포기할까도 생각했었는데, 그때 나를 조금씩 조금씩 사막의 늪에서 일으켜 세워준 친구. 아래의 연두색 초콜릿은 발자국이다.  그리고 과자는 팔을 모으고 울고 있는 모습이다.  큰 연두색 초콜릿은 머리.  그리고 중간의 여우는 나의 친구이다.  이 친구가 나를 이끌어 주었다.  이 친구는 자주 만나지는 않지만, 누구보다 나를 잘 아는 친구이다.  가까운 사람도 내가 힘들다는 걸 눈치채지 못했는데, 이 친구는 그것을 알고 나의 이야기에 공감해 주고, 힘을 준  고마운 친구이다. |
|---|---|

| 피드백 | 내담자의 친구는  항상 내담자보다 조금 앞에 서서 내담자를 이끌어 주는 친구다. 먼발치에서 보는 것이 아니라, 한 발자국만 앞에서 내담자의 이야기를 들어준다.  이 친구에게도 사막의 방향을 상징하는 별을 가지고 있다.  이 표시를 가지고 자기의 인생 목표의 방향성을 나타낸다.  내담자의 친구도 그런 방향성을 제시하는 것이 무의식에 투사된 것 같다.  그렇기 때문에 더욱더 내담자의 마음을 알아줄 수 있는 것이다.  이러한 피드백이 내담자로 하여금 힘을 주고, 더 이상 울지 않고 다시금 일어설 것을 본인이 스스로 깨닫는 계기가 되었다. |
|---|---|

| 피드백 전 | 피드백 후 |
| --- | --- |
| 나 이 | 30대 후반 | 성 별 | 여 |
| --- | --- | --- | --- |

**설 명<br>및<br>소 감**

〈어려웠던 2014년〉

올 한 해를 생각해 본다. 그 어느 해보다 하는 일이 많았던 2014년. 이렇게 보니, 내 인생의 사막이 바로 올해인 것 같다. 사막과 같았던, 힘든 올한해. 앞으로 올라가야 할 사막에서의 산이 아직도 높다. 그 산을 조금이라도 내년에는 올라갔으면 좋겠다. 부지런히 올라가야 하는데 너무 힘들다. 휴우∼∼∼

**피드백**

내담자는 사막이라는 공간의 어려움을 더해 더욱 어렵게 사막의 모래 산을 표현하였다. 그만큼 지금의 현실이 힘듦을 나타낸다. 그러나 '힘들다, 힘들다' 라고 하면 더욱더 힘들어진다. 그래서 산의 가장 밑에 있기 때문에 더욱더 힘든 것이라고 해 주었다. 변형하고 싶은 대로 변형하길 권했더니, 산 위의 정상 코앞까지 본인을 옮겨 놓았다. 그렇다. 이제 조금만 노력을 하고, 조금만 힘을 가하면 금방 정상으로 올라갈 수 있다. 내담자의 목표가 거의 이루어진 것 같다고 한다. 2015년 한해는 더욱 더 힘을 내서 꼭 이렇게 되리라 다짐하였다.

| 나 이 | 30대 후반 | 성 별 | 여 |
|---|---|---|---|

| 설 명<br>및<br>소 감 | **〈사막에서 방향 찾기〉**<br>아무리 어려운 사막이라고 하더라도, 우리 세 식구가 똘똘 뭉쳐서 서로의 지혜를 가지고 방향을 잘 찾아서 가야겠다.  가족의 힘이 이 상황을 이겨나갈 수 있는 힘이 아닐까 한다.  새삼 가족의 소중함을 느끼는 활동이었다.  나에게 있어서 참 의미 있는 활동이다. |
|---|---|

| 피드백 | 가족의 중요성을 스스로 깨닫는 계기가 된 활동이다.  내담자는 요즈음 가족들 간의 의견 차이로 매우 힘들어 했는데, 이 계기로 가족에 대한 새로운 의미를 부여한 것 같다.  가족의 행복함, 가족의 힘을 느끼는 활동이었다. |
|---|---|

# 내가 결정하는 나

이 세상에 존재하는 모든 사람들은 당신을 아프게도 슬프게도 화나게도 할 수 없다.

다만 그것에 대한 내 생각이 그런 감정을 결정지을 뿐이다.

- 롤프 메르클레 (자기 사랑의 심리학) -

# 3. 감정 다스리기 - 만다라

## 1) 만다라의 정의와 기원

만다라(Mandala)는 산스크리트 말로 원(circle) 또는 중심(center)이라는 뜻을 가지고 있다. 오랜 세월 동안 많은 문화권에서 원은 온 우주를 상징하였고, 그 속의 점 하나는 모든 것의 정수 또는 원천을 상징하였다. 또한 티베트에서 만다라라는 용어는 중심 그리고 경계선이란 뜻이다. 또한 만다라의 어원을 '만다'와 '라' 두 부분으로 나누어 설명하는데 '만다'는 중심 혹은 본질이며 '라'는 소유 혹은 성취를 의미하는 접미사로 쓰인다. 즉 만다라는 중심과 본질을 얻는 것, 마음속에 참됨을 갖추거나 본질을 원만히 하는 것이라고 할 수 있다.

## 2) 융의 만다라

처음으로 만다라에 심리학적 의미를 부여하고 치료 분야에 적용한 사람은 칼 구스타프 융이다. 스위스 취리히 대학병원의 교수이며 정신과 의사였던 융은 자신의 학문생활과 심리학적인 위기에 처한 시기에 은둔생활에 빠져들며 만다라를 접하게 된다. 융은 만다라가 무엇인지 전혀 모르는 상태에서 매일 그의 내면을 표현하는 원의 형태를 그렸다. 원을 그리면서 원이 자신의 무의식을 표현하고 있다는 것을 발견하고 자기 스스로 치유가 되는 것을 경험하였다. 그 후 융은 자신이 그린 원형의 그림들이 인도의 전통 속에서 만다라라고 부르는 중심과 둘레의 의미를 모두 지닌 조형물이라는 것을 알게 되고 만다라에 대한 연구를 시작하게 된다.

## 3) 만다라의 해석

### (1) 만다라에 나타나는 색상에 대한 해석

#### ① ■ 검정색

검정색은 죽음, 상실, 슬픔, 분노를 의미한다. 루처(Luscher)에 의하면 검정색은 "색상 자체를 부정하는 색상"으로 죽음과 연관되며, 우리가 볼 수 없도록 지워버리는 속성을 지니고 있을 뿐만 아니라 의식의 상실, 자아 상실을 의미한다. 이와 관련해 우울, 슬픔, 분노를 담은 마음의 상태를 표현한다. 우리의 삶이 어머니의 자궁 속 어둠에서 출발하였고, 우주의 탄생 역시 검정색의 어둠에서 시작하였듯이 검정색은 모든 삶의 시작과 끝을 의미하기도 한다.

② □ 흰색

만다라에 나타난 흰색은 순결, 정직, 진실, 영성, 혹은 완전주의, 압박감 등을 의미한다. 흰색은 빛을 대변하는 색이다. 만다라에 여백으로 흰색을 표현한 경우는 변화를 받아들이려는 자세로 볼 수 있고, 흰색의 염료가 칠해진 경우는 심리적 압박을 보여 준다. 또한 진주빛 흰색은 영성적인 차원의 감수성이 높음을 나타낸다.

③ ■ 회색

회색은 중성적인 색으로 회고, 우울, 무기력, 무관심 등을 상징한다. 회색은 죄책감, 우울증을 경험한 환자들의 만다라에 많이 나타난다.

④ ■ 빨간색

빨간색은 충동적인 에너지를 표현한 피, 분노, 고통, 불과 같은 격한 감정을 의미한다. 그러나 개인에 따라서는 따뜻함, 에너지가 넘치는 색상으로 표현되기도 한다. 만다라에 빨간색이 지나치게 많이 사용된 경우는 심리적 상태에 대해 의심해볼 필요가 있으며 빨간색이 만다라에 전혀 나타나지 않은 경우는 수동성과 자기주장의 결여를 의미한다.

⑤ ■ 파란색

파란색은 맑은 하늘, 넓은 바다를 연상시키며 고요, 평화, 안정, 영원, 천국 등을 의미한다. 만다라 속의 파란색은 종종 어머니의 사랑과 연관되기도 한다. 연한 파란색은 조건 없는 어머니의 사랑, 양육 등의 긍정적인 면을 반영하고 어두운 파란색인 남색은 지배적이고 주도적인 부정적인 어머니상을 반영한다.

⑥ ■ 남색

남색은 어두운 파란색으로 부정적인 모성과 연관되며 우울, 상실, 혼돈 등을 의미한다. 만다라 속의 남색은 삶 속에서 위협적인 사건이나 유아기에 힘든 경험을 한 사람에게 많이 나타난다. 만다라에 나타나는 남색은 심리적인 재탄생을 의미하기도 한다. 혼란과 어두움 속에서 삶의 철학을 재정비하고 보다 지혜로워지는 과정을 보여 주기도 한다.

⑦ ■ 노란색

노란색은 태양의 색으로 밝음, 따뜻함, 즐거움, 희망 등을 의미하며 이와 연관하여 성장하고, 발전해 나가려는 의지를 나타낸다. 또한 노란색은 황금색으로 풍부함을 의미하기도 한다. 만다라에 노란색이 압도적으로 많은 경우에는 어두운 면을 숨기기 위해 지나치게 밝게 보이려는 노력이라고 볼 수 있다. 즉 만다라에서의 노란색은 내면의 빛과 그림자를 대변하는 색이다.


⑧ ■ 초록색

초록색은 자연의 색으로 생명, 건강, 조화, 창조, 치유 등을 의미한다. 짙은 초록색은 어두운 숲의 이미지로 두려움, 불쾌함 등을 의미한다. 남을 도와주려는 성향을 지닌 사람들은 만다라에서 초록색이 많이 나타나는 경향이 있다. 만다라에 초록색이 압도적으로 많이 나타나는 경우는 부모가 과잉 보호적이고 소유적인 양육으로 경직되어 있음을 의미한다.


⑨ ■ 갈색

갈색은 가을의 들판과 대지를 연상시키는 색상으로 긍정적으로는 소박, 신뢰, 고난의 극복 등을 의미하며, 부정적으로는 포기, 슬픔, 가난 등을 의미하기도 한다. 적갈색은 빨간색이 어둡게 표현된 것으로 아직 치유되지 못한 과거의 상처를 의미한다.


⑩ ■ 주황색

주황색은 빨간색과 노란색이 혼합된 색으로 빨간색의 강렬함과 노란색의 따뜻함을 동시에 지니며 에너지, 생명력, 활동성 등을 의미한다. 주황색은 자기주장과 자존심, 자의식을 강하게 표현하면서도 자기회의와 무기력함을 염려하는 이중성을 지니고 있는 색이다.


⑪ ■ 분홍색

분홍색은 긍정적으로는 낭만, 우아, 애정, 부정적으로는 허약함, 보호욕구, 경쟁심 상실 등을 의미한다. 분홍색은 신체적인 질병이나 스트레스를 경험하고 있는 사람들의 만다라에 많이 나타난다. 만다라 속에 분홍색이 나타나면 건강에 주의를 기울이고 내면의 목소리에 귀를 기울일 필요가 있다.


⑬ ■ 보라색

보라색은 빨간색과 파란색이 혼합된 색으로 긍정적으로 고귀함, 신비함, 창의적인 상상력,

성장 등을 나타내며, 부정적으로는 우울, 내적 긴장 등의 상태로 감정적으로 많은 지원이 필요함을 의미한다. 보라색은 일상적이지 않음을 나타내는 색이므로 이 색이 압도적으로 많이 사용되었다면 자기중심적이고 권위적인 성향이 있음을 의미한다.

### (2) 만다라에 나타나는 숫자에 대한 해석

① 1

숫자 하나는 한 개체, 하나의 단위, 그리고 시작을 나타낸다. 대립되는 양극성이 없는 마음의 상태를 대변하기도 하고, 순수함을 표현하기도 하며, 자신이 제일이라는 이기주의적인 의미를 지니기도 한다.

② 2

짝수는 불완전한 인간과 관계있는 숫자로 그리스도를 상징한다. 숫자 둘은 반으로 나눔, 반복, 대칭 등을 의미한다. 만다라에 나타나는 숫자 둘은 긴장, 분리, 갈등을 내포하며, 대립되는 상황에서의 조화로운 해결, 치유를 의미하기도 한다. 또한 남녀, 빛과 어둠, 그리고 인간관계 속에서 양성이 만나는 결혼을 상징하기도 한다. 만다라 속에서 두 개의 똑같은 형태가 쌍으로 나타나는 경우, 의식과 무의식처럼 두 개의 다른 것을 시사하고 있다고 볼 수 있으므로 개인적인 연상을 통하여 의미를 분석해 보는 것이 좋다.

③ 3

삼위일체의 상징으로 숫자 셋은 생명력, 에너지, 활력을 의미한다. 숫자 셋은 새로운 생명력을 창출함으로써 이원성을 극복하려는 역동적인 과정, 남성적인 원칙을 의미한다. 또한 삶의 과정에서 아이의 탄생으로 가족이 형성되는 것을 의미하거나 부모로부터 분리되어 독립된 정체성을 찾아가는 과정을 의미하기도 한다.

④ 4

숫자 넷은 균형, 전체성, 완성을 의미하며, 경계를 제한하고 공간을 구조화한다. 사계절과 같은 자연적인 질서와 관계가 깊은 숫자 넷은 자기의 자리를 찾아 질서를 회복하고자 하는 정체감을 의미한다. 숫자 넷은 만다라에 흔히 나타나는 숫자로 십자가와 사각형의 형태에서 주로 나타난다.

⑤ **5**

숫자 다섯은 자연적인 전체성, 완전성을 나타내는 숫자로 꽃잎, 불가사리 등의 형태를 통해 나타나는 경우가 많다. 또한 다섯 개의 손가락, 발가락, 양 팔과 다리를 벌리고 섰을 때의 다섯 개의 각을 나타내며 현실적인 인간의 신체를 대표하는 숫자로 표현되기도 한다. 만다라에 숫자 다섯이 나타나는 경우 현실에 능동적으로 대처하는 것을 나타내기도 하며 내면에 현실을 향한 개인적인 꿈, 목적이 있는 것을 의미하기도 한다.

⑥ **6**

숫자 여섯은 창조성과 완전함, 조화, 성숙, 완성을 의미한다. 숫자 여섯의 의미는 하느님이 여섯째 날 남자와 여자를 만들었다는 성서의 창세신화에서 비롯된 것이다. 숫자 여섯이 만다라에 나타나는 경우 자신이 노력하고 투자하던 일이 완성됨, 그 후의 휴식, 공허감을 의미하거나 자신의 내면이 보다 깊이 성숙하고 조화를 이루었음을 의미한다.

⑦ **7**

숫자 일곱은 역사적으로 신비주의와 그 맥락을 같이하고 있다. 성서의 창세신화에서 하느님께서 모든 만물을 창조하시고 일곱째 날 쉬신 것같이 일정한 주기가 마감되는 것을 의미하기도 한다. 만다라에 숫자 일곱이 나타난다면 우리 삶 속의 무엇인가가 완성되고 마감되는 것을 의미하며, 숫자 일곱 자체의 신성함으로 행운을 상징하기도 한다.

⑧ **8**

숫자 여덟은 안정감, 조화, 영원성, 균형 등을 의미한다. 만다라에 나타난 숫자 여덟은 끊임없이 변형을 창출해나가는 삶을 의미하며 그 속에서의 조화, 질서, 대칭을 의미한다.

⑨ **9**

숫자 아홉은 전통적으로 신비롭고 영성적인 존재를 상징해왔다. 만다라에 숫자 아홉이 나타나는 경우 인간 존재의 신비로움, 우리를 강화시키는 영성적인 에너지, 혹은 신체와 영성의 에너지의 조화됨을 의미한다.

⑩ 10

숫자 열은 완성, 완벽 그리고 현실을 나타내는 숫자이다. 만다라 속에 나타나는 숫자 열은 전통적인 윤리의식이 강함을 의미하고, 삶에 능동적이고 구체적으로 대처하는 자세를 지녔으며, 주위에 나이 많은 지도자들이 이끌어주고 있음을 의미하기도 한다.

⑪ 11

숫자 열하나는 숫자 열에 하나가 더해진 숫자로 무엇인가 초과되는 변화, 갈등, 도전 등을 의미한다. 만다라에 숫자 열 하나가 나타나는 경우, 자신의 존재를 보다 완전하게 하는 변화 과정 속의 갈등을 의미하는 경우가 많다.

⑫ 12

숫자 열둘은 우주적인 질서, 구원, 주기의 완성을 의미한다. 숫자 열둘은 열두 달마다 지난해를 마감하고 새로운 해를 시작하는 우리에게 시간의 경과, 순환의 완성, 자연의 질서 등을 의미하며 전체의 완성과 성장을 위한 끊임없는 노력을 의미하기도 한다.

⑬ 13

숫자 열셋은 예수가 베푼 마지막 만찬에 참여했던 사람들의 숫자에서 비롯되어 배반, 불행한 결말, 종말 등을 의미한다. 숫자 열셋은 하나의 주기가 되는 열둘보다 하나가 더 많은 숫자로 혼란, 불행을 가져오는 숫자로 인식되어왔다. 만다라에 나타나는 숫자 열셋은 과거의 혼란과 혼동, 불행으로부터 새롭게 출발하려는 의지를 나타낸다.

**(3) 만다라에 나타나는 형태에 대한 해석**

만다라를 그리기 위해 견본 문양을 선택하거나 만다라의 문양을 스스로 제작하는 경우 그것은 모두 우리의 내적인 상태를 나타내주는 상징이라 할 수 있다. 만다라에 나타나는 형태가 각각 어떤 의미를 지니는지 살펴보면, 자신의 만다라가 주는 메시지를 보다 더 정확하게 이해할 수 있다.

**① 원**

원은 원 안에 있는 것들을 보호하고 제한하는 의미를 가지고 있고, 시작과 끝이 없는 영원성을 상징하며, 움직임을 동반한 운동을 나타내기도 한다. 만다라 속의 작은 원상들은 무엇인가를 보호하고 성역화 하는 것을 의미하며, 중심이 빈 만다라는 삶의 원칙, 변화에 개방적임을 나타낸다.

## ② 사각형

사각형은 안정적이며 균형적인 형태를 가리킨다. 만다라에 자주 나타나는 원 안의 사각형은 자기 자신을 의미한다. 자아 정체감을 정립하거나 부모에게서부터 독립하는 시기에 만다라 속에 사각형이 나타나는 특성을 보인다.

## ③ 나선형

나선형은 질서정연한 움직임으로 변화와 역동, 정신적인 에너지의 흐름을 의미한다. 만다라에서 시계 방향으로 돌아가는 나선형은 의식적, 현실적으로 움직이는 힘이고, 시계 반대 방향으로 돌아가는 나선형은 무의식적으로 움직이는 힘을 나타낸다.

## ④ 삼각형

삼각형은 방향을 제시하며, 역동성을 상징하고, 숫자 셋과 연관되어 해석된다. 위를 향한 삼각형은 새로운 탄생, 창조, 단정적인 자기주장, 무의식이 표출되는 것을 의미한다. 아래를 향한 삼각형은 상실의 경험, 삶과 죽음에 대한 인지의 시작을 의미한다. 하나 또는 여러 개의 삼각형들이 만다라 바깥쪽을 향하고 있는 것은 공격적인 에너지가 밖으로 표출됨을 의미하며 만나라 중심 쪽을 향하고 있는 공격적인 에너지가 자신의 내면을 향하고 있음을 의미한다.

## ⑤ 십자가

십자가는 수평선과 수직선의 만남으로 이루어진 형태로 빛과 어둠, 의식과 무의식, 삶과 죽음, 영성과 현실성 등의 양극적인 만남, 균형, 융합을 의미한다. 십자가가 만다라에 나타나는 경우 우리에게 내재하는 모순적인 요소들이 조화를 이뤄가고 있는 것으로 해석할 수 있다.

## ⑥ 심장

심장은 사랑의 상징으로 열성적인 마음을 대변한다. 만다라에 나타난 심장은 인간관계에 대한 염려를 의미하며, 고조된 감정을 경험하고 있음을 의미하기도 한다. 심장의 형태가 갈라져 있거나 찢어져 있을 때에는 인간관계에서의 상처와 고통을 의미한다.

⑦ 손

 우리는 손을 통하여 사물 혹은 다른 사람과 접촉하게 된다. 만다라에서의 손은 새로운 관계를 맺을 준비가 되어 있음을 의미하며 행동에 옮기고자 하는 욕구, 자신감 등을 의미하기도 한다. 만다라에 손이 나타나는 경우, 손가락 하나가 가리키고 있는 것에 대해 주의 깊게 해석할 필요가 있다.

⑧ 눈

 눈은 볼 수 있도록 하는 신체 장기로 이해력, 초인적인 능력, 자아를 의미한다. 만다라에 단 하나의 눈이 나타난다면 이것은 자기 자신을 나타내는 상징으로 정체성에 관한 메시지를 담고 있다. 만다라에 나타나는 눈이 여러 개인 경우에는 관찰되고 있는 느낌의 표현일 수도 있고, 내면의 무의식이 보는 눈을 의미하기도 한다.

⑨ 나무

 나무는 풍요한 삶, 성장, 보호, 삶의 근원 등을 나타내며, 만다라에서의 나무는 자기 자신의 상징이다. 나뭇가지가 부러져 있는 경우에는 심리적인 상처가 있음을 의미하며 나뭇가지와 나뭇잎은 인간관계에 대한 메시지를 전달한다. 만다라에 나타난 나무가 만다라 원의 둘레를 벗어나는 경우에는 주변 환경에서 벗어나 성장하고 싶은 마음을 나타낸 것으로 볼 수 있다.

⑩ 꽃

 꽃은 봄, 새 생명의 상징이다. 만다라에서의 꽃은 새롭게 출발할 수 있는 시기가 왔음을 의미하며, 아이의 탄생을 기다리고 있음을 의미하기도 한다. 만다라에 있는 꽃에 대해 해석할 때에는 몇 개의 꽃이 몇 개의 꽃잎을 가지고 있으며 어떤 색상으로 되어 있는지에 대해 살펴보는 것이 꽃의 의미를 해석하는 데 도움이 된다.

⑪ 물방울

 물방울은 생명의 원천으로 다산을 의미하며 인간의 눈물과 연관되어 감정을 표현하기도 한다. 만다라에 나타난 물방울이 빨간색, 갈색, 보라색일 경우 자신의 희생이 담긴 눈물을 의미한다. 만다라에 물방울 형태의 비가 내리거나 피를 의미하는 물방울이 있을 때는 내면이 정화되는 과정을 나타내주는 것이라 생각할 수 있다.

## ⑫ 무지개

무지개는 비 온 뒤의 고요한 아름다움을 보여 준다. 만다라에 무지개가 나타는 경우 어두운 과거를 뒤로 하고 내면의 상처가 치유되어감을 의미한다. 무지개는 빨주노초파남보 일곱 가지 색상을 지니므로 숫자 일곱과 관련지어 해석할 수도 있다.

## ⑬ 별

별은 어두운 밤하늘의 밝은 빛으로 개개인의 영혼과 영감, 창조성, 열성 등을 의미한다. 만다라에 단 하나의 별이 나타난다면 독립된 영혼으로서의 자신을 표현하며 정체성을 확립하고 목표를 달성하기 위한 확고한 자세가 되어 있음을 의미한다. 만다라에 여러 개의 작은 별들이 나타난다면 무수한 잠재력과 경쟁심을 의미한다. 만다라에 나타나는 별을 해석할 때에는 꼭짓점의 개수를 파악하여 그 숫자가 가지는 상징성도 고려하는 것이 좋다.

## ⑭ 번개

번개는 번쩍이는 섬광으로 직관력, 깨달음을 상징한다. 만다라에 나타나는 번개는 직관적인 능력의 회복, 극적인 변화나 치유의 경험 등을 의미한다.

## ⑮ 거미줄

거미줄은 반복적이며 규칙적인 형태를 지니며 끝없이 변화하고 새롭게 태어나는 자신을 상징한다. 만다라에 나타난 거미줄은 잊고 있던 성장기의 기억을 나타내기도 하며 새로운 성장을 준비하는 과정을 의미하기도 한다.

## ⑯ 새

새는 오래전부터 인간의 영혼을 담고 있는 존재로 여겨져 왔다. 만다라에 나타나는 새는 인간의 지적 역량을 의미하기도 한다. 새가 위를 향하여 날아가는 모습은 자유롭게 비상함, 빛 속에 있음을 의미하며, 아래로 하강하는 모습은 좀 더 확고하게 자신의 자리를 잡아가고 인정받고 있음을 의미한다. 어떠한 새들은 특별한 의미를 지니기도 한다. 독수리는 용맹, 고고함, 부엉이는 어두움, 죽음, 지혜, 지식을 의미하며 비둘기는 순수와 평화를 의미한다.

⑰ **나비**

나비는 애벌레에서 시작하여 누에고치를 거쳐 탄생되는 특성 때문에 변형의 상징으로 여겨
져 왔다. 만다라에 나비가 나타나는 경우, 끊임없이 자신을 새롭게 하려는 힘을 의미한다.  또
한 새로운 길로 들어서는 극적인 전향이나 영적으로 새롭게 태어나는 힘을 의미하기도 한다.

⑱ **동물**

동물은 비논리적이고 충동적이며 본능적인 무의식을 대변한다. 만다라에 동물이 나타나는
경우 그 동물 자체가 지니는 성향을 기반으로 해석할 수 있다.

- 개 : 인간의 충성스러운 친구, 믿을 수 있는 동행자, 도움을 주는 친구
- 말 : 고귀하고 신성한 동물, 적절히 통제하는 본능 혹은 통제 받지 않는 본능, 남성성
- 양 : 순수, 순진함, 자비로움, 기독교적 상징
- 곰 : 달과 연관되는 동물
- 뱀 : 생명 에너지, 죽음, 죄악, 우주적 순환, 치유, 개혁
- 사슴 : 신성한 동물, 우울함, 외로움, 풍요, 정신적인 성장, 남성의 성적 정열
- 사자 : 강력한 투쟁정신, 야생성, 지도자적 성향, 용기, 힘
- 돼지 : 풍요, 생산성, 행운, 천박함, 불결함
- 늑대 : 용맹, 의리, 길을 찾는 자
- 코끼리 : 겸손, 지혜, 영원, 강인함
- 당나귀 : 경거망동의 상징
- 원숭이 : 지혜, 욕심, 허영
- 스핑크스, 봉황, 용 : 초자연적인 동물, 정신적인 변화, 진화

## 4. 만다라의 의의

### (1) 교육적 의미와 효과

① 자신의 마음에 귀를 기울일 수 있다.
② 정신을 한 곳에 모을 수 있으며, 편안해진다.
③ 감정을 하나로 모을 수 있다.
④ 불안감이 사라진다.

⑤ 긴장이 완화된다.

⑥ 규칙적인 생활을 할 수 있도록 도와준다.

⑦ 원만한 대인관계에 도움이 된다.

⑧ 자신의 내면의 힘을 깨닫는다.

⑨ 감정의 다스림을 경험한다.

⑩ 마음이 따뜻해진다.

⑪ 외부의 소리에서부터 자유로워진다.

⑫ 오로지 자신에게 집중할 수 있다.

⑬ 여유를 가질 수 있다.

⑭ 창의력을 향상시킨다.

⑮ 학습에 대하여 집중할 수 있다.

⑯ 진지해진다.

⑰ 자신의 한계를 인정하고, 환경에 대해 수용할 수 있도록 돕는다.

## ⑵ 만다라의 치유적 의의와 목적

내담자가 만다라를 통하여 분열된 자신을 통합하고 삶의 본질, 자신의 중심에 이르는 생활을 영위할 수 있게 하는 것이다. 만다라는 명상뿐 아니라 인간의 내적 존재를 밝혀주고 균형을 이루는 힘을 가지기 때문에, 심리적으로 건강한 사람이든 치유를 받아야 하는 사람이든, 현대인은 누구나 어떤 연령이라도 내적 에너지의 통합을 필요로 하는 사람, 다시 말해서 치유적 의미에서 만다라가 반드시 필요한 사람들이 있다.

## (3) 만다라의 치유 효과

① 신체와 마음이 건강해진다.

② 조용하고 신중해진다.

③ 자신의 중심을 발견하고 자신의 힘을 얻는다.

④ 주변의 현실을 새롭게 인지한다.

⑤ 자기 자신과 환경과의 일치됨을 경험할 수 있다.

⑥ 자기 자신을 있는 그대로 받아들이며, 자기소외를 극복한다.

⑦ 자신의 영감과 창의성에 관심을 갖는다.

⑧ 갈등상황을 훨씬 더 쉽게 극복한다.

⑨ 자신도 모르는 자신의 새로운 힘을 발견하며 기뻐할 수 있다.

⑩ 자신의 에너지를 조정할 수 있으며, 그 힘을 충분히 발휘할 수 있는 능력이 향상된다(정여주, 2009).

〈 표-9 〉색 채 해 석

| 색 | 구 분 | 일반적 해석 |
|---|---|---|
| 빨 강 | 긍정적 | 사랑, 감각, 열정, 자기신뢰, 힘, 권위, 지구력, 자립심, 삶의 기쁨, 생의 욕구, 획득, 생명력, 강한 의지, 용기, 즉흥성, 정직, 감사, 용서, 인간적 |
| | 부정적 | 본능, 분노, 미움, 자기연민, 자기만족, 잔인 |
| 파 랑 | 긍정적 | 고요, 평화, 이완, 안전, 충실, 성실, 섬세한 감각, 원만함, 온유함, 세련됨, 침착한, 순진한, 소박한, 다정한, 감격시키는, 창의력이 풍부한 |
| | 부정적 | 권태, 무력, 공허함, 의심이 많은, 불성실, 거드름을 피우는, 정서적으로 불안정한, 냉담한 |
| 남 색 | 긍정적 | 신뢰, 현실적 이상주의, 꿈이 있는, 직관력이 있는, 제삼의 눈(심안을 가진), 두려움이 없는, 의무를 충실히 수행하는, 환경에 매우 적극적인 |
| | 부정적 | 겁을 내는, 편협한, 아량이 없는, 비판적, 어두운 면만을 보는 우울한 |
| 노 랑 | 긍정적 | 빛, 태양, 기쁨, 자유, 발전, 지성, 지혜, 사교성, 환상, 자유에 대한 욕구, 정신적 역동성, 직관, 조화로운 중심, 명쾌, 유머 |
| | 부정적 | 질투, 자기 과대평가, 협소함에 대한 불안, 피상적, 염세적, 회의적, 아첨을 잘하는, 교활한, 소심한, 비겁한 |
| 초 록 | 긍정적 | 균형, 성장, 희망, 저항력, 생명, 자연, 의지, 치유, 완쾌, 새로운 시작, 일체성, 건강, 건전함, 목적달성, 강인성, 지구력, 명성, 조화로운, 겸손한 |
| | 부정적 | 거짓, 욕심, 권력, 판별력이 없는, 무모한, 인색한, 잔인한, 무자비한 |
| 주 황 | 긍정적 | 에너지, 낙천주의, 생의욕구, 생명력, 활동성, 용기, 강함, 개방성, 젊음의 활력, 건강, 자기신뢰, 친절, 순수한, 진심, 기쁨, 싱싱함, 음식을 좋아하는. |
| | 부정적 | 자기 과시, 경망함, 병적 거식증(혹은 폭식증), 알코올 오용, 거만한 |
| 분 홍 | 긍정적 | 즐길 수 있는 능력, 낭만, 우아, 애정, 헌신, 자기망각, 부드러움, 여성성 |
| | 부정적 | 보호욕구, 억제, 경쟁심 상실, 센티멘탈한, 허약한 |
| 보 라 | 긍정적 | 신비주의, 신비한 힘, 영성, 초자아, 변화, 영감, 정서 존중, 대립의 극복, 강한 정서, 창의성, 상상력, 정신력, 영적 지도자, 자기희생, 순수한 이상주의자 |
| | 부정적 | 우울증, 고통, 단식, 포기, 전향, 노이로제 경향, 내적 긴장, 오만한, 거드름을 피우는, 속물적인, 불성실한, 광신적 |
| 터 키 | 긍정적 | 사교성, 우정, 의사소통능력, 독창력, 우아, 매력, 자아의식, 유머감각 |
| | 부정적 | 자기중심, 고집, 인정받고자 하는 욕구 |
| 흰 색 | 긍정적 | 순결, 완전성, 덕, 구원, 공평성, 신뢰성, 정직성, 진실함, 여성성, 영적 풍요 |
| | 부정적 | 완전주의, 추상적 경향, 차가움, 심리적 압박감, 감추어진 감정과 정열, 화 |
| 검 정 | 긍정적 | 정복 불능, 개혁, 복구, 가치, 회귀 |
| | 부정적 | 권태, 강요, 압박, 우울증, 고독, 죽음, 파괴, 정체 상태, 죄, 슬픔, 상실 |
| 회 색 | 긍정적 | 참회, 지혜 |
| | 부정적 | 우울증, 무기력, 무관심, 무감각, 억제, 미결정 |
| 갈 색 | 긍정적 | 대지와 관련, 보호하고 영양분을 주는, 고난의 시기를 극복, 검소, 퇴비 |
| | 부정적 | 가난, 대변, 죄인 , 억압 |

* 출처 : 만다라와 미술치료, 정여주(2009),

<h2 align="center">〈 표-10 〉 색깔에 따른 푸드의 효과</h2>

| 색 | 효 과 |
|---|---|
| 빨 강 | 활력을 북돋아 주고 무기력과 피로를 날려 버린다.  동맥을 확장시키며 땀이 난다.  피의 순환이 잘 되며, 식욕을 촉진 시킨다.<br>ex) 식품 : 사과, 파프리카, 고추, 토마토, 딸기 |
| 주 황 | 낙관적으로 만들어 준다.  슬픔과 실망처럼 부정적인 감정을 극복하는데 도움이 된다.<br>ex) 식품 : 당근, 귤, 오렌지, 파프리카, 감 |
| 노 랑 | 재미와 즐거움을 주며 우울한 상태를 벗어나게 한다.  몸의 독성을 제거해 주고 식욕을 촉진시켜 준다. 콜레스테롤을 없애준다.<br>ex) 식품 : 바나나, 참외 |
| 초 록 | 체력을 개선시키고 마음을 안정시켜 불안감을 엷게 만든다.  특히 차로 마시는 허브 종류는 우리 몸의 면역력을 강화시킨다.<br>ex) 식품 : 완두콩, 깻잎, 파, 상추, 호박, 배추, 초록 나물 |
| 보 라 | 예술가의 색깔이다.  감정기복을 막아주기 때문에 정신건강에 효과가 좋다.  다이어트 색으로 유용하다.<br>ex) 식품 : 가지, 양배추 |

* 출처 : 윤동혁PD (2004). 색色, 색을 먹자. 재인용

# 〈 표-11 〉 푸드 종류별 효과

| 식 품 | 효 과 |
|---|---|
| 사 과 | 펙틴 성분 (장 청소기), 껍질에 더욱 많다.<br>AHA 성분(각질 제거, 피부 보습, 피부 회복) |
| 토마토 | 리코펜 성분 (항암효과), 술, 담배를 즐기는 사람에게 꼭 필요.<br>전립선 예방, 익힐수록 효능은 배가 됨 (올리브유와 섞이면 더 좋음) |
| 고 추 | 베타엔도르핀 성분 (입맛을 돋운다), 비타민 C의 여왕 (항암의 스타) |
| 파프리카 | 파프리카는 피망보다 단맛이 강하다.<br>베타카로틴 성분 (조리 시에도 파괴되지 않는다) |
| 당 근 | 우리 몸 속의 세포 경찰, 주스로 마시면 비타민·미네랄 흡수가 8배 증가, 사과와 함께 갈은 당근이 최고 (당근 400g + 사과 200g) |
| 호 박 | 빈혈에 탁월, 속살에 베타카로틴이 과육보다 5배나 더 들어 있다, 비타민 B12 (악성 빈혈, 신경과민 예방), 호박보다 호박씨에 더 많은 영양소 함유 |
| 감 | 풍부한 칼슘 함유 (곶감의 하얀 가루 – 정액 증진) |
| 고구마 | 비타민 E 함유, 파이토케미컬세틴 (나쁜 목적의 외부 침입자를 적발, 격리, 박멸), 심장병 감소, 폐암 억제 |
| 바나나 | 고혈압에 좋다 (짜게 먹는 사람에게는 필수), 세포들 사이에 교통정리 |
| 콩 | 유방암과 골다공증 예방 (항암효과), 뇌의 휴식을 취해 준다.<br>비지 : 사포닌 다량 함유 ( 인삼과 같은 효과) |
| 콩나물 | 감기예방, 소화작용, 숙취해소, 영양크림 역할 |
| 옥수수 | 티아민 (신경시스템 유지, 풍부한 탄수화물, 단백질, 비타민, 섬유질), 시력저하 예방 |
| 잣 | 다량의 철분 함유 (빈혈 예방), 제2의 비아그라, 천연 강장제, 식욕촉진 |

* 출처 : 윤동혁PD (2004). 색色, 색을 먹자. 재인용

## 1) 만다라

① 만다라 - 활동 개요

| | |
|---|---|
| **목 적** | 만다라를 통하여 집중력을 향상시키고, 스트레스를 해소하며, 심리적 안정을 취할 수 있다. |
| **준비물** | 동그란 푸드 재료(색깔 뻥튀기, 색깔 초콜릿, 콩), 또띠아 또는 동그란 활동지 |
| **진행순서** | 스트레스를 받을 때 어떻게 풀고 있는가? 지인들을 만나서 얘기를 하기도 하고, 노래방을 가기도 하고, 잠을 자거나, 쇼핑을 하기도 한다. 여러 가지 해소 방법도 있지만, '만다라'를 통하여 자신의 마음을 조금은 쉬어 갈 수 있다. 마음에서 불편한 감정을 편안하게 하고자 할 때나, 복잡한 마음을 다스릴 때 만다라를 해 보면 도움이 될 것이다.<br><br>① 음악을 잔잔히 틀어 놓는다.<br>② 잠시 명상을 하여 정신을 집중시킨다.<br>③ 눈을 뜨고, 아무 생각없이 동그란 면을 푸드 재료를 이용하여 채운다.<br>④ 안에서부터 바깥으로, 혹은 바깥에서부터 안으로 채워 나간다.<br>⑤ 끝날 때까지 절대 말을 해서는 안 된다. |
| ☞ **잠깐!!!** | ① 동그란 활동지 대신 식탁보의 동그란 부분, 또띠아, 동그란 밀가루 반죽 등을 사용해도 상관없다.<br>② 동그런 뻥튀기는 내용물이 자꾸 안쪽으로 구르기 때문에 사용하지 않는 것이 좋다. (사용하기 원하면, 꿀이나 올리고당을 이용하여 풀처럼 과자에 묻여서 뻥튀기 위에 올려 놓아도 된다.) |

② 만다라 – 임상사례

| 나 이 | 9살 (초등2) | 성 별 | 남 |
|---|---|---|---|
| **설 명<br>및<br>소 감** | 동그란 원 위에 과자로 채워보니까, 꼭 케이크 같다.  내 생일 케이크.  이 맛있는 케이크를 먹으려고 하니까 기분이 좋아졌다. | | |
| **피드백** | 아직은 먹는 것을 좋아할 초등학교 2학년 학생이다.  맞벌이 하는 부모님이시라, 부모님의 관심을 더 많이 받고자 하지만, 부모님의 관심과 사랑을 이렇게 먹는 것으로 충족하고자 하는 것 같다. | | |

| 나 이 | 40대 초반 | 성 별 | 여 |
|---|---|---|---|

| 설 명<br>및<br>소 감 | 이렇게 아무 생각 없이 동그라미 위를 채워나가니, 정신이 한 군데로 몰리는 것 같다. 집중할 수 있어서 좋았다. 요즘 스트레스 쌓이고, 신경 쓸 게 많은 데, 이런 시간이 있어서 마음이 차분해지는 것 같다. |
|---|---|
| 피드백 | 바쁘게 살아가는 현대인들의 삶 속에서 이렇게 아무 생각하지 않고, 정신을 집중해서 할 수 있다는 것에 내담자는 힐링이 된 것 같다. |

| 나 이 | 40대 중반 | 성 별 | 여 |
|---|---|---|---|
| 설 명 및 소 감 | 잔잔한 음악을 들으며 활동지 위에 생각 없이 만들었는데 모양이 나왔다. 마음이 차분해지는 것 같고, 여백이 있어서 더 여유로워 보인다. | | |
| 피드백 | 내담자에게 숫자 4가 반복되어 나타난다.  숫자 4는 여러 가지 의미가 있지만, 완성, 중요, 행운의 숫자이기도 하다.  완벽하고자 하는 마음이 무의식에 계속 자리 잡고 있는 것은 아닐까 한다. | | |

| 나 이 | 40대 중반 | 성 별 | 여 |
|---|---|---|---|

| 설 명<br>및<br>소 감 | 쌀과 콩을 이용하여 만다라를 만들어 보았다. 가운데 초콜릿을 놓으니, 한 곳에 모아지는 느낌이다. 갑자기 남편이 생각이 난다. 지금보다 더 젊었을 때, 남편과의 의견 차이로 많은 갈등을 겪었는데, 지금은 나도 모르게 남편과 맞춰지는 듯한 느낌이다. 그만큼 남편도 나를 받아주는 것 같고… 그래서 이렇게 한 마음, 한 뜻으로 가정을 꾸려 나갔으면 하고 다시 한번 다짐한다. |
|---|---|
| 피드백 | 숫자 1은 새로운 시작, 창조를 뜻한다. 아마도 내담자는 남편과의 의견 차이로 많이 힘들었지만, 지금은 어느 정도 뜻이 모아지는 것 같다. 그래서 한목소리로 아이들을 보살피면서, 전체가 하나로 어울어지는 가정을 갖고 싶어하는 소망이 있는 것 같다.<br>또한 주황색은 지혜의 색이며, 지식을 탐구하는 색이기도 하다. 다시금 공부하면서, 새로운 지식을 쌓는 것에 대한 흥미로움이 담겨 있다. |

| 나 이 | 40대 초반 | 성 별 | 여 |
|---|---|---|---|

| 설 명<br>및<br>소 감 | 꼬깔콘으로 바깥을 먼저 채우고 점차 가운데 원으로 채워 나갔다.  다 하고 보니, 사람 얼굴 같다.  수줍은 듯 볼이 발그스레한 얼굴. 이게 언제인가 생각해 보니, 처음 데이트를 할 때의 모습인 것 같다.  그때는 이렇게 수줍어했는데, 어느새 아줌마가 되어버렸다.  새삼 긴장하면서 살아야지 하는 생각이 든다. |
|---|---|
| 피드백 | 만다라를 하면서 자신의 얼굴을 비춰 본 내담자이다.  긴장이 풀어져 있는 모습 대신에, 다시금 긴장하면서 살아야겠다는 생각이 들었다고 한다.  약간의 스트레스는 있는 것이 더 활력이 된다고 해 주었다. |

| 나 이 | 40대 초반 | 성 별 | 여 |
|---|---|---|---|
| 설 명<br>및<br>소 감 | 어렸을 때, 미술시간에 해봄직한 활동인 것 같다.  구멍 안에 가루가 떨어져서 위에 있는 모양과 같은 모양이 되는 것. 식탁보의 모양을 가지고 설탕을 뿌리니, 무늬도 예쁘게 나오고 신기했다.  검정색 도화지 위에 하니까 훨씬 깔끔한 느낌이고, 하나로 모아지며, 마음이 차분해졌다.  갑자기 초등학교 시절로 되돌아가는 것처럼 느껴졌다.  재미있는 활동이다. | | |

| 나 이 | 30대 중반 | **성 별** | 여 |
|---|---|---|---|

| **설 명<br>및<br>소 감** | 가운데를 채우지 않고 그냥 손이 가는 대로 만들어 보았다. 마음이 편안해지고, 다른 생각이 안 나서 집중할 수 있었다. |
|---|---|

| **피드백** | 만다라는 집중력을 높이는데 효과적이다. 내담자의 스트레스를 낮추는 활동이고, 내담자가 정신이 맑아지는 것 같다고 한다. 편안한 상태로 만드는 힐링의 활동이라고 본다. |
|---|---|

# 마음 다스리기

두려울 때 나는 용감하게 앞으로 나아가리라

열등감이 생기면 나는 옷으로 갈아입겠다.

무력할 때는 지난날의 성공을 떠올리겠다.

삶이 무의미해지면 나의 목표를 떠올리겠다.

스스로 훌륭하다고 느낄 때 나는 과거의 굴욕을 떠올리겠다.

자만심에 가득 차면 나는 나약했던 순간을 떠올리겠다.

스스로 완벽하다고 느낄 때

나는 고개를 들고 밤하늘의 별을 바라보겠다.


- 오그만디노 (위대한 상인의 비밀) -

## 2) 의사와 환자

### ① 의사와 환자 - 활동 개요

| | |
|---|---|
| **목 적** | 의사의 입장에서 환자에 따라 어떻게 치료할 지, 환자의 입장에서 어떻게 치료를 받을 것인지, 서로의 입장이 되어서 이해한다. |
| **준비물** | <br>첵스 시리엘, 색깔 해바라기씨, 라이스 링 시리얼, M&N초콜릿, 색깔 뻥튀기, 꼬불이 과자, 완두콩 과자, 약봉지, 비닐팩, 색지, 펜, 스카치테이프 등 |
| **진행순서** | 한 번 이상 병원에 가 본 일이 있을 것이다. 친절한 의료진이 맞이해주면 몸이 아프더라도 마음의 안정을 찾는다. 게다가 의사까지 치료와 처방을 잘 해주면 금방이라도 아픈 곳이 낫는 것 같다. 그러나 반대의 경우도 간혹 있다. 문을 열자마자 환자에 치어서 친절이라곤 찾아 볼 수 없는 그런 곳은 마음의 불편함으로 인해 더 힘들어 할 수밖에 없다. 또한 입장을 바꿔서 내가 의사라면 환자를 어떻게 대할까? 친절하게, 정성을 다하여 매번 환자를 대할 수 있을까?<br>이 활동은 내가 환자도 되어보고, 의사도 되어보면서 그 입장에서 한 번 더 생각해 보는 시간이다.<br><br>2인 1조가 되어 한 사람은 의사, 한 사람은 환자가 되어 활동하고, 서로 역할을 바꿔본다.<br>① 의사는 환자의 차트를 만들어 환자에 대한 기록을 한다.<br>② 의사는 환자의 증상에 따라 처방한다.<br>③ 환자는 의사의 지시에 따라 치료를 받는다.<br>④ 서로 역할을 바꾸어서 활동을 한다.<br>⑤ 평소 건강한 사람은 자신을 위해 보약을 지어도 상관없다. |

| ☞ 잠깐!!! | ① 의사의 입장에서는 환자를 생각하며 가장 친절하게 환자의 치료를 위해 힘쓴다.<br>② 환자의 입장에서는 정확하게 자신의 아픔을 의사에게 이야기해 주어야 한다.<br>③ 혼자 환자와 의사의 역할을 해도 상관없다. 자신에게 맞는 약을 조제해 봄으로써 자신의 아픔을 고치는 데는 자신이 제일 잘 앎을 (마음 먹기에 달려 있다는 것) 이해한다.<br>④ 직접 조제한 약을 그 증상이 있을 때 실제로 먹어봄으로써 플라시보 효과(placebo effect) 를 얻는다. |
|---|---|
| **질문방법** | 〈의사의 입장에서〉<br>　① 환자는 어디가 어떻게 아픔을 호소하였나요?<br>　② 증상에 맞게 치료하였나요?<br>　③ 환자의 만족도는 어떠한가요?<br><br>〈환자의 입장에서〉<br>　① 의사는 나에게 친절하게 대해 주었나요?<br>　② 증상에 맞게 치료 받았나요?<br>　③ 의사에 대한 만족도는 어떠한가요?<br><br>　* 서로의 역할을 바꿔보니 어떠한가요? |
| **상 담 Point** | ① 서로의 입장에서 이해한다는 것. 때로는 A의 입장이 이해가 안 될 때, A 나름대로의 고충이 있을 것이다.  겉모습만 판단하지 않고, 조금 더 그 사람의 입장에서 생각해 보면서 그 사람을 이해하기가 훨씬 더 쉬울 것이다.<br>② 나의 생각을 정확하게 말하는 것도 중요하다.  내가 어떻게 말하는지에 따라 처방이 완전히 다를 수도 있다는 것을 생각하면서 정확히 말하는 방법도 안내해 주어야 한다.<br>③ 자신의 아픔은 무엇보다 마음먹기에 따라 달라진다고. 자신에게 맞는 정확한 처방과 함께 긍정적인 마인드가 뒷받침되면 그 효과는 더 클 것이다.<br>④ 누군가에게 도움이 될 수 있다는 것도 상기시킨다.  의사의 입장이 되어 봄으로써 나도 누군가를 위로해 줄 수 있고, 공감해 줄 수 있는 역할을 할 수 있다는 것을 알 수 있다.  그럼으로써 자존감 향상에 도움이 된다. |

---

5) 플라시보 효과(placebo effect) : 약효가 전혀 없는 거짓 약을 진짜 약으로 가장, 환자에게 복용토록 했을 때 환자의 병세가 호전되는 효과를 말한다.  만성질환이나 심리상태에 영향을 받기 쉬운 질환에서는 이 플라시보를 투여해도 효과를 보는 경우가 있는데 이를 '플라시보 효과' 라 한다.

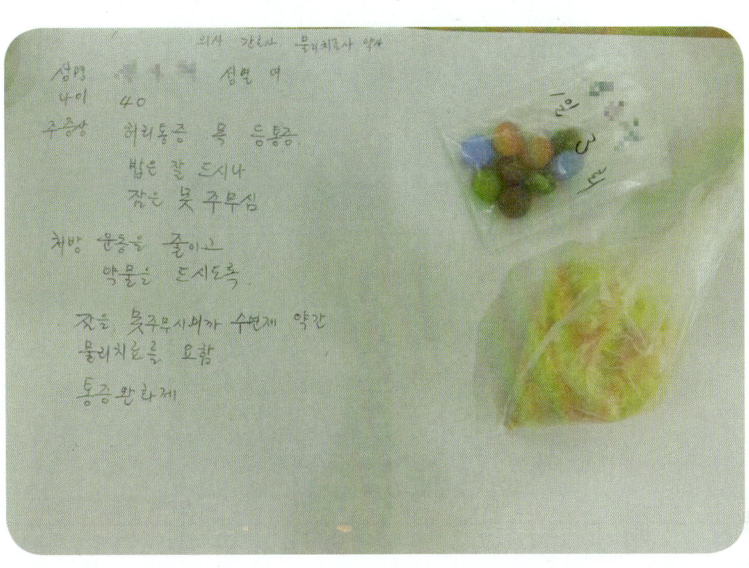

| 나 이 | 40대 초반 | 성 별 | 여 |
|---|---|---|---|

| 설 명 및 소 감 | **〈환자의 입장〉**<br>평소에 허리와 목, 등의 통증이 있어서 고생했는데, 이렇게 앞의 선생님께서 친절하게 물리치료 (두들겨 줌)와 함께 거기에 맞는 통증 완화제와 수면제를 처방해 주었다.  재미있기도 하고, 많이 아플 때 이 약을 먹으면 금방이라도 나을 것 같다. |
|---|---|
| **피드백** | 알고 있는 선생님이 따뜻하게 자신을 생각해서 아픈 곳에 맞는 처방을 주고, 얼른 나을 수 있도록 손으로 어깨를 두들겨주는 모습에 환자의 입장에서 정말 회복이 된 것 같은 느낌이 들 수 있다.  그리고 정성스럽게 지어준 약 봉투.  아마 내담자는 통증이 있을 때 선생님의 마음이 담긴 약 봉투를 보면서 한 번 더 그 선생님을 생각하면서 먹을 것이다.  서로 도와주고, 서로 힘이 되어주는 그런 모습이 아닐까 생각된다. |

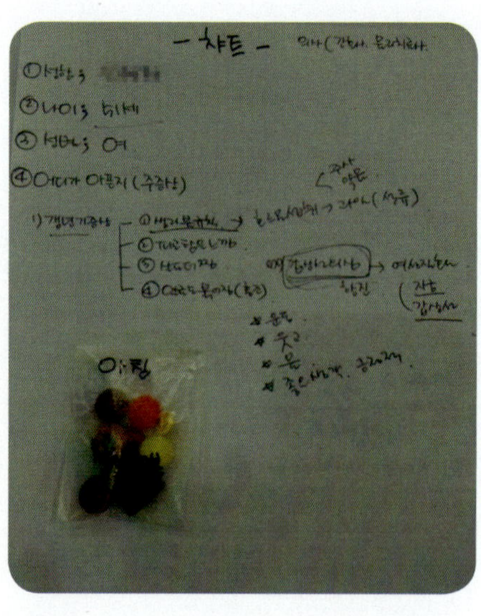

| 나 이 | 50대 초반 | 성 별 | 여 |
|---|---|---|---|

**〈환자의 입장〉**

생리불규칙과 피곤함을 자주 느낀다. 그래서 살도 더 찌고, 얼굴도 붉어지는 증상이 있다. 환자 역할을 맡은 선생님이 거기에 따른 처방을 내려 주었다. 그런데 가장 좋은 점은, 실제의 의사들은 약만 처방을 해 주는데 앞의 의사역할을 맡은 선생님은 웃고, 긍정적인 좋은 생각을 많이 하라고 말씀해 주셨다. 그래서 인간적인 면이 더 많이 느껴진다. 실제 의사선생님의 처방보다 훨씬 더 좋은 처방이다. '꼭 증상이 있을 때는 정성스럽게 처방해 준 이 약을 먹어야지.' 그리고 이제 아프지 않을 것 같은 생각도 들었다. 재미도 있고, 마음이 왠지 더 푸근 해 진다.

**설 명 및 소 감**

**피드백**

좋고 친절한 의사도 많지만, 실제로 앞에 의사역할을 해 주신 선생님의 긍정적인 처방은 아마 환자가 된 내담자에게 더 큰 힘이 되어 준 것 같다. 아플 때 한 번 더 웃게 되고, 한 번 더 좋은 생각을 가지게 될 것이다. 그 약효가 아주 오래 가기를 바란다고 해 주었다.

| 나 이 | 50대 초반 | 성 별 | 여 |
|---|---|---|---|
| 설 명<br>및<br>소 감 | <환자의 입장><br>왼쪽 어깨가 자주 결려서 어려움이 많다.  그런데 의사역할을 해 주신 선생님은 어찌나 친절하던지... 실제 의사들도 더 많이 친절하게 대해 주면 좋게다.  이틀 치 처방이 나왔는데, 정말 이것만 먹고 다 나았으면 하는 바람이다.  꼭 그렇게 되겠지. | | |
| 피드백 | 정성어린 약을 조제 받고, 친절한 의사와 만나서 내담자는 심리적 위로를 받은 것 같다.  또한 긍정적인 바람을 가지게 되었다.  꼭 이 약을 먹을 때 의사의 친절함을 기억하고 잘 낫기를 바랐다. | | |

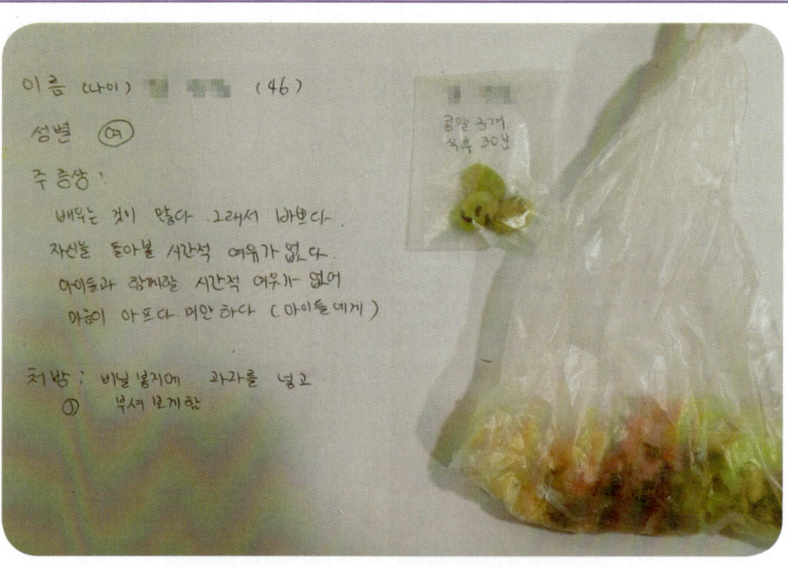


| 나 이 | 40대 중반 | 성 별 | 여 |
| --- | --- | --- | --- |

| | |
| --- | --- |
| 설 명<br>및<br>소 감 | **〈환자의 입장〉**<br>가만히 생각해 보니까 내가 너무 바쁘게 생활하는 것 같다. 그래서 가장 미안한 사람이 우리 아이들이다. 아이들과 그만큼 같이 있는 시간이 줄어들기 때문에 엄마로서 너무나 마음이 아프다. 마침 앞에 의사 역할을 맡아주신 선생님께서 과자를 넣고 마구 부수어보라고 했다. 속으로 '이게 뭐야?' 하면서 의아해했다. 그런데 이렇게 부수니 마음이 좀 풀리는 것 같다. 한편으로는 여유 없는 시간이지만, 아이들을 볼 때 최대한 잘 해 주어야겠다는 생각이 들었다. 항상 같이 있지만, 여건이 안 되니, '이왕 이런 환경이라면 지금의 일에 최선을 다해야지' 하는 마음이다. 오늘 많은 것을 생각해 보는 시간이었다. |
| 피드백 | 가장 중요한 건, 환자 자신의 마음가짐이라는 것을 다시 한번 생각하게 해 주었다. 지금의 환경에서 최선을 다한다는 말에 응원해 주었다. |

이름: 마이크 (69년생) (남)

증상: 눈이 건조함.

처방 : 인공 눈물고. 눈영양제
스마트폰, 컴퓨터 책을
멀리하고 충분히 휴식하기

2015. 3. 9
의사: 만남.

| 나 이 | 40대 후반 | 성 별 | 여 |
|---|---|---|---|
| 설 명<br>및<br>소 감 | **〈환자의 입장〉**<br>눈이 건조해서 특히 환절기 때 고생을 많이 한다. 사정을 말했더니 인공눈물과 눈 영양제를 처방해 주었다. 나에게 꼭 필요한 약을 처방해 주어서 앞에 의사 역할을 맡아 주신 선생님께 감사했다. 이 약을 먹으면 눈이 건조하지 않을 것 같다. 게다가 스마트 폰을 멀리 하고, 충분한 휴식을 가지라는 말에, 다 아는 내용이지만 다시 한 번 생각해 보게 되었다. 그래야지, 스마트 폰이랑 책을 좀 멀리 하고 쉬어야 겠다. 오늘은 가서 푹 쉬어야지. | | |
| 피드백 | 의사가 자신의 마음을 헤아려준다는 것 자체가 내담자에게 힘이 된다. 또한 그런 의사의 처방을 잘 따르는 것도 중요하다. 이 약을 잘 복용해서 눈의 건조함이 얼른 낫기를 바란다. | | |

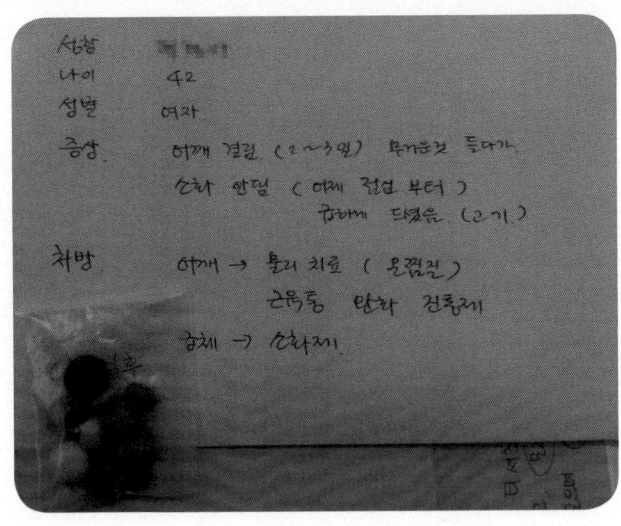



| 나 이 | 40대 | 성 별 | 여 |
|---|---|---|---|

| | |
|---|---|
| 설 명<br>및<br>소 감 | **〈환자의 입장〉**<br>오늘 하루 종일 소화가 안 돼서 너무나 불편했는데 병원에도 못 가서 더욱 힘들었다. 그런데 의사 역할을 하는 분이 거기에 맞게 소화제를 처방해 주셨다.  게다가 어깨 결림도 있었는데 그것도 처방해 주셨다.  일반 병원에는 내과도 가야 하고 정형외과도 가야하는데, 지금은 모두 다 포함한 약을 지어 주셔서 금방 다 나을 것 같다.  재미도 있고 아픈 곳이 나은 것 같은 느낌이 든다.  즐거운 활동이다. |
| 피드백 | 진짜 병원은 아니지만, 그래도 즐거움을 주는 그런 활동이 내담자에게 도움이 되었다고 한다.  그 마음이 오래 갔으면 좋겠다.  어떤 아픔이든지 내가 어떻게 마음을 먹느냐가 중요하다.  긍정적인 마음을 가지고 생활한다면 더 많이 좋아질 것이다.  그러나 급체했으니까 병원은 꼭 가보라고 했다. |

| 나 이 | 40대 | 성 별 | 여 |
|---|---|---|---|

| 설 명<br>및<br>소 감 | **〈의사의 입장〉**<br>내가 의사가 되었다. 의사의 입장이 되어보니, 환자가 얼마나 고통스러워하는지, 나도 저렇게 아플 때가 있었는데 하는 마음에 더욱 공감하면서 환자의 입장을 들었다. 그리고 거기에 따른 처방을 하면서도 꼭 이 약을 먹고 잘 낫기를 하는 마음이 있었다. 앞의 환자가 회복되었다는 이야기를 듣고 싶다. 진정으로 마음의 쾌유를 빌었으니 그렇게 되겠지. 활동이 즐거움을 주면서도 한 편으로는 의사의 고충도 느껴진다. 조금은 의사의 입장이 되어봄이 도움이 되었다. |
|---|---|
| **피드백** | 의사의 입장이 되어봄으로써 의사의 고충을 알게 되었다고 한다. 하루에 만나는 환자 수를 보았을 때 매번 친절하게 환자를 대한다는데 그리 쉽지만은 않을 것이다. 그러나 친절한 의사도 굉장히 많다. 이렇게 꼭 의사의 입장이 되어보는 것도 중요하지만, 다른 상황에서 내가 다른 사람의 입장이 되어봄으로써 상대방을 더욱더 생각할 수 있을 것이라고 말해 주었다. |

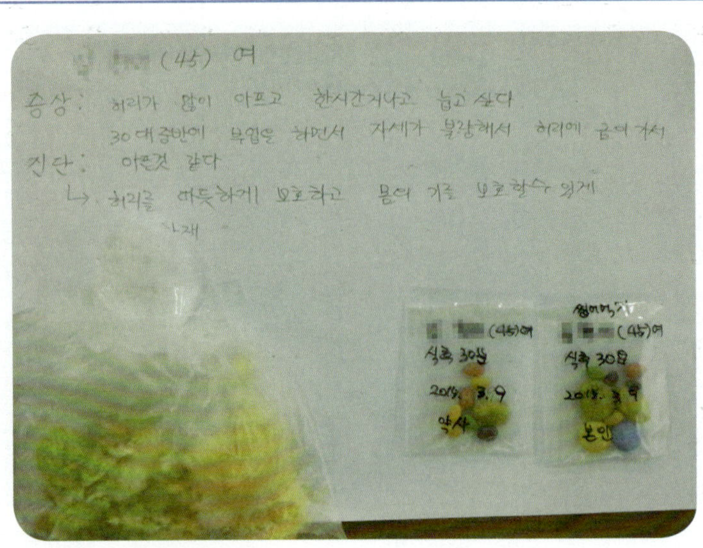

| 나 이 | 40대 | 성 별 | 여 |
|---|---|---|---|

| | |
|---|---|
| 설 명<br>및<br>소 감 | **〈의사의 입장〉**<br>의사의 입장에서 앞에 환자 역할을 하는 선생님을 보니까 많이 힘들었겠구나 하는 생각이 들었다.  인체에서 가장 중요한 부분 중의 하나가 허리인데 부업을 하면서 자세가 안 좋아서 아프게 되었다니 내가 더 마음이 아프다.  그래서 스트레스에 효과가 있는 푸드 재료를 일회용 비닐봉투에 넣어 주었다.  그리고 원하는 대로 부숴도 되고, 먹어도 된다고 했다.  그랬더니 과자를 부수었다.  부수면서 얼굴이 점점 환해지면서 "시원해지는 것 같아요" 라는 말을 들으니, '내가 처방을 잘 했구나' 라는 생각이 들었다.  참 뿌듯했다.  얼른 이 약을 먹고 나았으면 좋겠다. |
| 피드백 | 본인이 다른 사람에게 도움을 줄 수 있는 존재라는 것.  그것이 가장 중요하다. 다른 사람을 배려하고, 그 사람의 입장에서 조금만 생각하면 오히려 본인이 더욱더 뿌듯하다는 것을 느꼈을 것이다. 앞으로도 다른 사람의 입장에서 한 번 더 생각해 주길 바란다. |

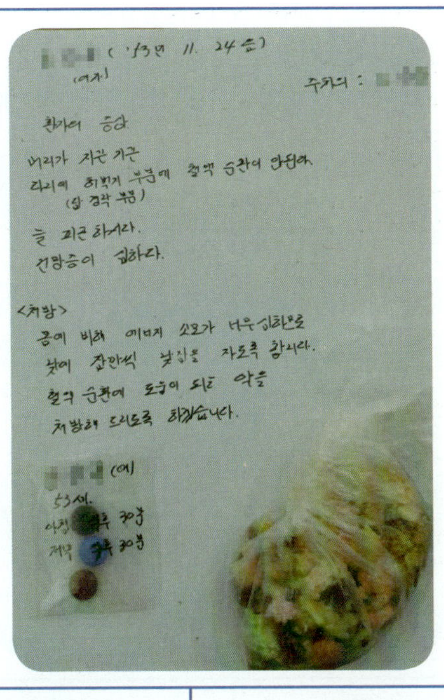

| 나 이 | 40대 후반 | 성 별 | 여 |
|---|---|---|---|

**〈의사의 입장〉**

앞의 내담자는 평소 가깝게 지내는 선배이다. 그런데 겉으로는 건강한 것 같았는데, 이렇게 아파하셨구나 하는 생각이 들었다. 한편, '그런 줄도 몰랐구나, 더 잘 대해 주어야지' 하는 마음도 가졌다. 그런 마음을 담아서 혈액순환에 도움이 되는 약을 처방해 주었다. 처방해 주면서 빨리 나을 수 있도록 기도해 주었고, 스트레스 해소에 좋은 과자 부수기도 처방해 주었다. 환자가 고맙다고, 이렇게 처방해 주어서 너무나 감사하다고 한다. 왠지 뿌듯하다.

**피드백**

선배지만, 겉으로는 건강해 보여도 알지 못하는 아픔이 있다는 것을 알았을 것이다. 사람을 겉으로만 판단해서는 안 된다는 것을 상기시키면서, 보다 더 돈독한 우정을 간직하기를 바랐다.

| 나 이 | 60대 후반 | 성 별 | 여 |
|---|---|---|---|

| 설 명<br>및<br>소 감 | **〈의사의 입장〉**<br>환자 역할을 하는 내담자를 너무나 잘 안다.  평소 아프다는 말을 자주하긴 했는데, 이렇게 많이 아팠었구나 하고 새삼 더 느끼게 되었다.  마음을 다하여 처방을 해 주었다.  스트레스 해소용 혈액 순환제와 심호흡 하기를 권했다.  그리고 앞으로 많은 일을 하게 될 환자인데, 건강관리를 잘 해야 된다고 진심으로 이야기해 주었다.  그러니까 오히려 환자가 내 걱정을 더해 주었다.  나에게도 건강하라고.  서로 마음이 잘 맞는다.  건강을 더 잘 챙겨주어야지. |
|---|---|
| **피드백** | 의사와 환자가 아는 사이지만, 서로의 우정을 확인할 수 있는 계기가 된 것 같다. 앞으로도 서로 더 챙겨주고, 더 좋은 우정을 만들어가기를 바란다고 말씀드렸다. |

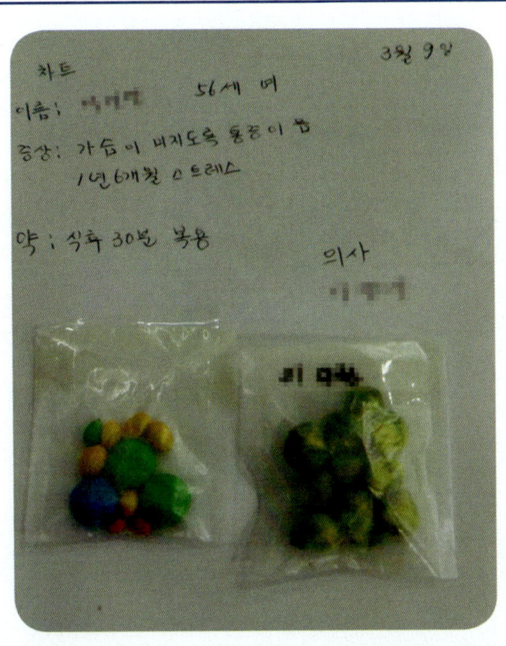

| 나 이 | 50대 | 성 별 | 여 |
|---|---|---|---|

| | |
|---|---|
| 설 명<br>및<br>소 감 | **〈의사의 입장〉**<br>가슴이 메어지는 통증을 호소했다.  나도 저런 적이 있었는데… 그런데 환자 역할을 하는 분은 1년 6개월이나 스트레스를 받아서 이런 통증이 있다고 한다.  나와 비교해 보았다.  나는 왜 스트레스를 받았는지…  오히려 이 프로그램을 하면서 나를 더 돌아보게 되었다.  내가 처방 받는다 생각하고 더 열심히 처방해 주었다.  꼭 이 약을 먹고 나으시고, 내 스트레스가 날아갔으면 했다. |
| 피드백 | 이 역할을 통해 자신을 생각할 수 있게 되었다고 한다.  그래서 환자의 아픔이 더 가슴에 와 닿았을 것이다.  내가 의사의 역할을 하지만, 그것으로 인하여 오히려 내가 나의 치료자 역할을 할 수 있다는 중요성을 상기시켜 드렸다. |

# 내가 나를 위로하는 날

가끔은 아주 가끔은
내가 나를 위로할 필요가 있네


큰 일 아닌데도 세상이
끝날 것 같은 죽음을 맛볼 때
남에겐 채 드러나지 않은 나의 허물과
약점들이 나를 잠 못 들게 하고
누구에게도 얼굴을 보이고 싶지 않은
부끄러움에 문 닫고 숨고 싶을 때


괜찮아 괜찮아, 힘을 내라고
이제부터 잘 하면 되잖아
조금은 계면쩍지만 내가 나를 위로하며
조용히 거울 앞에 설 때가 있네


내가 나에게 조금 더 따뜻하고 너그러워지는
동그란 마음, 활짝 웃어주는 마음
남에게 주기 전에 내가 나에게
먼저 주는 위로의 선물이라네

- 이해인 -

## 4. 현재의 문

### 1) 자화상

#### ① 자화상 – 활동 개요

| 목 적 | 자신의 자화상을 만들면서 자신의 장점과 단점에 대하여 이야기 해 본다 (자아성찰). |
|---|---|
| 준비물 | 라면사리, 색깔 뻥튀기, 색깔 초콜릿, 꼬불이 과자, 계란 과자, 상추, 깻잎 등. |
| 진행순서 | 나는 나 자신을 어떻게 생각하는가? 나의 얼굴을 진지하게 바라본 일이 있는지, 내가 좋아하는 것, 내가 싫어하는 것, 내가 좋아하는 사람, 내가 싫어하는 사람. 나는 어떤 것을 할 때 가장 기분이 좋은지, 아니면 가장 싫은지… 앞으로 나는 어떤 사람이 되고 싶은지. 이 시간에는 나 자신을 조용히 바라보면서 나를 생각해 보는 시간을 갖는다.<br><br>① 어린 시절부터 현재까지를 회상하면서 자신이 어떤 모습으로 살아왔는지를 생각해 본다(명상).<br>② 이 과정에서 떠오르는 모습을 이미지화 한다.<br>③ 자신의 이미지를 푸드 재료를 가지고 상징이나 사실적으로 표현해 본다. |
| ☞ 잠깐!!! | 과거의 모습이나, 아니면 미래의 자신의 모습을 구성해도 된다. |

| | |
|---|---|
| **질문방법** | ① 명상하는 과정에서 떠오르는 자화상은 어떤 모습인가요?<br>② 자화상이 어느 때의 모습인가요? (과거, 현재, 미래)<br>③ 과거나 미래일 경우 왜 그때의 모습으로 표현했나요?<br>④ 어느 곳을 표현하기가 어려웠나요?<br>⑤ 자신이 바라는 자화상은 어떤 모습인가요?<br>⑥ 원하는 모습으로 되기 위해서는 무엇이 필요할까요?<br>　그러기 위해 자신이 해야 하는 것은 어떤 것일까요? |
| **상 담 Point** | ① 과거를 표현 한것은, 지금보다 과거를 훨씬 더 그리워해서 표현할 수도 있다.<br>② 미래를 표현 한것은, 지금보다 미래를 상상하는 것이 더 낫기 때문에<br>　그렇게 표현할 수 있다.<br>③ 가장 표현하기 어려운 곳이 자신이 가장 자신 있거나, 가장 자신이 없는 곳일 수 있다. |

② 자화상 – 임상사례

| 피드백 전 | 피드백 후 |
|---|---|
| | |

| 특 징 | 늦둥이를 출산한 지 얼마 안 됨 (30대 후반, 여) |
|---|---|
| 설 명 및 소 감 | 나의 모습을 생각하면서 자화상을 만들어 보았다.  출산하기 전에는 목걸이도 하고, 귀걸이도 하고, 화장도 하고  예쁘게 꾸미고 다녔는데, 이렇게 만들고 보니 갑자기 마음이 다운되는 것 같다.  지금은 젖먹이의 엄마에 불과하다는, 왠지 그런 생각이 드는 것 같다. |
| 피드백 | 내담자가 예쁘게 자신을 꾸미고 싶지만, 젖먹이 아이가 목걸이든, 귀걸이든 잡아당기기 때문에 아무것도 하지 못한다.  그래서 많이 쳐져 있고, 본인이 생각하는 예쁜 모습이 아니다.  원하는 모양으로 변형하고 싶은지 물어보았다.  내담자는 목걸이도 꾸미고, 귀걸이도 만들었다.  이렇게 하고 보니, 정말 액세서리를 한 것 같은 느낌이 든다고 한다.  예뻐진 얼굴을 보고 흐뭇해 한다.  얼른 아이를 키우고, 정말 이렇게 꾸미고 다닐 거라고. 그래도 이렇게 꾸며 봄으로써 만족함에 뿌듯해 했다. |

| 피드백 전 | 피드백 후 |
| --- | --- |
|  |  |

| **특 징** | 결혼 전부터 긴 머리였다 (50대 초반, 여). |
| --- | --- |
| **설 명<br>및<br>소 감** | 내 얼굴을 가만히 생각하면서 자화상을 꾸몄다. 그리고 보니 언제나 긴 머리였다. 야채로 긴 머리를 꾸미고, 수박 껍질로 얼굴을 표현하고, 입술도 수박을 잘 잘라서 표현하였다. 방울토마토로 귀걸이도 했다. 좀 지저분하지만, 멋진 자화상이다. |
| **피드백** | 내담자에게 혹시 만들고 나서 보니, 맘에 들지 않은 것이 있냐고 물었다. 내담자는 "으음, 긴 머리요, 생각해 보니까, 남편이 머리를 자르는 것을 싫어해서, 지금껏 한 번도 짧게 해 본 적이 없던 것 같아요. 머리 자르는 것 정말 싫어하거든요." 라고 대답했다. 유난히 긴 머리가 눈에 띄었다. 내담자는 곰곰이 생각하더니 머리를 꾸민 야채를 치우고, 짧은 머리로 만들었다. "와, 이렇게 머리 자르니까 훨씬 산뜻해요. 깔끔해 보이기도 하구요. 남편한테 혼날까봐 정말 머리를 자를 순 없는데, 이렇게 여기서 짧게 하니까 정말 미용실 가서 컷트 한 것처럼 느껴지는데요, 고맙습니다. 기분 정말 좋네요" 라고 이야기했다. 실제로는 그렇게 할 순 없지만, 이 시간을 통해서 원하는 바를 이룰 수 있어서 좋아하는 내담자를 보니 마음이 흐뭇해졌다. |

| 피드백 전 | 피드백 후 |
| --- | --- |
|  |  |

| | |
| --- | --- |
| **특 징** | 눈병에 걸렸다 (30대 초반, 여). |
| **설 명<br>및<br>소 감** | 수박을 이용하여 자화상을 만들었다. 먹는 수박으로 이렇게 얼굴을 만들 수 있다는 것에 대해 참 재미있었다. 예쁜 머리핀도 꽂았다. 눈병에 걸려서 눈이 침침했다. 그래서 눈 안을 과자로 표현했다. |
| **피드백** | 내담자가 웃는 표정의 자화상을 만들었다. 귀엽게 웃는 얼굴. 눈에 과자가 있어서 맑게 보지 못하는 점을 생각하여 내담자에게 눈에 있는 과자를 한번 치워 보는 게 어떻겠냐고 물어 보았다. "아, 그러면 더 좋을 것 같은데요?" 라고 말했다. 과자를 치우고 보니 훨씬 더 깨끗해 보인다고 했다. 얼른 눈병이 나아서 이렇게 맑게 보면 좋겠다라고 하면서 눈이 맑아진 느낌이라고 했다. |

| 피드백 전 | 피드백 후 |
|---|---|

| **특 징** | 다문화 가정, 학교에서의 왕따, 부적응 (14살/중1, 여) |
|---|---|
| **설 명<br>및<br>소 감** | 얼굴 두 개를 꾸몄는데 왼쪽은 내 친구, 오른 쪽은 나의 얼굴이다. 친구는 말도 참 잘한다. 그리고 예쁘다. 그 친구는 샘이 날 정도로 인기도 많고, 공부도 잘한다. 항상 나는 그 친구가 부럽다. 나도 내 주변에 친구들도 많고, 예뻤으면 좋겠다. |
| **피드백** | 내담자에게 만들고 나서 혹시 바꾸고 싶은 게 있냐고 물었다.  그랬더니, 자신의 입을 과자 하나로 표현했는데, 두 개로 표현하고 싶다고 했다.  그렇게 해 보라고 했다.  과자를 두 개로 표현하고 나서 느낌을 물어 보았다.  이제 말할 수 있을 것 같다고, 입이 많아지니까 자신감이 생겼다고 한다.  그리고 내담자에게 이렇게 말해 주었다.  "너는, 이 친구보다 세상을 볼 수 있는 눈을 더 초롱초롱 하게 만들었어, 그래서 이 친구보다 세상을 잘 바라볼 수 있단다.  입은 네가 두 개로 만들어서 이젠 친구처럼 말할 수 있지만, 세상을 바라보는 눈은 네가 훨씬 더 밝게 볼 수 있단다.  자신감을 가지렴." 내담자는 '아~~~ ' 하면서 눈에 빛이 났다.<br>자존감도 낮고, 주위에 친구가 없어서 늘 외롭게 지내는 여중생이다.  자화상을 만들면서 자신의 장점을 많이 찾게 되었다고, 축 처졌던 어깨에 힘이 들어 간다. |

| 특　징 | 학교 폭력 가해자 (15세/중2, 여) |
|---|---|
| 피드백 | **〈 아이가 만든 – 엄마의 얼굴 〉**<br>엄마의 얼굴을 만들었다. 핀까지 꽂아서 예쁘게 엄마의 얼굴을 만들었다. 입술을 포장지를 이용하여 유난히 빨갛게 표현하였다. 평소 엄마가 입술을 빨갛게 화장하고 다니시냐고 물으니, 아니라고 답했다. "그냥 이렇게 표현했어요.."라고 했다. 그런데, 이야기를 계속 하다 보니, 평소 엄마가 아이에게 좋지 않은 말을 한다고 한다. 듣기 힘들 정도로 좋지 않은 말을 한 것이 아이에게는 듣기 싫은 소리로, 그래서 엄마가 말을 안 했으면 좋겠다라고까지 했다. 아이는 학교 폭력의 가해자이다. 엄마에게 안 좋은 말을 듣고 자랐기 때문에, 다른 친구들에게도 사용하지 말아야 할 언어를 사용하여 친구들을 힘들게 한 것 같다. 본인이 당한 상처를 본인도 모르게 친구들에게 사용해서 학교폭력 가해자가 된 것 같다. 좀 더 관심과 사랑을 가지고 아이를 대해 주어야겠다고 생각했다. |

| | |
|---|---|
| **특 징** | 학교 폭력 가해자 (15세/중2, 여) |
| **피드백** | **〈 아이가 만든 – 엄마의 얼굴 〉**<br><br>아이가 만든 엄마의 얼굴이다.  매우 화난 표정이다.  아이가 엄마를 생각했을 때 제일 먼저 떠오르는 표정이 이 표정이라고 한다.  눈도 화가 나 있고, 입으로는 좋지 않은 말을 하고 있다고 한다.  평소에 엄마가 아이에게 좋지 않은 말을 하신다고 한다.  아이가 학교 폭력의 가해자이다.<br>엄마의 얼굴을 어떻게 변형했으면 좋겠냐는 질문에 환하게 웃고 있는 얼굴을 만들었다.  변형 후의 모습을 사진에 담진 못해 아쉽다.  엄마의 얼굴이 환해지게 하기 위해서는 본인도 노력을 해야 한다고 하니까 노력해 보겠다고 한다.  그래서 다시금 웃을 수 있는 가정이 되길 진심으로 바란다. |

| 특 징 | 큰 사고로 신체적 어려움을 겪었음 (40대 후반, 여) |
| --- | --- |
| 피드백 | 전체적으로 보았을 때, 오른쪽으로 약간 치우쳐 있는 자화상을 만들었다.  내담자는 몇 년 전에 큰 사고로 인하여, 앞으로 걸을 수도 없을 거라는 판정을 받았었다고 한다. 장시간 걸을 때는 힘들지만, 그래도 걸을 수 있고, 활동할 수 있을 만큼 많이 좋아졌다고 한다.  그러나 기억력은 많이 떨어져서 몇 번을 외워도 잘 잊어버린다고 한다.  자화상의 모습에서도 이러한 신체적, 정신적인 상황이 반영되어서 균형이 맞지 않게 약간 오른쪽으로 기울여져 있게 나타냈다. |

| 나 이 | 30대 후반 | 성 별 | 여 |
|---|---|---|---|

| 설 명<br>및<br>소 감 | 깻잎으로 앞머리와 옆머리를 꾸미고, 입도 빨갛고, 귀엽게 웃는 표정을 만들었다. 귀에는 예쁜 귀걸이까지.  자화상을 꾸미면서 대학생 시절에 이렇게 귀엽게 하고 캠퍼스를 누비던 생각이 난다.  그땐 참 발랄하고, 순수하고, 깨끗하고 좋았었는데, 지금은 이렇게 아줌마로 살아가는 모습이 조금은 속상하기도 하다.  그래도 만들면서 이때의 기분을 느낄 수 있었다. |
|---|---|

| 피드백 | 젊었던 시절을 그리워하는 마음.  하지만, 그때의 그 발랄함을 느낄 수는 없지만, 지금의 위치에서 아이의 엄마로서 잘 보살피고, 아내로서 남편을 잘 내조하는 일도 중요한 일임을 얘기해 주었다.  아줌마의 모습도 아름다울 수 있다고.  그때를 그리워하지만, 지금의 생활에서도 뿌듯한 마음을 가진 것 같다. |
|---|---|

| 나 이 | 50대 | **성 별** | 남 |
|---|---|---|---|

| **설 명 및 소 감** | 나비넥타이를 하고, 넉넉한 웃음을 짓고 있는 여유로운 표정의 자화상이다. 나이가 들어서 이런 나비넥타이를 할 수는 없지만, 이렇게 자화상에는 표현하고 싶었다. 만든 것을 바라보니 참 많이 흐뭇하다. |
|---|---|

| **피드백** | 항상 애칭이 '바보' 라고 한다. 바보! 아무것도 몰라서 바보가 아니라 바보의 순수함이 좋아서, 아무 걱정 없는 바보가 좋아서 바보를 쓴다고 한다. 이 자화상에서도 내담자가 이야기했듯이 넉넉함이 묻어 나온다. 그리고 나비넥타이를 하면서 단정하고자 하는 마음. 바보의 넉넉함과 단정함으로 나이를 한 살 두 살 먹으면서도 그런 모습을 하고 싶은 마음이 담겨 있다. |
|---|---|

| 나 이 | 50대 후반 | 성 별 | 여 |
|---|---|---|---|

| 설 명<br>및<br>소 감 | 조금은 어설프지만 나의 모습이다. 나이가 들어 머리 숱도 별로 없지만, 이렇게 발그스레한 표정으로 다니고 싶다. |
|---|---|

| 피드백 | 말을 많이 하는 직업을 갖고 있는 내담자다. 그래서 입을 동그란 과자 두 개로 표현하였다. 자신도 모르게 표현한 입의 크기. 말을 많이 하는 직업이기도 하지만, 말하는 것을 즐거워하는 내담자이기에 본인도 모르게 무의식 중에 이렇게 표현한 것 같다. |
|---|---|

| 나 이 | 70대 초반 | 성 별 | 여 |
|---|---|---|---|

| | |
|---|---|
| **피드백** | 70대 초반의 자화상이다.  한 쪽 귀는 얼굴 뒤쪽으로 들어가 있고, 한 쪽 귀는 동그랗게 표현하였다.  연세가 있으셔서 귀가 잘 안 들리시냐고 여쭤보니, 한 쪽 귀가 잘 안 들린다고 하신다.  그냥 이렇게 꾸몄을 뿐인데, 본인의 약한 점이 드러나 있다.  입술을 빨갛게 표현한 것으로 보아 연세는 있지만, 여자이고 싶은 것은 본능이 아닐까 한다. |

| 나 이 | 40대 초반 | 성 별 | 여 |
| --- | --- | --- | --- |

| **피드백** | 자신의 얼굴을 여러 가지 과자를 사용하여 표현하였다.  긴 시간 심혈을 기울여서 만든 자화상.  다 만들고 난 후 얼마나 뿌듯해 하던지… 본인의 얼굴이 마음에 드냐고 물어보니, "네, 정말 마음에 들어요.  저랑 똑같이 생겼죠?, 으음, 그러고 보니까, 목이 유난히 기네요.  제 목은 짧은데 ㅋㅋ" 자신의 모습은 희망 사항이 들어가기도 한다.  목이 짧으면 길게, 얼굴이 크면 좀 날씬한 v라인으로 구성하기도 한다.  자신의 통통한 외모에서 날씬하고자 하는 마음이 담겨있는 자화상이 아닐까 한다. |
| --- | --- |

# 자신을 과소평가하지 말라

당신 자신을 다른 사람들과 비교함으로써 스스로 과소평가하지 말라.

왜냐하면 우리 각자는 모두 다르고 특별한 존재이기 때문이다.

당신의 목표를 다른 사람들이 중요하다 생각하는 것에 두지 마라.

자기에게 무엇이 제일 잘 맞는지는 자신만이 안다.

- 랜디 포시 (마지막 강의) -

## 2) 나의 소중한 네 가지

### ① 나의 소중한 네 가지 – 활동 개요

| 목 적 | 살면서 가장 소중하게 생각하는 네 가지는?<br>나에게 있어서 가장 소중한 네 가지(사람, 사물, 가치관 등)가 무엇인지 생각해 보며, 그 중에서 가장 중요하게 생각되는 것이 무엇인지 알아본다. |
| --- | --- |
| 준비물 |  <br><br>식빵, 잼, 색깔 뻥튀기, 초코송이, 고래밥, 떡볶이 과자, 꿈틀이, 젤리, 뻥튀기, 식용 가위, 사인펜 등 |
| 진행순서 | 내가 소중하게 생각하고 있는 것은 무엇인가? 사람들(가족, 친척, 친구, 은사, 선·후배 등)도 있고 물건(핸드폰, 일기장, 책 등)도 있으며 가치관(사랑, 믿음, 예의 등)도 있을 것이다. 그러한 것들 중에서 가장 나에게 소중한 것은 무엇이며 죽을 때까지 가지고 가고 싶은 것이 있다면 무엇인지를 생각하면서 활동한다.<br><br>① 나에게 있어서 가장 소중한 것이 무엇인지 네 가지를 생각한다.<br>② 네 장의 식빵을 가지고 나에게 소중한 네 가지를 꾸며 본다.<br>③ 네 가지가 무엇인지 서로 나눈다.<br>④ 네 가지 중에 한 가지씩 빼서 최후의 한 가지가 남겨지게 한다.<br>⑤ 남은 한 가지를 가지고 서로 나눈다. |
| ☞ 잠깐!!! | ① 진행할 때 반드시 하나가 남을 때까지 뺀다고 절대 말하지 않는다.<br>　(하나 빼고 이야기 나눈 후, 다음 것을 빼고, 최후 1개 남을 때까지 이러한 방법으로 진행한다.)<br>② 인원이 많을 경우에는 식빵 한 장을 네 등분으로 나누어서 해도 된다.<br>③ 대상에 따라서 소중한 네 가지(③번 활동까지)에 대한 활동까지만 하고, 소중한 것에 대해서만 충분히 나눈다(즉, 하나씩 빼지 않아도 된다). |

| 질문방법 | ① 나에게 있어서 소중한 네 가지는 무엇인가요?<br>② 한 가지씩 뺄 때의 느낌은 어땠나요?<br>③ 최후의 한 가지는 어떤 것이고, 다른 것보다 왜 그것이 최후까지 남았는지 이야기해 주시겠어요? |
| --- | --- |
| 상 담<br>Point | ① 나에게 있어서 네 가지 모두 중요하다. 그러나 인생은 선택의 연속이다. 선택하고 싶지 않지만, 부득이하게 선택할 수밖에 없는 상황에서 나는 과연 어떤 것을 선택할지, 선택하지 못한 것에 대한 마음과, 선택한 것에 대한 마음 등을 느끼게 하는 시간이다.<br>② 상황 속에서 우선순위를 결정하는 문제와 연관하여 상담한다.<br>③ 내담자가 뺄 수 없다고 할 때, 그래도 가급적 꼭 선택해야 할 상황이라고 가정해서 선택하게 한다.<br>(예를 들어, 죽기 전까지 꼭 가지고 가야할 것이 무엇인지 생각하고 선택하게 한다.) |

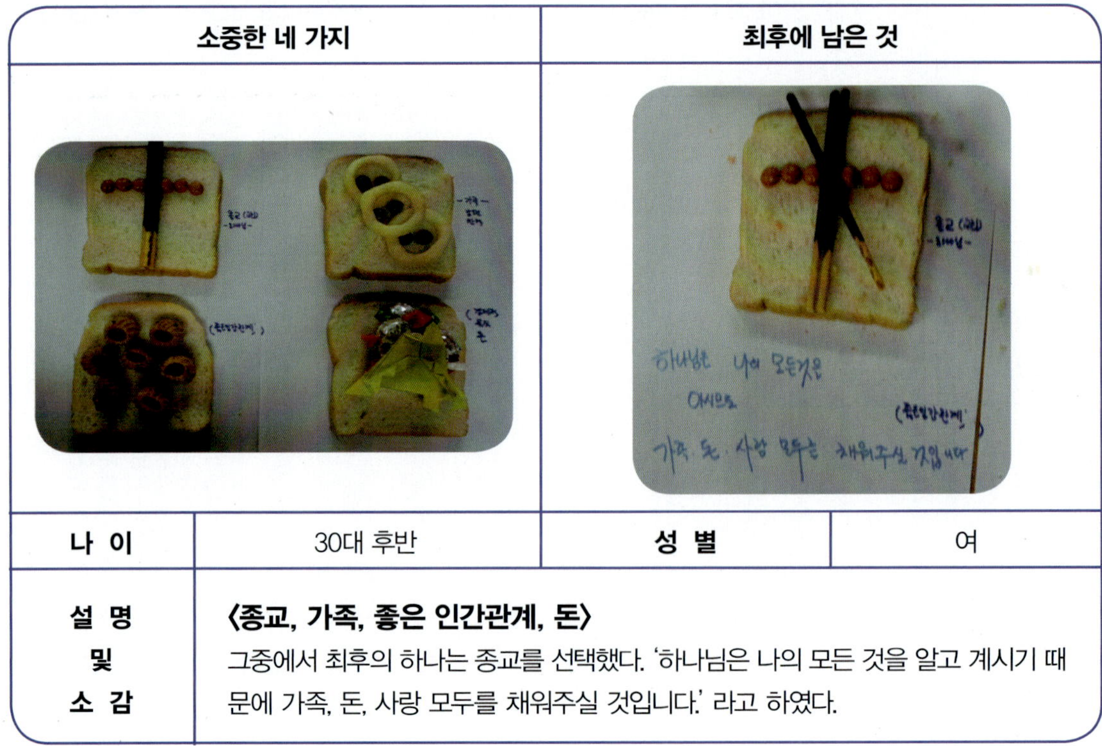

| 소중한 네 가지 | 최후에 남은 것 | |
|---|---|---|
| **나 이** | 40대 초반 | **성 별** | 여 |

| 설 명<br>및<br>소 감 | **〈기쁨, 비전, 사랑, 믿음〉**<br>위의 네 가지로 인하여 신뢰가 형성되었고, 네 가지의 가치관 중 최후의 하나는 믿음이다. 믿음만 있으면, 다른 세 가지도 그 분께서 받을 수 있기 때문이다. |

| 소중한 네 가지 | 최후에 남은 것 | |
|---|---|---|
| **나 이** | 30대 후반 | **성 별** | 여 |

| 설 명<br>및<br>소 감 | **〈종교, 가족, 좋은 인간관계, 돈〉**<br>그중에서 최후의 하나는 종교를 선택했다. '하나님은 나의 모든 것을 알고 계시기 때문에 가족, 돈, 사랑 모두를 채워주실 것입니다.' 라고 하였다. |

| 소중한 네 가지 | 최후에 남은 것 |
| --- | --- |
| | |

| 나 이 | 30대 후반 | 성 별 | 여 |
| --- | --- | --- | --- |

| 설 명<br>및<br>소 감 | 〈밝음, 진심, 사랑, 더불어 사는 삶〉<br>그 중에서도 더불어 사는 삶이 나의 최후의 가치관이었다.  다른 세 가지의 가치관을 바탕으로 다른 사람과 더불어 사는 삶이 궁극적인 목적이 된다.  그렇기 때문에 밝아져야 하고, 사랑이 있어야 하고, 진심이 있어야 한다고 생각한다. |
| --- | --- |

| 소중한 네 가지 | 최후에 남은 것 |
| --- | --- |

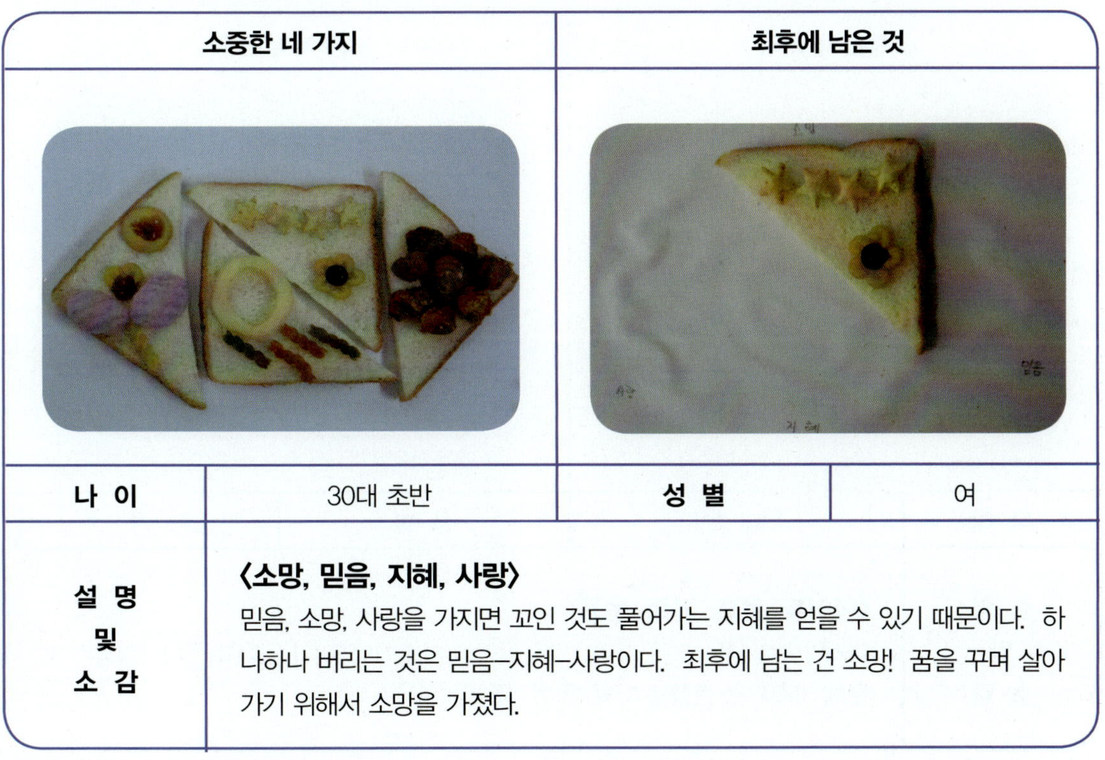

| 나 이 | 30대 초반 | 성 별 | 여 |
| --- | --- | --- | --- |

| 설 명<br>및<br>소 감 | 〈소망, 믿음, 지혜, 사랑〉<br>믿음, 소망, 사랑을 가지면 꼬인 것도 풀어가는 지혜를 얻을 수 있기 때문이다.  하나하나 버리는 것은 믿음–지혜–사랑이다.  최후에 남는 건 소망!  꿈을 꾸며 살아가기 위해서 소망을 가졌다. |
| --- | --- |

| 소중한 네 가지 | 최후에 남은 것 |
| --- | --- |
|  | 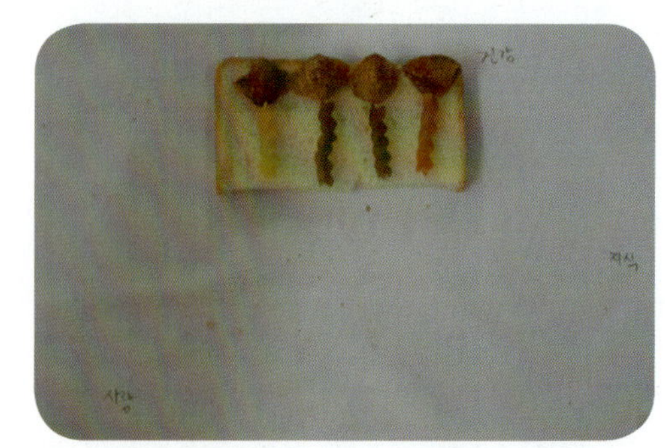 |

| 나 이 | 30대 중반 | 성 별 | 여 |
| --- | --- | --- | --- |

| 설 명<br>및<br>소 감 | 〈건강, 지식, 웃음, 사랑〉<br>그중에서 가장 나중에 남은 건 건강이다.  이번에 남편이 고혈압이라는 판정을 받고서, 건강이 가장 중요함을 새삼 깨달았다. |
| --- | --- |

| 소중한 네 가지 | 최후에 남은 것 |
| --- | --- |
|  |  |

| 나 이 | 40대 중반 | 성 별 | 여 |
| --- | --- | --- | --- |

| 설 명<br>및<br>소 감 | 〈아이들, 목표, 가족, 웃음〉<br>마지막으로 남은 것은 가족.  가족이 있어서 삶의 의미가 있다고 한다.  그렇기 때문에 가족의 소중함을 다시 한 번 깨달았다. |
| --- | --- |

| 소중한 네 가지 | 최후에 남은 것 |
| --- | --- |
|  |  |

| 나 이 | 40대 후반 | 성 별 | 여 |
| --- | --- | --- | --- |

| 설 명<br>및<br>소 감 | **〈바르게 살기, 평화, 따뜻함, 건강〉**<br>마지막으로 남은 것은 건강이다.  건강을 잃으면 모든 것을 잃기 때문에 건강이 가장 소중하다. |
| --- | --- |

| 소중한 네 가지 | 최후에 남은 것 |
| --- | --- |
|  | 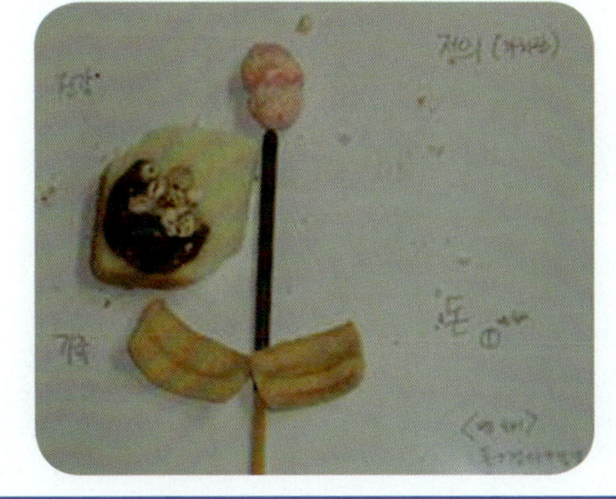 |

| 나 이 | 30대 중반 | 성 별 | 여 |
| --- | --- | --- | --- |

| 설 명<br>및<br>소 감 | **〈건강, 정의, 가족, 돈〉**<br>위의 네 가지가 정말 소중하다.  그래도 할 수 없이 빼라고 해서 뺀 순서는 돈, 정의, 건강이다.  남아 있는 한 가지는 바로 가족이다.  가족이 있어야 내가 사는 이유가 있으니까.  새삼 가족의 소중함을 더 절실히 알게 되었다.  아이 때문에 힘들어서 집이 싫어질 때도 있었지만, 그래도 소중한 내 가족!!! |
| --- | --- |

<table>
<tr><th>소중한 네 가지</th><th>최후에 남은 것</th></tr>
<tr><td></td><td></td></tr>
</table>

| 나 이 | 20대 초반 | 성 별 | 여 |
|---|---|---|---|

**설 명 및 소 감**

**〈웃음, 사랑하는 사람들, 예쁜 멍멍이, 좋은 차〉**

마지막에 남은 것은 사랑하는 사람들이다.  내게 있어 사랑하는 사람들이 가장 큰 삶의 의미이다.  더욱더 사랑하면서 살아야지!!!

<table>
<tr><th>소중한 네 가지</th><th>최후에 남은 것</th></tr>
<tr><td></td><td></td></tr>
</table>

| 나 이 | 40대 초반 | 성 별 | 여 |
|---|---|---|---|

**설 명 및 소 감**

**〈꿈, 추억과 기억, 나, 가족〉**

내게 가장 소중한 최후의 하나는 나!!!

내가 있어야 모든 걸 할 수 있으니까!!!  그런데 다른 것들을 버린다는 게 참 맘이 아프다.

<table>
<tr><th>소중한 네 가지</th><th>최후에 남은 것</th></tr>
<tr><td colspan="2">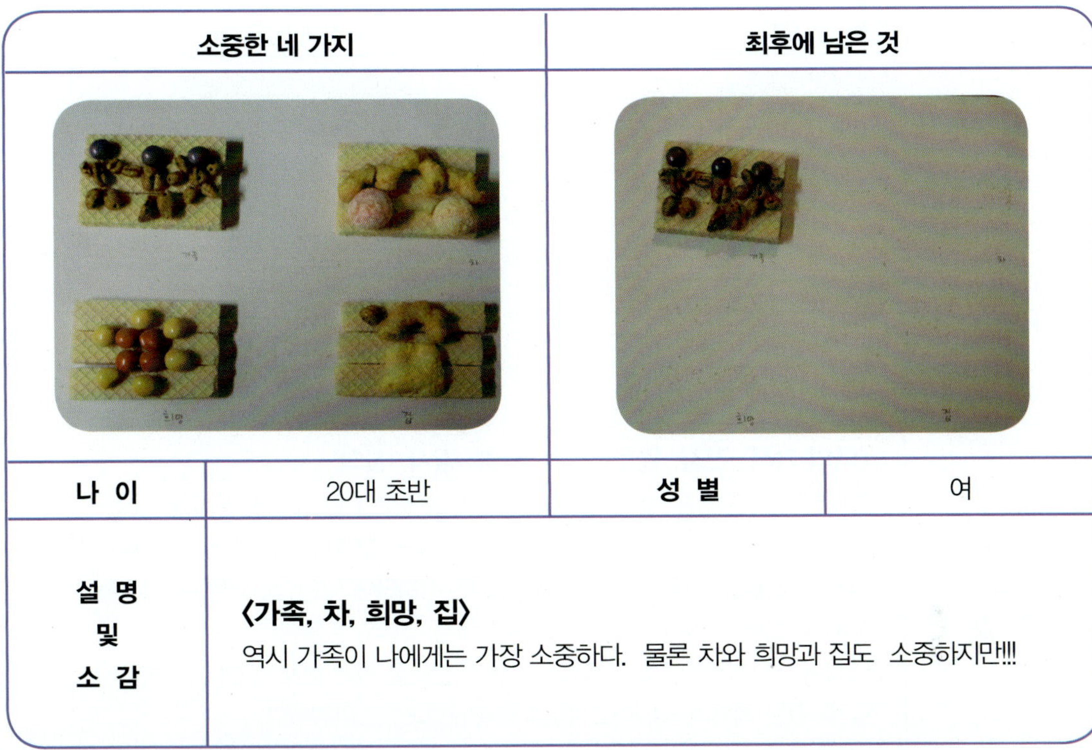</td></tr>
</table>

| 나 이 | 20대 초반 | 성 별 | 여 |
| --- | --- | --- | --- |

| 설 명<br>및<br>소 감 | **〈가족, 차, 희망, 집〉**<br>역시 가족이 나에게는 가장 소중하다.  물론 차와 희망과 집도  소중하지만!!! |
| --- | --- |

<table>
<tr><th>소중한 네 가지</th><th>최후에 남은 것</th></tr>
<tr><td colspan="2">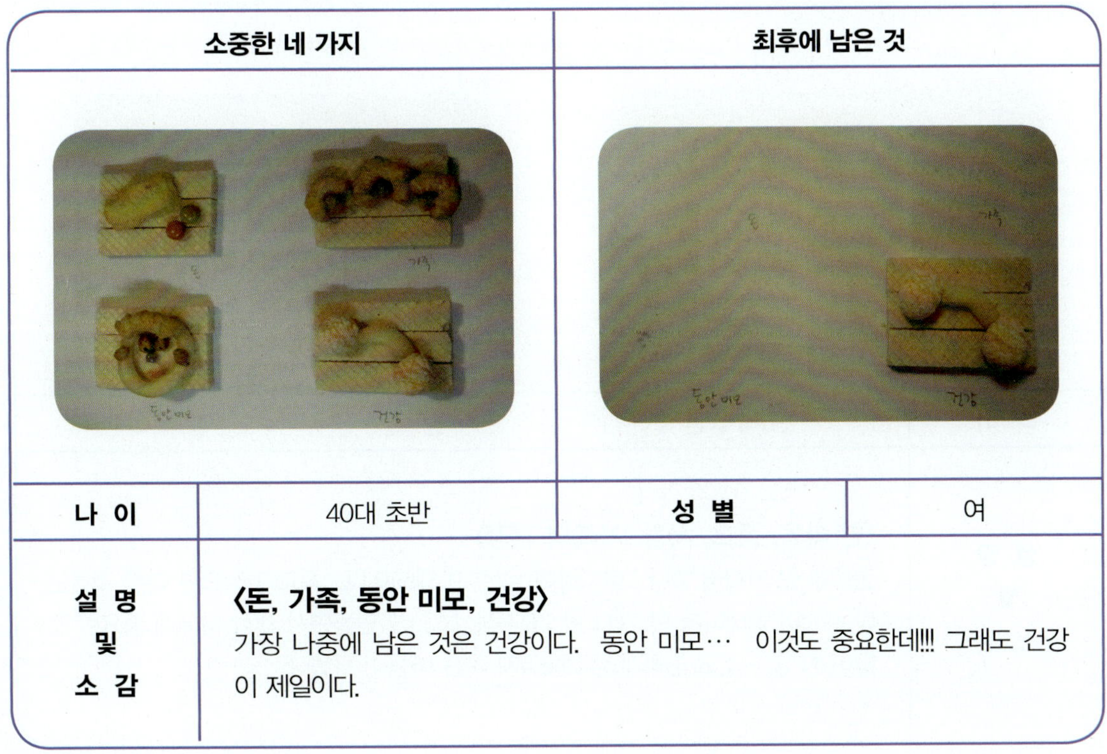</td></tr>
</table>

| 나 이 | 40대 초반 | 성 별 | 여 |
| --- | --- | --- | --- |

| 설 명<br>및<br>소 감 | **〈돈, 가족, 동안 미모, 건강〉**<br>가장 나중에 남은 것은 건강이다.  동안 미모…  이것도 중요한데!!! 그래도 건강이 제일이다. |
| --- | --- |

| 소중한 네 가지 | 최후에 남은 것 |
|---|---|
| | |

| **나 이** | 50대 초반 | **성 별** | 여 |
|---|---|---|---|

| **설 명<br>및<br>소 감** | 〈나의 가족, 건강, 믿음·소망·사랑·감사, 신의〉<br>하나하나 빼라고 할 때, 너무나도 미웠다. 나에겐 모두 다 소중한 것들인데… 왜 이렇게 빼라고 하는지!!! 눈물이 나왔다. 그래도 선택의 순간에서 꼭 빼야만 하는 경우라 눈물을 머금고 하나씩 빼 나갔다. 마지막에 남은 건, 믿음·소망·사랑·감사이다. 그래도 너무나 마음이 아프다. 다른 것들도 소중한데.<br>나중에 내담자에게 전화가 왔다. 그렇게 선택을 하게 해서 자신의 신앙을 테스트할 수 있는 계기가 되었다고, 좋은 경험이었다고 고마워했다. |
|---|---|

| 소중한 네 가지 | 최후에 남은 것 |
|---|---|
| | |

| **나 이** | 50대 중반 | **성 별** | 여 |
|---|---|---|---|

| **설 명<br>및<br>소 감** | 〈한 마음, 종교, 사랑, 가족의 건강〉<br>힘들게 한 가지씩 뺐다. 마지막에 남은 건, 종교이다. 종교만 있으면 다른 것들은 다 해결이 될테니까 한 가지 한 가지 정성스럽게 만들면서 새삼 나에게 중요한 것들이 참 많구나, 소중하게 생각해야지 하는 마음이 들었다. |
|---|---|

# 자신에 대한 믿음

자신이 있어서 하는 것이 아니라

자신이 없기 때문에 자신감을 얻기 위해 행동하는 것이다.

- 휴그 왈풀 -

## 5. 희망 (미래)의 문

### 1) 내가 살고 싶은 집

#### ① 내가 살고 싶은 집 – 활동 개요

| | |
|---|---|
| **목 적** | 내가 살고 싶은 집을 만들어 보면서 미래의 모습을 그려 본다. |
| **준비물** | 쥐포 (또는 오징어), 딸기콘, 뻥튀기, 색깔 초콜릿, 새싹, 팽이 버섯, 당근, 가위, 칼 등. |
| **진행순서** | '집'하면 어떤 집이 떠오르는지… 어릴 적 툇마루에서 엄마 품에 곤히 잤을 때의 집도 떠오르기도 하고, 마당 한가운데 모닥불 피워놓고 고구마 구워 먹었던 시골집도 떠오를 것이다. 또한 노후에 살고 싶은 전원주택도 있을 것이다. 내가 살고 싶은 집은 어떤 집인지 생각해 본다.<br><br>① 내가 살고 싶은 집은 어떤 집인지 생각해 본다.<br>② 내가 살았었던 집이나 현재의 집, 미래의 집 중 어느 것이든 상관없다.<br>③ 그 집을 푸드로 표현 해 본다. |
| **질문방법** | ① 어떤 집을 표현하셨나요?<br>② 과거, 현재, 미래 중 언제의 집인가요?<br>③ 누구와 함께 살고 싶나요? 아니면, 혼자 살고 싶나요? (몇 명이 살고 있나요?)<br>④ 이 집의 분위기는 어떠한가요?<br>⑤ 어떤 이유에서 이 집을 만들었나요?<br>⑥ 이렇게 만들어 보니, 마음이 어떤가요?<br>⑦ 꼭 이 집에서 살기를 소망합니다. |
| **상 담<br>Point** | ① 과거의 집을 표현한 것은 과거의 생활을 그리워해서 표현 할 수도 있다.<br>② 현재의 집을 표현한 것은 지금 현재의 가정생활에 만족해서 표현할 수도 있다.<br>③ 미래의 집을 표현한 것은 지금보다 미래 생활에 대한 소망이 더 간절해서 표현할 수도 있다.<br>④ 여기서 말하는 집은 외관상의 집을 표현할 수도 있지만, 가정생활에 대한 의미가 표현되고 있음을 생각하고 상담으로 이어간다. |

# ① 내가 살고 싶은 집 - 임상사례

| 나 이 | 50대 초반 | 성 별 | 여 |
|---|---|---|---|
| **설 명<br>및<br>소 감** | 맨 위의 네모는 흔들의자이고 거기에 앉아 있는 나를 표현하였다.  왼쪽엔 모닥불이고 오른쪽엔 예쁜 화분이다.  아래는 잔디와 작은 반짝 거리는 돌멩이도 있다.  이렇게 내가 살고 싶은 집은 통나무집이다.  통나무집에 모닥불 피워 놓고 흔들의자에 앉아서 풍경을 바라보는 모습.  꼭 이렇게 살아야지 하는 마음이 간절하다.  그때를 생각하면서 더 열심히 저축도 하고 건강해야지. | | |
| **피드백** | 마음의 여유로움이 느껴진다.  꿈이 있기에 오늘도 열심히 살아가는 것 같다.  그 꿈이 삶의 원동력으로서 하루하루 열심히 열심히!!! 그 집을 상상하면서 힘들 때마다 일어서길 바란다고 해 주었다. | | |

| 나 이 | 40대 초반 | 성 별 | 여 |
|---|---|---|---|

| 설 명<br>및<br>소 감 | **〈깔끔하고 심플한 나만의 집〉**<br>아이들이 아직 어려서 그런지 물건이 많아 나중의 나의 집은 아무것도 없이 꼭 필요한 것만 있게 하고 싶다.  그래서 심플하게, 여유 공간이 많았으면 좋겠다. |
|---|---|
| **피드백** | 아이들이 다섯이나 된다. 치우면 늘 어지럽게 되어 있고, 치우면 어지럽게 되어 있다. 그래서 내담자는 이렇게 심플한 집을 갖고 싶어하는 것 같다.  아이가 크면 그렇게 될 거라고 했더니 "정말요? 얼른 컸으면 좋겠어요 ~~~" 라고 이야기했다.  그리고 여유 있는 공간에는 아이들의 사랑으로 채워질 거라고 얘기해 주었더니, "아, 그렇구나!!! 감사합니다" 라고 하면서 환한 미소를 지었다. |

| 나 이 | 40대 중반 | 성 별 | 여 |
|---|---|---|---|

| 설 명<br>및<br>소 감 | 내가 살고 싶은 집은 전통의 우리 한옥을 재현한 집이다.  내가 살고 있는 본채와 뒤의 사랑채 사이에는 연못이 있고, 그 연못에는 수련과 부레옥잠이 둥둥 떠 있다.  마당엔 잔디와 돌담 길,  지붕 위엔 노란 박들이 주렁주렁 열려 있으며, 본체 옆에는 맛있는 과일이 열리는 과실나무 한 그루.  사랑채는 어느 누구도 부담 없이 올 수 있도록 항상 열어 둘 것이다.  향후 3~4년 후에 지으려고 지금 준비 중이다.  이렇게 지으려고 하는 집을 푸드로 표현하니 내 마음이 훈훈해짐과 동시에 벌써 그 집이 완성된 것 같아 마음이 너무나 행복하다. |
|---|---|

| 피드백 | 이런 집을 지으려고 도시에서 정말 시골로 이사를 가서 준비중이라고 한다. 늘 동경하는 한옥!  그런 집을 이렇게 푸드로 표현하면서 다 완성된 것처럼 행복하다고 했듯이, 꼭 이런 집을 짓기를 소망한다고 해 주었다. |
|---|---|

| 나 이 | 40대 초반 | 성 별 | 여 |
|---|---|---|---|

| 설 명<br>및<br>소 감 | 내가 살고 싶은 집은 바로 지금의 집이다.  이렇게 가족들이 옹기종기 모여 앉아 맛있는 음식도 먹고, 다 같이 텔레비전도 보고… 이것이 행복이 아닐까?  늘 이렇게만 살았으면 좋겠다.  좋은 일만 있는 웃음이 넘치고 사랑이 넘치는 행복한 지금의 집!!! 이 집이 제일 좋다. |
|---|---|

| 피드백 | 지금의 행복을 계속 간직하고 싶은 마음.  그것이 내담자에게는 최고의 행복이다.  이 행복한 순간순간들을 열심히 살고, 내담자의 말처럼 늘 웃음과 사랑과 행복이 넘치기를 기원한다고 했다. |
|---|---|

| 나 이 | 40대 초반 | 성 별 | 여 |
|---|---|---|---|

| | |
|---|---|
| 설 명<br>및<br>소 감 | 아이들을 위한 '자연 놀이터' 이다.<br>바람이 시원하게 통하는 대청마루가 있는 한옥.  마당엔 온갖 풀과 식물들이 있고,<br>흙 속엔 지렁이가 있다.  아이들의 마음을 치유하기 위한 공간이다.  아이들이 지렁<br>이를 만지며 매미 소리도 듣고… 과일 나무에서 과일도 따 먹으면서 자유를 느낄<br>아이들을 생각하니 가슴이 벅차오른다. |
| 피드백 | 꼭 아이들을 위한 공간을 만들 것이라고 한다.  열심히 공부도 하고, 준비를 하는 내<br>담자.  내담자에게 아이들은 희망이다.  그 희망의 꽃들을 최대한 잘 안내하기 위해<br>노력하는 내담자에게 박수를 보낸다. |

| 나 이 | 40대 후반 | 성 별 | 여 |
|---|---|---|---|

| 설 명<br>및<br>소 감 | 뒤에는 산이 있고, 계곡물이 흘러서 호수로 이어지는 주택가이다. 주택가에는 사람들이 지나다니고, 병원도 있으며, 백화점도 있다.<br>고속도로가 가까이 있어서 어디든지 맘만 먹으면 바로 떠날 수 있고, 좋은 차는 항상 대기 중이다. 1층은 우리 부부가 살고, 2층엔 아이들이 언제나 올 수 있도록 비워 두었다. 항상 잔잔한 음악이 흐르는, 해맑은 우리 집이다.<br>이렇게 미래의 집은 지금보다 더 정서적으로 안정되어 있고, 인간적인 정이 느껴지게 만들어 보았다. 마음이 풍요로워지는 느낌이 든다 (호수도 있고, 산도 있고, 계곡도, 병원도, 백화점도…). 꼭 이런 곳에서 음악과 문학과 사람과 관계하면서 인생을 정리하고 싶다. |
|---|---|

| 피드백 | 인간적인 정이 느껴지는 곳. 도시의 혜택과 시골의 풍경이 어우러지는 곳. 내담자는 그런 곳에서 조용히 편안하게 생을 마감하고 싶다고 한다. 전원주택만을 생각하는 사람들보다는 훨씬 현실적이다. 병원과 백화점. 노년기에는 꼭 필요한 곳이다. 지혜롭고 여유가 느껴지는 내담자에게 꼭 그렇게 되기를 바란다고 했다. |
|---|---|

| 나 이 | 40대 초반 | 성 별 | 여 |
|---|---|---|---|
| 설 명<br>및<br>소 감 | 내가 살고 싶은 집은 창이 넓은 집이다.  그래서 예쁜 의자에 앉아서 바깥 풍경을 바라보며 그윽한 원두커피 한 잔을 마실 수 있는 여유로운 집.  이런 집에서 살고 싶다.  이렇게 생각하니, 마음이 편안해진다. | | |
| 피드백 | 직장을 다니면서 여유롭게 차 한 잔 마실 시간이 없는 바쁘게 생활하는 내담자.  내담자에게는 소박하지만, 가장 큰 꿈이 아닐까 한다. | | |

| 나 이 | 40대 후반 | 성 별 | 여 |
|---|---|---|---|

| 설 명<br>및<br>소 감 | 대청마루가 있고 누워서 천장을 쳐다보면 석가래와 대들보가 보이는 기와집에서 살고 싶다. 유년 시절에 뛰어 놀던 그 시절로 돌아가 본다. 그리고 지금까지 건강하게 살았구나 하는 생각이 든다. 또 새로운 미래의 꿈을 다시금 설계하면서 신선한 산소 같은 좋은 느낌을 많이 받았다. 참 좋다. |
|---|---|
| 피드백 | 어린 시절에 맘 놓고 놀았던 기와집. 내담자는 항상 그곳을 그리워한다. 그리고 향수로만 그치지 않고, 미래에 대한 꿈을 꾸면서 그렇게 살고자 하는 마음을 읽을 수 있었다. 머리를 '꽝' 한 대 맞은 듯한 느낌이라고 한다. 다시 일어서서 나의 꿈을 향하여 미래를 설계해 본다고 한다. |

| 나 이 | 40대 후반 | 성 별 | 여 |
| --- | --- | --- | --- |

| 설 명<br>및<br>소 감 | 어느 날 남편과 함께 집에 가는 길에 이런 집을 보았다.  내가 꿈꾸는, 남편이 꿈꾸는 그 집!  둘이는 너무나 놀라서 그 집을 한참 바라보았다.  주위에는 담쟁이가 있고, 창이 넓어서 통유리로 된 이층집.  우리는 이 집을 꼭 사겠다고 약속을 했다.  열심히 돈을 벌어서 나중에 이 집을 사야지.  경매라도 붙는 경우가 생기던가, 아니면 돈을 많이 벌어서 사던가 해서 이 집을 꼭 살 거라고 결심했다.  이렇게 푸드로 표현할 수 있게 되니까, 정말 그렇게 된 것 같아 마음이 흐뭇하다. |
| --- | --- |
| 피드백 | 열심히 일해서, 아니면 경매로 싸게 나와서 사고 싶다고 한다.  두 부부가 같이 꿈을 이뤄간다는 것 자체가 인 멋있는 인생인 것 같다.  꼭 이루길 바란다고 했다. |

| 나 이 | 30대 후반 | 성 별 | 여 |
|---|---|---|---|

| 설 명<br>및<br>소 감 | **〈최고의 음향 시설이 있는 집〉**<br>나중에는 남편과 함께 최고의 음향시설을 갖추어 놓고 좋아하는 노래도 부르고 춤도 추면서 살고 싶다.  음향시설에 대한 각별한 애착이 있는 남편. 처음에는 고가의 음향시설을 사는 것을 보고 이해가 안 갔지만, 지금은 같은 취미생활을 하고 있는 자신을 발견하게 되었다.  그래서 이렇게 시설을 갖춰놓고 살고 싶다. |
|---|---|
| 피드백 | 같은 꿈을 갖는다는 것!!!.  고가의 음향시설을 구입하는 남편이 이해되지 않고, 불만을 가질 수도 있었지만, 남편을 이해하고 서로 존중해 주는 마음으로 이렇게 잘 맞춰가는 게 부부가 아닐까 생각한다.  서로 양보하고, 서로 감싸주면서 같은 취미활동을 하고… 더욱 남편과의 관계가 돈독해지길 바란다. |

| 나 이 | 40대 후반 | 성 별 | 여 |
|---|---|---|---|

| 설 명<br>및<br>소 감 | 작은 텃밭을 가꾸어서 오른쪽에 열매 맺는 모습을 만들어 보았다.  큰 밭이 아닌(너무 큰 밭은 힘이 들 것 같고...) 그냥 먹거리 정도만 심어서 그것을 잘 가꾸어서 식사 때마다 그 야채들로 먹고 싶다. 소박하지만, 이렇게 자연을 느끼고 살고 싶다고 한다. 거짓말을 못하는 자연...  그 자연의 섭리를 조금씩 느끼고 싶다.  잘 되면 먹거리가 많을 것이고, 잘 되지 않으면 다음에는 잘 해서 많이 먹었으면 좋겠다. |
|---|---|

| 피드백 | 거짓이 없는 자연을 느끼고 싶은 내담자...  인생을 절반 정도 살고 있는 나이의 내담자...  살다 보면 내 뜻대로, 내 맘 대로 되지 않을 때가 더 많다.  그런 것을 알고 있는 내담자...  그래서 더욱 자연에 대한 열망이 있는 것 같다.  그래서 자연을 느끼면서 그 순수하게 따라오는 결과들을 보면서 인생에 대해 더 생각하고 싶지 않을까 라는 생각을 해 본다.  소박한 꿈을 꼭 이루시길 바라는 마음이다. |
|---|---|

| 나 이 | 30대 초반 | 성 별 | 여 |
|---|---|---|---|

| 설 명<br>및<br>소 감 | 오징어로 집을 표현하고, 과자와 초콜릿으로 나무와 꽃을 표현하였다. 한옥으로 지어서 처마에는 풍경을 매달아 놓고 바람이 불 때면 청아한 풍경소리를 듣고 싶다.  또한 큰 나무가 있어서 그늘을 만들어 더운 여름에 나무 그늘 아래 쉴 수 있었으면 좋겠다.  바로 집 앞에는 논이 있고… 이렇게 꾸며 보니, 노년에 평화롭게 살기 위해서는 지금의 어려움도 조금은 참고 이겨내야 될 것 같다.  다시금 화이팅!!! |
|---|---|
| 피드백 | 내담자에게는 늦둥이 아이가 있다.  항상 늦둥이 아이를 키우느라고 생활에 있어서 심리적 여유보다는 쫓기는 생활을 한다.  내담자는 심리적 '여유' 와 '평온' 을 이야기한다.  육아 스트레스에서 벗어나 조용하게 혼자만의 쉼을 얻고 싶은 마음에서 이렇게 표현한 것 같다.  그래도, 자신이 있음으로 해서 아이가 얻는 평온함과 안정감에 귀를 기울였으면 좋겠다.  아이가 어느 정도 컸을 때의 여유로움을 생각하며 지금 아이를 키우는게 한결 수월할 것이다. |

| 피드백 전 | 피드백 후 |
| --- | --- |
| 나 이 | 40대 초반 | 성 별 | 여 |
| --- | --- | --- | --- |

| 설 명<br>및<br>소 감 | 바닷가에 지은 집이다.  장미넝쿨이 이어져 있는 담에 테라스가 있는 집이다.  창문이 넓어서 바다를 한눈에 볼 수 있는 편안함이 느껴지는 집이다.  장미꽃으로 둘러싸여 있어서 더욱더 아름답게 보였다.  그런데 만들고 나서 보니, 꽃이 피지 않았다.  꽃이 피면 어떨까요?라는 질문에 "그러면 더욱 따뜻해 보일 것 같아요" 라고 했다.  색깔 초콜릿으로 여러 색의 장미꽃을 만드니까 더욱 따뜻해 보인다.  상상만으로 너무나 행복하다.  막막했던 미래에 지금 준비하는 일에 다시금 일어날 수 있는 힘이 생긴 것 같다. |
| 피드백 | 열심히 직장생활을 하는 내담자는 바쁘게 생활한다.  하루하루 정해진 일과에서의 답답함으로 인하여 확 트인 통유리로 바다를 볼 수 있는 집에서 살고 싶은 것 같다.  또한 장미꽃이 아직 피지 않은 것은, 미래에 하고 싶은 일에 대하여 아직 이루지 못한 꿈을 나타낸 것 같다.  장미꽃을 표현하고 났을 때는, 그것을 이룬 것 같은 표정을 지었다.  열심히 직장생활을 하면서 자신의 꿈을 이루려고 노력하는 모습에서 점점 자신감이 생기는 것 같다. |

# 꿈, 계획, 행동

멋진 미래의 모습이 어떤하지 그림을 그려라.

현실적인 계획을 세워 그것을 달성할 수 있게 하라.

계획을 지금 이 순간 행동으로 옮겨라.

- 스펜서 존슨 〈선물〉 -

## 2) 내가 입고 싶은 옷

### ① 내가 입고 싶은 옷 – 활동 개요

| 목 적 | 내가 입고 싶은 옷을 만들어 보면서 미래의 모습을 그려 본다. |
|---|---|
| 준비물 | 양파링, 꼬불이 과자, 여러 가지 뻥튀기, 크래커, 부추, 쌈배추, 식용 가위 등. |
| 진행순서 | 여러 가지 옷 중에 특히 내가 좋아하는 옷이 있을 것이다. 편안한 트레이닝복부터, 가족의 얼굴이 새겨 있는 옷, 무용복, 교복, 직장의 유니폼, 군복등. 그러한 옷 중에 입어서 좋았거나, 입고 싶은 옷이 있을 것이다. 그런 옷을 생각하며 활동을 한다.<br><br>① 내가 입고 싶은 옷은 어떤 옷인지 생각해 본다.<br>② 내가 입었던 옷이나 가장 마음에 들었던 옷, 꼭 입어보고 싶은 옷, 미래의 옷도 괜찮다.<br>③ 그 옷을 푸드로 표현 해본다. |
| 질문방법 | ① 어떤 옷을 표현하셨나요?<br>② 과거, 현재, 미래 중 언제의 옷인가요?<br>③ 이 옷을 입고 어디에 가고 싶나요?<br>④ 어떤 이유에서 이 옷을 만들었나요?<br>⑤ 이렇게 만들어 보니, 마음이 어떤가요?<br>⑥ 꼭 이 옷을 한 번쯤 입어 보기를 소망합니다. |
| 상 담 Point | ① 충분히 그때의 상황을 공감하면서 들어준다.<br>② 비록 그 옷을 실제로는 입을 수 없을지 모르지만, 이렇게 표현함으로써 만족감과 자존감을 높을 수 있다.<br>③ 입을 수 있는 옷 일 경우에는 꼭 입어보기를 바란다고 자신감을 준다. |

| 나 이 | 40대 중반 | 성 별 | 여 |
|---|---|---|---|

| 설 명<br>및<br>소 감 | **〈웨딩드레스〉**<br>사정상 예쁜 결혼식을 못해서 항상 아쉬움이 남아있다. 기회가 주어진다면 아름다운 웨딩드레스를 입어보고 싶다. |
|---|---|

| 피드백 | 결혼식하면 웨딩드레스를 입은 신부의 모습을 떠올린다.  내담자는 그렇게 하지 못해 40대 중반의 나이에도 항상 아쉬움이 남아있다.  꼭 웨딩드레스를 입기를 바란다고 이야기했다.  너무 예쁠거라고… |
|---|---|

| 나 이 | 40대 초반 | 성 별 | 여 |
|---|---|---|---|

| 설 명<br>및<br>소 감 | 〈이브닝 롱 드레스〉<br>배추를 잘라서 이브닝 롱 드레스를 만들고 여러 가지 색깔 과자로 장식을 만들어 보았다. 이렇게 다 만들고 나니 너무나 예쁘다. 이렇게 예쁜 드레스를 입고 플루트 연주하는 나의 모습을 생각하면 잠시 눈을 감았다. |
|---|---|
| 피드백 | 이브닝 롱 드레스를 입고 내담자가 하고 싶은 플루트 연주를 하는 모습이 생각만 해도 눈에 선하다. 얼굴에서 뿌듯함이 느껴진다. 꼭 그렇게 될 거라고, 그때 초대해 달라고 했다. |

| 나 이 | 40대 중반 | 성 별 | 여 |
|---|---|---|---|

| **설 명<br>및<br>소 감** | **〈심플한 미니 원피스〉**<br>지금은 결혼하고 애 키우느라 몸이 좀 통통해졌지만, 언젠가는 이렇게 백색의 심플한 원피스를 입고 싶다.  특히 아래에는 여러 색깔의 비즈 장식이 있고, 목걸이와 작은 가방까지. 생각만 해도 너무나 황홀하다. |
|---|---|
| **피드백** | 결혼 후 변한 몸매. 매일 편한 옷만 입다가 이렇게 심플한 백색의 원피스를 입을 생각을 하니까, 갑자기 소녀가 된 것 같다고 한다.  반드시 이루길 바란다고, 그렇게 될 거라고, 참 예쁠 거라고 이야기해 주었다.  꼭 입고 사진 보낸다고 한다. |

| 나 이 | 40대 초반 | 성 별 | 여 |
|---|---|---|---|

| 설 명<br>및<br>소 감 | 〈핫팬츠에 롱부츠〉<br>몸매가 안 좋아서 한 번도 핫팬츠를 입어 보지 못해서 이렇게 멋있는 하얀색 쫄티에 핫팬츠를 입고, 롱부츠를 신은 모습을 상상을 하면서 만들어 보았다. 비록 지금 입지 못하지만, 이렇게 만들어 보니까, 소원성취가 된 것처럼, 꼭 입은 것처럼 느껴진다. 너무나 자신감이 생겼다. 당당하게 걸을 수 있을 것 같다. |
|---|---|
| 피드백 | 젊었을 때도 입어 보지 못하고, 신어 보지 못한 옷과 신발. 이렇게 꾸며 봄으로써 입은 효과를 볼 수 있다. 너무나 행복해 하는 모습이다. |

| 나 이 | 40대 초반 | 성 별 | 여 |
|---|---|---|---|

| 설 명<br>및<br>소 감 | 〈허리가 잘록한 원피스〉<br>이렇게 허리가 잘록한 원피스를 꼭 입어봐야지.  다이어트에 성공해서 꼭, 꼭, 꼭 입어봐야지!!!! |
|---|---|

| 피드백 | 꼭 다이어트에 성공해서 입어 보기를 바란다고 했다. |
|---|---|

| 나 이 | 40대 중반 | 성 별 | 여 |
|---|---|---|---|

| 설 명<br>및<br>소 감 | **〈티셔츠에 청바지〉**<br>청바지를 입으면 다른 사람들은 참 예쁜데, 내가 입으면 예쁘지 않다. 하체가 짧아 어울리지 않아서 청바지를 거의 입어 보지 못했다.  나에게 딱 맞는 예쁜 청바지를 꼭 입어보고 싶다.  그리고 배낭까지 메고 대학생처럼 다니고 싶다. |
|---|---|
| **피드백** | 간편한 캐쥬얼 차림을 하고 싶은 것 같다.  아이가 중학생이라서, 아이의 이런 모습 이 보기 좋았나 보다.  딸아이와 함께 가서 청바지와 티셔츠를 사서 입게 함께 걸어 보는 것도 좋을 것 같다고 하니, 그러면 정말 좋을 것 같다고 한다. |

| 나 이 | 40대 초반 | 성 별 | 여 |
|---|---|---|---|

**설 명<br>및<br>소 감**

〈가죽 재킷과 가죽 바지〉

수수함 속에 감춰진 화려함. 섹시한 파마를 하고, 빨간 립스틱을 바르고 까만 선글라스, 그리고 큰 귀걸이를 하고 싶은 마음을 표현했다.  또한 몸매가 드러나는 가죽 바지와 반팔 티셔츠, 가죽점퍼를 입고, 팔찌와 핸드백을 든 손은 빨갛게 네일아트까지 했다.  한 번도 신어 보지 못한 하이힐도 신었다.

아마 평소에 내가 이런 마음을 안고 살았던가 싶다.  튀는 색깔은 거의 입지 않고, 편안한 색만 고집하는 내가 이렇게 조금은 튀고 싶어서 이런 옷을 만들지 않았나 싶다.

**피드백**

평소 입어 보지 못한 옷이라고 했다.  그저 평범하게, 수수하게 입고 다녔지만, 내담자의 말대로 이렇게 꾸미고 다니길 마음속으로 원했던 건 아닌지. 꼭 그렇게 할 수 있으니 해 보라고 이야기했다.

| 나 이 | 50대 후반 | 성 별 | 여 |
|---|---|---|---|

| 설 명<br>및<br>소 감 | 〈한복〉<br>이 세상에서 가장 단아하고 아름다운 한복을 입고 싶다. 푸드 재료로 한복을 표현하기 쉽지는 않았지만, 이렇게 표현하고 나니 너무나 신기하고, 내가 디자인을 할 수 있다는 것에 자신감이 생긴 것 같다. |
|---|---|
| 피드백 | 국악을 하고 있는 내담자라서 그런지 항상 개량 한복을 입고 다닌다.  그래서 한복에 대해 관심이 많다.  이렇게 푸드 재료지만, 직접 만들어보니 더 한복이 예쁘다고 한다.  예쁜 한복 입고 공연 잘 하기를 바란다고 했다. |

| 나 이 | 40대 후반 | 성 별 | 여 |
|---|---|---|---|

| 설 명<br>및<br>소 감 | 〈빨간 머리 앤의 옷〉<br>예전에 텔레비전에서 빨간 머리 앤을 보았다.  민소매 원피스에 봉긋한 어깨를 표현하고, 살랑거리는 봄바람에 치마가 한들거리고 챙이 넓은 모자 또한 같이 매치시켜서 꾸며 보았다.  그리고 어디론가 떠나고 싶은 마음이 든다. 가벼운 몸과 마음으로 햇볕을 온몸으로 느끼면서 눈을 감고 한동안 빨간 머리 앤처럼 편안히 있고 싶은 마음을 담아 보았다.  내가 표현하고자 하는 것이 그대로 표현되지 못해서 좀 아쉽긴 했지만, 옷을 푸드로 만드는 과정을 통하여 내 안의 또 다른 나의 모습을 발견하는 계가가 되어서 너무나 즐겁다. |
|---|---|
| 피드백 | 소녀가 된 느낌을 받았고, 자신도 모르는 또 다른 자신을 발견했다고 한다.  보기에는 수수한 모습이지만, 소녀 같은 그런 모습, 계절의 느낌을 느낄 수 있는 감성을 일깨워 주는 활동이어서 지켜보는 내내 참 흐뭇했다. |

| 나 이 | 20대 중반 | 성 별 | 여 |
|---|---|---|---|

| 설 명 및 소 감 | 〈승무원 옷〉<br>어렸을 때 승무원이 되고 싶었는데, 지금은 간호사 준비를 하고 있다. 입어 보지 못한 옷을 이렇게 만드니 너무나 좋았다. 꼭 승무원이 된 것 같다. 승무원이 되지 않아 속상했는데, 이렇게 해 보니 너무나 감사했다. |
|---|---|
| 피드백 | 자신이 꼭 하고 싶은 일을 찾는데 도움이 되었다고 한다. 간호사를 선택해서 지금 공부하고 있지만, 항상 승무원이 되지 못해서 아쉬움이 남았다. 그런데 이렇게 승무원 복을 만들어서 입히니까, 그 아쉬움이 남지 않았다고 너무나 고마워했다. 미련이 남지 않게 되어서. |

| 나 이 | 20대 중반 | 성 별 | 여 |
|---|---|---|---|

| 설 명<br>및<br>소 감 | **〈허리가 잘록한 가면무도회 드레스〉**<br>내가 입고 싶은 옷은 허리가 쏙 들어간 가면무도회 드레스이다.  영화에서 이런 옷을 입고 무도회가 가는 모습을 보면, 꼭 한 번 입고 싶었는데, 이렇게 만들어 보니까, 꼭 이 옷을 입고 무도회에 간 것 같다.  너무나 신기하고 즐겁고 재밌다. |
|---|---|
| **피드백** | 꼭 입고 싶은 옷이라고 한다.  그런 무도회에 갈 기회가 거의 없지만, 이 옷을 기억하고 가고 싶을 때마다 사진을 보라고 권했다. 너무나 좋아하는 모습을 보니 흐뭇했다. |

| 나 이 | 40대 초반 | 성 별 | 여 |
|---|---|---|---|

| 설 명<br>및<br>소 감 | **〈목회 가운을 입은 모습〉**<br>어렸을 때 목사가 되고 싶었다. 평범하게 살다가 목사의 소명이 자꾸 생각나, 결단하여 비록 지금 나이가 많긴 하지만, 신학교에 다닌다. 학업이 다 끝나면 목사 안수를 받아서 조그만 개척교회부터 시작해서 꼭 이 꿈을 이루어 목회 가운을 입을 것이다. 이루고자 하는 소망을 미리 이렇게 푸드로 표현해 보니까, 금방이라도 이루어진 것 같은 느낌이다. 다시금 생각나게 하고, 다시금 도전하게 돼서 너무나 기쁜 시간이다. |
|---|---|

| 피드백 | 자신이 이루고자 하는 꿈을 향하여 늦은 나이지만 하나 하나 계획을 세우고 실천해 나가는 내담자에게 용기를 주고 싶고, 앞으로 더욱 열심히 해서 꼭 이런 모습이 되길 소망한다. |
|---|---|

| 나 이 | 50대 초반 | 성 별 | 여 |
|---|---|---|---|

| 설 명<br>및<br>소 감 | 〈수녀복〉<br>어렸을 때 수녀가 되고 싶었다.  평범하게 살긴 하지만, 항상 수녀가 되고 싶은 마음이 간절했다.  이렇게 수녀복을 입은 내 모습을 상상하면서 표현하니까, 소원을 이룬 것 같고, 정숙해진 것 같다.  맘이 편안해진다. |
|---|---|
| 피드백 | 마음속에 하고 싶은 것을 표현함으로써 자존감을 회복한다.  수녀가 되진 않았지만, 이렇게 옷을 만들어서 입은 것처럼 표현하니까, 수녀가 된 것 같다고 한다. |

| 나 이 | 50대 초반 | 성 별 | 여 |
|---|---|---|---|

| 설 명<br>및<br>소 감 | **⟨내 안에 남자 있다 – 군복⟩**<br>무뚝뚝하고 말이 없는 성격.  군대를 한 번 가보고 싶은 동경을 가지고 있다.  남자가 되어서 호령도 하고, 훈련도 시켜 보고 싶은 마음을 가지고 군복을 입은 모습을 만들어 보았다.  내가 입어 볼 수 없는 옷들이 있다.  군복, 경찰복 등 이런 옷들도 좋아한다.  까칠함을 느끼게 하는 이런 옷을 정말 입어보고 싶다.  푸른 초원을 누비며 얼굴은 흙투성이지만  이것이 남성의 제복 입은 모습의 매력이 아닐까 한다. |
|---|---|

| 피드백 | 내담자 안의 남성미를 계속 내뿜을 수 있는 제목에 대한 선망.  아마 내담자는 그런 모습에서 비춰지는 동경을 갖고 있는 것 같다.  비록 군인이 되어서, 경찰이 되어서 입어 볼 수 없지만, 그런 남성미를 푸드로 표현할 수 있어서 내담자는 너무 기뻐했다. |
|---|---|

<table>
<tr>
<td>① </td>
<td>② </td>
</tr>
<tr>
<td colspan="2" align="center">③ </td>
</tr>
</table>

| 나 이 | ① 30대 후반 (여)   ② 40대 초반 (여)   ③ 50대 초반 (여) |
| --- | --- |
| 설 명<br>및<br>소 감 | **〈발레복〉**<br><br>한 번도 입어 보지 못한 발레복.  요즘 아이들은 기본이 발레이다.  그러나 그때는 발레 생각도 못했었다.  지금 아이들이 발레하는 모습을 보면 나도 '백조의 호수'에 등장하는 발레리나처럼 치마가 들썩 들썩 올라가는 예쁜 발레복을 입고 싶다.  나중에 딸을 낳으면??? ㅎㅎㅎ<br>이렇게 입지 못한 발레복을 만들어 보니, 꼭 입은 것 같은 느낌이다.  사뿐 사뿐 걸어 보고 싶다.  기분이 마냥 들떠서 행복하다. |

| 나 이 | 50대 초반 | 성 별 | 여 |
| --- | --- | --- | --- |

| 설 명<br>및<br>소 감 | **〈복고풍의 파티 드레스〉**<br>허리가 잘록 들어간 오드리 햅번이 입었던 것처럼 그런 드레스를 입어보고 싶다.<br>한 손에는 우산을 들고, 한 손엔 부채를 들고…<br>살을 빼서라도 꼭 한 번 입어보고 싶은 복고풍의 드레스!  갑자기 허리가 잘록해진 것처럼 느껴진다.  이렇게 푸드로 표현해 보니 정말 만족감과 성취감에 기분이 좋아진다. |
| --- | --- |

| 나 이 | 50대 초반 | 성 별 | 여 |
|---|---|---|---|

| 설 명<br>및<br>소 감 | 〈C컵 비키니 수영복〉<br>결혼해서 아이 둘을 낳으니까 작아져 버린 가슴. 항상 작아진 가슴이 콤플렉스이다.  이렇게 C컵의 비키니 수영복을 입고, 해운대 해변을 거닐어 보는게 소원이다. |
|---|---|
| 피드백 | 작아져 버린 가슴. 그러나 그 가슴으로 두 아이를 잘 키웠고, 건강하게 자랐다는 것은 참 행복한 일이라고 해 주었다.  비록 큰 가슴은 아니더라도 자신감을 가지고 비키니 수영복을 입어도 되지 않을까 한다고 자신감을 주었다. |

# 간디의 신발

막 출발하려는 기차에 간디가 올라탔다.

그 순간 그의 신발 한 짝이 벗겨져 플랫폼 바닥에 떨어졌다.

기차가 이미 움직이고 있었기 때문에 간디는 그 신발을 주울 수가 없었다.

그러자 간디는 얼른 나머지 신발 한 짝을 벗어 그 옆에 떨어뜨렸다.

함께 가던 사람들은 간디의 그런 행동에 놀라지 않을 수가 없었다.

이유를 묻는 한 승객의 질문에 간디는 미소를 지으며 대답했다.

"어떤 가난한 사람이 바닥에 떨어진 신발 한 짝을 주웠다고 상상해 보십시오. 그에게는 그것이

아무 쓸모가 없을 것입니다.

하지만 이제는 나머지 한 짝마저 갖게 되지 않았습니까?"

- 잭 캔필드 & 마크 빅터 한센 〈마음을 열어주는 101가지 이야기〉 -

# 3) 아름다운 도전

## ① 아름다운 도전 – 활동 개요

| | |
|---|---|
| **목 적** | 꼭 해 보고 싶었던 도전을 표현함으로써 실제로 해본 것처럼 느껴 보고, 그 도전을 했을 때의 느낌을 나누면서 자존감을 높인다. |
| **준비물** | 빼빼로, 양파링, 짱구, 색깔 뻥튀기, 석기시대 초콜릿, 꼬불이 과자, 깻잎, 과도 등 |
| **진행순서** | 지금까지 살면서 후회해 본 적이 있는지. 이것만큼은 해 봤어야 했는데, 못 해 본 일이 있을 것이다. 다음에라도 꼭 해 보고 싶은 게 있는지. 가슴에 담아두지 말고, 이 시간을 통하여 해 보고 싶은 일을 도전해 본다.<br><br>① 내가 가장 하고 싶은 도전은 무엇인지 생각해 본다.<br>② 앞으로 하고 싶은 도전도 되고, 과거에 이러한 기회가 있었는데 못했던 도전도 된다.<br>③ 내가 했던 일 중에 이것은 아름다운 도전이었다라고 느껴진 것도 된다.<br>④ 그것을 푸드로 구성한다.<br>⑤ 서로 그 도전에 대하여 이야기를 나누고, 그렇게 했다면 어떤 일이 생길 것인지 이야기해 본다. |
| **질문방법** | ① 어떤 것을 표현했는지요?<br>② 과거의 도전이었나요? 아니면 앞으로 하고 싶은 도전인가요?<br>③ 이 도전을 했을 때 어떠할 것 같나요?<br>④ 원한다면, 꼭 이 도전을 해 보시기 (혹은 생각으로만 해 봐도 됨) 바랍니다. |
| **상 담<br>Point** | ① 인생을 살다보면 모든 경험을 할 수는 없다. 이러한 '아름다운 도전' 을 통하여 내가 할 수 없는 도전들을 직접 해 볼 수 있는 자신감과 함께, 비록 해 볼 수는 없지만 했다고 상상만 하더라도 자존감과 자신감을 높일 수 있다.<br>② 도전을 하기 위해 나는 무엇을 준비하고 있는지도 함께 나눈다. |

| 나 이 | 20대 중반 | 성 별 | 여 |
|---|---|---|---|

| 설 명<br>및<br>소 감 | 〈번지점프〉<br>용기가 없어서 남들이 뛰는 것만 구경하고 돌아오곤 했는데, 항상 너무나 아쉬웠다. 이렇게 푸드로 번지 점프하는 장면을 표현해 보니, 다음에 갔을 때는 정말 번지점프를 할 수 있을 것 같은 기분이 들었다. 꼭 번지점프를 성공해 보고 싶다. |
|---|---|
| 피드백 | 번지점프를 하려고 갔다가 너무 무서울 것 같아서 매번 돌아왔다고 한다. 그래서 이렇게 표현함으로써 자신감이 생겼다고 하니 다음에는 꼭 번지점프에 성공하라고 이야기해 주었다. |

| 나 이 | 80대 후반 | 성 별 | 남 |
|---|---|---|---|

| 설 명<br>및<br>소 감 | **〈목장의 주인〉**<br>젊었을 때, 목장에서 일을 했었는데, 항상 목장의 주인이 아니라 일 해 주는 사람이었다. 한 번쯤 목장의 주인이 되고 싶었는데…그래서 이렇게 이것을 푸드로 만들어 보니까, 지금 죽어도 여한이 없다고. 꼭 해 보고 싶었던 도전이었다. |
|---|---|
| **피드백** | 삶의 노년기에서 항상 마음에 품었던 목장 주인의 꿈!!! 그 꿈을 이제는 실현할 수 없지만, 이렇게 해 봄으로써 얼마나 성취감을 느꼈을까? 끝나고 나서 손을 꼭 잡으면서 고맙다고, 드디어 하고 싶은 일을 한 것 같아서 너무나 고맙다고 인사를 하시며 나가셨다. 참 뿌듯했다. |

| 나 이 | 50대 초반 | 성 별 | 여 |
| --- | --- | --- | --- |

| 설 명<br>및<br>소 감 | 〈포기했던 오디션〉<br>나의 꿈이었던 가수. 요새 오디션 프로그램을 보면 '나도 저렇게 하고 싶었는데...'라고 부러운 듯이 쳐다보게 된다. 그러나 현실은 그렇지 못하다. 그래서 이렇게 오디션 보는 장면을 만들어 보았다. 마이크를 잡고 있는 모습과 위의 뻥튀기는 조명, 아래 깻잎은 무대이다. 이 무대에서 멋지게 나의 노래를 펼치고 있다. 기분이 너무나 좋아진다. |
| --- | --- |
| 피드백 | 마음속에 생각만 했던 오디션 무대. 내담자는 이렇게 해 봄으로써 못했던, 경험하지 못한 것을 또 하나의 다른 방법으로 경험하게 되었다. 그만큼 소원이 이루어진 것과 같은 마음을 품었다. 즐거워하는 모습에 행복했다. |

| 나 이 | 50대 초반 | 성 별 | 남 |
|---|---|---|---|

| 설 명<br>및<br>소 감 | **〈경비행기 타 보기〉**<br>경비행기를 타는 것이 나의 아름다운 도전이다.  군대에서 타는 경비행기, 대통령 전용기 등 이런 것들을 타 보고 싶다.  그러나 아마 내 평생 못 탈 것 같다.  그런데 이렇게 멋있게 만들어 보니, 비록 타지는 못하지만, 그것보다 훨씬 더 즐거운 느낌을 받았다.  이렇게 만들면서 느끼는 감정이 진짜 좋다.  꼭 경비행기를 탄 것 같다. 참 푸드는 좋다. |
|---|---|

| 피드백 | 자신이 직접 타 보지 못하겠지만, 이렇게 내담자가 직접 만들면서 느꼈던 희열이 나에게도 느껴진다.  얼마나 황홀했었을까? |
|---|---|

| 나 이 | 50대 초반 | 성 별 | 여 |
|---|---|---|---|

| 설 명<br>및<br>소 감 | **〈바디빌더〉**<br>나의 아름다운 도전은 바디빌더이다.  운동을 너무 좋아해서, 남자처럼 나도 바디빌더가 돼서 근육을 과시하고 싶다.  좀 쑥스럽긴 하지만〜〜〜.  이런 내 모습 참 멋질 것 같다. |
|---|---|

| 피드백 | 환하게 웃으면서 근육을 자랑하는 바디빌더.  꼭 한 번 도전해 보시라고, 아니면 그런 몸을 만들어 보라고 했다.  수줍게 웃는다. |
|---|---|

| 나 이 | 40대 중반 | 성 별 | 여 |
| --- | --- | --- | --- |

| 설 명<br>및<br>소 감 | **〈공부방〉**<br>이것은 나의 공부방이다.  어렸을 때 사고로 인하여 온몸에 화상을 입고, 병원에서 죽는다고 했던 내가 이렇게 살았다. 그러나 온몸이 화상으로 인하여 취직은 커녕, 사람들과의 만남도 못하게 되었다. 그러던 어느 날 친구가 공부방을 해 보라고 했다. "이렇게 온몸이 화상인데, 어느 아이가, 어느 부모가 나에게 아이를 맡기겠어?" 라고 단번에 거절했다.  하지만, 그 권유가 계속해서 생각이 났고, 한 번 해보자는 용기가 생겼다.  물론 처음에는 아이도, 부모도 무섭다고 다 싫어했다. 그러나 진심으로 대하니까, 하나 둘씩 아이들이 오기 시작해서, 지금은 당당히 꽤 잘 되는 공부방이 되었다.  그 친구가 너무 고맙고, 이렇게 아이들 상담까지 해 주기 위해 열심히 상담공부도 병행하고 있다.  이 아름다운 도전은 바로 나 자신을 살린, 또 다른 제2의 삶을 살게 한 도전이라고 이야기하고 싶다. |
| --- | --- |
| **피드백** | 얼마나 화상 때문에 힘들어 했을지 공감할 수 있다.  그러나 그 사건으로 인하여 좌절하지 않고, 다시금 일어설 수 있는 용기를 가질 수 있도록 도와 준 친구와 그 길을 도전한 자신에게 박수를 치고 싶다.  앞으로도 열심히 살길 바라는 마음으로 진심을 담아서 안아 주었다. |

| 나 이 | 40대 후반 | 성 별 | 여 |
|---|---|---|---|

| | |
|---|---|
| **설 명<br>및<br>소 감** | **〈첫 남자와 결혼했다면〉**<br>첫 남자와 결혼했다면? 과연 나의 모습은 어떠했을까? 20대 초반, 아무것도 모를 때 교제한 첫 남자. 가끔씩 그 남자와 결혼했다면 어떠했을까? 생각을 해 보곤 한다. 그럴 때마다 내린 결론은 '아니야!' 다. 그때는 헤어져서 너무 마음이 아팠지만, 정말 아무것도 모를 때 결혼했더라면 너무 후회할 것 같다. 지금의 남편과 결혼한 것이 얼마나 감사한지 모른다. 웃음과 행복이 넘치는 우리 집!!! 새삼 너무나 소중하다는 생각이 든다. |
| **피드백** | 누구나 첫 사랑과 결혼했으면 어떻게 됐을까? 생각해 보곤 한다. 하지만, 그것은 흘러간 과거. 물론 그 사람과 결혼해서 지금보다 여러 모로 잘 살 수도 있겠지만, 그렇지 않을 수도 있다. 지금의 가정을 행복하게 꾸려 간다면, 첫 사랑은 아름다운 추억으로 남지 않을까 한다. 가정의 소중함을 깨닫게 한 아름다운 도전이라고 내담자는 생각했다. |

| 나 이 | 40대 후반 | 성 별 | 여 |
| --- | --- | --- | --- |

| 설 명<br>및<br>소 감 | 〈마음을 열어 주는 독서치유상담사〉<br>지금 논술교사이다.  이 푸드아트심리상담과정을 잘 배워서 앞으로 독서와 접목해서 마음을 열어 주는 독서치유상담사가 되고 싶다.  책을 읽는 아이나 어른들에게 거기에서만 끝나는 것이 아니라 그것을 가지고 상담까지 할 수 있는 영역을 더 깊이 공부하여 꼭 그렇게 되고 싶다.  동화와 푸드아트심리상담의 활동을 할 때, 개인적으로 너무나 도움이 많이 되었기 때문에 나의 비전으로 삼고 열심히 공부하겠다. |
| --- | --- |
| 피드백 | 푸드아트심리상담을 하면서 자신의 비전을 발견하게 되었다고 너무나 좋아했었다.  아름다운 비전을 다시 한 번 생각해 볼 시간을 가진 유익한 활동이었다.  꼭 그렇게 되기를 소망한다고, 언제든지 도움이 필요하면 도와주겠다고 했다. |

| 나 이 | 50대 초반 | 성 별 | 여 |
|---|---|---|---|

| 설 명<br>및<br>소 감 | **〈오토바이 전국일주〉**<br><br>나중에 남편이 퇴직하게 되면 꼭 남편과 함께 오토바이를 타고 전국일주를 하고 싶다. 길을 가다가 오토바이를 타고 가는 남자들을 보면 너무나 멋있게 보인다. 오토바이를 타고 국도를 따라서 이곳저곳 구경도 하는 여행. 남편과 좋은 추억이 될 것 같다. 그러나 운전은 반드시 내가 하고 싶다. 왜냐하면 그동안 가정을 위해 직장 다니느라고 고생했으니까, 이렇게 내가 운전해서 전국일주를 하고 싶다. |
|---|---|
| **피드백** | 항상 이 내담자에게는 남편이 나온다. 남편과 같이 무엇인가 하는 모습. 잉꼬부부이며, 서로를 많이 의지한다. 늦둥이 아이까지 있어서 늘 남편과 같이 오래 오래 살아야 한다고 이야기한다. 꼭 건강하게 그렇게 되기를 바란다고 했다. 남편과 서로 의지하면서 잘 살기를 바란다고 했다. |

| 나 이 | 30대 후반 | 성 별 | 여 |
|---|---|---|---|

**설 명
및
소 감**

**〈경비행기 타고 세계일주〉**

남편과 함께 경비행기를 타고 꼭 세계 일주를 하고 싶다.  이렇게 만들어 보니까,
더욱 건강에 대해 생각하게 되었고, 더 늙기 전인 60살 이전에 해야겠다는 생각
이 든다.  돈을 조금씩 모으면 앞으로 몇 년 안에 해 볼 수 있을 것 같다. 꼭 도전!
도전! 도전!!!

| 나 이 | 40대 초반 | 성 별 | 여 |
|---|---|---|---|

| 설 명<br>및<br>소 감 | 〈부모님 여행〉<br><br>지금까지 살아가기 바빠서 부모님께 여행 한 번 못 시켜드렸는데, 부모님이 살아계실 때 꼭 여행을 보내드리고 싶다. 그러면 얼마나 행복해 하실까? 그동안 무심했던 나를 반성하게 된다. 이렇게 표현해 보니, 부모님이 살아계신 것 자체만으로도 감사하다. 부모님 두 분이 손을 꼭 잡고 이렇게 여행을 하시면 더욱더 좋을 것 같다. 올해가 가기 전에 꼭 해 드려야지. |
|---|---|

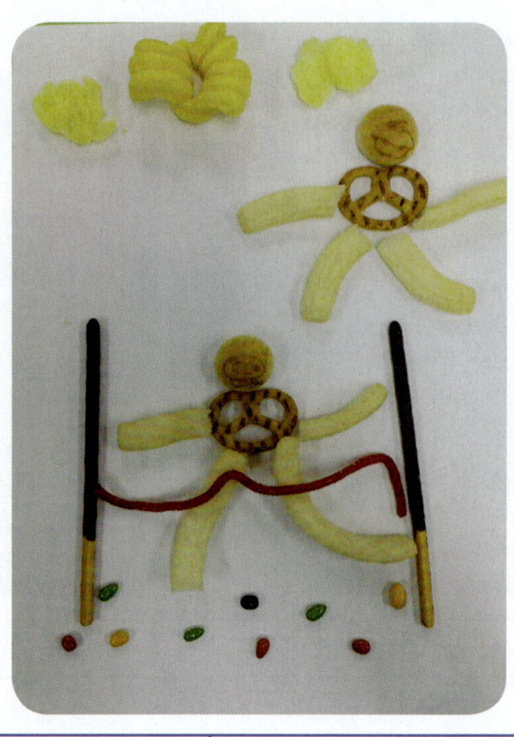

| 나 이 | 30대 후반 | 성 별 | 여 |
|---|---|---|---|

| | |
|---|---|
| **설 명 및 소 감** | **〈하프 마라톤 대회〉**<br>생애 처음이자 마지막으로 해 본 하프 마라톤 대회! 평발이라서 신체적으로 달리기를 하면 안 되는데, 도전해 보았다. 얼마나 힘들었는지 모른다. 정말 죽을힘을 다해서, 몇 번이고 중간에 포기하고 싶었는데, 그래도 자신과의 싸움에서 이겨서 완주하였다. 골인 지점에 도달하고 바로 그 자리에서 쓰러졌다. 한 달 간의 입원치료를 하고 나서 다시 건강을 회복했다. 물론 다시 달리기는 하지 못하게 됐지만, 지금까지 한 일 중에 나에게 있어서 가장 아름다운 도전으로 남는다. |
| **피드백** | 외소한 외모에 하프 마라톤을 완주했다는 말에 놀라웠다. 그리고 이 말을 하면서 얼마나 뿌듯해 하는지. 내담자에게 있어서 이 경험은 인생에 있어서 가장 큰 경험이자, 교훈이자, 살아가는데 있어서 큰 힘이 되었다. 앞으로 아무리 힘든 상황이 있더라도 이때를 기억해서 잘 이겨나가길 바란다. |

| 나 이 | 40대 초반 | 성 별 | 여 |
|---|---|---|---|

| 설 명 및 소 감 | **〈탁구경기대회〉**<br>탁구경기대회를 나가기 위해서 준비하면, 너무나 떨려서 항상 전 날에 포기했다. 그게 벌써 몇 년째. 왜 그렇게 떨리는지… 떨려서 못 나가면 후회하고, 후회하고, 또 후회하는 내가 너무 부끄럽다. 누구보다 열심히 준비했는데, 그리고 다들 잘 할 것 같은데 왜 못 나가냐는 시선들. 그래도 어떻해? 너무 너무 떨리는데.<br>마침, 곧 대회가 얼마 안 남았다. 이렇게 만듦으로써, 이번에는 꼭 도전해 보겠다. 이기고 지고를 떠나서 나가는 것만이라도 도전해 봐야지... 꼭, 꼭, 꼭!!! |
|---|---|
| **피드백** | 잘 할 것 같은데 매번 대회를 못 나간다는 말에 의아했다. 그리고 내담자가 말한 것처럼, 이번에는 꼭 나가길 같이 빌었다. 힘을 얻는 것 같다고 한다.<br>며칠 후, 내담자에게서 이번에 경기에 나갔다는 연락을 받았다. 비록 경기에서 졌지만, 이긴 것 보다 더 기뻤다고 한다. 이렇게 하나하나 도전하는 게 인생이 아닐까 한다. |

| 나 이 | 40대 초반 | 성 별 | 여 |
| --- | --- | --- | --- |

| 설 명<br>및<br>소 감 | **〈신혼여행〉**<br>결혼식이 끝났는데 갑자기 너무나 아파서 신혼여행을 못 갔다.  물론 남편과 여행은 자주 가는데, 신혼여행이라는 이름으로 여행을 가지 못해서 항상 아쉬웠다.  그런데, 이렇게 여기에 꾸미니까, 신혼여행을 정말 간 것처럼 느껴져서 행복해진다. |
| --- | --- |
| **피드백** | 신혼여행은 다른 여행과는 의미가 다르다.  내담자의 말처럼 아무리 다른 여행은 많이 가더라도 '신혼여행' 의 이름으로 가는 일생의 한 번 뿐인 여행은 다르다.  그래서 이번에는 이름을 '신혼여행' 이라는 이름을 걸고 여행을 가보라고 권했다.  그랬더니, "아, 그러네요. 그렇게 하면 되겠네요.  어차피 여행을 가는 거, 신혼여행이라고 생각하면 되겠어요" 라고 기뻐했다.  그리고는 너무나 행복해 했다. 나중에 정말 남편과  '신혼여행' 이라는 이름으로 여행을 갔다 왔다고 정말 감사하다고 했다. 너무나 기쁘고 행복해 하는 목소리가 아직도 귓가에 들린다. |

| 나 이 | 40대 초반 | 성 별 | 여 |
|---|---|---|---|

| 설 명<br>및<br>소 감 | 〈전국노래자랑〉<br>노래를 잘 하지는 않지만, 노래하는 걸 좋아한다.  예전에 전국노래자랑을 나갈 기회가 있었는데, 당일 날 갑자기 일이 생겨서 못 가게 되어  늘 후회가 된다.  지금이라도 꼭 전국노래자랑에 나가고 싶다. 그 모습을 상상하면서 마이크를 잡고 노래하는 모습을 꾸며 보았다.  아래에는 많은 관중들이 나를 보는 모습이고, 뒤에는 밝은 조명이 나를 비추는 모습이다. |
|---|---|
| 피드백 | 꼭 해 보고 싶은 것은 해 봐야 한다.  내담자는 정말 전국노래자랑에 나가고 싶은 마음이 가득하다.  꼭 그렇게 되길 바라는 마음에서 손을 꼭 잡아주었다.  너무나 좋아하는, 힘이 된다는 내담자를 보면서 벌써 전국노래자랑에 나간 것 같다.  홧팅!!! |

# 수 많은 시도를 통해

기꺼이 시도했다가 비참하게 실패하고,

다시 시도하지 않으면 성공은 다가오지 않는다.

- 필립 애덤스 -

## 4) 문이 열리면... (계획 세우기)

① 문이 열리면... (계획 세우기) – 활동 개요

| 목 적 | 문이 열리면 나에게 비춰주는 장면은 무엇인지  또한 인생의 계획들을 세워봄으로써 무의식에 자리 잡은 일들을 생각해 본다. |
|---|---|
| 준비물 | 긴 초콜릿, 마시멜로, 사탕, 색깔 뻥튀기, 고구마 칩, 라면 땅, 꼬깔콘, 별 과자 등 |
| 진행순서 | 연말이면 내년의 계획들을 세워본다.  한 달 한 달의 계획도 세워보고, 더 나아가서 남은 인생의 계획도 세워본다. 그러나 계획만 세우고 어떻게 실천할지에 대해서 세부 계획을 많이 세우지 않는다.  이 시간에는 목표를 이루기 위해서 한 달 한 달의 계획도 세워보고, 1년 단위 혹은 5년, 10년 단위의 계획을 세워 봄으로써 보다 알차게 목표를 이루기 위해 노력해 본다.  또한 인생의 문 앞에 펼쳐질 광경들도 상상해 본다.<br><br>〈계획 세우기〉<br>① 12칸으로 된 초콜릿을 용도에 맞게 자른다.<br>   (12달을 계획하면 12조각으로, 5년, 10년 단위로 계획하면 거기에 맞게 초콜릿을 자른다.)<br>② 최종 목표를 이루기 위해 어떻게 준비할지 세부적인 계획을 세워서 푸드로 표현해도 되고, 펜으로 써도 된다.<br>③ 함께 나눈다.<br><br>〈눈 앞의 광경〉<br>① 내 눈 앞에 하나의 커다란 문이 있다고 생각해 본다.<br>   (인생의 문, 당면하고 있는 과제, 앞으로 해결해야 할 일 등.)<br>② 그 문을 열면 어떤 광경이 펼쳐질까?<br>③ 그것을 푸드를 통하여 표현해 본다.<br><br>※ 이 활동은 '인생의 계획 세우기'와 '눈 앞에 펼쳐질 인생의 광경'을 푸드로 표현해 볼 수 있는 두 가지 활동을 할 수 있는 프로그램이다. |

| ☞ 잠깐!!! | ① 초콜릿은 두 줄로 각각 6칸 (더해서 12칸)으로 되어 있는 것을 사용하는 것이 좋다. (12달을 각각의 초콜릿 문으로 생각하여 표현할 때 좋음)<br>② 세대별로, 혹은 나이별로 나누어서 계획을 세워본다.<br>③ 두 가지 활동을 각각 해도 되고, 대상에 따라 하나씩 따로 활동해도 된다.<br>④ 계획에 대한 이미지를 푸드로 구성하기 어려우면, 초콜릿으로 계획대로 조각을 나눈 후, 글씨로 써서 표현해도 된다. |
|---|---|
| **상 담**<br>**Point** | ① 자신의 꿈을 구체적으로 생각해 보는 시간을 충분히 갖는다.<br>② 꿈을 향해 가능한 한 아주 세밀하게 계획을 세워 본다. (열심히→몇 등, 몇 점,  독서→일주일에 몇 번)<br>③ 자신의 꿈이 성공했을 때의 느낌을 최대한 상상해 보고, 그 꿈을 이루기 위해서는 많은 노력이 필요함을 알게 한다.<br>④ 꼭 그렇게 될 수 있다는 자신감과 자존감을 심어준다. |

| 나 이 | 30대 초반 | 성 별 | 여 |
|---|---|---|---|

| 설 명<br>및<br>소 감 | 20~30대 : 아이에게 집중, 대학을 보낸다.<br>40대 : 남편과 함께 여행을 한다.<br>50대 : 돈을 많이 번다.<br>60대 : 아이 결혼시키고, 소망하는 장애인 복지관을 세운다.<br>70대 : 각자 남편과 떨어져서 생활한다.<br>80대 : 남편과 같이 즐긴다.<br><br>인생의 라이프스타일을 정리하는 시간이었다. |
|---|---|

| 피드백 | 70대에 남편과 떨어져서 생활한다기에 조심스럽게 물어보니, 그때는 서로 터치하지 않고, 각자의 일을 즐기면서 생활했으면 한다고 한다.  그래야 남편의 소중함을 더 알고, 마지막 80대에서 인생을 잘 마무리할 것 같다고 한다.  자신의 일에 대한 애착이 깊은 것 같다. |
|---|---|

| 나 이 | 40대 초반 | 성 별 | 여 |
|---|---|---|---|

| 설 명<br>및<br>소 감 | 〈상반기〉<br>오른쪽 위는 수영을 하는 모습이다.  아들과 함께 수영을 하는데, 아이가 잘 해서 나보다 앞으로 나아갈 수 있기를 바란다.<br><br>〈하반기〉<br>장롱 운전면허인데 직접 차를 운전해서 친정에 가고 싶다.  예쁘게 꾸민 자동차가 눈에 띈다.  얼른 연수를 받아서 그렇게 될 수 있도록하자. |
|---|---|
| 피드백 | 간단하게 한 해의 계획을 세워본 것 같다.  아이가 수영을 잘 했으면 하는 마음과 내담자가 운전을 해서 친정에 가 보고 싶은 마음!  꼭 그렇게 되기를 소망한다고 이야기해 주었다. |

| 나 이 | 30대 후반 | 성 별 | 여 |
|---|---|---|---|

| 설 명<br>및<br>소 감 | 초콜릿이 문이다.  문이 열리면 환하게 빛나는 미래의 모습.  푸른 초원의 잔디밭에 풀과 꽃, 나무가 어우러져 있고 거기에 여동생과 가족, 친척이 같이 모여서 생활하고 싶다고. |
|---|---|

| 피드백 | 고향에 부모님만이 남아서 항상 안쓰러운 마음이다.  빨리 함께 사는 날이 왔으면 하는 바람이 많이 담겨 있는 모습이다.  특이하게 초콜릿을 문처럼 만든 작품이다. |
|---|---|

| 나 이 | 40대 | 성 별 | 여 |
|---|---|---|---|

| 설 명<br>및<br>소 감 | 상반기는 미련을 두지 말고 빨리 잊어버리고, 하반기에는 해같이 빛나서 높이높이 성장하고 싶다고 한다.  올해는 특히 남편에겐 건강을,  아이에겐 지혜를, 그리고 본인은 'S' 라인을 만드는 게 꿈이라고 한다. |
|---|---|
| 피드백 | 그래서 왼쪽의 아래에 묻어 둔 것이 과거인가보다.  그리고 오른쪽 위에는 말한 것처럼 환한 미래가 해같이 빛남을 나타낸 것 같다.  꼭 그렇게 되기를 소망한다. |

| 나 이 | 40대 | 성 별 | 여 |
|---|---|---|---|

| 설 명<br>및<br>소 감 | 40대에는 아이들이 사춘기이기 때문에 의견충돌로 뿔이 나 있고, 그 가운데에 남편이 중립을 지킬 수 있었으면 하는 바람이다.  또한 아이들에게 신나게 갯벌에서 뛰어 놀게 해 주고 싶다.<br>50대에는 딸이 원하는 꿈이 이루어지기를 소망하고, 남동생 뒷바라지를 잘 해 주고 싶다.  노후에는 자신을 중심으로 가족이 굴러가고 해처럼 빛나는 가족이 되었으면 하는 소망을 그렸다. |
|---|---|
| 피드백 | 의견충돌로 뿔이 나 있는 모습이 재미있다.  만드는 내담자 역시 혼자 키득 키득 웃으면서 표현하였다.  힘든 가운데서도 나중에 해같이 빛날 미래를 꿈꾸는 모습이 참 밝게 느껴졌다. |

| 나 이 | 40대 | 성 별 | 여 |
|---|---|---|---|

| 설 명<br>및<br>소 감 | 문이 열리면?  미래의 나의 모습을 꾸며 보았다.  많은 사람들 앞에서 강의하는 모습. 끊임없이 배워서 본받을 수 있는 모습.  지금까지는 할 수 없는 게  너무 많았는데, 이런 모든 것을 극복해서 "너, 성공했어, 멋있어~~~" 라는 말을 듣고싶다. 평범한 삶이지만 뿌듯하게, 멋지게 살고 싶은 마음을 나타냈다. |
|---|---|

| 피드백 | 이렇게 활동하면서 자존감이 많이 높아진 것 같다.  '난 못해, 못하는 게 참 많아' 라고 생각했다면, 이제는 '그래, 나 할 수 있어, 이제부터 난 모든 할 수 있어' 라는 자신감과 자존감으로 자신을 향상시키는 것 같다. |
|---|---|

| 나 이 | 40대 초반 | 성 별 | 여 |
|---|---|---|---|

| 설 명<br>및<br>소 감 | 문이 열리면, 계곡에서 폭포가 떨어지는 것을 표현하였다. 거기에는 무지개가 떠 있다. 폭포 밑에는 물고기가 살고 있는 깨끗한 물이다. 나는 그것을 지켜보고 있다. 무척 행복해 하는 나의 모습을 생각했다. |
|---|---|
| 피드백 | 맑고 깨끗한 계곡에서 폭포수가 떨어지는 모습. 이 세상에서 가장 행복한 모습으로 바라보는 것같이 느껴진다. 내담자의 마음이 확 풀리는 것 같다고 한다. 마치 폭포수가 모든 것을 다 쓸어버리는 것처럼, 마음의 고민도 모두 모두 없애고 모두 깨끗하게. |

<table>
<tr><td align="center">피드백 전</td><td align="center">피드백 후</td></tr>
</table>

| 나 이 | 30대 후반 | 성 별 | 여 |
|---|---|---|---|

| 설 명<br>및<br>소 감 | 문이 열리면?  햇살을 온몸에 받고 있는 가족의 모습을 표현하였다.  그래서 더 강한 따뜻한 햇살을 표현하였고, 나란히 있는 가족을 둥글게 모이게 하였다.  훨씬 더 오손 도손하고 따뜻하게 보였다. |
|---|---|

| 피드백 | 가족 모두 따뜻한 햇볕 아래 있는 행복한 모습!  일자로 있는 것보다 둥글게 모여 있게 하니까 훨씬 더 단합되는 것 같다고 한다.  가족이라는 이름으로 이렇게 마음 모아서 알콩 달콩 살아가는 모습이 행복이 아닐까 한다. |
|---|---|

| 나 이 | 30대 후반 | 성 별 | 여 |
|---|---|---|---|

| 설 명<br>및<br>소 감 | 막연하게 생각했던 미래에 대하여 다시금 생각하게 되었다.  구체적으로 자격증을 취득해서 나중에 봉사를 해야지 하던 생각에서 더 나아가, 왜 자격증을 취득하는지, 그리고 그것을 주부로서 어떻게 할지, 어떤 상황에서 시작할지,  궁극적인 목표를 무엇으로 해야 할 지를 곰곰이 생각하게 되었다. 공부를 열심히 해서 나중엔 강사로까지  활동하기 위해 더 큰 비전을 갖고 한 단계 한 단계씩 나아가야겠다. |
|---|---|
| 피드백 | 다섯 아이들을 키우면서 자신의 비전을 위해 열심히 뜻을 세우고, 실천하고자 하는 것에 힘을 북돋아 주었다.  1인 몇 역할을 하게 되겠지만, 충분히 그럴 수 있고, 아이들에게 공부하는 엄마의 모습을 보여 주는 것도 큰 교훈이 될 것이다.  앞으로 꿈을 위해 도전하는 모습에 박수를 보낸다. |

# 지금 이 순간

아무것도 결정하거나 선택하지 않으면 그렇게 시간만 지나갑니다.

어떤 일도 일어나지 않습니다.

하루하루가 그렇게 지나갑니다.

왜냐하면 선택하지 않는 것 또한 선택이기 때문입니다.

무엇이 두렵고 불안해서 늘 뒤로 미루고 있는지 한번 진지하게 나 자신에게 물어보세요.

최종 결정권자는 항상 나임을 잊지 마세요.

- 오그만디노 (위대한 상인의 비밀) -

## 5) 꿈(비전)의 사다리

### ① 꿈(비전)의 사다리 – 활동 개요

| 목 적 | 나의 꿈은 무엇이며, 그 꿈(비전)을 위하여 구체적으로 어떠한 계획을 세우고 있는지 점검하면서, 그 꿈을 위해 도전한다. |
|---|---|
| 준비물 | 색지, 연필, 색연필, 국수, 색깔 뻥튀기, 초코송이, 첵스 시리얼, 마시멜로, 꼬불이 과자, 컨츄리 과자, 고구마 과자, 옥수수뻥튀기 등 |
| 진행순서 | 나의 꿈, 비전, 희망. 이러한 미래에 관한 설계가 있을 것이다. 그 미래에 대하여 나는 어떠한 목표를, 어떠한 단계로 이루고자 설계하고 있는가? 막연하게 꿈으로만 갖고 있는지, 아니면 구체적으로 그것을 이루기 위하여 계획적으로 준비하고 있는지… 이 시간은 그 꿈을 이루기 위해 구체적으로 계획하고 설계해 본다.<br><br>① 나의 꿈(비전)은 무엇인지 생각한다.<br>② 국수(당면)로 사다리를 만들고, 맨 위에는 자신의 꿈을 이미지화 하여 푸드로 표현한다.<br>③ 세부적으로, 또는 단계별로 실천할 수 있는 방법을 각 단계에 푸드로 꾸며 본다.<br>　(1년, 3년, 5년, 10년 단위로 어떻게 준비할지 생각한다)<br>④ 그것을 서로 나눈다. |
| ☞ 잠깐!!! | ① 국수 대신 당면, 스파게티 면을 이용해도 된다.<br>② 세대별로, 혹은 나이별로 나누어서 계획을 세워 본다.<br><br>* 앞의 문이 열리면(계획 세우기)와 비슷한 내용이다. 대상에 따라 '문이 열리면'의 활동이나 '꿈(비전)의 사다리'의 활동 중 선택해서 사용한다. |

| | |
|---|---|
| **질문방법** | ① 당신의 꿈은 무엇인가요?<br>② 단계별로 그 꿈을 위하여 어떻게 준비할지 설명해 주실 수 있나요?<br>③ 가장 노력이 많이 필요할 때가 언제인가요?<br>④ 당신의 꿈을 이루기 위해서는 힘들더라도, 잘 준비해서 나중에 원하는 꿈을 이루기를 소망합니다.<br>⑤ 꼭 그렇게 될 수 있도록 동기부여 해 준다. |
| **상 담<br>Point** | ① 자신의 꿈을 구체적으로 생각해 보는 시간을 충분히 갖는다.<br>② 꿈을 향해 가능한 한 아주 세밀하게 계획을 세워 본다.<br>  (열심히→몇 등, 몇 점,  독서→일주일에 몇 번)<br>③ 자신의 꿈이 성공했을 때의 느낌을 최대한 상상해 보고, 그 꿈을 이루기 위해서는 많은 노력이 필요함을 알게 한다.<br>④ 꼭 그렇게 될 수 있다는 자신감과 자존감을 심어준다. |

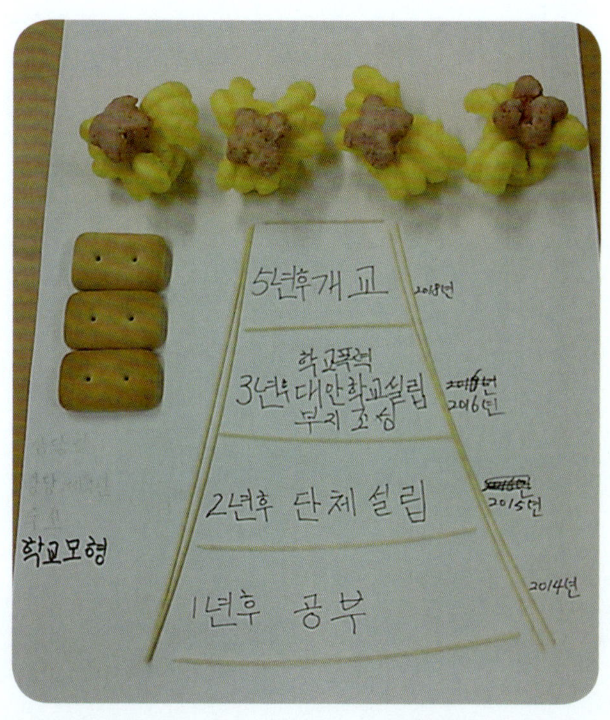


| 나 이 | 43세 | 성 별 | 여 |
|---|---|---|---|

| 설 명<br>및<br>소 감 | 새삼 머릿속에만 있던 나의 꿈을 이렇게 표현해 보니, 더 선명하게 드러나는 것 같고, 세부적으로 계획을 세울 수 있었다.  그래서 앞으로 그 꿈을 이루기 위해서 구체적으로 어떻게 할지도 떠올랐다.  열심히 노력해서 학교 폭력 없는 대안학교를 꼭 설립해야지 하는 다짐을 했다. |
|---|---|

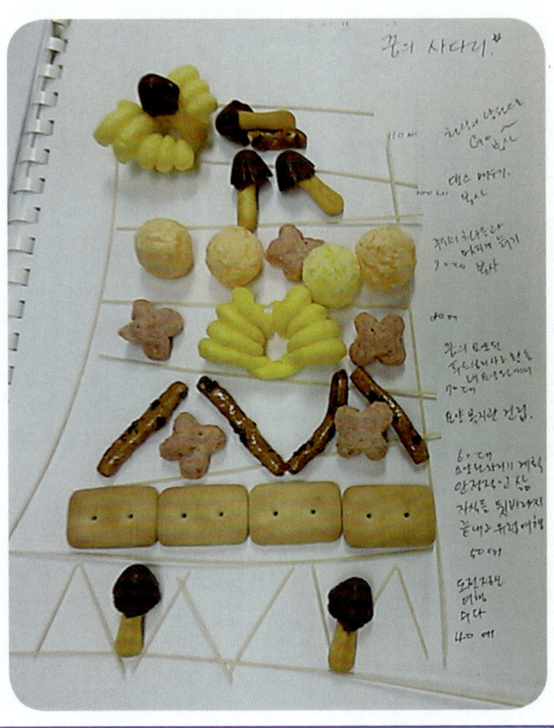

| 나 이 | 40대 | 성 별 | 여 |
|---|---|---|---|

| 설 명<br>및<br>소 감 | 40대에서 50대, 60대, 70대, 80대, 그 이후를 생각하면서 계획을 세워 보았다. 처음에는 이걸 어떻게 할까 고민이 되었는데, 막상 이렇게 세대별로 계획을 세워보니, 지금부터 많은 것들을 준비해야겠다는 생각이 들었다.  특히 60대 이후 요양원 건립이 꿈이기 때문에, 이것저것 준비해야 될 것들이 많음을 깨닫게 되었다.  더욱더 도전할 수 있는 힘이 생긴 것 같다.  의미 있는 활동이다. |
|---|---|

| 나 이 | 40대 | 성 별 | 여 |
|---|---|---|---|
| 설 명<br>및<br>소 감 | 막연하게나마 시골에 개척교회를 세우고 싶었다. 그런데 구체적으로는 생각해 보지 않았는데, 이 시간을 통하여, 목표를 이루기 위해 어떻게 준비를 해야 할지, 새로운 활력소가 된 것 같다. 지금의 순간순간을 소중히 생각하며 열심히 살고, 단기 선교까지 준비하면서, 꼭 개척교회를 세워야지 하는 각오가 새롭다. | | |

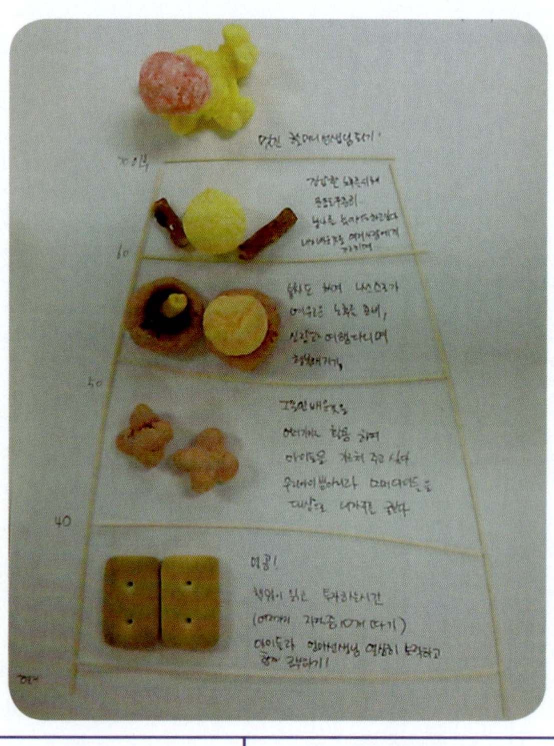

| 나 이 | 40대 | 성 별 | 여 |
|---|---|---|---|

| 설 명<br>및<br>소 감 | 멋진 할머니 선생님 되기!!!!  그냥 배우는 게 좋아서 이것저것 배우기만 했는데, 꿈이 생겼다.  거창하진 않지만, 항상 공부하는, 멋진 할머니 선생님이 되는 것!,  그러기 위해 더 많이 책도 읽고, 나 자신을 위해 투자를 해야지.  그리고 더 나아가 배운 것을 조금이나마 봉사하면서 생활해야지.  그리고 한 남자의 아내로서 노후에는 남편과 함께 여행도 하면서 지내야지 하는 마음에 기분이 좋아졌다. |
|---|---|

| 나 이 | 50대 | 성 별 | 여 |
|---|---|---|---|

| 설 명<br>및<br>소 감 | 지금부터 배우는 것들을 잘 준비해야겠다고, 그냥 좋아서 배우는 것에 그치지 않고, 이것으로 나중에 강사로서 역할을 하고 싶다. 푸드아트심리상담 강사와 실버 체조 강사 준비를 더 깊게 파고들어서 내년 2014년부터는 바쁜 나날을 보내고 싶은 마음에 짧은 꿈의 사다리를 만들어 보았다. |
|---|---|

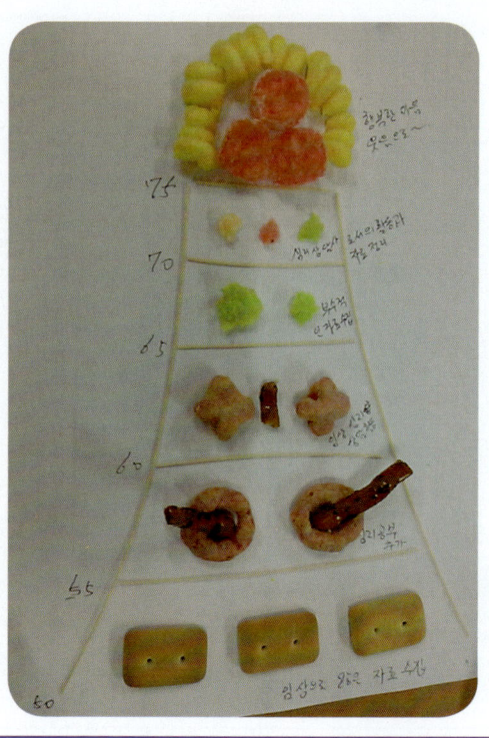


| 나 이 | 50대 초반 | 성 별 | 여 |
|---|---|---|---|

| 설 명<br>및<br>소 감 | 푸드아트심리상담을 좀 더 공부해서 60세부터는 상담 활동을 하고 싶다. 또한 이와 관련된 자료들을 많이 수집하여 노후에는 강사로서 활약했으면 좋겠다는 생각이 든다고 한다.  웃음과 함께하는 노후를 생각만 해도 행복해진다. |
|---|---|

| 나 이 | 40대 초반 | 성 별 | 여 |
|---|---|---|---|

| 설 명<br>및<br>소 감 | 나의 꿈은 최초로 북아트 도서관장이 되는 것이고, 더 나아가 작가로서의 꿈이 있다.  그 꿈을 이렇게 푸드로 표현해 보니 훨씬 더 행복해지는 것 같다.  한 단계 한 단계 실천해야 할 것들도 생각해 보게 되었다. 첫 걸음인 그림책을 제작하는 것과 강의를 하는 것, 그리고 앞으로 머지않아 50대 초반에 꼭 북아트 도서관을 개관하는 것, 그것을 위해 더욱더 열심히 지금의 시간들을 쪼개며 실천하도록 노력해야겠다는 다짐이 든다.  내 자신이 이렇게 화려한 과자처럼, 꼭 그렇게 되리라 생각한다. |
|---|---|

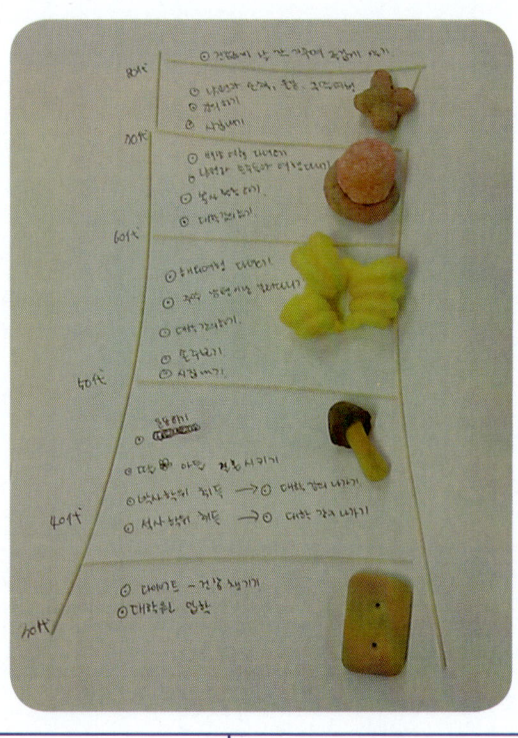

| 나 이 | 30대 초반 | 성 별 | 여 |
|---|---|---|---|

| 설 명<br>및<br>소 감 | 나에게 필요한 건 다이어트로 건강을 챙기고, 공부를 더 하기 위해 대학원에 입학하는 것이다.  나이별로 이렇게 하고 싶고, 해야 할 일을 정리하는 시간이 참 귀한 것 같다.  나중에 이렇게 준비하여 60대 이후에는 봉사활동도 하면서 강의도 하고, 손주들과 여행 다니면서, 그 후에는 가장 큰 소원인 시집을 내는 것, 이것이 나를 가꾸는 길이라는 생각이 든다.  푸드로 이렇게 표현하니까 더욱더 재미있고, 꼭 이룰 수 있을 것 같은 생각이 든다. |
|---|---|

| 나 이 | 40대 | 성 별 | 여 |
|---|---|---|---|

| 설 명<br>및<br>소 감 | 푸드로 하나하나 표현하니까 더욱더 재미있고, 인생에 활력이 느껴지는 것 같다. 특히 세대별로 어떻게 표현을 할까 고민했는데, 오히려 그림을 그리거나 글씨로 쓰는 것보다 나만의 약속이 되는 것 같아 더 의미 있는 것 같다. 나의 꿈은 북 카페!!! 처음에는 북 카페로 오픈을 하고, 더 나아가 65세 이후에는 심리상담도 할 수 있는 그런 카페로 전환하고 싶다. 그리고 70대 이후에는 내 카페가 나눔의 카페로 커 갔으면 하는 바람이다. 기분이 힐링되는 것 같아 마음이 가뿐하다. |
|---|---|

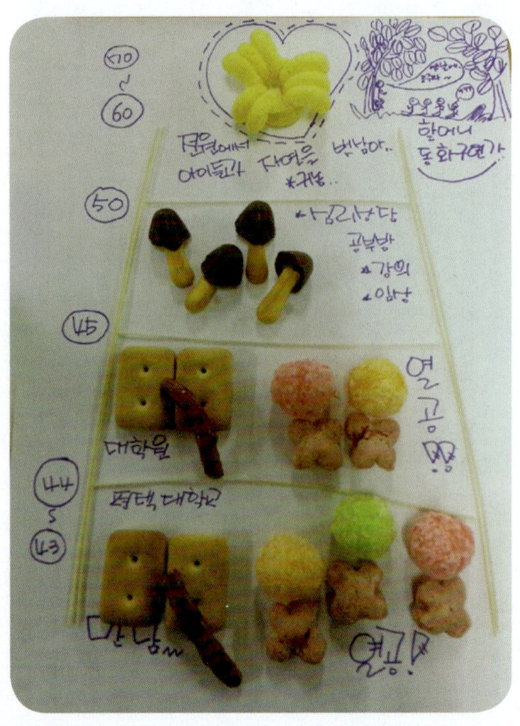



| 나 이 | 43세 | 성 별 | 여 |
|---|---|---|---|

|  |  |
|---|---|
| **설 명<br>및<br>소 감** | 이렇게 푸드와 그림을 섞어서 나의 꿈을 계획해 하면서 내내 즐거웠다.  나의 꿈은 할머니 동화구연가가 되는 것.  그렇게 되기 위하여 구체적인 계획을 푸드로 먼저 꾸 몄다.  학교를 다시 들어가서 열공하고, 50대 이후에는 나의 꿈인 심리상담으로 강 의를 하고, 임상을 하고, 그 이후 귀농을 해서 아이들과 함께 전원생활을 하면서 할 머니 동화구연가가 되는 것!!!.  생각만 해도 꼭 동화구연가가 된 것 같은 느낌이 들 어서 뿌듯하다. |

# 꿈이 있는 사람

꿈이 있는 사람은 삶을 현재의 모습으로만 보지 않고,
앞으로 무엇이 될지 미래에 대해서도 생각한다.


"그 친구는 사는 동안 하루도 빼놓지 않고
꿈을 가지고 있었고, 한 꿈이 이뤄지면
또 다른 꿈을 꾸며 살았어.
그 친구를 통해 많은 사람들이 꿈이란
어떻게 꾸는 것인지,
더 멋진 세상은
어떻게 상상해야 하는 것인지 알게 되었지.
그 친구 이름이 바로 월트 디즈니야.
하지만 한 가지는 꼭 명심해라.
네 꿈은 반드시 네 꿈이어야 한다.
다른 사람의 꿈이 네 것이 될 수는 없어.


그리고 꿈이란 가만히 두는 게 아니라
계속해서 키워나가는 것이다."


- 짐 스토벌의 〈최고의 유산 상속받기〉 중에서 -

# 6) 소망나무 (집단활동 & 개인활동)

## ① 소망나무 (집단활동 & 개인활동) – 활동 개요

| | |
|---|---|
| **목 적** | 나(혹은 집단)의 미래에 대한 소망나무를 만들어 보면서 꿈을 향해 계획해 보는 시간을 갖는다. |
| **준비물** | <br>미나리(또는 연근, 부추, 파), 상추, 깻잎, 콩나물, 파프리카, 팽이버섯, 원두커피가루, 새싹, 당근, 빼빼로, 새우깡, 양파링, 떡볶이 과자, 미쯔, 빼빼로, 전지, 색지, 사인펜, 색종이, 색연필 등. |
| **진행순서** | 나의 소망을 담은 나무를 만들어 본다. 각자 소망나무를 만들어도 되고, 한 그룹이 큰 나무를 만들어서 각 조원들의 소망을 적어서 장식을 해도 된다. 집단 활동을 하면서 서로를 더 알아가고, 서로 단합하여 하나, 혹은 여러 개의 나무를 만들면서 사회성을 기르며, 소속감도 갖을 수 있다.<br>① 전지 위에 어떻게 소망나무를 만들지 구성한다.<br>② 혼자 혹은 여럿이 함께 앞의 푸드 재료를 가지고 소망나무를 만든다.<br>③ 그 위에 각자 자신의 소망이 담긴 내용을 푸드를 이용하여 만들고, 색종이 위에 자신의 소망도 쓴다.<br>④ 소망나무의 이름을 만들어 써 보고, 각 구성원의 이름을 써본다.<br>⑤ 다 완성한 후에 한 명 한 명 소망을 나눈다. |

| | |
|---|---|
| ☞ 잠깐!!! | ① 소망을 푸드로 표현하기 힘들 때는 색종이에 쓰거나 접기를 이용하여 표현한다.<br>② 단, 공동체 작품을 만들 경우, 한 명이라도 빠지면 안 된다고 미리 공지한다.<br>③ 개인뿐만 아니라 공동체 작품으로 활용하기에 좋다. |
| 질문방법 | ① 소망나무를 만들면서 어떠했나요?<br>② 자신의 소망은 무엇인가요?<br>③ 내 의견이 잘 반영되었나요?<br>④ 다른 사람의 의견이 잘 반영되었나요?<br>⑤ 내가 표현하고자 하는 곳에 다른 사람이 표현했을 때가 있었나요?<br>⑥ 그때는 어떠했나요? |
| 상 담<br>Point | 공동 작품을 만들면서 서로의 의견이 다를 수 있지만, 존중하고, 배려하면서 하나의 커다란 작품을 만들 수 있다는 것을 깨닫게 한다. |

| 나 이 | 50대 중반 | 성 별 | 여 |
|---|---|---|---|
| **설 명<br>및<br>소 감** | 부추를 하나하나 말았다.  그래서 울타리를 표현하고, 그 든든한 울타리 속에 튼튼한 나무를 표현하였다.  게다가 이 나무는 특별한 '고목나무' 이다.  인생의 노후를 상징하는 고목나무에 꽃이 피는 나무가 될 수 있도록 각각의 희망나무로 키우고 싶다. 학업과 함께 갖추어야 할 것들도 더불어 더 큰 희망을 안고 튼튼하게 꽃 피우길 바라면서 활동을 하였다. | | |
| **피드백** | 이것저것 많이 배운다.  이제는 그 배운 것들로 인하여 화려하게 꽃을 피우고 싶다고 한다.  그래서 그 꽃이 값비싼 꽃이 되기를 희망하는 것 같다.  아무것에도 흔들리지 않는 힘찬 고목나무처럼, 자신의 일에 튼튼하게 자리 잡아가기를 소망하였다. | | |

| 나 이 | 70대 후반 | 성 별 | 여 |
| --- | --- | --- | --- |

| 설 명<br>및<br>소 감 | 20대의 젊은 나무다. 파릇 파릇, 한창 자라는 나무이고, 꿈이 많고, 하고 싶은 것도 많은 젊음의 소망나무.<br>이제 노년기가 되면서 젊었을 때를 되돌아보면, 그때 이런 소망이 있었기에 더 열심히 살았던 것 같다는 생각이 든다.  그런 자신에게 박수를 보내고 싶다. |
| --- | --- |
| 피드백 | 열심히 살아온 지난날을 생각하면서 속으로 박수를 보내지 않았을까 생각이 든다.  무엇이든지 할 수 있는 젊음의 소망나무처럼, 지금 젊은 사람들에게 이 이야기를 해 주고 싶다고 한다. |

| 피드백 전 | 피드백 후 |
| --- | --- |
| | |

| 나 이 | 50대 후반 | 성 별 | 여 |
| --- | --- | --- | --- |

| 설 명<br>및<br>소 감 | 위의 소망나무는 키가 작으면서도 굵고, 튼튼히 뿌리 내림을 강조하면서 오랜 세월 버티고 열매를 맺는 모습을 나타냈다.  그 열매는 학위와 자격증, 건강, 자녀, 행복 등 이러한 열매가 아닌가 싶다.<br>만들고 보니 지저분한 것 같아서, 잔가지를 치웠다.  필요 없는 것을 치우고 정리하니까 심플하지만 정리가 되는 느낌이다.  인간관계도 깊이 있는 사람과 계속 관계 맺고 싶다고. 또한 잎이 클수록 그늘이 많아져서 습지가 풍성히 자라서 같이 공생할 수 있으면 좋겠다. |
| --- | --- |
| 피드백 | 굵고, 튼튼한 나무가 되고 싶어하고, 그 열매들도 풍성하게 맺고 싶어 한다.  또한 잔가지를 정리한다는 것은, 이제 내담자에게 필요한 것만 추구하고 싶은 마음이 많은 것 같다.  하지만, 다른 사람을 배려하는 마음은 나무로 인해 그늘져서 같이 공생하는 것까지 생각한다.  50대의 여유가 아닐까 한다. |

| 나 이 | 70대 후반 | 성 별 | 여 |
|---|---|---|---|

| 설 명<br>및<br>소 감 | **〈대통령 나무〉**<br>대통령이 되어서 천하를 호령하고 싶은 마음을 담아서 구성하였다.  대한민국에서 한 남자의 아내로서, 어머니로서의 삶은 자기를 잃어버린 것과 같은데, 이렇게 대통령 나무가 되어서 맘껏 소리치고 싶다. 하고 싶은 것도 맘껏 해 보고 싶다. |
|---|---|
| **피드백** | 그동안 여자로서의 삶보다는 누구의 아내로서의 삶을 살아온 것이, 지금 생각하면, 말 한마디 제대로 못한 후회함이 따른다.  대통령처럼 큰 소리를 내어서 자신의 목소리로 살았으면 하는 70대 여자 어르신의 삶이 녹아 있다. |

**집단활동 (중학생)**

|  |  |
|---|---|
| **설 명<br>및<br>소 감** | **〈꿈 이룸 나무〉**<br>나무 하나 하나를 만들면서 우리 조원을 많이 생각했다. 나무 기둥을 만들고, 그리고 튼튼하게 하려고 네모난 과자를 만들었다. 나무에 누구나 와서 쉴 수 있고, 놀 수 있는 그네도 만들고. 아래에는 예쁜 꽃도 만들었다. 알록 달록 나무에 열매도 만들고. 이렇게 만들어 보니 정말 꿈이 이루어진 것 같다. 그래서 이름도 '꿈 이룸 나무' 이다. 우리 조원 모두의 소원이 다 이루어졌으면 좋겠다. 마음이 따뜻해진다. |

**집단활동 (학부모)**

| | |
|---|---|
| **설 명<br>및<br>소 감** | 전체적으로 소망나무를 만들고 각자의 소망을 색종이에 적은 후 꽃과 열매로 표현하였다.<br>같이 활동하면서 나와 생각이 달라도 서로 어우러져서 멋진 작품이 됨을 보게 되었다. 다른 사람의 소망을 적은 것을 보니, 나에게도 저런 소망이 있는데 하는 마음이 있었다. 누군가에게는 그저 스쳐 지나는 것이 다른 사람에게는 소망이 됨을, 그 소중함을 깨달았다. |

## 집단활동 (학부모와 아이들)

| | |
|---|---|
| **설 명<br>및<br>소 감** | 학부모와 아이들과의 공동작품이다.  곧게 뻗은 줄기와 매우 기름진 토양을 표현하고, 나뭇잎과 가지에는 알록달록 개성이 넘침을 표현하였다. 그리고 열매는 소망을 담은 쪽지로 표현하였다. |
| **피드백** | 아이들이 쓴 소망들을 읽어 보니, 엄마들이 몰랐던 아이들의 소망을 알게 되었다고 한다.  또한 아이들에게는 엄마가 소망이 없을 줄 알았는데, 소망이 있다는 것에 대해 신기해 했고, 엄마가 열심히 하시는 모습을 보니 아이들도 그 소망을 이루기 위해 더 열심히 실천해야겠다는 생각을 했다고 한다. |

**집단활동 (성인)**

| | |
|---|---|
| **설 명<br>및<br>소 감** | 네 개의 조로 만든 소망나무이다.  각 조마다 개성에 맞게, 너무나 멋있게 소망나무를 만들었다.  이렇게 만들고 난 후, 서로의 소망을 들으면서 "꼭 그렇게 되기를 소망합니다" 라고 이야기를 해 주었다.  마지막에는 이렇게 한 곳에 모아서 사진도 찍으면서 행복한 시간을 보냈다.  참 뿌듯했다. |

**집단활동 (성인)**

| | |
|---|---|
| **설 명<br>및<br>소 감** | 검정색 큰 종이 위에 커다란 소망나무를 만들었다.  집단 활동을 통하여 잘 몰랐던 엄마들과도 친하게 되었다고 한다.  서로의 의견도 존중할 수 있게 되었고, 전체를 위해서 나만이 아닌, 서로 어울림도 생각하게 되었다고 한다.  이런 소망나무처럼, 아이들에게도 희망을 간직하고 있고, 꿈이 있는 엄마로서 살아가야겠다고 생각이 든다고 한다. |

**집단활동 (성인)**

| | |
|---|---|
| **설 명<br>및<br>소 감** | 집단의 구성원들이 각기 크로버 잎에 자신들의 소망을 담았다.  크로버는 행운의 상징이다.  자신들을 만난 건, 다른 사람들에게 큰 행운임을 나타낸다고 한다.  한 사람이 쓴 글귀가 눈에 띈다. '배워서 남 주자!!!' 라는 말.  봉사의 뜻을 이렇게 표현한 것 같다.  서로의 잎이 어우러져서 큰 크로버를 만들 듯이 같이하는 삶이 진정한 행복이 아닐까 한다. |

**집단활동 (성인)**

|   |   |
|---|---|
| **설 명<br>및<br>소 감** | 바람이 불면 살랑 대는 코스모스 꽃길이라고 한다.  코스모스는 아무리 거센 바람에도 꺾이지 않는다.  그리고 사람들이 보면 기분이 좋아지고, 가을을 물씬 풍기게 한다.  집단 활동을 통해서 겉으로 보기에는 약하지만, 절대 뽑히지 않는 강인함을 강조했다고 한다.  나란히 정리되어 있는 단정함도, 좌로나 우로나 치우치지 않는, 흐트러지지 않는 모습을 뜻한다고 한다.  앞으로만 곧게 나아가길 소망하는 마음에서 이렇게 집단을 표현하였다. |

## 집단활동 (성인)

| | |
|---|---|
| 설 명<br>및<br>소 감 | 커다란 '느티나무'를 만들었다. 이 느티나무는 아무나 힘들 때 쉴 수 있는 나무라고 한다. 자신의 몸으로서 그늘을 만들어 다른 사람을 편히 쉴 수 있게 만든다고 한다. 게다가 의자까지 만들었다. 더욱더 다른 사람을 배려하는 마음의 넉넉한 느티나무 같다. 구성원들의 바람도 이 느티나무와 같다고 한다. 항상 편하게 기댈 수 있는 사람이 되고자 하는 마음. 그 마음이 집단 활동을 통해서 더욱더 느껴졌다고 한다. |

**집단활동 (성인)**

| | |
|---|---|
| **설 명<br>및<br>소 감** | 서로의 마음을 담아서 공동체 작품을 만들었다.  제목은 '아낌없이 주는 나무' 이다. 예쁜 여자 아이가 혼자 외로워 보여서 온 남자아이. 그 아이에게는 여자에게 줄 꽃 다발까지 준비되어 있다. 기린은 무성한 잎을 먹고 있고, 그 옆의 돗자리에는 먹을 것 이 많이 놓여 있다.  풍성한 열매를 맺는 나눔의 나무.  외로운 학 한 마리는 지나가 는 새의 무리를 부러운 듯이 쳐다본다.  그리고서는 이내 그 새 무리 속에 같이 합해 져서 날아간다. 따뜻한 햇살 아래 오손도손 가족들의 얼굴이 묻어 있고, 살랑 살랑 봄바람까지 불어오는 아낌없이 주는 나무는, 지나가는 사람에게 쉼을 주고, 새들에 게 쉼을 주고, 먹을 것도 줄 수 있는 여유가 있는 나무가 아닐까? |

**집단활동 (성인)**

| 설 명<br>및<br>소 감 | **〈소원을 말해 봐!!!〉**<br>집단 구성원들이 함께 모여서 만든 소망나무이다.  한 사람 한 사람이 모여서 하나의 커다란 나무를 만들고, 서로 이야기를 하며 큰 나무를 만들었다.  다른 사람이 만든 부분에서 부족한 점을 채우고, 또 보완하고…  한 명이 비행기를 접으니까 다른 사람들도 같이 비행기를 만들어서 나무 위에 올렸다.  다 완성된 것을 보고 나무의 이름을 지었다. 이름은 '소원을 말해 봐' 였다. 거기에 '말만 해' 라는 말을 덧붙이고…  무엇이든 말만 하면 다 들어준다는 소망나무! 정말 이런 나무가 있었으면 좋겠다라는 생각이 들었다고 한다.  한 명 한 명의 소원을 나누면서 정말 그렇게 되기를 바라는 마음에서 서로가 더욱 친해진 것 같다.  또한 꼭 소망이 이루어지기를 바랐다. |
| :---: | :--- |

**집단활동 (성인)**

| | |
|---|---|
| **설 명<br>및<br>소 감** | 좋은 옥토에서 자라나야 튼튼한 나무가 될 것 같아서 원두커피 콩으로 땅을 꾸몄고, 그 아래 뿌리도 보일 수 있게 파를 사용하여 기둥을 만들었다.  우리들의 꿈을 당근 위에 하나하나 써 보았다. '건강', '여행', '차', '올 백', '55', '돈', '행복', 소통'. 당근으로 쓴 것을 보고 옆 사람이 파프리카를 밑에 깔아 주었더니, 더욱더 살아나는 것 같다.  내가 혼자 하는 것보다 두 명이 같이하니까 훨씬 멋지게 만들 수 있다는 것을 새삼 느낄 수 있다.  이렇게 소망이 주렁주렁 열매로 맺어지면 좋을 것 같다.  또한 왜 이런 소망을 썼는지도 함께 이야기해 보니까 상대방을 더욱더 이해하는데 도움이 되었고, 좋은 글들을 여백에 적어 보니, 꼭 이루어진 것 같이 성취감이 느껴진다.  서로의 희망을 이룰 수 있도록 기원해 주었다. |

# 아름다운 꿈

아름다운 꿈을 지녀라. 그리하면 때묻은 오늘의 현실이 순화되고 정화될 수 있다.

먼 꿈을 바라보며 하루하루 마음에 끼는 때를 씻어나가는 것이 생활이다.

아니, 그것이 생활을 헤치고 나가는 힘이다.

이것이야말로 나의 싸움이며 기쁨이다.

- R.M. 릴케 -

# 7) 나만의 케이크 만들기

## ① 나만의 케이크 만들기 – 활동 개요

| 목 적 | 나 자신을 위한 케이크를 만들어서 자존감을 높인다. |
|---|---|
| 준비물 | 초코파이, 생크림, 케이크 초, 색깔 초콜릿, 색깔 뻥튀기, 미쯔, 홈런볼, 칸쵸, 성냥, 티 스푼 등 |
| 진행순서 | 생일이나 기념일에 누군가에게 케이크를 선물을 했거나, 선물 받은 적이 있을 것이다. 케이크를 줄 때와 받을 때의 마음이 모두 포근해 진다. 케이크는 다른 사람에게 축하와 존경의 의미를 지닌다. 이 활동은 나만의 케이크를 만들어서 다른 사람이 아닌 나에게 주는 시간을 갖으며 자신이 소중한 사람이라는 것을 느끼게 한다.<br><br>① 나만을 위한 케이크를 어떻게 만들지 생각해 본다.<br>② 주어진 푸드 재료로 나만의 케이크를 만든다.<br>③ 다 만든 후, 나를 위한, 나에게 쓰는 편지를 써 본다.<br>④ 케이크에 촛불을 켠 후, 조용히 자신에게 쓴 편지를 읽어본다.<br>⑤ 느낌을 서로 이야기해 본다. |
| ☞ 잠깐!!! | ① 자신만을 위한 케이크뿐만 아니라 감사하는 사람에게 '감사 케이크 만들기'로 활용해도 좋다.<br>② '귀한 사람 대접하기'의 활동과 병행해도 좋다. |

학부모 상담에서 –

중학교 3학년 집단 상담에서 –

| 나 이 | 4세 | 성 별 | 여 | 나 이 | 4세 | 성 별 | 남 |
|---|---|---|---|---|---|---|---|
| 나 이 | 6세 | 성 별 | 남 | 나 이 | 50대 초반 | 성 별 | 여 |

| 나 이 | 60대 중반 | 성 별 | 여 | 나 이 | 50대 초반 | 성 별 | 여 |
|---|---|---|---|---|---|---|---|
| 나 이 | 40대 중반 | 성 별 | 여 | 나 이 | 50대 초반 | 성 별 | 여 |

| 나 이 | 40대 | 성 별 | 여 | 나 이 | 30대 초 | 성 별 | 여 |

| 나 이 | 30대 초 | 성 별 | 여 | 동행(남편)을 위한 케이크 (50대, 여) |

| 딸을 위한 케이크 (40대, 여) | 딸을 위한 케이크 (40대, 여) |

**임상의 전체적 피드백**

① 자신만을 위한 케이크를 만들면서, 자신을 돌아보게 되고, 자신이 참 괜찮은 사람이라는 마음을 가지게 되었다고 한다.  조금은 부족해도, 조금은 느리게 가도, 조금은 낮더라도 자신을 사랑해야겠다는 한층 더 자존감이 높아지는 활동이다.

② 학교에 적응하기 힘든 아이들도, 이 시간만큼은 진지하게 활동에 임했고, 어떤 학생은 자신이 만든 케이크를 오히려 평소 싫어하는 선생님께 드린다고 하면서 케이크가 흐트러질까봐 조심스럽게 가져가는 모습이 아직도 인상적이다.  이렇게 하면서 조금씩 변화해 가는 모습!  이게 보람이 아닐까 생각되어진다.

# 자기 사랑

좋아하는 사람이 생기기 전에

먼저 자기 자신과 사랑에 빠져 보라.

좋아하는 사람과 함께하고 싶은 일들을 먼저 자신과 함께해 보라.

근사한 음악을 골라줄 사람이 필요하면 스스로 안내책을 읽고 음악을 골라보라.

혼자 영화를 보고 자신과 함께 즐겨라.

자신에게 도취되라.

자기 자신과 사랑에 빠질 수 없다면

다른 누구와 함께 있어도 즐거움을 느낄 수 없고, 깊은 사랑에 빠질 수 없다.

- 이정하 (사랑하지 않아야 할 사람을 사랑하고 있다면) -

# 8) 내게 가장 귀한 사람 대접하기

### ① 내게 가장 귀한 사람 대접하기 – 활동 개요

| | |
|---|---|
| **목 적** | 나에게 있어서 가장 귀한 사람이 누구인지, 그 사람을 위해 정성스럽게 다과를 대접함으로써 사람들의 소중함을 깨닫는 계기가 된다. |
| **준비물** |  <br><br>오이, 과도, 방울토마토, 색깔 뻥튀기, 양파링, 색깔 초콜릿, 오징어 칩, 에이스 크래커, 미니스틱, 미쯔, 닭다리, 스틱과자, 별 따먹기, 와플 과자, 티스푼, 장식우산(파르페 우산), 포도주스 등. |
| **진행순서** | 사람이 살면서 수많은 사람들을 만난다. 그냥 얼굴만 아는 사람이 있는가 하면, 의미 있게 다가오는 사람도 있다. 다시 만났으면 하는 사람도 있고, 다시 만나지 말아야지 하는 사람들도 있다. 그 중에는 너무나 귀한 사람들도 있을 것이다. 그 귀한 사람이 집에 온다고 생각하면, 청소도 하고, 맛있는 요리도 준비한다. 이 활동은 귀한 사람이 초대를 받고 집에 온다고 생각하며 대접하면서 설레임, 기대감 등을 갖는다.<br><br>① 나에게 있어 귀한 사람은 누구인지 잠깐 생각해 본다.<br>  (배우자, 친척, 은사, 친구, 후배, 동료, 자기 자신.)<br>② 깨끗이 씻은 오이를 세 도막이나 네 도막으로 자른다.<br>③ 티스푼으로 자른 오이의 속을 파서 잔으로 만든다.<br>④ 활동지 위에 오이 잔을 놓고 장식우산(파르페 우산)으로 꾸민다.<br>⑤ 오이 잔 주위를 정성스럽게 꾸미며 다과상을 준비한다.<br>⑥ 그 사람에게 감사의 편지를 쓴다.<br>⑦ 종이컵에 포도주스를 따른다.<br>⑧ ⑦을 오이 잔에 따라서 만찬처럼 서로 마신다.<br>⑨ 편지 쓴 것을 서로 나누고, 추후에 대상자에게 편지를 주거나 간직한다. |

| ☞ 잠깐!!! | ① 주스는 반드시 종이컵에 따른 후 오이 잔에 따라서 마신다.<br>(주스를 통째로 오이 잔에 따르면 넘칠 수 있기 때문이다.)<br>② 오이는 두껍고, 곧은 것으로 준비해야 속을 파기에 좋다.<br>③ 티스푼은 플라스틱보다는 금속으로 된 티스푼을 사용한다.<br>(플라스틱 티스푼은 오이 속을 팔 때 부러질 수 있으므로 가급적 금속으로 된 티스푼을 이용하는 것이 안전하다)<br>④ 주스는 색깔 있는 (포도, 오렌지 등) 주스를 준비하는 것이 잔에 담았을 때 보기에 좋다.<br>(토마토 주스와 같은 걸쭉한 주스는 따를 때 한꺼번에 쏟아질 수 있으므로 주의해야 하며, 포도 주스가 맛과 색이 오이와 가장 잘 어울린다.)<br>⑤ 장식우산(파르페 우산)을 사용하여 분위기를 더할 수도 있다.<br>⑥ 대상이 아동일 경우에는 교사가 속을 파 줄 수도 있다.<br>⑦ 냉동 만두피를 미리 해동하여 준비한 후, 오이 잔의 컵 받침으로 이용해도 된다. |
|---|---|
| **질문방법** | ① 누구를 위하여 정성스럽게 준비했나요?<br>② 그 사람이 이 다과상을 받았을 때 기분이 어떠할까요?<br>③ 나도 그 사람에게서 귀한 사람일까요? |
| **상 담**<br>**Point** | ① 우리는 혼자서는 살 수 없다. 서로가 귀한 존재임을, 나도 그 사람에게, 그 사람도 나에게 느끼며 더불어 살아가는 세상임을 다시 한번 상기시킨다.<br>② 귀한 사람의 대상이 자신일 경우 자존감을 높이는데 도움이 된다.<br>(오로지 자신만을 위한 상차림이어도 좋다) |

| 나 이 | 20대 중반 | 성 별 | 여 |
|---|---|---|---|
| 설 명 및 소 감 | \<헤어진 남자친구를 위한 다과상\>  헤어졌지만, 좋아했던 남자친구에게 대접한다고. 지금은 편하게 안부라도 묻고 싶다고 한다. 비록 헤어지긴 했지만, 그래도 추억이 있어 아름답고, 다음에는 아쉬움이 남지 않도록 누군가를 최선을 다해 사랑해야 겠다고 한다. | | |
| 피드백 | 아름다운 사랑을 만들기 위해, 내담자의 좋지 않은 점을 개선하고, 그래서 더 좋은 사람을 만나고 싶어하는 마음이 담겨 있다. 비록 헤어졌지만, 그 나름대로의 소중한 추억을 떠올리며, 아름다운 사랑의 의미를 찾아가는 것 같다. | | |

| 나 이 | 13살 (초등 6학년) | 성 별 | 남 |
|---|---|---|---|
| 설 명<br>및<br>소 감 | | | |

**〈친구를 위한 다과상〉**

나의 가장 소중한 친구를 위한 다과상을 준비하였다.  서로의 우정이 변치 않고 어른이 되어서도 계속 만나고 잘 자라자.

**피드백**

나의 친구! 그러고 보니, 친한 친구가 아니라 그냥 아는 친구들이 많다고 한다.  이제 중학교에 가기 때문에 초등학교에서 가장 친한 친구를 만들어서 서로 챙겨주고, 힘든 일도, 기쁜 일도 같이 나눌 수 있었으면 좋겠다는 마음이 들었다고 한다.

| 나 이 | 80대 후반 | 성 별 | 남 |
|---|---|---|---|

| 설 명<br>및<br>소 감 | **〈친구를 위한 다과상〉**<br>친구와 같이 춤을 추곤 했던 기억을 되살려 젊었을 때의 춤 얘기를 하면서 즐거웠던 때를 기억하고 싶다고 한다. 서로 노년기에 같이 만나 담소를 나누는 행복이 얼마나 값진 것인지, 친구에게 고맙다고 표현하고 싶다고 한다. |
|---|---|
| **피드백** | 나이가 들어가면서 이제 한두 명씩 세상을 떠난다고 한다.  지금의 이 친구도 같이 보내는 시간이 얼마나 남았는지는 모르지만, 이렇게 살아있을 때, 그래도 같이한다는 것에 의미가 참 깊다고 말한다. |

| 나 이 | 70대 후반 | 성 별 | 여 |
|---|---|---|---|

| | |
|---|---|
| 설 명<br>및<br>소 감 | **〈목사님을 위한 다과상〉**<br>교회에 처음 나갈 때, 어색하고 힘들었는데, 지금까지 너무나 잘 대해주시고, 신앙심을 갖게 해 주신 목사님을 꼭 한 번 초대하고 싶다고 한다.  또한 목사님을 대접하고는 싶었지만 여건상 그렇게 하지 못해서 마음속에 항상 부담이었는데, 이렇게 만들어 보니까 마음의 짐을 던 것 같다고 한다. |
| 피드백 | 마음의 진 빚을 이렇게라도 갚을 수 있다고 하면서 너무나 좋아하고, 흐뭇해 했다. 이제 죽어도 소원이 없다고 말했다. |

| 나 이 | 60대 초반 | 성 별 | 여 |
| --- | --- | --- | --- |

| 설 명<br>및<br>소 감 | **〈사위를 위한 다과상〉**<br>백년손님이라고 하는 사위와 딸을 위한 다과상을 준비하였다. 당근 위에 있는 것은 씨암탉. 사위가 좋아하는 여러 음식을 만들었다.<br>처음에는 어떻게 만들지 막막했는데 이것저것 만들다보니까, 결혼한 딸이 잘 살고 있는 모습이지만 더욱 생각나고, 잘 살고 있는 딸과 사위가 고맙기만 하다고 하면서 눈물을 글썽거렸다. |
| --- | --- |
| **피드백** | 딸이 결혼할 때는 서운한 게 더 많았는데, 잘 사는 걸 보니까 기특하고, 더 잘 해 주고 싶은게 부모인 것 같다고 한다. 앞으로 잘 살 수 있도록 기원하는 마음에 더욱 더 풍성해지는 것 같다. |

| 나 이 | 40대 중반 | 성 별 | 여 |
|---|---|---|---|

| 설 명<br>및<br>소 감 | **〈가족을 위한 다과상〉**<br>같이 모여서 식사를 할 수 있는 기회가 점점 적어진다.  온 가족이 모여 함께 식사할 수 있도록 정성을 들여 준비했다고 한다.  이번 주말에는 꼭 가족과 함께 식사를 할 수 있도록 맛있는 음식을 차리고, 먹으면서 행복한 시간을 보내야겠다고 한다. |
|---|---|
| **피드백** | 가족 모두가 바빠져서 사실상 한가족이 둥글게 모여서 식사할 수 있는 시간이 줄어 드는게 현실이다.  내담자는 예전에 모두 모여 식사할 때의 즐거움과 행복한 마음을 떠올리면서 정성스럽게 준비한 것 같다.  일주일에 한 번 정도는 온 가족이 모여 함께 할 수 있는 '가족의 날' 을 만들어 봄이 어떻겠냐고 제안했다.  노력해 본다고 한다. |

| 나 이 | 30대 중반 | 성 별 | 여 |
|---|---|---|---|

| 설 명<br>및<br>소 감 | 〈남편을 위한 다과상〉<br>본인보다 남편이 요리를 더 잘하기 때문에, 주로 남편이 요리를 많이 해 준다고 한다. 이번에는 해외여행을 가서, 남편을 위해 요리를 준비하고 싶다. 야자수가 있는 바닷가 해변에서 현지의 싱싱한 과일을 가지고 정성을 다해 준비하고 싶다. 다른 집과는 달리 남편이 주로 음식도, 살림도 많이 해 주는데, 남편을 위해서 정말 잘 못 해줬다는 생각을 하게 되었고, 남편을 위한 다과상을 차려보니까 남편에게 꼭 이렇게 해야겠다는 생각이 든다. |
|---|---|
| 피드백 | 옆에 있으면 간혹 소중한 사람도 그렇지 않게 느껴질 때가 많다. 이 내담자도 그렇다. 항상 잘 하는 것보다는 못해주는 것만 생각했는데, 막상 이렇게 만들면서 생각해 보니까, 남편이 얼마나 잘 해 주는지 새삼 느끼게 되었다고 한다. 그래서 위의 만찬을 준비하면서 더욱더 남편을 사랑해야겠다는 생각이 들었다고 한다. |

| 나 이 | 50대 후반 | 성 별 | 여 |
|---|---|---|---|

| 설 명<br>및<br>소 감 | 〈친정 엄마께〉<br>벌써 82세의 나이가 되어 버린 친정 엄마. 건강하게 의식이 또렷할 때 더욱더 잘 해 드려야지. 못하면 한이 될 것 같아서, 엄마께 효도하고 싶다고⋯ 미련이 남지 않게 잘 해서 후회하지 않게 하고 싶다고 친정엄마께 정성을 다하여 다과상을 준비했다. |
|---|---|
| 피드백 | 친정 엄마라는 말만 나와도 가슴이 미어지는 내담자. 이젠 어느새 아무 활동도 못하시고, 방에만 계신다고 한다. 내담자가 말한 것처럼, 후회하지 않게 살아 계실 때, 좋은 추억 많이 만들어드리라고 했다. 끝나자마자 전화하는 소리가 들렸다. |

| 나 이 | 50대 초반 | 성 별 | 여 |
|---|---|---|---|

| 설 명 및 소 감 | **〈친정엄마를 위한 다과상〉**<br>친정엄마를 위한 가장 귀한 다과상.  막내라서 단 한 번도 친정엄마를 위해 생일상을 차려 본 적이 없어서 그게 마음에 걸린다고.  올해는 꼭 시골에 내려가서 친정엄마께 생일상을 차려드리고 싶다.  맛있는 생선과 김치, 전, 잡곡밥 등. "엄마, 건강하게 오래 사세요~~~" 라고 하면서. |
|---|---|

| 피드백 | 내담자는 항상 대접을 받기에 익숙한 막내다.  그런 내담자에게 어느새 연세가 지긋하게 든 친정엄마를 떠올리면서 맛있는 생일상을 차려드리고 싶은 마음에서 이렇게 한 상을 차렸다.  꼭 이번 생일은 그렇게 했으면 좋겠다고 한다. 후에 들은 소식으로는 정말 생일상을 차려드렸고, 얼마 안 있어서 친정 엄마가 돌아가셨다고 한다.  그때, 이런 기회가 없었다면, 자기 손으로 따뜻한 밥 한 끼 못 차려 드렸을 텐데, 그럴 수 있어서 얼마나 다행이고, 감사한지 모른다고 전화가 왔다. |
|---|---|

| 나 이 | 30대 초반 | 성 별 | 여 |
|---|---|---|---|

| 설 명<br>및<br>소 감 | 〈친정 엄마께〉<br>원숭이 띠인 친정엄마를 대접하기 위해서 꾸몄다.  아이를 맡아서 키워주시기 때문에, 아이가 점점 자라면서 친정엄마가 힘들어 하시는 게 눈에 보인다. 친정엄마께 귀한 차를 대접하고 싶다.  그리고 내년엔 친정 부모님을 위하여 여행을 보내드리도록 계획하고 있다.  꼭 그 소망이 이루어졌으면 한다. |
|---|---|

| 피드백 | 내담자가 커서 한 아이의 엄마가 되어 보니, 부모님의 마음을 이해하는 것 같다고 한다.  또한 친정엄마에게 이제는 손녀까지 맡기게 되어서 너무나 죄송한 마음이 든다고 한다.  엄마를 위해서 따뜻한 말 한마디라도 해 드리는 게 엄마에겐 가장 큰 사랑이 아닐까 한다고 했다.  눈물이 핑 도는 내담자와 한참을 손을 잡고 있었다. |
|---|---|

| 나 이 | 30대 후반 | 성 별 | 남 |
| --- | --- | --- | --- |

| 설 명<br>및<br>소 감 | 〈사랑해 엄마〉<br>　'엄마' 라는 단어만 생각해도 마음이 포근하면서 애틋하고, 가슴이 찡하다.  마음 속에 항상 계시는 엄마! 결혼하고 나서는 바쁘게 생활하다 보니 전화도 자주 못 드리고, 얼굴도 자주 못 뵌다. 지금까지 '사랑해' 하는 말 한 마디 못해 드린 우리 엄마. 엄마에게 오늘은 꼭 "엄마, 사랑합니다" 라고 전화를 해드려야겠다.  앞으로 오래 오래 건강하게 사시길 바라면서 엄마에게 대접하는 시간을 가졌다. |
| --- | --- |
| 피드백 | 자신이 자랄 때는 혼자 큰 것 같지만, 한 가정을 꾸려서 생활하면, 그때의 부모님 심정을 안다.  이렇게 우리 부모님이 나를 키우셨구나, 얼마나 어려웠고, 힘드셨고, 속상했을까?  아빠가 되어 보니 그 마음을 더 헤아릴 수 있을 것이다.  앞으로 건강하게 사시길 바라며, 더 많이 사랑하고, 더 많이 챙겨드리라고 했다. |

| 나 이 | 40대 초반 | 성 별 | 여 |
| --- | --- | --- | --- |

| 설 명<br>및<br>소 감 | **〈교회 구역모임〉**<br>교회 구역 예배 모임을 위한 귀한 사람 대접하기이다.  내가 힘들 때 교회 구역 사람들이 와서 같이 위로해 주시고, 기도해 주신다. 힘을 주시고... 구역 사람들에게 이렇게 정성스런 음식을 장만해서 꼭 대접을 해 주고 싶다.  이렇게 해 보니 마음이 참 흐뭇하고, 행복해진다. |
| --- | --- |
| 피드백 | 자신의 마음을 알아주고, 진심을 다해서 그 사람을 위로해 주고, 힘이 되어주는 사람들에게 대접하는 그 마음만으로도 모든 것을 얻은 것 같을 것이다.  앞으로 모임을 통하여 많은 도전도 받고, 서로 힘이 되어주고, 힘을 받는 모임이 되기를 바라며, 감사의 마음을 전하라고 했다. |

나에게 대접하기

가족에게 대접하기

남편에게 대접하기

친구에게 대접하기

# 내가 당신을 사랑하는 이유

내가 당신을 사랑하는 이유는
당신을 생각만 해도 기분이 좋아지기 때문입니다.
아무리 힘든 일이 생겨도 당신만 생각하면 저절로
힘이 생겨나 이겨낼 수 있기 때문입니다.


내가 당신을 사랑하는 이유는
언제나 따뜻함으로 날 맞아주기 때문입니다.
상처로 얼룩진 마음으로 다가가도
당신의 따뜻함으로 기다렸다는 듯 감싸주기 때문입니다.


내가 당신을 사랑하는 이유는
당신은 내가 그리워하는 것들을 모두 갖고 있기 때문입니다.
넓게 펼쳐진 바다도, 밤하늘에 반짝이는 별도,
아름다운 노래도, 가슴을 울리는 시도
당신의 가슴속에 가득 채워져 있기 때문입니다.


내가 당신을 사랑하는 이유는
아무런 이유가 없습니다.
어떤 이유를 붙여도 당신을 사랑하는 진정한 의미를
다 표현해낼 수 없기 때문입니다.


- 김은미의 〈내가 당신을 사랑하는 이유〉〈김용택 엮음〈사랑 그대로의 사랑〉〉 중에서 -

이 활동은 푸드아트심리상담 프로그램을 독서와 연관하여 독후 활동으로 응용하여 만든 프로그램입니다.

또한 가장 많이 알고 있는 전래동화 '흥부와 놀부'와 외국동화 '아낌없이 주는 나무'를 통하여 응용하는 방법을 소개합니다.

# 6. 푸드아트심리상담의 응용 – 동화와 푸드아트심리상담

## 1) 전래동화 – 흥부와 놀부

### ① 전래동화 (흥부와 놀부) – 활동 개요

| | |
|---|---|
| **목 적** | 동화와 푸드아트심리상담을 응용하여 창의성을 증대시키고, 독후 활동을 한다. |
| **준비물** |  <br>색깔 뻥튀기, 옥수수콘, 강냉이, 떡볶이 과자, 빼빼로, 꽃게랑, 버터와플, 에이스크래커, 계란 과자, 꼬깔콘, 위즐, 오징어포, 석기시대, 취나물 등 |
| **표현방법** | 독후활동의 방법은 여러 가지가 있다. 가장 인상 깊게 읽은 장면을 표현하기도 하고, 북 아트로 예쁘게 책의 내용을 꾸밀 수 도 있다. 여기서는 푸드를 이용하여 다양하게 독후활동을 안내한다. 생각을 자유롭게 창의적으로 표현할 수 있도록 도와주며, 다음의 제시되는 방법들로 책의 내용을 충분히 이해해 본다.<br>아래는 가장 많이 알고 있는 '흥부와 놀부'의 내용을 가지고 활동한 자료들이다.<br><br>* 다음의 여러 가지 방법으로 표현해 볼 수 있다.<br>① 책을 읽고 난 후의 감명 깊에 읽은 장면을 푸드로 표현해 본다.<br>② 가장 기억에 남는 장면을 푸드로 표현해 본다.<br>③ 여러 관점에서 다시 생각해 보고 푸드로 표현해 본다.<br>　(주인공의 관점에서, 여러 등장인물의 관점, 독자의 관점에서.)<br>④ 다음에 이어질 장면에 대하여 상상하여 푸드로 표현해 본다. |
| **상 담<br>Point** | ① 책을 읽고 난 후 독후활동을 푸드아트심리상담으로 연계하여 활동 할 수 있다.<br>② 책에 대하여 좀 더 깊이 이해하는데 도움을 준다.<br>③ 그것들을 푸드로 표현함으로써 등장인물이 되거나, 나의 관점에서 다시 재해석할 수 있다.<br>④ 푸드로 표현함으로서 또 다른 재미를 느낄 수 있다.<br><br>* 방과 후 독서지도사에게 유익한 활동이다. |

* 출처 : 흥부와 놀부 (삼성출판사)

| | |
|---|---|
| **줄거리** | 옛날 옛날에 마음씨 착한 흥부와 고약한 심보의 놀부가 있었습니다.  착한 흥부는 마음씨 고약한 형 놀부에게 매일 구박을 받았습니다.  놀부는 부모님이 돌아가신 뒤에 흥부를  쫓아냈습니다.<br><br>흥부는 자식도 많고 가난하기까지 해서 먹을 음식이 없었습니다.<br>어쩔 수 없이 흥부는 형에게 보리쌀을 달라고 했습니다.  하지만 놀부의 아내는 밥 주걱으로 흥부를 철썩 때렸답니다.  흥부는 어쩔 수 없이 집으로 돌아오게 되었습니다. |

| 줄거리 | 어느 날  흥부 집에 제비들이 집을 짓고 알을 낳았습니다.  그러던 중 구렁이 때문에 새끼 제비가 다리를 다치게 되었습니다.  흥부는 새끼 제비를 정성껏 보살펴 주었습니다.  그리고 제비들은 가을이 되어서 다른 곳으로 떠났습니다.<br><br>제비는 봄이 되어 흥부의 집으로 와서 박씨를 떨어뜨리고 갔습니다.  얼마 뒤 박이 열리고 흥부와 흥부 아내는 박을 탔습니다. 그런데 놀라운 일이 벌어졌습니다.<br><br>첫 번째 박에서는 흰쌀이 쏟아져 나오고,<br>두 번째 박에서는 금은보화가 나왔고,<br>세 번째 박에서는 목수들이 나타나서 대궐 같은  집을 지어주었습니다.<br><br>놀부는 이 소식을 듣고 일부러 제비의 다리를 부러뜨리고 치료해 주었습니다.  얼마 뒤 놀부에게도 제비가 박씨를 가져다 주었습니다.<br><br>그런데 박 속에는  도깨비들과  똥물들이 있었습니다.  그리고 마귀들이 나타나서 놀부의 집을 부숴버렸습니다.  놀부는 하는 수 없이 흥부에게  용서를 빌고,  흥부와 놀부는 의좋은 형제가 되었습니다. |
| --- | --- |

* 다음의 각각의 입장이 되어서 생각해 보고, 그것을 푸드로 표현해 본다.

| 흥부의<br>입장에서<br>생각해<br>보기 | ① 놀부의 집에서 쫓겨났을 때의 흥부의 심정은 어떠했을까?<br>　내게도 이런 황당한, 이해가 안 되는 일들이 있지 않았을까?<br>② 내가 흥부라면, 그런 상황에서 어떻게 가족들과 살아갈까?<br>③ 흥부가 놀부네 집에 가서 도와달라고 할 때, 다른 사람이 아닌 꼭 놀부여야만 됐을까? |
| --- | --- |
| 놀부의<br>입장에서<br>생각해<br>보기 | ① 내가 놀부라면, 같이 사는 흥부가 어떠했을까?<br>② 흥부가 놀부네 집에 와서 도와달라고 할 때, 내가 놀부라면 도와주었을까?<br>③ 갑자기 찾아 온 흥부를 보고 놀부는 어떤 반응을 했을까?<br>④ 모든 것을 잃었을 때, 놀부의 감정은 어떠했을까?<br>⑤ 자존심이 센 놀부가 흥부네 가서 도와달라고 할 때 놀부의 심정은 어떠했을까? |

② 전래동화 (흥부와 놀부) – 임상사례

| 나 이 | 40대 중반 | 성 별 | 여 |
|---|---|---|---|

| 설 명<br>및<br>소 감 | **〈흥부에게 땅을 주어 스스로 자립하게 한다〉**<br>흥부가 가난하기 때문에 다른 사람들에게 구걸하지 않고 자립할 수 있게 기술을 익히게 한 다음, 직접 일을 해서 생활할 수 있게 하겠다.  위에 만든 것은 농사짓는 법을 가르쳐 주어서 농사를 짓게 하는 장면이다.  예를 들어서 배추, 고추, 콩 농사 등 언제까지 빌어먹지 않도록!!!  애들을 데리고 살아야하지 않을까? 생각해 본다. |
|---|---|

| 나 이 | 40대 중반 | 성 별 | 여 |
|---|---|---|---|

설 명<br>및<br>소 감

**〈박 속에 들어 있는 보물들〉**

쓱싹 쓱싹 박을 타니 박 속에 이름 모를 금은보화가 가득 들어있다.  이제 흥부는
놀부 형 앞에서 떵떵 거리며 살아가겠지! 생각만 해도 놀부가 얼마나 배가 아플까?
이렇게 독후 활동으로 푸드를 하는 것도 재미있을 것 같다.

| 나 이 | 40대 중반 | 성 별 | 여 |
|---|---|---|---|

| 설 명<br>및<br>소 감 | 〈화초장〉<br>흥부와 놀부의 이야기 중에 등장하는 '화초장'을 생각하면서 표현해 보았다. 이 속에 과연 무엇이 있을까? 그리고 나의 화초장 안에는 무엇이 있을까? 곰곰이 생각해 봐야겠다. 책을 읽으면서 감명 깊은 장면을 푸드로 표현하니까 참 재미있다. |
|---|---|

| **나 이** | 30대 후반 | **성 별** | 여 |
|---|---|---|---|

| **설 명<br>및<br>소 감** | **〈흥부가 박을 탔을 때 금은보화가 쏟아져 나오는 장면〉**<br>흥부가 박을 탈 때 그 속에 금은보화가 쏟아져 나오는 장면이 인상 깊어서 이렇게 표현해 보았다.  이 보물을 가지고 과연 무엇을 할까? 내가 '로또' 에 당첨이 되었다면 과연 무엇을 할까 생각해 보았다.  생각만 해도 이렇게 좋은데, 흥부는 얼마나 좋았을까? 노후 걱정은 끝!!! 부럽다. |
|---|---|

| 나 이 | 40대 중반 | 성 별 | 여 |
|---|---|---|---|

| 설 명<br>및<br>소 감 | **〈흥부! 집안을 일으키다!!!〉**<br>어느 날, 정신을 차린 흥부는 가난하고, 무기력한 자신의 모습을 보고 정신을 차려서 일용직 근로자가 되어 열심히 일하고 있다. 건설현장에서 열심히 일하는 흥부의 모습이다. 이렇게 표현하니까 아이들이 너무나 좋아할 것 같다. |
|---|---|

| **나 이** | 40대 중반 | **성 별** | 여 |
| --- | --- | --- | --- |

| **설 명<br>및<br>소 감** | ### 〈흥부 아내가 집안을 일으키다!!!〉<br>위에 만든 것은 시계를 표현하였다.  지금은 밤 11시 58분이다.  흥부 아내가 남편인 흥부에게 믿음이 가지 않아 직접 교육자로서 또한 사업가로서의 역할을 하기 시작했다.  그래서 "애들아, 공부하자!!!" 라고 외치면서 책과 숯(연필)을 표현하였고, 시계처럼 규칙적인 생활로 아이들을 교육시켰다.  마침내 아이들이 나중에 사업가로서, 교육자로서, 그리고 사회 곳곳에 필요한 인재로 잘 자라날 것 같다.  이렇게 다른 면으로 상상을 하니 참 재미있고, 내가 또 하나의 책을 쓰는 기분이다.  좋은 활동이라고 생각한다. |
| --- | --- |

| 나 이 | 40대 중반 | 성 별 | 여 |
|---|---|---|---|

| | |
|---|---|
| 설 명<br>및<br>소 감 | **〈열심히 쟁기질을 하는 흥부〉**<br>어느 날, 흥부의 아이 중 한 아이가 "아빠, 아빠는 맨날 빈둥빈둥거리잖아. 다른 아빠들은 일을 다녀서 장난감도 사주는데, 아빠는 뭐야?" 라고 했다.  흥부는 이 말에 충격을 받아서 일을 시작했다.  그래서 열심히 쟁기질을 하는 모습이다.  아이의 말 한마디에 아빠가 변한 모습이다. |

| 나 이 | 40대 중반 | 성 별 | 여 |
| --- | --- | --- | --- |

### 〈흥부가 놀부 집을 보면서 화가 난 모습〉

갑자기 형님인 놀부에게 쫓겨난 흥부가 놀부의 집을 보면서 화가 난 표정을 만들어 보았다. 꼬깔콘으로 뿔을 표현하였고, 화가 나서, 열을 받아서 옆에 빨간 과자로 열을 뿜는 모습이다. 아래의 과자들은 놀부 형님의 금은보화를 표현했다. 너무나 화가 날 것 같다. 내가 흥부였더라면, 아마 그냥 두지 않았을 것이다. 푸드로 화난 표정을 만들 때, 표현하는 것이 참 재미있었다.

<table>
<tr><td>**나 이**</td><td>60대 초반</td><td>**성 별**</td><td>여</td></tr>
</table>

| 설 명<br>및<br>소 감 | **〈놀부 마누라가 흥부에게 날렸던 밥주걱〉**<br>아마 구걸하러 온 흥부에게 놀부의 마누라는 이런 밥주걱으로 흥부의 뺨을 때리지 않았을까? 생각만 해도 재미있다. 한편으로는 얼마나 아팠을까? 하는 마음도 있다. 그러나 이 주걱으로 놀부 마누라가 때린 이유는 정신 차리라고 때린 것 같다. 부디 맞았을 때의 아픔을 잊지 않고 정신 차려서 직장이라도 들어갔으면 좋겠다. 정말 재밌는 활동이다. |
| --- | --- |

| 나 이 | 40대 후반 | 성 별 | 여 |
|---|---|---|---|

| 설 명<br>및<br>소 감 | **〈화목한 형제 우애〉**<br>나중에는 놀부와 흥부가 서로 우애 있고, 친한 사이가 되지 않을까?  그런 소망을 가지고 이렇게 우애 있는 모습을 만들어 보았다.  손을 꼭 잡은 모습이 보기만 해도 친해진 것 같아 기분이 좋다. |
|---|---|

| 나 이 | 40대 후반 | 성 별 | 여 |
|---|---|---|---|

| 설 명<br>및<br>소 감 | **〈정신 차리라고 준 돌밭〉**<br>망한 놀부는 흥부의 집에 와서 도움을 청한다.  흥부는 형 놀부에게 정신 차리라고 돌밭을 준다.  놀부는 하는 수 없이 돌밭을 일군다.  초콜릿이 돌이다.  처음에는 자신들의 신세가 처량하게 느껴졌지만, 그래도 욕심을 버리고 돌밭을 일구기 시작한다. |
|---|---|

| **나 이** | 40대 중반 | **성 별** | 여 |
|---|---|---|---|

| **설 명<br>및<br>소 감** | 놀부는 구걸하러 온 흥부의 이야기를 듣더니, 자신이 너무 했구나 싶었다.  그래서 흥부네 가족을 부른다.  이층집을 지어서 1층에는 흥부네 가족을 살게 하고, 2층에는 놀부네 가족이 산다.  왜냐하면 흥부네는 아이들이 많아서 2층에 살면 층간소음 때문에 시끄럽다.  흥부는 마음 놓고 뛸 수 있도록 1층에 살고, 상대적으로 식구가 적은 놀부네는 2층에 살게 할 것 같다. |
|---|---|

| 나 이 | 40대 중반 | 성 별 | 여 |
| --- | --- | --- | --- |

| 설 명<br>및<br>소 감 | **〈박 타는 흥부의 모습〉**<br>제비가 물어다 준 박이 자라서 흥부 부부가 박을 타는 모습을 만들어 보았다.  흥부 부부는 못 먹어서 마른 모습을 나물로 표현했고, 아래의 과자들은 흥부의 아이들이다.  이렇게 독후 활동으로 음식재료를 가지고 표현해 보니 너무나 재미있고 신기하다. |
| --- | --- |

| **나 이** | 40대 중반 | **성 별** | 여 |
|---|---|---|---|

| **설 명 및 소 감** | 놀부의 아내는 지혜롭다.  놀부는 흥부를 내쫓았지만, 그래도 놀부의 아내는 흥부를 내쫓는 데에 반대를 했다.  그렇게 쫓겨난 흥부가 계속 맘에 걸렸다.  그래서 어떻게든 화해를 시키려고 아이디어를 짜 본다.  어느 날, 경치 좋은 곳에 일부러 남편과 식당에 간다.  흥부네 부부에게 놀부가 온다는 걸 모르게 한 채, 식사에 초대해서로 화해시킨다.  동그란 계란 과자가 놀부 부부, 흥부 부부가 앉아 있는 모습이다. |

# 조용히 손을 내밀어

내가 외로울 때

누가 나에게 손을 내민 것처럼

나 또한 나의 손을 내밀어

누군가의 손을 잡고 싶다.

그 작은 일에서부터

우리의 가슴이 데워진다는 것을

새삼 느껴보고 싶다.


그대여,

이제 그만 마음 아파하렴.


- 이정하의 〈너는 눈부시지만 나는 눈물겹다〉 중에서 -

## 2) 외국동화 – 아낌없이 주는 나무

① 외국동화 (아낌없이 주는 나무) – 활동 개요

| 목 적 | 동화와 푸드아트심리상담을 응용하여 창의성을 증대시키고, 독후 활동을 한다. |
| --- | --- |
| 준비물 |  <br><br>양파링, 꼬불이 과자, 색깔 뻥튀기, 옥수수 뻥튀기, 빼빼로, 짱구, 오징어칩, 와플과자, 쫀드기, 자갈치, 취나물, 식용가위 등 |
| 표현방법 | 독후활동의 방법은 여러 가지가 있다.  가장 인상 깊게 읽은 장면을 표현하기도 하고, 북 아트로 예쁘게 책의 내용을 꾸밀 수도 있다. 여기서는 푸드를 이용하여 다양하게 독후활동을 안내한다.  생각을 자유롭게 창의적으로 표현할 수 있도록 도와주며, 다음의 제시되는 방법들로 책의 내용을 충분히 이해해 본다.<br>아래는 '아낌없이 주는 나무'의 내용을 가지고 활동한 자료들이다.<br><br>* 다음의 여러 가지 방법으로 표현해 볼 수 있다.<br>① 책을 읽고 난 후의 감명 깊게 읽은 장면을 푸드로 표현해 본다.<br>② 가장 기억에 남는 장면을 푸드로 표현해 본다.<br>③ 여러 관점에서 다시 생각해 보고 푸드로 표현해 본다.<br>　(주인공의 관점에서, 여러 등장인물의 관점, 독자의 관점에서)<br>④ 다음에 이어질 장면에 대하여 상상하여 푸드로 표현해 본다. |

<table>
<tr><td>상 담<br>Point</td><td>① 책을 읽고 난 후 독후활동을 푸드아트심리상담으로 연계하여 활동할 수 있다.<br>② 책에 대하여 좀 더 깊이 이해하는데 도움을 준다.<br>③ 그것들을 푸드로 표현함으로써 등장인물이 되거나, 나의 관점에서 다시 재해석<br>할 수 있다.<br>④ 푸드로 표현함으로써 또 다른 재미를 느낄 수 있다.<br><br>* 방과 후 독서지도사에게 유익한 활동이다.</td></tr>
</table>

* 출처 : 아낌없이 주는 나무, 쉘 실버스타인, 2006)

| | |
|---|---|
| **줄거리** | 한 소년과  한 그루의 사과나무가 있었습니다.<br>어린 소년은 나무 밑에서 낮잠도 자고, 그네를 매달아 타기도 했습니다.나무는 소년을 사랑하게 되었답니다.<br><br>소년은 성장하면서 나무를 찾아 오지 않았고, 나무는 혼자 있는 시간이 많았습니다.<br><br>그러던  어느 날 소년은 나무를 찾아 왔습니다. |

| | |
|---|---|
| **줄거리** | 소년 : 나무야, 이제 난 이 나무에 올라가 놀기에는 너무 컸는걸, 나에게는 돈이 필요해.<br><br>나무 : 난 네게 돈을 줄 순 없으니까 이 사과를 따서 팔면 돈이 되지 않을까?<br><br>나무는 소년을 도와줄 수 있어서 행복했답니다.<br><br>시간이 흘러 소년은 청년이 되어 나무에게로 왔습니다.<br><br>소년 : 나는 아내와 가족이 필요하고, 집도 필요해.<br><br>나무 : 그럼, 내 나뭇가지로 집을 만들어.<br><br>나무는 소년을 도와주어 너무나 행복해 했습니다.<br><br>소년은 나뭇가지를 가지고 갔습니다.<br><br>어느새 소년은 나이가 많이 들었습니다.<br><br>소년 : 나는 늙어서 힘들어, 이제 여행을 떠날 배가 필요해.<br><br>나무 : 그러면, 나를 베어서 배를 만들어.<br><br>소년은 그 나무로 배를 만들어 여행을 떠났습니다.<br><br>그리고 몇 년이 지난 후 소년은 할아버지가 되어 다시 나무를 찾아 왔습니다.<br><br>소년 : 난 너무 힘들어, 이제 앉아서 쉬고 싶어.<br><br>나무 : 그러면, 내게 앉아서 쉬어.<br><br>나무는 밑동만 남았지만 소년을 도와주어 행복했답니다. |

* 다음의 각각의 입장이 되어서 생각해 보고, 그것을 푸드로 표현해 본다.

| | |
|---|---|
| **나무의 입장에서 생각해 보기** | ① 나무는 소년이 원하는 모든 것을 다 주었는데, 이것은 옳은 일인가요?<br>② 계속 기다리고만 있는 나무는 소년에 대하여 어떠한 생각을 했을까요?<br>③ 다시 찾아온 소년이 나무는 반갑기만 했을까요?<br>④ 필요한 것을 주고 난 후에, 또 한참을 혼자 있어야 한다는 생각은 하지 않았을까요?<br>⑤ 나무에게 있어서 소년이란 어떤 의미일까요? |
| **소년의 입장에서 생각해 보기** | ① 소년에게 있어서의 나무란 어떤 의미일까요?<br>② 나무와의 관계에서 소년이 가장 행복했을 때는 언제일까요?<br>③ 청년이 되었을 때 소년은 나무에게 오기 전부터 사과를 팔 생각을 했을까요? 아니면 나무가 말을 했기 때문에 사과를 가지고 갔을까요?<br>④ 소년의 나무에게 가기 전 마음은 어떠했을까요?<br>⑤ 그루터기만 남은 나무에게, 이제는 죽을 때까지 나무 곁을 떠나지 않았을까요? |

| 나 이 | 40대 중반 | 성 별 | 여 |
|---|---|---|---|

| 설 명<br>및<br>소 감 | **〈소년이 노인이 되어서 나무의 그루터기 위에 쉬고 있는 모습〉**<br>소년은 어느 새 노인이 되어 이젠 아무것도 할 수 없기 때문에 이렇게 그루터기 위에서 쉬는 모습이다. 주기만 했던 나무. 자기의 몸까지 그루터기가 되어 소년에게 힘을 주었던 나무. 가슴이 찡하게 다가왔다. 한편으로 부모는 이런 마음이 아닐까 한다. 주어도 주어도 끝없이 자식에게 줄 수밖에 없는 부모의 마음. 꼭 아낌없이 주는 나무의 모습일 것 같다. 새삼 숙연해진다. |
|---|---|

| 나 이 | 40대 중반 | 성 별 | 여 |
|---|---|---|---|

| 설 명 및 소 감 | 〈미래의 모습〉<br>아낌없이 주는 나무는 옆에 새 나무로 다시 태어났다.  그래서 노인의 아이들이 와서 또다시 이렇게 나무 밑에서 장난도 치고 쉼을 얻는 모습이다.  나무는 계속해서 이 노인의 아들, 손주에게 까지 계속 줄 것 같다.  산이 없어지기 전까지는… 그게 곧 이 나무의 행복이 아닐까 한다. |
|---|---|

| 나 이 | 40대 중반 | 성 별 | 여 |
|---|---|---|---|

**설 명 및 소 감**

### 〈노부부가 되어 자식을 기다리는 모습〉

나무는 다시금 자라서 큰 나무가 되었다.  노인은 자기 부인을 데려와서 이 나무 밑에 집을 짓는다.  그리고 나무 그늘에서 쉬기도 하고 어렸을 때처럼 나무와 이야기도 한다.  이젠 노인은 나무를 떠나지 않는다.  노인의 아이들은 부모님을 보러 차를 타고 먼 곳에서부터 온다.  이제는 나무가 노인을 기다리지 않고, 노인이 자기의 아이들을 기다린다.  그러면서 젊었을 때, '나무가 나를 이렇게 기다렸구나.' 하고 느끼게 된다.  비록 아이들이 자주 오지 않아도 기다리는 부모가 있기에 참 좋을 거라고.  큰 버팀목이 되어 줄 것을 노인은 다짐을 했다.  그러면서 막이 내린다.  책의 끝 장면을 다시 쓰니 꼭 작가가 된 것 같다.

| 나 이 | 40대 중반 | 성 별 | 여 |
|---|---|---|---|

| 설 명<br>및<br>소 감 | 〈동행〉<br>각자의 주어진 공간 속에서 최선을 다하는 것!!! 비록 서로가 입장이 달라서 이해하지 못할 수 있지만, 자신의 길을 가는 것이 동행이 아닐까 한다.  나무의 입장은 끊임없이 주는 것이고 (비록 소년이 자신의 최후까지 모두 사용한다 해도), 소년의 입장은 계속해서 나무를 의지하고, 나무에게서 이것저것 가지고 가는 것일지라도  그것은 각자의 길이라고 생각한다.  그러나 멀리 보면 그것 역시 같이 동행하는 것이 아닐까 한다. |
|---|---|

| 나 이 | 40대 중반 | 성 별 | 여 |
|---|---|---|---|

<table>
<tr><td rowspan="5" align="center">설 명<br>및<br>소 감</td><td colspan="3">

**〈푸르렀던 시간의 회상〉**

나무의 입장에서 가장 푸르렀던 시기는 이렇게 소년이 와서 쉼을 얻었을 때가 아닌가 한다.  아무 걱정 없이 그저 온전히 나무에게 모든 것을 맡기고 쉼을 얻는 것!!! 나무가 생각하기에 이때가 가장 푸르렀을 때가 아닌가 한다.  또한 가장 행복했던 시간이 아닐까 한다.

</td></tr>
</table>

| 나 이 | 30대 | 성 별 | 여 |
|---|---|---|---|

| 설 명<br>및<br>소 감 | **〈행복한 죽음〉**<br>나무는… 나무는… 끝까지 소년을 위해 희생한다.  소년이 노인이 되어 나무를 찾아와서 죽음을 맞이한다.  노인이 곧 죽을 것을 감지한 나무는 노인에게 자기를 잘라서 관을 만들라고 했다.  노인이 "그건, 너무나 잔인해, 난 네가 필요할 때만 왔잖아.  그렇게까지 하는 건, 너무나 내가 잔인한 거야." 그러나 나무는 빙긋이 웃으면서 그렇게 하길 바란다고 했다.  노인은 묵묵히 자신의 관을 짜서, 나무의 유언대로 나무와 함께 생을 마감했다.  끝까지, 제목 그대로 아낌없이 주는 나무. 함께 간다는 것이 바로 이런 게 아닐까 하는 생각이 들었다. |
|---|---|

| **나 이** | 30대 | **성 별** | 여 |
|---|---|---|---|
| **설 명<br>및<br>소 감** | 나무는 주기만 하는 존재가 아닌, 사과나무를 잘 키우는 방법을 가르쳐서 더 많은 나무가 자라서 사과를 맺게 할 것이다. | | |

# 비전과 동기부여

당신이 배를 만들고 싶다면,
사람들을 모아 목재를 가져오게 하고 일을 지시하고,
일감을 나눠주는 일들을 하지 말라.
대신 그들에게 저 넓고 끝없는 바다를 그리워하게 하라.

- 생텍쥐페리 -

# 제4부

# 상담 플러스 (양식 및 척도지)

## 1. 각종 양식

## 2. 척도지

## 3. 감정단어

제4부는 상담을 할 때 도움을 주는 것들을 모아서 수록하였다.
각종 필요한 양식들, 수치화 할 수 있는 여러 가지 측정도구,
자신의 감정을 들여다 볼 수 있는 감정단어.
이러한 것들을 활용함으로써 보다 쉽고 깊이 있는 상담을 하는데 유용하게 쓰일 것이다.

# 1. 각종 양식

## (1) 초기면접지 양식

## 〈 초 기 면 접 지 〉

작성일　　년　　월　　일　　　　　　　　　　　　　　상담자 :

| 성 명 | | 성 별 | | 생년월일 | | 전화번호 | |
|---|---|---|---|---|---|---|---|
| 주 소 | | | | | 종 교 | | 학 력 |
| 대상구분1 | 노인( ) 장애인( ) 아동( ) 청소년( ) 기타( ) | | | | 분류 | 수급자( ) 차상위 계층( ) 저소득( )기타( ) | |
| 대상구분2 | 독거( )　소년소녀가장( )　모자가정( )　부자가정( )　가정위탁아동가정( )　노인가정( )　일반( ) | | | | | | |

| 주거상황 | 소유구분 | 자가( )　　전세( )　　월세( ) | | | 거주시작일 | |
|---|---|---|---|---|---|---|
| | 형 태 | 단독주택( ) 아파트( ) 연립주택( ) 집단가옥( ) 무허가주택( ) 기타( ) | | | | |

| 경제상황 | 공적지원 | | 비공적지원 | | 자체소득 | |
|---|---|---|---|---|---|---|
| | 내 용 | (월　　만원) | 내 용 | (월　　만원) | 내 용 | (월　　만원) |

| 건강상태 | 질 병 | 질병 종류 | | 이용의료 기관 | |
|---|---|---|---|---|---|
| | 장 애 | 장애 종류등급 | | 수 술 | |
| | 장애시기 | | | 장애원인 | |

| 가족사항 | 성 명 | 관 계 | 주 소 | 전화번호 | 출생년도 | 직 업 | 기 타 |
|---|---|---|---|---|---|---|---|
| | | | | | | | |
| | | | | | | | |
| | | | | | | | |
| | | | | | | | |
| 비상연락 | | | | | | | |
| | | | | | | | |

| 약　　　　　도 |
|---|
| |

| | 구 분 | 문제 · 욕구 | 문제에 대한 대처능력 | 환경과 상관관계<br>(비공식적관계의 상관관계) | 공식적 지원 |
|---|---|---|---|---|---|
| 부각<br>되는<br>문제 | 의 료 | | | | |
| | 정 서 | | | | |
| | 경 제 | | | | |
| | 기 타 | | | | |

| 가 계 도 | 생 태 도 |
|---|---|
| | |

| life<br>story | |
|---|---|

| 상담자<br>의 견 | 판정 및 우선 제공 서비스 | |
|---|---|---|
| | 상담자 : | |

| 지 원<br>가 능<br>서비스 | 복 지 관 | |
|---|---|---|
| | 연계기관 | |
| | 기    타 | |

(2) 푸드아트심리상담 강의계획서 양식

# 〈 푸드아트심리상담 강의계획서 〉

상담자 :

| 회 기 | 날 짜 | 목 적 | 활 동 명 | 준 비 물 |
|---|---|---|---|---|
|  |  |  |  |  |
|  |  |  |  |  |
|  |  |  |  |  |
|  |  |  |  |  |
|  |  |  |  |  |
|  |  |  |  |  |
|  |  |  |  |  |
|  |  |  |  |  |
|  |  |  |  |  |
|  |  |  |  |  |

(3) 임상(관찰)일지 양식

# 〈 임상(관찰) 일지 〉

상담자 :

| 내담자<br>(성별, 나이) | | 날짜 (회기) | |
|---|---|---|---|
| 활동명 | | | |
| 준비물 | | | |

〈 사 진 〉

| 설 명<br>및<br>소 감 | 〈 내용 & 느낌 〉 |
|---|---|
| 피드백 | |

## (4) 종결보고서 양식

# 〈 종 결 보 고 서 〉

상담자 :

| 성 명 | | 생년월일 | |
|---|---|---|---|
| 주 소 | | 연락처 | |

| 등록일 | 년 월 일 | 종결일 | 년 월 일 |
|---|---|---|---|

| 종결유형<br>및<br>사 유 | 유 형 | 사 유 |
|---|---|---|
| | 내담자에 의한 종결 ( ) | 사망( ), 이주( ), 목표달성( ), 상황호전( ), 타 기관 이용( ),<br>거절( ), 포기( ), 약속불이행( ), 기타( ) |
| | 담당자(기관장) 의한 종결 ( ) | 사직·타 업무 희망( ), 본인과 부적합( ),<br>내담자의 소극적 참여( ) |
| | 기타 이유에 의한 종결 ( ) | 기관의 업무 조정( ), 기관의 사례기간 제한( ), 기관( ),<br>법인의 교체( ), 원칙변경( ), 기관의 자원 및 능력의 한계( ) |

| 상 담<br>제공현황 | |
|---|---|

| 내담자<br>변화사항 | 초 기 상 황 | 종 결 상 황 |
|---|---|---|
| | | |

| 상담자 | |
|---|---|

| 제공기관 | | 상담자 | |
|---|---|---|---|

## (5) 창작일지 양식

# 〈 창 작 일 지 〉

상담자 :

| 내담자 | | 날 짜 | |
|---|---|---|---|
| 목 적 | | | |
| 활동명 | | | |
| 준비물 | | | |
| 진행순서 | | | |

| 〈 사 진 〉 | 〈 설명 및 소감 〉 |
|---|---|
| | 〈 피드백 〉 |

## 〈 나의 작품 활동지 〉

상담자 :

| 활동명 | | 날짜(회기) | |
|---|---|---|---|
| | | | |
| 설 명<br>및<br>소 감 | | | |
| 피드백 | | | |

# 2. 측정도구

## (1) 부모양육태도

〈 부모양육태도[7] 〉

### 1.목 적
이 척도는 부모의 양육태도를 측정하기 위한 것이다.

### 2. 척도 소개
이 척도는 우리나라 상황에 맞게 표준화된 척도집으로 어머니, 아버지에 대하여 양육태도를 권위주의형, 민주형, 맹종형으로 22문항으로 구성되었다.

### 3. 채점 방법 및 해석
권위주의형, 민주형, 맹종형의 세 하위 척도별로 점수를 합산하여 부모의 양육태도를 측정한다. 각 하위 척도의 점수가 높을수록 해당되는 양육태도 유형이 높게 나타나는 것으로 볼 수 있다.

### 4. 대 상
부모들을 대상으로 한다.

### 5. 신뢰도와 타당도

| 부모양육태도 | 해 당 문 항 |
|---|---|
| 권위주의형 | 3, 5, 10, 11, 17, 18, 19 |
| 민 주 형 | 1, 2, 4, 8, 9, 13, 14, 15, 20, 22 |
| 맹 종 형 | 6, 7, 12, 16, 21 |

### 6. 역채점 문항
역채점 문항은 다음과 같다.

| 문항번호 (1개) | 역채점 점수 |
|---|---|
| 1 | ① → ③<br>② → ②<br>③ → ① |

---

7) 위의 척도는 '실천가와 연구자를 위한 사회복지척도집 (서초구립 반포종합사회복지관 외, 2003) '에서 재수정.

* '부모님이 여러분을 대하는 태도'에 대한 질문입니다. 평소 부모님이 여러분을 대하는 태도에 잘 들어맞는다고 생각되는 칸에 V표 하세요.

범주 : 아버지, 어머니 각각에 대해　① 그렇지 않다　② 가끔 그렇다　③ 늘 그렇다

| 아버지 | | | 내　　　　용 | 어머니 | | |
| --- | --- | --- | --- | --- | --- | --- |
| 그렇지 않다 | 가끔 그렇다 | 늘 그렇다 | | 그렇지 않다 | 가끔 그렇다 | 늘 그렇다 |
| 1 | 2 | 3 | | 1 | 2 | 3 |
| 1 | 2 | 3 | ① 내가 말을 걸면 바쁘다며 상대해주지 않는다. | 1 | 2 | 3 |
| 1 | 2 | 3 | ② 나를 귀여워한다. | 1 | 2 | 3 |
| 1 | 2 | 3 | ③ 나의 나쁜 점만 꼬집어 얘기한다. | 1 | 2 | 3 |
| 1 | 2 | 3 | ④ 나에 대한 일은 나와 의논해보고 결정한다. | 1 | 2 | 3 |
| 1 | 2 | 3 | ⑤ 나는 내 친구들에 비해 야단을 더 맞는 것 같다. | 1 | 2 | 3 |
| 1 | 2 | 3 | ⑥ 떼를 쓰면 결국에는 내가 하자는 대로 한다. | 1 | 2 | 3 |
| 1 | 2 | 3 | ⑦ 옷이나 머리스타일을 내 맘대로 하게 놔둔다. | 1 | 2 | 3 |
| 1 | 2 | 3 | ⑧ 나 혼자서도 잘 할 수 있다고 믿어준다. | 1 | 2 | 3 |
| 1 | 2 | 3 | ⑨ 내가 조금만 다치거나 아파도 신경을 많이 쓴다. | 1 | 2 | 3 |
| 1 | 2 | 3 | ⑩ 남 앞에서 나를 나무라거나 안 좋게 얘기한다. | 1 | 2 | 3 |
| 1 | 2 | 3 | ⑪ 사사건건 내 일에 간섭한다. | 1 | 2 | 3 |
| 1 | 2 | 3 | ⑫ 내가 무슨 잘못을 해도 나를 두둔한다. | 1 | 2 | 3 |
| 1 | 2 | 3 | ⑬ 내가 집에 늦게 들어가는 경우 미리 전화로라도 허락을 받게 한다. | 1 | 2 | 3 |
| 1 | 2 | 3 | ⑭ 무슨 일을 하든 내가 잘 해낼 수 있을까 관심을 가진다. | 1 | 2 | 3 |
| 1 | 2 | 3 | ⑮ 나를 잘 도와준다. | 1 | 2 | 3 |
| 1 | 2 | 3 | ⑯ 아무리 화가 나더라도 때리지 않는다. | 1 | 2 | 3 |
| 1 | 2 | 3 | ⑰ 시키는 대로 안 하면 심하게 야단친다. | 1 | 2 | 3 |
| 1 | 2 | 3 | ⑱ 옳다고 생각하는 일은 억지로라도 내게 시키려 한다. | 1 | 2 | 3 |
| 1 | 2 | 3 | ⑲ 나에게 "이 멍청아", "이 바보야" 등의 욕을 한다. | 1 | 2 | 3 |
| 1 | 2 | 3 | ⑳ 나와 같이 있는 것을 무엇보다도 즐거워하는 듯하다. | 1 | 2 | 3 |
| 1 | 2 | 3 | ㉑ 나의 요구라면 무조건 들어준다. | 1 | 2 | 3 |
| 1 | 2 | 3 | ㉒ 자식을 위해서라면 무슨 일이라도 한다. | 1 | 2 | 3 |

## (2) 사회성

<h1 align="center">〈 사 회 성<sup>8)</sup> 〉</h1>

### 1. 목 적

청소년의 사회성 (사회적 발달) 정도를 측정한다.

### 2. 척도 소개

사회성 척도의 구성은 준법성, 자율성, 책임성, 협동성, 봉사성의 다섯 가지 하위요인으로 구성되며 개발과정에서 요인분석을 통하여 타당도를 검증하면서 30문항을 삭제하고 총 32문항으로 완성하였다.

### 3. 채점 방법 및 해석

4점 척도이며, 합산 점수가 높을수록 사회성 정도가 높다는 것을 의미한다.

### 4. 대 상

청소년을 대상으로 한다.

### 5. 신뢰도와 타당도

요인별 문항 및 신뢰도

| 요 인 | 문항수 | 문 항 번 호 | 신뢰도<br>(Cronbach' $\alpha$) |
|---|---|---|---|
| 준법성 | 8 | 1, 6, 11, 16, 21, 26, 30, 32 | .7281 |
| 자율성 | 6 | 2, 7, 12, 17, 22, 27 | .5209 |
| 책임성 | 6 | 3, 8, 13, 18, 23, 28 | .5441 |
| 협동성 | 5 | 4, 9, 14, 19, 24 | .5251 |
| 봉사성 | 7 | 5, 10, 15, 20, 25, 29, 31 | .6198 |

---

8) 위의 척도는 '실천가와 연구자를 위한 사회복지척도집 (서초구립 반포종합사회복지관 외, 2003) '에서 재수정.

# 6. 역채점 문항

역채점 문항은 다음과 같다.

| 문항번호 (14개) | 역채점 점수 |
|---|---|
| 5, 6, 9, 13, 14, 16, 17 | ① → ④<br>② → ③<br>③ → ②<br>④ → ① |

* 아래의 각 문항을 읽고 여러분의 생각을 잘 나타내주는 칸에 V표시해 주십시오.

범주 : ① 전혀 그렇지 않다    ② 별로 그렇지 않다    ③ 대체로 그렇다    ④ 정말로 그렇다

| 번 호 | 질 문 내 용 | 전혀 그렇지 않다 | 별로 그렇지 않다 | 대체로 그렇다 | 정말 그렇다 |
|---|---|---|---|---|---|
| | | 1 | 2 | 3 | 4 |
| 1 | 나는 결과와 관계없이 내가 한 일에 책임을 진다. | 1 | 2 | 3 | 4 |
| 2 | 나는 봉사활동을 할 때 자발적이고 기쁜 마음으로 한다. | 1 | 2 | 3 | 4 |
| 3 | 나는 가정이나 학습의 목표가 달성되도록 협력한다. | 1 | 2 | 3 | 4 |
| 4 | 나는 가정이나 학습에서 누군가 해야 할 궂은 일을 한다. | 1 | 2 | 3 | 4 |
| 5 | 나에게 이익이 된다면 남에게 피해가 되더라도 행동한다. | 1 | 2 | 3 | 4 |
| 6 | 나는 지시에 따르는 로봇처럼 살아가는 것 같다. | 1 | 2 | 3 | 4 |
| 7 | 나는 내 자신의 행동과 말에 책임을 진다. | 1 | 2 | 3 | 4 |
| 8 | 나는 학교발전을 위해 봉사하겠다는 생각을 갖고 있다. | 1 | 2 | 3 | 4 |
| 9 | 나는 새로운 일을 하기가 두렵고 싫다. | 1 | 2 | 3 | 4 |
| 10 | 나는 주번활동이나 청소를 할 때 맡은 일을 성실히 한다. | 1 | 2 | 3 | 4 |
| 11 | 나는 환경미화나 운동회에 적극적으로 참여한다. | 1 | 2 | 3 | 4 |
| 12 | 나는 학교의 봉사점수와 관계없이 자발적으로 봉사한다. | 1 | 2 | 3 | 4 |
| 13 | 나는 나에 대한 주위 사람들의 평가에 지나치게 신경을 쓴다. | 1 | 2 | 3 | 4 |
| 14 | 학급에서 일이 잘못되었을 때 나는 다른 친구를 비난한다. | 1 | 2 | 3 | 4 |
| 15 | 학습을 위해 하는 일이라면 내가 손해를 보더라도 한다. | 1 | 2 | 3 | 4 |
| 16 | 나는 학교의 기물을 파손하거나 함부로 사용한 적이 있다. | 1 | 2 | 3 | 4 |
| 17 | 나는 사람들에게 인정받기 위해 사람들을 속인다. | 1 | 2 | 3 | 4 |

<h1 style="text-align:center">〈 삶의 만족[9] 〉</h1>

## 1. 목 적

삶의 만족 정도를 측정하기 위한 척도이다.

## 2. 척도 소개

삶의 만족 척도는 의식주와 같은 매우 기본적인 것부터 삶의 철학에 이르는 지극히 추상적인 것까지 10개 영역에 걸쳐 삶의 질, 삶의 만족을 포괄적으로 측정하는 도구이다.  총 33개 문항으로 구성되어 있으며, 응답자가 스스로 답변을 기록하는 자기 기록 방식이다.

| 영 역 | 문항수 | 해당항목 |
|---|---|---|
| 의식주 영역 | 5 | 1, 2, 3, 4, 5 |
| 친구관계 영역 | 4 | 6, 7, 8, 9 |
| 가족 및 친척 관계 영역 | 3 | 10, 11, 12 |
| 신체 및 정신건강 영역 | 5 | 13, 14, 15, 16, 17 |
| 일 (직업) 영역 | 2 | 18, 19 |
| 경제 영역 | 2 | 20, 21 |
| 대인관계 영역 | 2 | 22, 23 |
| 사회생활 및 여가활동 영역 | 4 | 24, 25, 26, 27 |
| 행복감 영역 | 3 | 28, 29, 30 |
| 자율성 및 자아감 영역 | 3 | 31, 32, 33 |

## 3. 채점 방법 및 해석

각 항목은 '거의 혹은 전혀 그렇지 않다' ①에서 '거의 혹은 항상 그렇다' ⑤까지의 5점 척도로 측정되며, 척도의 점수는 모든 문항들의 점수를 단순 합산하여 얻을 수 있다.

---

9) 위의 척도는 '실천가와 연구자를 위한 사회복지척도집 (서초구립,반포종합사회복지관 뢰, 2003)' 에서 재수정

# 4. 대 상

성인들을 대상으로 한다.

# 5. 신뢰도와 타당도

신뢰도를 보면, 검사–재검사의 방법으로 측정된 33개 문항의 내적 신뢰도는 1차 검사에 Cronbach' $\alpha$ 값은 .9143, 2차 검사 때 .9321로 매우 높았으며 검사 – 재검사 간의 상관계수도 .9557로 높은 신뢰도를 보여주었다.

한편, 타당도에서는 선행연구들과의 비교를 통해 개념타당도가 매우 높은 것으로 판단되었으며, 구성체 타당도 역시 매우 높게 나타났다.

# 6. 역채점 문항

역채점 문항은 다음과 같다.

| 문항번호 (2개) | 역채점 점수 |
| --- | --- |
| 14, 15 | ① → ⑤ <br> ② → ④ <br> ③ → ③ <br> ④ → ② <br> ⑤ → ① |

* 아래의 33문항은 당신의 현재 생활에 얼마나 만족하는지에 관한 질문입니다. 각 문항을 잘 읽고 지금 이 시간 당신의 생활에 대한 느낌의 정도를 아래의 5점 척도를 사용하여 우측의 해당 번호에 V표시해 주십시오.

범주 : ① 거의 혹은 전혀 그렇지 않다　　②　조금 그렇다　　③ 때때로 그렇다
　　　　④ 상당히 그렇다　　　　　　　⑤ 거의 혹은 항상 그렇다

| 번 호 | 내　　　　용 | 거의 혹은 전혀 그렇지 않다. | 조금 그렇다 | 때때로 그렇다 | 상당히 그렇다 | 거의 혹은 항상 그렇다 |
|---|---|---|---|---|---|---|
| | | 1 | 2 | 3 | 4 | 5 |
| 1 | 당신은 현재 살고 있는 곳에 만족하십니까? | 1 | 2 | 3 | 4 | 5 |
| 2 | 현재 살고 있는 곳에서 당신의 사생활보장 정도에 만족하십니까? | 1 | 2 | 3 | 4 | 5 |
| 3 | 현재 살고 있는 곳에서 당신만이 사용하는 공간에 만족하십니까? | 1 | 2 | 3 | 4 | 5 |
| 4 | 당신이 일상적으로 먹는 음식에 만족하십니까? | 1 | 2 | 3 | 4 | 5 |
| 5 | 당신이 일상적으로 입는 옷에 만족하십니까? | 1 | 2 | 3 | 4 | 5 |
| 6 | 당신이 사귀는 친구들의 수에 만족하십니까? | 1 | 2 | 3 | 4 | 5 |
| 7 | 당신은 당신이 바라는 만큼 친구들과 가깝다고 느끼십니까? | 1 | 2 | 3 | 4 | 5 |
| 8 | 당신은 당신의 친구들과 같이 지내는 시간에 만족하십니까? | 1 | 2 | 3 | 4 | 5 |
| 9 | 당신은 이성 친구 혹은 배우자와의 관계에 만족하십니까? | 1 | 2 | 3 | 4 | 5 |
| 10 | 당신은 당신이 바라는 만큼 가족과 가깝다고 느끼십니까? | 1 | 2 | 3 | 4 | 5 |
| 11 | 당신은 가족들과 관계에 만족하십니까? | 1 | 2 | 3 | 4 | 5 |
| 12 | 당신은 친척들과의 관계에 만족하십니까? | 1 | 2 | 3 | 4 | 5 |
| 13 | 당신은 요즈음 심리적 상태에 만족하십니까? | 1 | 2 | 3 | 4 | 5 |
| 14 | 전반적으로 현재 생활을 고려해 볼 때 당신은 당신이 겪고 있는 문제로 인해 곤란하십니까? | 1 | 2 | 3 | 4 | 5 |
| 15 | 당신이 그러한 문제들이 자주 당신이 하고 싶어하는 일을 하지 못하도록 방해합니까? | 1 | 2 | 3 | 4 | 5 |

| 번 호 | 내 용 | 거의 혹은 전혀 그렇지 않다. | 조금 그렇다 | 때때로 그렇다 | 상당히 그렇다 | 거의 혹은 항상 그렇다 |
|---|---|:---:|:---:|:---:|:---:|:---:|
| | | 1 | 2 | 3 | 4 | 5 |
| 16 | 당신은 요즘 신체건강 상태에 만족하십니까? | 1 | 2 | 3 | 4 | 5 |
| 17 | 당신은 요즘 정신건강 상태에 만족하십니까? | 1 | 2 | 3 | 4 | 5 |
| 18 | 당신은 현재 하고 있는 일에 대해 만족하십니까? | 1 | 2 | 3 | 4 | 5 |
| 19 | 당신은 당신이 하고 싶은 만큼 일하고 있다고 느끼십니까? | 1 | 2 | 3 | 4 | 5 |
| 20 | 당신은 현재 당신의 한 달 수입에 만족하십니까? | 1 | 2 | 3 | 4 | 5 |
| 21 | 당신은 현재 당신의 하루 생활비 지출정도에 만족하십니까? | 1 | 2 | 3 | 4 | 5 |
| 22 | 당신은 주변사람들이나 일터에서 동료들과의 관계에서 만족하십니까? | 1 | 2 | 3 | 4 | 5 |
| 23 | 당신은 일반적으로 사람들과의 관계에서 만족하십니까? | 1 | 2 | 3 | 4 | 5 |
| 24 | 당신은 현재 사회생활에 만족하십니까? | 1 | 2 | 3 | 4 | 5 |
| 25 | 당신은 요즘 하루를 보내는 방법에 만족하십니까? | 1 | 2 | 3 | 4 | 5 |
| 26 | 당신은 요즘 당신이 하시는 여가활동에 만족하십니까? | 1 | 2 | 3 | 4 | 5 |
| 27 | 당신은 요즘 저녁시간이나 주말을 보내는 방법에 만족하십니까? | 1 | 2 | 3 | 4 | 5 |
| 28 | 당신은 현재의 삶에 만족하십니까? | 1 | 2 | 3 | 4 | 5 |
| 29 | 당신은 현재 행복하십니까? | 1 | 2 | 3 | 4 | 5 |
| 30 | 당신은 당신 자신의 삶에서 기쁨을 얻고 있다고 느끼십니까? | 1 | 2 | 3 | 4 | 5 |
| 31 | 당신은 당신이 원하는 만큼 자유가 있다고 느끼십니까? | 1 | 2 | 3 | 4 | 5 |
| 32 | 당신은 당신 자신이 가치 있는 사람이라고 느끼십니까? | 1 | 2 | 3 | 4 | 5 |
| 33 | 당신은 전반적으로 당신 자신에게 만족하십니까? | 1 | 2 | 3 | 4 | 5 |

〈 스트레스 〉

## 1.목 적

스트레스를 측정하기 위한 것이다.

## 2. 척도 소개 및 채점방법

스트레스 척도는 한미현(1996)이 개발한 검사지를 사용하였고, 검사지는 총 42문항으로 구성되어 있으며 각 문항에 대하여 스트레스를 '전혀 받지 않는다' 는 1점, '별로 받지 않는다' 는 2점, '약간 받는다' 는 3점, '많이 받는다' 는 4점 척도로 사용하였다.  점수는 높을수록 스트레스가 높은 것을 의미한다.

## 3. 대 상

초, 중, 고등학생인 청소년들을 대상으로 한다.

## 4. 신뢰도와 타당도

| 문항수 | 해 당 문 항 | Cronbach' $\alpha$ |
|---|---|---|
| 42 | 1 ~ 42 | .970 |

* 다음 문항을 읽고 느낌이나 생각과 잘 맞는 번호에 V표시해 주십시오.

범주 : ① 전혀 받지 않는다   ② 별로 받지 않는다   ③ 약간 받는다   ④ 많이 받는다

| 번 호 | 내　　　용 | 전혀<br>받지<br>않다 | 별로<br>받지<br>않다 | 약간<br>받는다 | 많이<br>받는다 |
|---|---|---|---|---|---|
| | | 1 | 2 | 3 | 4 |
| 1 | 엄마가 공부하라는 말씀을 자주 하셔서 | 1 | 2 | 3 | 4 |
| 2 | 엄마가 내 생각이나 의견을 존중해 주지 않아서 | 1 | 2 | 3 | 4 |
| 3 | 엄마가 내게 시키는 일이 많아서 | 1 | 2 | 3 | 4 |
| 4 | 엄마가 내 일에 지나치게 간섭하고 참견하셔서 | 1 | 2 | 3 | 4 |
| 5 | 엄마가 내 학업 성적에 너무 신경을 쓰셔서 | 1 | 2 | 3 | 4 |
| 6 | 엄마와 충분한 이야기를 나누지 못해서 | 1 | 2 | 3 | 4 |
| 7 | 엄마가 내가 갖고 싶어하는 것들을 잘 사주지 않아서 | 1 | 2 | 3 | 4 |
| 8 | 엄마가 내게 거는 기대와 요구가 너무 커서 | 1 | 2 | 3 | 4 |
| 9 | 우리 가족이 그다지 화목하지 못해서 | 1 | 2 | 3 | 4 |
| 10 | 가족들이 나를 사랑하지 않은 것 같아서 | 1 | 2 | 3 | 4 |
| 11 | 우리 집이 가난해서 | 1 | 2 | 3 | 4 |
| 12 | 필요한 물건들을 제대로 살 수가 없어서 | 1 | 2 | 3 | 4 |
| 13 | 집이 너무 좁아서 | 1 | 2 | 3 | 4 |
| 14 | 우리 집 분위기가 마음에 안 들어서 | 1 | 2 | 3 | 4 |
| 15 | 아빠와 엄마가 별로 사이가 좋지 않아서 | 1 | 2 | 3 | 4 |
| 16 | 친구들이 나를 따돌리는 것 같아서 | 1 | 2 | 3 | 4 |
| 17 | 친구들이 나를 무시하는 것 같아서 | 1 | 2 | 3 | 4 |
| 18 | 친구들과 잘 어울리지 못해서 | 1 | 2 | 3 | 4 |
| 19 | 내가 좋아하는 친구가 나보다 딴 아이를 더 좋아해서 | 1 | 2 | 3 | 4 |
| 20 | 친구들과 이야기가 잘 통하지 않아서 | 1 | 2 | 3 | 4 |
| 21 | 친구들이 나를 놀려서 | 1 | 2 | 3 | 4 |
| 22 | 내 마음에 맞는 친구가 없어서 | 1 | 2 | 3 | 4 |
| 23 | 학업성적 때문에 | 1 | 2 | 3 | 4 |
| 24 | 시험을 잘 못 보면 안 된다는 생각 때문에 | 1 | 2 | 3 | 4 |

| 번 호 | 내　　　용 | 전혀<br>받지<br>않다 | 별로<br>받지<br>않다 | 약간<br>받는다 | 많이<br>받는다 |
|---|---|---|---|---|---|
| | | 1 | 2 | 3 | 4 |
| 25 | 다니고 있는 학원이나 과외활동이 많아서 | 1 | 2 | 3 | 4 |
| 26 | 노력해도 기대만큼 성적이 오르질 않아서 | 1 | 2 | 3 | 4 |
| 27 | 해야 할 공부가 너무 많아서 | 1 | 2 | 3 | 4 |
| 28 | 앞으로 나의 진로 때문에 | 1 | 2 | 3 | 4 |
| 29 | 대학에 못 들어가면 안 된다는 생각 때문에 | 1 | 2 | 3 | 4 |
| 30 | 선생님이 몇몇 아이들만을 편애하는 것 같아서 | 1 | 2 | 3 | 4 |
| 31 | 학교 생활에 적응하기가 힘들어서 | 1 | 2 | 3 | 4 |
| 32 | 선생님의 가르치는 방식이 내 마음에 안 들어서 | 1 | 2 | 3 | 4 |
| 33 | 숙제가 많아서 | 1 | 2 | 3 | 4 |
| 34 | 학교에서 나보다 힘센 친구들이 괴롭혀서 | 1 | 2 | 3 | 4 |
| 35 | 선생님이 다른 아이들 앞에서 창피를 주어서 | 1 | 2 | 3 | 4 |
| 36 | 교실이나 화장실 등 학교 시설을 이용하기가 불편해서 | 1 | 2 | 3 | 4 |
| 37 | 학교에 오고 가는데 시간이 많이 걸려서 | 1 | 2 | 3 | 4 |
| 38 | 버스나 지하철이 복잡해서 | 1 | 2 | 3 | 4 |
| 39 | 마땅히 뛰어 놀 곳이 없어서 | 1 | 2 | 3 | 4 |
| 40 | 학교나 집 주위가 시끄러워서 | 1 | 2 | 3 | 4 |
| 41 | 차들이 많아 길이 막혀서 | 1 | 2 | 3 | 4 |
| 42 | 학교나 집 주변이 깨끗하지 못해서 | 1 | 2 | 3 | 4 |

## (5) 학교적응유연성

〈 학교적응유연성 [10] 〉

### 1. 목 적

아동 및 청소년의 학교적응유연성을 측정하기 위한 척도이다.

### 2. 척도 소개

연구자가 기존 문헌들을 참고하여 구성한 후 신뢰도, 타당도 검사를 거쳐 사용한 것이다.  연구에서는
학교 적응유연성을 크게 학교에 대한 흥미, 성적이나 학업 관련, 학교 규범 관련 사항으로 구성하였다.

### 3. 채점 방법 및 해석

4점 척도이며, 합산 점수가 높을수록 학교 적응유연성이 높은 것을 의미한다.

### 4. 대 상

청소년을 대상으로 한다.

### 5. 신뢰도와 타당도

사전조사 $\alpha$ 값이 .80, 본조사 $\alpha$ 값이 .81이다.  또한 하위척도별로 보면, 학교에 대한 흥미의 사전조사
$\alpha$ 값은 .70, 학업성취에 대한 태도는 각각 .65와 .68, 학교 규  범 준수는 각각 .75와 .77로 나타났다.

| 범 주 | 내 용 | 문항번호 |
|---|---|---|
| 학교생활<br>흥 미 도 | 학교나 교사, 수업에 대한 애착과<br>흥미 정도 | 1, 2, 3, 4, 5, 6, 7 |
| 학업 및<br>성적에 대한<br>태 도 | 성적, 성적의 주관적 의미,<br>공부에 대한 취미, 학업태도 | 8, 9, 10, 11, 12 |
| 학교 규범준수 | 교사의 지시 준수, 학교 규범 준수,<br>또래 간 싸움, 커닝, 지각, 징계처벌 경험,<br>무단결석, 싸움 경험, 수업무단 이탈 경험 | 13, 14, 15, 16, 17,<br>18, 19, 20, 21, 22 |

---

10) 위의 척도는 '실천가와 연구자를 위한 사회복지척도집 (서초구립, 반포종합사회복지관 외, 2003) '에서 재수정

## 6. 역채점 문항

역채점 문항은 다음과 같다.

| 문항번호 (11개) | 역채점 점수 |
|---|---|
| 1, 5, 9, 10, 16, 17, 18, 19, 20, 21, 22 | ① → ④<br>② → ③<br>③ → ②<br>④ → ① |

* 아래의 각 문항을 읽고 여러분의 생각을 잘 나타내주는 칸에 V표를 해주시기 바랍니다.

범주 : ① 전혀 그렇지 않다   ② 별로 그렇지 않다   ③ 가끔 그렇다   ④ 매우 그렇다

| 번 호 | 내 용 | 전혀 그렇지 않다 | 거의 그렇지 않다 | 가끔 그렇다 | 매우 그렇다 |
|---|---|---|---|---|---|
| | | 1 | 2 | 3 | 4 |
| 1 | 학교를 가는 것이 시간 낭비라는 생각이 든다. | 1 | 2 | 3 | 4 |
| 2 | 학교생활이 즐겁다. | 1 | 2 | 3 | 4 |
| 3 | 내가 배우고 있는 대부분의 과목을 좋아한다. | 1 | 2 | 3 | 4 |
| 4 | 담임선생님이 좋다. | 1 | 2 | 3 | 4 |
| 5 | 학교를 그만두고 싶어질 때가 있다. | 1 | 2 | 3 | 4 |
| 6 | 나는 우리 학교 선생님을 대부분 존경한다. | 1 | 2 | 3 | 4 |
| 7 | 수업시간에 나는 도움이 되는 것을 배운다고 생각한다. | 1 | 2 | 3 | 4 |
| 8 | 내게 있어 학교 성적은 참으로 중요하다. | 1 | 2 | 3 | 4 |
| 9 | 나는 공부에는 취미가 없다. | 1 | 2 | 3 | 4 |
| 10 | 나는 열심히 공부해도 성적이 잘 오르지 않는 편이다. | 1 | 2 | 3 | 4 |
| 11 | 나는 수업 시 학업태도가 좋은 편이다. | 1 | 2 | 3 | 4 |
| 12 | 나의 학교성적은 좋은 편이다. | 1 | 2 | 3 | 4 |
| 13 | 숙제는 내 스스로 힘으로 꼬박 꼬박 해가는 편이다. | 1 | 2 | 3 | 4 |
| 14 | 선생님의 지시를 잘 따른다. | 1 | 2 | 3 | 4 |
| 15 | 학교의 규범을 준수한다. | 1 | 2 | 3 | 4 |
| 16 | 다른 학생들과 싸우거나 다툰 적이 있다. | 1 | 2 | 3 | 4 |
| 17 | 시험 볼 때 커닝을 한 적이 있다. | 1 | 2 | 3 | 4 |
| 18 | 학교에 지각을 한다. | 1 | 2 | 3 | 4 |
| 19 | 학교생활에서 근신, 정학 등의 처벌을 받은 적이 있다. | 1 | 2 | 3 | 4 |
| 20 | 무단 결석을 한다. | 1 | 2 | 3 | 4 |
| 21 | 나는 학교 시설물을 손상키시거나 망가뜨린 적이 있다. | 1 | 2 | 3 | 4 |
| 22 | 수업이나 자율학습 시간에 무단이탈 한 적이 있다. | 1 | 2 | 3 | 4 |

<h2 align="center">〈 자아정체성[11] 〉</h2>

## 1. 목 적
자아정체성을 측정하기 위한 것이다.

## 2. 척도 소개
최정훈 외(1986)가 제작한 자아정체성 척도를 조학래(1996)의 연구에서 선행연구의 하위요인을 중심으로 표현이 중복되는 문항을 제외하고 수정하여 28개 문항으로 구성하였다. 척도 내용으로 독특성, 미래계획, 사회성, 자기수용, 자율성, 적응력, 가치의 7개 하위차원에 대한 요인분석 결과 요인 적재치가 낮은 1개 문항을 제외하여 총 27문항으로 구성하였다.

## 3. 채점 방법 및 해석
5점 리커트 척도로서 1점 '전혀 그렇지 않다'에서 5점 '매우 그렇다'로 자기보고식 평정을 하도록 되어 있다. 부정적 진술의 응답은 긍정적 진술의 응답과는 반대로 작성된다. 자아정체성 점수는 최저 27점에서 최고 135점까지이며 총점이 높을수록 자아정체성의 발달수준이 높음을 의미한다. 각 하위차원의 문항번호는 다음과 같다.

| 하위문항 | 자아정체성 하위차원 | 해당문항 |
| --- | --- | --- |
| 1 | 독 특 성 | 1, 4, 20, 24, 27 |
| 2 | 미 래 계 획 | 2, 8, 13, 25 |
| 3 | 사 회 성 | 5, 11, 16, 18 |
| 4 | 자 기 수 용 | 10, 17, 23, 26 |
| 5 | 자 율 성 | 3, 6, 15, 21 |
| 6 | 적 응 력 | 9, 14, 19 |
| 7 | 가 치 | 7, 12, 22 |

## 4. 대 상
청소년 이상 성인들을 대상으로 한다.

---

11) 위의 척도는 '실천가와 연구자를 위한 사회복지척도집 (서초구립, 반포종합사회복지관 외, 2003)'에서 재수정

## 5. 신뢰도와 타당도

또한 Erikson의 정의와 Marcia의 이론을 기본 틀로 한 자아정체성 척도에 근거하여 추출한 것이므로 내용타당도가 있다고 볼 수 있고, 조사도구에 포함된 변인들 간에 상관관계가 높은 것으로 볼 때 구성타당도를 지니고 있다고 할 수 있다.

| 자아정체성 하위차원 | 항 목 수 | 신 뢰 도 (Cronbach'$\alpha$) | 재 검 사 | |
|---|---|---|---|---|
| | | | 실험집단 | 통제집단 |
| 독 특 성 | 5 | .840 | .851 | .913 |
| 미래계획 | 4 | .823 | .845 | .891 |
| 사 회 성 | 4 | .830 | .799 | .888 |
| 자기수용 | 4 | .824 | .838 | .907 |
| 자 율 성 | 4 | .807 | .820 | .902 |
| 적 응 력 | 3 | .805 | .708 | .869 |
| 가   치 | 3 | .732 | .704 | .834 |
| **전 체** | **27** | **.927** | **.952** | **.962** |

## 6. 역채점 문항

역채점 문항은 다음과 같다.

| 문항번호 (14개) | 역채점 점수 |
|---|---|
| 2, 4, 6, 8, 10, 11, 14, 15, 17, 18, 20, 21, 23, 26 | ① → ⑤<br>② → ④<br>③ → ③<br>④ → ②<br>⑤ → ① |

* 올바른 자기 이해는 건전한 성장과 발달에 매우 중요합니다.  다음은 당신 자신에 관한 질문입니다.  각 항목의 내용들이 당신의 경우에 어떻게 해당되는지 판단한 후 하나에만 V표시해 주십시오.

범주 : ① 전혀 그렇지 않다   ② 대체로 그렇지 않다   ③ 그저 그렇다   ④ 대체로 그렇다   ⑤ 매우 그렇다

| 번 호 | 내                용 | 전혀 그렇지 않다 1 | 대체로 그렇지 않다 2 | 그저 그렇다 3 | 대체로 그렇다 4 | 매우 그렇다 5 |
|---|---|---|---|---|---|---|
| 1 | 나에게는 나를 특징지어주는 독특한 면이 있다. | 1 | 2 | 3 | 4 | 5 |
| 2 | 나는 무슨 일을 하며 살아갈지 아직 결정하지 못했다. | 1 | 2 | 3 | 4 | 5 |
| 3 | 경험하지 않았던 일이 닥쳐도 나는 두렵지 않다. | 1 | 2 | 3 | 4 | 5 |
| 4 | 나는 남들로부터 개성이 없다는 이야기를 듣는다. | 1 | 2 | 3 | 4 | 5 |
| 5 | 나에게는 진정한 친구들이 있다. | 1 | 2 | 3 | 4 | 5 |
| 6 | 일관된 목표를 세우고 실행하는 면이 나에게는 부족하다. | 1 | 2 | 3 | 4 | 5 |
| 7 | 갑작스럽고 커다란 사회의 변화를 나름대로 해석할 수 있다. | 1 | 2 | 3 | 4 | 5 |
| 8 | 나의 미래상은 때에 따라 바뀐다. | 1 | 2 | 3 | 4 | 5 |
| 9 | 나는 어떤 면에서는 다른 사람보다 능력이 있다. | 1 | 2 | 3 | 4 | 5 |
| 10 | 나는 어떤 행동을 하고 나서 내가 한 일에 대해 후회할 때가 많다. | 1 | 2 | 3 | 4 | 5 |
| 11 | 나는 친하지 않은 사람들과 있게 되면 거북하다 | 1 | 2 | 3 | 4 | 5 |
| 12 | 나는 외부적인 변화에 대해 흔들리지 않는다. | 1 | 2 | 3 | 4 | 5 |
| 13 | 나는 장래에 어떤 일을 하면서 살아갈지 구체적으로 생각해 보았다. | 1 | 2 | 3 | 4 | 5 |
| 14 | 내가 앞으로 무슨 직업을 갖게 되건 관심이 없다. | 1 | 2 | 3 | 4 | 5 |
| 15 | 나 스스로 어떤 결정을 내리는 것이 어렵다. | 1 | 2 | 3 | 4 | 5 |
| 16 | 어떤 모임에 처음 나가서 나 자신을 소개하는 데 주저하지 않는다. | 1 | 2 | 3 | 4 | 5 |

| 번 호 | 내　　　용 | 전혀<br>그렇지<br>않다 | 대체로<br>그렇지<br>않다 | 그저<br>그렇다 | 대체로<br>그렇다 | 매우<br>그렇다 |
|---|---|---|---|---|---|---|
| | | 1 | 2 | 3 | 4 | 5 |
| 17 | 내가 다른 환경에서 성장했다면 하는 생각이 든다. | 1 | 2 | 3 | 4 | 5 |
| 18 | 나는 사람을 사귀는 데 까다롭다. | 1 | 2 | 3 | 4 | 5 |
| 19 | 다른 사람이 할 수 있는 일은 나도 할 수 있다. | 1 | 2 | 3 | 4 | 5 |
| 20 | 내게는 남다른 경험이 없다. | 1 | 2 | 3 | 4 | 5 |
| 21 | 나는 어떤 일을 하고 싶어도 선뜻 실행하지 못한다. | 1 | 2 | 3 | 4 | 5 |
| 22 | 나는 생활 속에서 겪는 사건들을 판단하는 일관된 기준을 가지고 있다. | 1 | 2 | 3 | 4 | 5 |
| 23 | 나는 인생을 어떻게 살아갈지 걱정이 많다. | 1 | 2 | 3 | 4 | 5 |
| 24 | 다른 사람들이 내게 관심을 가져준다. | 1 | 2 | 3 | 4 | 5 |
| 25 | 나에게는 평생을 바쳐 하고 싶은 일이 있다. | 1 | 2 | 3 | 4 | 5 |
| 26 | 내가 보잘것 없는 존재같이 느껴진다. | 1 | 2 | 3 | 4 | 5 |
| 27 | 나에게는 나 나름대로의 매력이 있다. | 1 | 2 | 3 | 4 | 5 |

## 〈 자아존중감 [12] 〉

## 1. 목 적

자아존중감을 측정하기 위한 것이다.

## 2. 척도 소개

로젠버그 자아존중감 척도(RSE)는 10문항으로 이루어진 단일 차원의 거트만 척도로서 처음에는(1962년) 고등학생들의 자아존중감을 측정하기 위해 설계되었다. 이 척도는 개발된 이래로 다양한 직업을 가진 성인들을 포함하여 수많은 다른 집단에게 사용되었다. 가장 큰 장점 중의 하나는 오랫동안 이 척도를 가지고 광범위한 집단에 대한 연구가 실시되었다는 것이다.

## 3. 채점 방법 및 해석

RSE에 대한 처음의 연구는 다양한 민족적 배경을 가진 5,000여 명의 고등학생들에게 실시되었다. 후속연구는 수천 명의 대학생들과 광범위한 전문직과 직업들을 가진 성인들을 포함하고 있다. 이들 집단 중 상당수에게 표준을 적용할 수 있다. 또한 이 척도는 부정적으로 진술된 문항들을 역으로 채점한 후 개별적인 4점 문항의 단순 합계로 채점할 수 있다.

## 4. 대 상

주로 성인을 대상으로 한다.

## 5. 신뢰도와 타당도

RSE는 .92의 거트만 척도 재생산 reproducibility 계수를 가지고 있으며, 이는 매우 높은 내적 일관성을 가리킨다. 한편, 두 연구에서 2주 간격의 검사-재검사 신뢰도 상관관계가 .85, .88로 나왔으며, 이는 매우 높은 안정성을 말해주는 것이다. 또한 많은 연구들을 통해서 RSE의 동시타당도, known-groups타당도, 예측타당도, 구성체타당도가 입증되었다. RSE는 Coopersmith의 자아존중감 척도와 같은 다른 자아존중감 척도와 유의미한 상관관계를 가지고 있다. 동시에 RSE는 우울, 불안, 동료집단 평판과 같은 척도의 예측된 방향으로 상관관계를 가지고 있으며, 이론적으로 상관관계를 가져야 하는 척도들과는 상관관계를 가지고 있고 상관관계가 없어야 하는 척도들과는 상관관계가 없어 적정한 구성체타당도를 입증하고 있다.

---

12) 위의 척도는 '실천가와 연구자를 위한 사회복지척도집 (서초구립, 반포종합사회복지관 외, 2003)'에서 재수정

# 6. 역채점 문항

역채점 문항은 다음과 같다.

| 문항번호 (5개) | 역채점 점수 |
| --- | --- |
| 3, 5, 8, 9, 10 | ① → ④<br>② → ③<br>③ → ②<br>④ → ① |

* 아래의 문항들은 "내가 내 자신을 어떻게 생각하는가"에 대한 질문입니다. 각 문항을 읽고 여러분의 생각을 잘 나타내주는 칸에 V표를 해주시기 바랍니다.

범주 : ① 매우 그렇지 않다　② 그렇지 않다　③ 그렇다　④ 매우 그렇다

| 번 호 | 질 문 내 용 | 매우 그렇지 않다 | 그렇지 않다 | 그렇다 | 매우 그렇다 |
| --- | --- | --- | --- | --- | --- |
|  |  | 1 | 2 | 3 | 4 |
| 1 | 나는 다른 사람들처럼 가치 있는 사람이라고 생각한다. | 1 | 2 | 3 | 4 |
| 2 | 나는 좋은 성품을 가졌다고 생각한다. | 1 | 2 | 3 | 4 |
| 3 | 나는 대체로 실패한 사람이라는 느낌이 든다. | 1 | 2 | 3 | 4 |
| 4 | 나는 다른 사람들만큼 일을 잘 할 수가 있다. | 1 | 2 | 3 | 4 |
| 5 | 나는 자랑할 것이 별로 없다. | 1 | 2 | 3 | 4 |
| 6 | 나는 나 자신에 대해 긍정적인 태도를 가지고 있다. | 1 | 2 | 3 | 4 |
| 7 | 나는 내 자신에 대하여 대체로 만족한다. | 1 | 2 | 3 | 4 |
| 8 | 나는 나 자신을 좀 더 존경할 수 있으면 좋겠다. | 1 | 2 | 3 | 4 |
| 9 | 나는 가끔 내 자신이 쓸모없는 사람이라는 느낌이 든다. | 1 | 2 | 3 | 4 |
| 10 | 나는 때때로 내가 좋지 않은 사람이라고 생각한다. | 1 | 2 | 3 | 4 |

# 3. 감정단어

**상**담에 있어서 자신의 감정상태를 바로 들여다보는 것이 중요하다.
예를 들어 '화가 난다'라는 상태도 상황에 따라 달리 표현될 수 있다.
때로는 조용히 앉아 있는 모습 그대로 자신의 감정을 여기에 있는 감정단어를 사용하여 조용히 써 봄으로써 자신을 바로 볼 수 있도록 도움을 주기도 하며, 힐링 시간도 가질 수 있다.

## 3. 감정단어[6]

| | |
|---|---|
| 행복한 느낌들 | 감격스런, 경쾌한, 기쁜, 놀라운, 만족한, 밝은, 생기 있는, 온화한, 조용한, 푸짐한, 팔팔한, 흥분된, 감동을 받은, 고마운, 기쁨에 넘치는, 두근두근한, 명랑한, 유쾌한, 즐거운, 청명한, 쾌활한, 평안한, 풍부한, 황홀한, 힘찬, 감사한, 마음이 가벼운, 반짝거리는, 상쾌한, 안락한, 의기양양한, 짜릿짜릿한, 충족한, 태평스러운, 평화스러운, 천연스런, 쾌격한, 빛나는, 씩씩한, 고요한, 낙천적인, 화창한, 흡족한 |
| 의기양양, 즐거움의 느낌들 | 감격스러운, 굉장한, 기쁜, 눈물겨운, 벅찬, 산뜻한, 상쾌한, 시원한, 싱그러운, 열성적인, 우쭐대는, 유쾌한, 자랑스러운, 자유로운, 재미있는, 포근한, 고무적인, 근사한, 끝내주는, 담담한, 더 이상 좋은 것이 없는, 든든한, 마음이 편한, 만족스러운, 매혹되는, 멋진, 몸둘바를 모르는, 미칠 듯 기쁜, 뿌듯한, 살맛나는, 상큼한, 화려한, 위안되는, 의기양양한, 자신만만한, 장엄한, 재치 있는, 즐거운, 짜릿한, 쾌활한, 괜찮은, 기분 좋은, 날아갈 듯한, 당당한, 마음이 가벼운, 마음이 확 열리는, 만족한, 황홀한, 반가운, 사랑스러운, 삼박한, 순조로운, 신바람 나는, 안심되는, 우수한, 유머스러운, 익살스러운, 태연한, 평안한, 행복한, 환상적인, 후련한, 흔쾌한, 흐뭇한, 좋은, 진취적인, 침착한, 환호하는, 훌륭한, 흥분된, 신나는, 아늑한, 영광스러운, 흡족한, 편안한, 멋있는, 명랑한, 뭉클한, 푸근한, 화사한, 통쾌한 |
| 흥미로운 느낌들 | 넋을 잃은, 매혹하는, 알고 싶은, 타락한, 퇴짜 맞은, 마음을 사로잡는, 흥미를 돋구는, 호기심이 강한, 파멸된, 패배한, 진실한, 흥분한, 폐허가 된, 풀이 죽은, 미심쩍은, 열중한, 추방된, 피로한, 학대당한, 자극하는, 성실한, 침울한, 혹사당한, 활기 없는, 황량한 |

---

6) 위의 감정단어는 정은의 '가족상담 −모델과 사례'에서 인용, 2012, (p422∼429)

| 열망하는<br>느낌들 | 간절한, 배가 아픈, 성에 안차는, 열렬한, 열중한, 자랑스런, 거만함을 느끼는, 고집부리고 싶은, 경쟁심을 느끼는, 조급함을 느끼는, 질투심을 느끼는, 호기심을 느끼는, 몰두하는, 부족한, 열광적인, 열성적인, 원하는, 격분한, 골몰하는, 찜찜한, 후회스러운, 약 오르는, 열망하는, 갖고 싶은, 광적인, 나를 의식하는, 진지한, 참을 수 없는, 갈망하는, 잘하고 싶은, 욕심을 느끼는, 긴장을 느끼는, 부러운 |
|---|---|
| 대담한<br>느낌들 | 격렬한, 단련된, 단호한, 대담한, 태연한, 마음이 흡족한, 담력이 있는, 재확인 받은, 자신감 있는, 튼튼한, 독립된, 뻔뻔스런, 성실한, 씩씩한, 확고한, 안전한, 용감한, 용기 있는, 용맹스런, 힘을 얻은, 자랑스런, 장렬한, 충동적인, 충성스런 |
| 능력있고,<br>힘있는<br>느낌들 | 가소로운, 강력한, 겁이 없는, 과감한, 낙관적인, 능력 있는, 단호한, 대담한, 두려움 없는, 믿을 만한, 사내다운, 쉬운, 안정된, 열렬한, 예리한, 용기 있는, 감 잡은 듯한, 내가 필요함을 느끼는, 성공감이 느껴지는, 어른이 된 것 같은, 이겼다는 느낌이 드는, 큰(자란) 것 같은, 희망을 주는, 마음이 든든한, 포부를 느끼는, 활발한, 희망을 느끼는, 힘찬, 빈틈이 없는, 강건한, 뭔가 이룬 듯한, 원기 왕성한, 자랑스러운, 자신을 믿는, 재능이 있는, 착실한, 튼튼한, 할 수 있는, 확신하는, 효과적인, 힘을 느끼는, 강렬한, 강한, 권위 있는, 남자다운, 능숙한, 담력 있는, 독립적인, 생기 있는, 씩씩한, 영웅적인, 오래 견디는, 용맹스러운, 유력한, 자신이 있는, 자유스러운, 재주가 좋은, 참을성 있는, 포부를 느끼는, 확고한, 확실한, 훌륭한, 힘이 센, 건강한, 결의가 굳은, 끈기 있는, 단단한, 대단한, 동조적인, 뿌듯한, 안전한, 영향력 있는, 용감함, 우세한, 자신만만한, 잘 준비된, 적당한, 한창 때인, 확신에 찬 |
| 화나는<br>느낌들 | 가혹한, 격렬한, 경멸스러운, 골치 아픈, 괴로운, 그저 그런, 끓어오르는, 노기에 찬, 도전받은, 떫은, 몹시 노한, 반감을 느끼는, 방황하는, 북받친, 분개한, 불만스러운, 뾰로통한, 서운한, 성질나는, 속상한, 경멸하는, 뭔가 저지르고 싶은, 복수심에 불타는, 감정이 상하는, 격분을 느끼는, 공격적이 되는, 구역질나는, 기분이 상하는, 나쁜, 눈에 핏발이 서는, 독기에 찬, 마음을 닫고 싶은, 무시당한, 짜증나는, 밥맛 떨어지는, 배반당한, 부정적으로 되고 싶은, 분개하는, 속이 부글부글 끓는, '개' 같은 느낌이 드는, 불쾌한, 성가시게 구는, 세상이 싫은, 격분한, 고통스러운, 귀찮은, 괘씸한, 난폭한, 답답한, 떨떠름한, 맘에 안 드는, 무정한, 미칠 것 같은, 방해를 느끼는, 배신감을 느끼는, 실망감 느껴지는, 심술난, 아픈, 앙심을 품은, 어리둥절한, 억하심정이 생기는, 열받는, 숨 막히는, 싫은, 쓰라린, 악의 있는, 약 오르는, 어색한, 업신여기는, 욕해주고 싶은, 완강한, 적개심을 느끼는, 조롱당한, 죽을 것 같은, 미운, 한 맺힌, 화나는, 혐오스러운, 혹평하는, 환멸스러운, 흥분한, 신경질 나는, 싫증나는, 씁쓸한, 얄미운, 억울한, 역겨운, 울화가 치미는, 유감스러운, 적대하는, 좌절감 느껴지는, 증오스러운, 지겨운, 핏대 나는, 헤매는, 호전적인, 흉악한 |

| 의심스러움을 나타내는 느낌들 | 가망이 없는, 약한, 당황한, 마음이 급한, 무기력한, 미궁에 빠진, 미칠 지경인, 부적절한, 불확실한, 생소한, 걱정스러운, 주체 못하는, 회피적인, 불안한, 무엇이 막는 듯한, 양다리 걸쳤을 때의 느낌, 뭐가 뭔지 알 수 없는, 안정감을 못 찾는, 뒤틀렸다는 느낌이 드는, 뭔가 틀린 것 같은, 양쪽으로 찢기는 것 같은, 이해할 수 없다는 듯한, 세상이 끝났다는 느낌, 정리가 안 된 듯한, 혼동스러운, 조심스러운, 약한, 아득한, 안심이 안 되는, 어중간한, 웬일일까 하는 느낌, 이상한, 절망적인, 좌절하는, 캄캄한, 확신이 안서는, 후회스러운, 우유부단한, 의아스러운, 힘이 없는, 뭐가 캥기는, 마음이 불편한, 머뭇거리는, 무능한, 미심쩍은, 변덕스러운, 분명치 않은, 비관적인, 아리송한, 우물쭈물한, 수상쩍은, 안개 속인, 의심스러운, '잘 될까?'하는, 주저하는, 피로, 피곤한, 회의적인, 희망이 없는, 골치 아픈, 난처한, 막막한, 모호한, 무력한, 미적지근한, 복잡한 |
|---|---|
| 우울한 상태, 슬픔, 좌절의 느낌들 | 가슴아픈, 가여운, 걱정되는, 고독한, 공허스러운, 기분 나쁜, 낙심스러운, 눈물이 나려는, 두려운, 마음이 무거운, 목이 메는, 무서운, 버려진, 부끄러운, 불쌍한, 불편한, 사이가 나쁜, 서러운, 소름끼치는, 수줍은, 실망스러운, 실연당한, 싫증나는, 씁쓸한, 가슴이 저미는, 거무스레한, 걱정스러운, 비난받은 것 같은, 구슬픈, 기운이 없는, 냉담한, 동정하는, 뒷전에 물러난 듯한, 멍한, 무기력한, 무시당한, 버림받은 것 같은, 부서진, 불안한, 불행스런, 비참한, 상처받은, 섭섭한, 소외감을 느끼는, 슬픈, 실망스런, 실패감을 느끼는, 쓰라린, 아무 소용없는, 가슴이 찢어지는, 혼자인 느낌이 드는, 거절당한, 궁지에 빠진, 낙담한, 녹초가 된, 두려운, 모욕당한 듯한, 무딘, 배척당하는, 보잘것없는, 불만스러운, 불쾌한, 불행한, 비참해지는, 서글픈, 성격이 안 맞는, 속 썩는, 슬픔에 잠긴, 실망한, 싫어한, 쓸모없는, 안돼 보이는, 앞이 안 보이는, 애처로운, 어두운, 언짢은, 우울한, 좌절감을 느끼는, 울고 싶은, 음울한, 의기소침한, 잠잠한, 격격한, 절망적인, 지친, 처량한, 침울한, 패배한, 풀이 죽은, 하찮은, 한적한, 혹사당하는, 황량한, 희망이 없는, 안타까운, 애석한, 야속한, 어두침침한, 외로운, 우중충한, 울적한, 음산한, 음침한, 자포자기하는, 저하되는, 절망스러운, 증오하는, 참담한, 처참한, 캄캄한, 피로해지는, 학대당하는, 후텁지근한, 암담한, 아쉬운, 얕보는, 억압된, 지루한, 창피스러운, 측은한, 타락한, 하잘것없는, 한스러운, 헛된, 활기 없는, 후회하는, 원망스러운, 제외된, 공포에 질린, 공연한 |
| 소외당한 느낌들 | 간과된, 감시당한, 격하당한, 경멸당한, 경시당한, 기가 죽은, 깔보인, 낙인찍힌, 비방 받은, 소홀히 대하는, 과소평가 받은, 혹독한 말을 들은, 하찮게 보이는, 비아냥거리는, 혹사당한, 혹평 받은, 흠 잡힌, 학대받은, 냉소당한, 놀림당한, 들볶인, 망신당한, 멸시당한, 모략당한, 모욕적인, 무시당한, 밉보인, 부끄러운, 비난받은, 비웃는, 비판받는, 수치스런, 악의에 찬, 트집잡힌, 야유 받은, 얕보인, 업신여김 당한, 움츠려든, 위축당한, 조롱당한, 조소받은, 창피당한, 치욕적인 |

| 무능함, 힘없는 느낌들 | 겁 많은, 겸연쩍은, 관심이 없는, 나약한, 낙심한, 노출된, 떨리는, 맥없는, 모자라는, 무력한, 무자격의, 민망한, 별로인, 약한, 게으름 피우고 싶은, 더 이상 기운이 없는, 아무 가치가 없는, 더 이상 능력이 없는, 뭔가 잃은 느낌, 아직 어린 애인 것 같은, 방어할 수 없는, 불안한, 비무장의, 상처 입은, 소심한, 쉬고 싶은, 어울리지 않는, 불건전한, 불충분한, 비격격자인, 생기를 잃은, 쇠약한, 실패감, 아픈, 창백한, 양순한, 어쩔도리 없는, 우유부단한, 골골하는, 권태 느끼는, 열등한, 낙담을 느끼는, 노쇠한, 없는, 마비된, 맥 풀린, 무능력한, 무른, 박약한, 병약한, 불구의, 불확실한, 비효율적인, 서투른, 위태위태한, 순진한, 쓸모없는, 압도당한, 어리석은, 연약한, 위축되는, 유화한, 결함 있는, 공허스러운, 기대고 싶은, 무익한, 미약한, 의존하고 싶은 |
| --- | --- |
| 두려움, 불안을 나타내는 느낌들 | 겁나는, 겁에 질리는, 공포스러운, 긴박한, 김빠진, 당황스러운, 몸서리 쳐지는, 무서워하는, 불안정한, 불안한, 비극적인, 비틀거리는, 소름끼치는, 절망적인, 주저하는, 질투하는, 흔들리는, 간담이 서늘해지는, 간이 콩알만해지는, 공포에 사로잡히는, 반감을 일으키는, 소스라치게 놀라는, 압박감이 느껴지는, 두려움이 생기는, 오싹 소름끼치는, 벼랑에 선 듯한, 두려움이 생기는, 안절부절 못하는, 부자연스러운, 의지하는, 큰 일 날 것 같은, 험악한, 조바심 태우는, 마음이 동요되는, 비열한, 수상쩍은, 신경질적인, 애태우는, 우물쭈물한, 위협을 느끼는, 전율을 느끼는, 겁 많은, 소심한, 신경질 나는, 염려하는, 흥분하는, 지독한, 초조한, 겁을 집어먹은, 긴장되는, 깜짝 놀란, 두려운, 머뭇거리는, 몸이 떨리는, 무시무시한, 부끄러워하는, 불편한, 비참한, 우려하는, 위험한, 의존하는, 팽팽한, 휘청거리는, 조심스런, 성급한, 시시한, 무서운, 엄청난, 용기 없는, 위압감 주는, 의심스러운, 걱정스런, 겁먹은, 공포를 느끼는, 근심스런, 긴장한, 놀란, 질린, 충격적인, 피하고 싶은 |
| 육체적인 느낌들 | 가냘픈, 구역질나는, 까부는, 둔한, 마비된, 원만한, 텅 빈, 느린, 반발감 생기는, 조마조마한, 힘이 생긴 듯한, 출렁거리는, 피곤한, 힘없는, 숨 가쁜, 생기 있는, 무능한, 부진한, 생생한, 싫증난, 우둔한, 지긋지긋한, 튼튼한, 떨리는, 허약한, 고단한, 굳은, 나태한, 땀이 나는, 맥 빠진, 무력한, 맹렬한, 살고 싶은, 속이 빈, 연약한, 절박한, 팔팔한, 헐거운, 공허한, 긴장된 |

| 의기<br>소침한<br>느낌들 | 가망 없는, 걸어차인, 고립된, 기가 죽은, 낙담한, 눈물 어린, 따돌림 당한, 멸시 당한, 배척된, 부서진, 불행한, 비열한, 소외당한, 쓸모없는, 암울한, 타락한, 하찮은, 사랑받지 못하는, 수준이하인, 소름끼치는, 궁지에 몰린, 음산한, 이간당한, 절망한, 질책 받은, 참담한, 초라한, 한이 없는 느낌, 하잘것없는, 작은, 취약한, 허약한, 힘 없는, 주눅 든, 야비한, 언짢은, 열의 없는, 우울한, 음울한, 자포자기의, 증오 받은, 짓밟힌, 창피한, 가치 없는, 결딴난, 고통스러운, 기운 없는, 냉대당한, 두려운, 힘이 빠진, 망한, 무서운, 버려진, 불쌍한, 비관적인, 비참한, 소름 끼치는, 소외된, 슬픈, 쓸쓸한, 애처로운, 억눌린, 업신여김 당한, 외로운, 유감스러운, 지친, 피로한, 의기소침한, 전멸의, 지친, 쫓겨난, 천한, 거절당한, 고독한, 냉혹한, 뒤쳐진, 맥 빠진, 무시된, 버림받은, 불쾌한, 비난받은, 허전한 |
| --- | --- |
| 고민되는<br>느낌들 | ~에 좌우대어, 고통스러운, 괴로운, 꼭두각시의, 당황한, 무기력한, 미심쩍은, 불만스러운, 화난, 비난받을 만한, 서투른, 싫은, 수호신이 없는, 어릿어릿한, 엉뚱한, 의심스러운, 저지된, 인기 없는, 초조한, 하찮은, 감금된, 골머리 아픈, 궁지에 빠진, 넌더리 나는, 마땅찮은, 무리한, 번민하는, 어이없는, ~의 밑에서, 불만인, 상실한, 어리둥절한, 어색한, 영문 모를, 이용당하는 좌절된, 혼란된, 슬픈, 어리석은, 고뇌스러운, 과민한, 긴장한, 당혹한, 메스꺼운, 미련한, 볼품없는, 불운한, 상처받은 |
| 상처받은<br>느낌들 | 격려된, 고생스런, 근심스런, 맥 빠진, 불쾌한, 불쌍한, 상한, 실망한, 쓰린, 애끓는, 억울한, 저항감 느끼는, 쑤시는, 아픈, 혼란한, 고독한, 고통스런, 냉정한, 모욕적, 애처로운, 비탄스런, 쌀쌀한, 아리는, 애매한, 외딴, 외로움, 절망적인, 힘이 빠진, 고립된, 괴로운, 당황한, 차가운 |
| 부끄러움.<br>조책감의<br>느낌들 | 바보스러운, 쑥스러운, 창피한, 한심한, 쥐구멍을 찾고 싶은, 죄의식 느껴지는, 마음이 무거운, 후회스러운, 멋쩍은, 부끄러운, 자책하는, 죄책감이 드는, 캄캄한, 미안한, 수치스러운, 죄스러운 |

〈 참고문헌 〉


## 1. 논문지

고민지(2013). 초등학교 교사의 자아방어기제 특성. 단국대학교 교육대학원 석사학위 논문.

김주연(2011). 미술치료기업을 활용한 미술교육이 학교생활적응에 미치는 영향”, 숙명여자대학교
　　　　　교육대학원 석사학위 논문.

이준영(2012). 집단 미술치료 프로그램이 중학생의 분노와 자아존중감에 미치는 영향에 관한 연구.
　　　　　한양대학교 석사학위 논문.

조임숙(2013). 푸드아트심리상담 프로그램이 학교적응과 자아존중감 · 스트레스에 미치는 효과.
　　　　　서울기독대학교 대학원 석사학위 논문.

허재호(2014). 오감을 강조한 과학 수업이 과학적 태도와 과학탐구능력에 미치는 영향.
　　　　　부산대학교 교육대학원 석사논문.

하은혜(2013). 방어기제가 반영된 심리적 공간표현 연구. 홍익대학교 대학원 석사논문.


## 2. 발간지

Kevin J.O'Connor 저(2003). 송영혜 · 윤지현 옮김. 놀이치료입문. 시그마프레스.

Steve R. Baumgardner, Marie K.Crothers,(2009), "Positive Psychology (긍정심리학),
　　　　　안신호, 이진환, 신현정, 홍창희, 정영숙, 이재식, 서수균, 김 비아 옮김. 시그마프레스.

Kevin J.O'Connor(2003), 놀이치료입문, 시그마프레스.

고도원(2011). 고도원의 아침 편지. 청아출판사.

권석만 (2011). 인간의 긍정적 성품  긍정 심라학의 관점.  학지사.

권석만 (2014). 긍정심리학 / 행복의 과학적 탐구. 학지사.

김계현 · 황매향 · 선혜연 · 김영빈(2013). 상담과 심리검사. 학지사.

김춘경 외(2010). 상담이론과 실제. 학지사

리사J.코헨 지음, 이아린 옮김(2012). 누구나 심리학. 작은책방.

비욘드 더 시크릿.(2011). 소리내어 말하면 이루어지는 시크릿 한 문장. 흐름출판사.

발타자르그라시안, 뤼신우, L.N.톨스토이 외(2010). 365 매일 읽는지혜의 한 줄. 눈과 마음.

서초구립 반포종합사회복지관, 서울대학교 실천사회복지연구회 Praxis(2003).
실천가와 연구자를 위한 사회복지 척도집. 도서출판 나눔의 집.

송송라오한 저, 홍민경 역(2010). 심리학 산책:플라톤에서 스턴버그까지. 시그마북스.

영남대학교 미술치료연구회(2011). 미술치료학 개론. 학지사.

오창순 외 (2010). 인간행동과 사회환경. 학지사.

윤동혁PD (2004). 색色, 색을 먹자. 기획출판 거름.

윌리엄 데이비스 외(2002년). 음악치료학 개론. 권혜경 음악치료센터.

이장호 외(2014). 상담 심리학. 박영스토리.

삼성출판사 편집부 (2014). 흥부와 놀부, 삼성출판사.

정선철 · 문승태(2003). 상담심리학. 동문사.

정옥분(2004). 발달심리학. 학지사.

정효정 외(2010).현장 중심 상담심리. 파워북

정여주(2003). 미술치료의 이해. 학지사.

정여주(2009). 만다라와 미술치료. 학지사.

크리스토퍼 피터슨 저. 문용린 김인자, 백수현 역(2010), 크리스토퍼 피터슨의 긍정 심리학 프라이머.
도서출판 물푸레.

최외선 외(2007). 마음을 나누는 미술치료. 학지사.

조임숙(2013). 푸드아트심리상담 프로그램이 학교적응과 자아존중감 · 스트레스에 미치는 효과.
서울기독대학교 대학원 석사학위 논문.

크리스토퍼 피터슨 저. 문용린 김인자, 백수현 역(2010), 크리스토퍼 피터슨의 긍정심리학 프라이머.
도서출판 물푸레.

최외선 외(2007). 마음을 나누는 미술치료. 학지사.

허재호(2014). 오감을 강조한 과학 수업이 과학적 태도와 과학탐구능력에 미치는 영향.
부산대학교 교육대학원 석사논문.

하은혜(2013). 방어기제가 반영된 심리적 공간표현 연구. 홍익대학교 대학원 석사논문.

행동심리상담지침서

# 힐링 푸드아트

지은이　　이광재 · 조임숙

초판 인쇄　　2015년 8월 15일

펴낸곳　　해피&북스

발행인　　채주희

등록　　제10-1562호(1985.10.29)

주소　　서울시 마포구 신수동 448-6

전화　　02-323-4060, 6401-7004

팩스　　02-323-6416

이메일　　elman1985@hanmail.net

ISBN　　978

값　　25,000원